Christopher Isherwood

NUR ZU BESUCH

Roman

Aus dem Englischen von
Michael Kellner und Volker Oldenburg

Hoffmann und Campe

Die Originalausgabe erschien 1961 unter dem Titel *Down There on a Visit*
bei Simon and Schuster, New York.

Das Zitat auf Seite 54 stammt aus: Matthew Arnold, »Das letzte Wort«,
in: Koppenfels/Pfister (Hg.): *Englische und Amerikanische Dichtung 2*,
übersetzt von K. Tetzeli von Rosador, Berlin: C.H. Beck 2000, S. 419.

1. Auflage 2021

www.hoffmann-und-campe.de
Umschlaggestaltung und Illustration: Vivian Bencs © Hoffmann und Campe
Satz: Pinkuin Satz und Datentechnik, Berlin
Gesetzt aus der Aldus
Druck und Bindung: GGP Media GmbH, Pößneck
Printed in Germany
ISBN 978-3-455-40585-9

HOFFMANN
UND CAMPE

Ein Unternehmen der
GANSKE VERLAGSGRUPPE

Für Don Bachardy

Ich habe es im Wesentlichen John Lehmann zu verdanken, dass vor dreißig Jahren mein zweiter Roman Das Denkmal *erscheinen konnte. Das war der Beginn sowohl einer literarischen Verbindung als auch einer Freundschaft, die bis zum heutigen Tag Bestand hat. So bin ich auch besonders glücklich, dass es wiederum John Lehmann war, der einen Teil meines neuesten Buches in der Oktoberausgabe von* The London Magazine *publizierte.*

MR. LANCASTER

Endlich bin ich so weit, über Mr. Lancaster zu schreiben. Das wollte ich schon seit Jahren, aber nur halbherzig. Ich hatte nie das Gefühl, ihm gerecht werden zu können. Jetzt erkenne ich meinen Irrtum; ich habe ihn immer als Einzelperson gesehen. Isoliert betrachtet kommt er zu kurz. Um ihn korrekt ins Bild zu setzen, muss ich zeigen, dass meine Zeit mit ihm der Anfang eines, nein, mehrerer neuer Kapitel in meinem Leben war. Und ich muss einige Figuren in diesen Kapiteln schildern. Mr. Lancaster ist ihnen, mit einer Ausnahme, nie begegnet. (Wenn er geahnt hätte, was einmal aus Waldemar werden würde, hätte er ihn entsetzt hinausgeworfen.) Hätte er Ambrose, Geoffrey, Maria oder Paul kennengelernt – nein, das übersteigt meine Phantasie! Dennoch sind all diese Menschen durch mich miteinander verbunden, so verhasst ihnen dieser Gedanke möglicherweise gewesen wäre. Und so müssen alle die Kränkung hinnehmen, gemeinsam in diesem Buch aufzutreten.

Im Frühling 1928, ich war dreiundzwanzig, kam Mr. Lancaster auf Geschäftsreise nach London und schrieb meiner Mutter, dass er uns gerne besuchen würde. Keiner von uns war ihm je begegnet. Ich wusste nur, dass er die norddeutsche Niederlassung einer britischen Reederei leitete. Und dass er der Stiefsohn des Schwagers meiner Großmutter mütterlicherseits war; vielleicht lässt sich das auch einfacher ausdrücken. Sogar meine Mutter mit ihrem Faible für Verwandtschaftsverhältnisse musste zugeben, dass er, streng genommen, nicht zur Familie gehörte. Aber sie entschied, es wäre eine nette Geste, ihn »Cousin Alexander« zu nennen, damit er sich bei uns ein bisschen mehr zu Hause fühlte.

Ich fügte mich, obwohl es mir völlig schnuppe war, wie wir ihn nannten und wie er sich fühlte. Für mich gehörten alle über vierzig, mit ein paar wenigen rühmlichen Ausnahmen, einem fremden Stamm an, naturgemäß feindselig, in Wirklichkeit aber eher lächerlich als furchteinflößend. Sie waren durch und durch groteske Gestalten, salbungsvoll und vertrottelt, denen man mit Gleichgültigkeit begegnen musste. Nur Leute meiner Generation erschienen mir wirklich lebendig. Oft verkündete ich, dass wir, wenn uns das Alter ereilte – ein Zustand, den ich theoretisch voraussehen konnte und dennoch unvorstellbar fand –, hoffentlich schnell und schmerzfrei sterben würden.

Mr. Lancaster erwies sich als genauso grotesk, wie ich erwartet hatte. Doch trotz aller Bemühungen gelang es mir nicht, ihm gegenüber gleichgültig zu sein, denn er brachte mich vom Moment seiner Ankunft an in Harnisch und demütigte mich. (Heute erkenne ich, dass er das nicht absichtlich tat; er war wohl einfach furchtbar gehemmt.) Er behandelte mich wie einen Schuljungen, mit heiterer, gönnerhafter Miene. Sein schlimmstes Vergehen war, dass er mich »Christophilos« nannte – eine Anrede, die in seiner manierierten klassischen Aussprache umso spöttischer und beleidigender klang.

»Ich möchte wetten, mein teuerster Christophilos, dass du noch nie einen Trampdampfer von innen gesehen hast. Nein? Dann rate ich dir, zur Rettung deiner unsterblichen Seele, den Rockzipfel deiner gnädigen Frau Mutter ausnahmsweise loszulassen und uns auf einem unserer Schiffe zu besuchen. Zeig uns, dass du ohne Komfort auskommst. Wir wollen sehen, wie du mitten in einem Nordweststurm Speck vertilgst und unter dem Gelächter der alten Seebären zur Reling stürzt. Vielleicht macht das einen Mann aus dir.«

»Mit dem größten Vergnügen«, sagte ich so ungerührt, wie ich es vermochte.

Ich sagte es, weil ich Mr. Lancaster in diesem Augenblick hasste und mich der Herausforderung daher kaum verweigern konnte. Ich sagte es, weil ich damals überall mit jedem hingefahren wäre; in mir brannte die Sehnsucht nach der großen unbekannten Welt. Ich sagte es auch, weil ich vermutete, dass Mr. Lancaster nur bluffte.

Ich irrte mich. Etwa drei Wochen später bekam ich einen Brief vom Londoner Hauptsitz seiner Firma. Darin wurde ich vor die vollendete Tatsache gestellt, dass ich an dem und dem Tag fahren würde, an Bord des reedereieigenen Frachters *Coriolanus.* Ein Angestellter werde mich zum Schiff bringen, ich solle mich um zwölf am Hafentor in der West India Dock Road einfinden.

Im ersten Moment war ich beunruhigt. Doch dann schaltete sich meine Phantasie ein. Ich übernahm die Hauptrolle in einem epischen Drama, frei nach Conrad, Kipling und Brownings Gedicht »Waring«. Als ein Mädchen anrief und mich für Mittwoch in einer Woche zu einer Cocktailparty einlud, sagte ich kurz und in leicht grimmigem Ton: »Bedaure. Da bin ich schon weg.«

»Ach! Wo bist du denn?«

»Weiß ich nicht genau. Irgendwo mitten auf der Nordsee. Auf einem Trampdampfer.«

Es verschlug ihr den Atem.

Mr. Lancaster und seine Reederei passten nicht in mein Epos. Es war mir peinlich zuzugeben, dass ich nur bis zur deutschen Nordseeküste fuhr. Wenn ich mit flüchtigen Bekannten sprach, deutete ich geschickt an, dass dies nur der erste Zwischenstopp auf einer ungeheuer langen, geheimnisvollen Reise sei.

Bevor ich zu der Konvention zurückkehre, den jungen Mann, der im Taxi zu seinem Abenteuer aufbricht, »ich« zu nennen, will ich ihn wie ein separates Wesen, ja fast wie einen Fremden betrachten. Denn natürlich ist er für mich fast ein Fremder. Ich habe seine Möglichkeiten überdacht, ihm einen neuen Akzent und neue Eigenarten gegeben, seine Vorurteile und Gewohnheiten abgelegt oder verfestigt. Das Skelett ist noch dasselbe, aber die äußere Hülle hat sich so stark verändert, dass er mich auf der Straße sehr wahrscheinlich nicht erkennen würde. Wir tragen dasselbe Namensschild und teilen ein fortlaufendes Bewusstsein; es bestätigt mir jeden Tag, ohne Ausnahme, dass ich ich bin. *Was* ich bin, hat sich jedoch im Laufe der Tage und Jahre so verändert, dass, abgesehen von der Gewissheit um meine Existenz, fast nichts mehr so ist wie damals. Und diese Gewissheit ist nichts Besonderes; jeder hat sie.

Der Christopher, der im Taxi zum Hafen fuhr, ist, praktisch gesprochen, tot; es gibt ihn nur noch in den verblassenden Erinnerungen derer, die ihn kannten. Er lässt sich nicht wiederbeleben. Ich kann ihn nur aus den Worten und Handlungen in meinem Gedächtnis und aus den Büchern rekonstruieren, die er uns hinterlassen hat. Oft ist er mir peinlich, und ich bin versucht, über ihn zu spotten; ich will mich jedoch bemühen, es nicht zu tun. Ich will mich auch nicht für ihn entschuldigen. Immerhin schulde ich ihm eine gewisse Anerkennung. Auf die eine Art ist er mein Vater, auf die andere mein Sohn.

Wie allein er wirkt! Nicht einsam, denn er hat viele Freunde, bei denen er sich lebhaft zeigt und die er zum Lachen bringt. Er ist für sie sogar so etwas wie ein Wortführer. Sie bauen darauf, dass er ihnen sagt, was sie als Nächstes denken, was sie bewundern und was verabscheuen sollen. Sie halten ihn für streitbar und originell. Und dennoch ist er in ihrer Gesellschaft isoliert durch sein Selbstmisstrauen, seine Unruhe und seine Angst vor der Zukunft. Sein Leben hat sich bisher in engen Grenzen abgespielt, und er ist, was die meisten Erfahrungen angeht, ziemlich unbedarft; er fürchtet sie, und doch giert er danach. Um sich zu beruhigen, verwandelt er jede in Windeseile in ein Heldenepos. Er spielt unentwegt Theater.

Mehr noch als die Zukunft fürchtet er die Vergangenheit – ihren Status, ihre Traditionen mitsamt ihren unausgesprochenen Ansprüchen und Vorhaltungen. Vielleicht ist sein stärkster Antrieb der Hass auf seine Vorfahren. Er hat sich geschworen, sie zu enttäuschen, zu verleugnen, Schande über sie zu bringen. Mein Spott würde den Eindruck erwecken, dass dieser Entschluss aus der Angst entstanden ist, an ihren Erwartungen zu scheitern; aber das wäre nicht einmal halb wahr. Seine Wut ist aufrichtig. Er ist ein echter Rebell. Er spürt, dass er sich nur durch Auflehnung weiterentwickeln kann.

Er nimmt ein Geheimnis mit auf diese Reise, es ähnelt einem Talisman; verleiht ihm Macht, solange er es hütet. Gestern ist sein erster Roman erschienen – und nicht einer der vielen Menschen, denen er in nächster Zeit begegnen wird, weiß es! Der Kapitän und die Mannschaft der *Coriolanus* wissen es bestimmt nicht; wahrscheinlich weiß es in ganz Deutschland niemand. Mr. Lancaster hat bereits gezeigt, dass er es nicht wert ist, eingeweiht zu werden; er weiß es nicht und wird es nie erfahren. Außer natürlich, der Roman wird so erfolgreich, dass er irgendwann in der Zeitung davon liest … Aber dieser Gedanke wird in abergläubischer Eile zensiert. Nein – nein – das Buch wird scheitern. Alle Literaturkritiker sind korrupt und arbeiten für den Feind … Und überhaupt, wozu sein Vertrauen in so trügerische Hoffnungen setzen, wenn die Welt des Heldenepos doch zuverlässig Trost und Sicherheit bereithält?

In jenem Frühling fand, von den dummen, aufgeblasenen Literaten der damaligen Zeit gänzlich ignoriert, ein Ereignis statt, das, darin sind wir uns jetzt, zehn Jahre später, wohl alle einig, die Geburtsstunde des modernen Romans markierte, wie wir ihn heute kennen: Lauter gute Absichten *erschien. Am nächsten Tag stellte sich heraus, dass Isherwood nicht mehr in London weilte. Er war ohne ein Wort spurlos verschwunden. Seine engsten Freunde waren verwundert und bestürzt.*

Manche fürchteten sogar Selbstmord. Doch dann – Monate später – raunte man sich in den Salons seltsame Gerüchte zu – dass an ebenjenem Morgen eine verhüllte Gestalt gesichtet worden sei, die an einem Kai auf der Isle of Dogs einen Trampdampfer bestieg –

Nein, ich werde nicht über ihn spotten. Mich auch nicht für ihn entschuldigen. Ich bin stolz darauf, sein Vater und sein Sohn zu sein. Ich denke an ihn und staune, aber ich muss mich davor hüten, ihn zu verklären. Ich muss berücksichtigen, dass vieles, das wie Mut erscheint, nichts anderes ist als blanke Unwissenheit. Immer wieder vergesse ich, dass er seiner Zukunft gegenüber blind ist wie das dümmste Tier. So blind wie ich gegenüber meiner. Seine Zukunft ist in vielerlei Hinsicht außergewöhnlich – bei weitem glücklicher, unbeschwerter und ereignisreicher als die der meisten. Und dennoch, wenn ich er wäre und sie vor mir sehen könnte, ich würde mit Sicherheit entsetzt aufschreien, dass ich ihr nicht gewachsen sei.

Nun ist es so, dass er kaum die nächsten fünf Minuten vorhersehen kann. Alles, was unmittelbar bevorsteht, ist neu für ihn und somit unberechenbar. Jetzt, wo sich die Taxifahrt dem Ende nähert, schalte ich meinen Weitblick ab und bemühe mich, mit seinen Augen zu sehen.

Der Reedereiangestellte, ein Mann kaum älter als ich, namens Hicks, erwartete mich wie vereinbart am Hafentor. Mit seinem pickeligen, vom Ruß und Nebel der düsteren Fenchurch Street blassen Gesicht hätte ich ihn nicht als Figur für mein Epos ausgewählt. Außerdem legte er eine übertriebene Eile an den Tag, die epischen Figuren fehlt. »Huch«, rief er mit einem Blick auf die Taschenuhr, »wir sollten uns besser sputen!« Er fasste den Griff meines Koffers und setzte sich in Trab. Da ich ihn den Koffer nicht allein tragen lassen wollte, musste ich mit seinem Tempo Schritt halten. Meinem Auftritt im ersten Akt des Dramas fehlte es an Stil.

»Da«, sagte Hicks. »Das ist sie.«

Die *Coriolanus* sah noch kleiner und schmutziger aus, als ich erwartet hatte. Alle nicht schwarzen Teile waren von einem gelblichen Braun; eine Farbe, die mich – vielleicht durch reine Gedankenassoziation – an Erbrochenes erinnerte. Zwei Kräne verluden noch Kisten an Deck, auf dem es von Hafenarbeitern wimmelte. Sie schrien aus voller Kehle, um sich gegen das Klappern der Winden und das Kreischen der Möwen durchzusetzen, die am Himmel ihre Kreise zogen.

»Wir hätten uns gar nicht so beeilen müssen!«, sagte ich vorwurfsvoll zu Hicks. Captain Dobson wisse die Passagiere gerne rechtzeitig an Bord, antwortete er ungerührt. Er hatte bereits das Interesse an mir verloren. Mit einem genuschelten Abschiedsgruß ließ er mich wie ein ausgeliefertes Paket, für das er nicht mehr zuständig war, an der Gangway stehen.

Ich drängelte mich an Bord, wobei ich fast in den offenen Laderaum gestoßen wurde. Captain Dobson erspähte mich von der Brücke und kam hinunter, um mich zu begrüßen. Er war ein kleiner, dicklicher Mann mit vom Wetter gerötetem Gesicht und den hervorquellenden Augen und Tränensäcken eines Komikers.

»Sie werden spucken«, sagte er. »Wir hatten schon einige

gute Männer hier, aber alle haben versagt.« Ich bemühte mich, ein entsprechend besorgtes Gesicht zu machen.

Unter Deck stieß ich auf einen chinesischen Koch, einen walisischen Schiffsjungen und einen Steward, der aussah wie ein Jockey. Er sei zwölf Jahre lang für die Cunard Line gefahren, erzählte er, aber hier gefalle es ihm besser. »Sie sind der Einzige.« Er zeigte mir meine Kabine. Sie war so winzig wie ein Schrank und stickig; das Bullauge ließ sich nicht öffnen. Ich ging in den Salon, doch der lange Tisch war von einer Handvoll Angestellter belegt, die fieberhaft Ladelisten schrieben. Ich stieg wieder hinauf an Deck und fand einen Platz am Bug, wo ich, indem ich mich ganz klein machte, niemandem im Weg stand.

Eine Stunde später legten wir ab. Es dauerte lange, aus dem Hafenbecken hinaus auf den Fluss zu kommen, denn wir mussten mehrere Schleusentore passieren. Kinder aus den Armenvierteln hingen munter an den Toren und beobachteten uns. Ein Reedereiangestellter kam an Deck und stellte sich zu mir an die Reling.

»Das wird eine unruhige Fahrt«, sagte er. »Sie ist eine wahre Tänzerin.« Ohne ein weiteres Wort schwang er sich mit einem sportlichen Satz über die Reling auf den Kai, winkte mir kurz zu und war verschwunden.

Später aßen wir im Salon zu Abend. Ich lernte den Nautischen Offizier und die beiden Ingenieure kennen. Es gab eingelegte Makrele und Tee aus Messingbechern; er schmeckte metallisch und stark. Ich ging zurück an Deck und sah, dass ein ruhiger, bewölkter Abend angebrochen war. Wir ließen die Stadt hinter uns. Der Hafen und die Speicher machten kalten grauen Feldern und Marschland Platz. Wir fuhren an mehreren Feuerschiffen vorbei. Das letzte hieß *Barrow Deep.* Kapitän Dobson sagte im Vorbeigehen: »Das ist nur die erste Etappe unserer wagemutigen Reise.« Auf seine Art versuchte er, eine epische Stimmung zu erzeugen. Na schön – ich honorierte seinen guten Willen.

Ich ging in die Kabine zurück, denn es war inzwischen zu dunkel, um irgendetwas zu sehen. Der Steward schaute vorbei, um mir ein Angebot zu machen. Gegen ein Pfund Verpflegungsgeld könne ich während der Reise so viel essen, wie ich wolle. Ich durchschaute, dass er ein gutes Geschäft witterte, denn er war sich sicher, dass ich seekrank werden würde. »Vor einigen Monaten ist ein anderer Herr mit uns gefahren«, sagte er vergnügt. »Es ging ihm richtig dreckig. Sie klopfen an die Wand, wenn Sie heute Nacht etwas brauchen, nicht wahr, Sir?«

Ich schmunzelte, als er fort war. Ich hatte nämlich noch ein Geheimnis, das ich ebenso streng zu hüten gedachte wie das andere. Diese Seeleute, dachte ich, waren auf geradezu liebenswerte Weise einfältig. Die Fortschritte der Medizin waren offenbar völlig an ihnen vorbeigegangen. Natürlich hatte ich vorgesorgt. In meiner Tasche steckte eine kleine Pappschachtel mit Kapseln in Stanniolpapier. Die Kapseln enthielten teils rosa, teils graues Pulver. Man musste je eine nehmen; einmal vor der Abreise, danach zweimal täglich.

Als ich am nächsten Morgen aufwachte, war die *Coriolanus* heftig in Bewegung. Mit jeder Welle hob sich der Bug steil in die Höhe, das Schiff schwankte und stürzte dann krachend vornüber, sodass die gesamte Kabine bebte. Ich hatte gerade meine Kapseln geschluckt, als die Tür aufging und der Steward hereinschaute. Ich sah an der Enttäuschung in seinem Gesicht, worauf er spekuliert hatte.

»Ich dachte, Ihnen sei nicht wohl, Sir«, sagte er vorwurfsvoll. »Vor einer halben Stunde habe ich nach Ihnen gesehen, und Sie haben nicht reagiert.«

»Ich war noch nicht wach«, sagte ich. »Ich habe geschlafen wie ein Stein.« Ich schenkte dem Aasgeier ein strahlendes Lächeln.

Beim Frühstück trug der Zweite Ingenieur den Arm in einer Schlinge. In der Nacht war im Maschinenraum ein Rohr geplatzt, und er hatte sich die Hand verbrüht. Teddy, der walisische Schiffsjunge, schnitt ihm den Speck klein. Er stellte sich ungeschickt an, und der Ingenieur herrschte ihn an, sich zu beeilen. Das trug ihm eine Rüge vom Ersten Ingenieur ein: »Aus Ihnen wird später mal ein widerliches altes Stinktier – das sag ich Ihnen!«

Trotz der einigermaßen heldenhaften Verletzung des Zweiten Ingenieurs schwanden meine Erwartungen an das epische Format dieser Reise. Ich war davon ausgegangen, dass es sich bei der Besatzung um ein ganz eigenes Völkchen handeln würde – Männer, die nur für die See lebten. Tatsächlich aber entsprach nicht einer von ihnen meiner Vorstellung von einem Seemann. Der Nautische Offizier war zu gutaussehend, fast wie ein Schauspieler. Die Ingenieure hätten auch in einer Fabrik arbeiten können; sie waren einfach Ingenieure. Der Steward unterschied sich in nichts von anderen Bediensteten. Kapitän Dobson hätte auch als Wirt eines Pubs eine gute Figur abgegeben. Ich musste der ernüchternden Wahrheit ins Auge sehen: Jedermann fuhr zur See.

Tatsächlich schienen sie mit den Gedanken ganz an Land zu sein. Sie sprachen über Filme, die sie gesehen hatten. Unterhielten sich über einen Scheidungsskandal, der vor kurzem in aller Munde gewesen war: »Man kann sie gut und gerne eine ehrbare Hure nennen.« Sie unterhielten mich mit Rätselfragen: »Ein vierzehnjähriges Mädchen hat keinen, ein sechzehnjähriges Mädchen wartet drauf, und Prinzessin Mary wird nie einen haben. Was ist das?« Antwort: »Ein Sozialversicherungsausweis.« Ich gab die Geschichte vom Geistlichen, dem Betrunkenen und den Straßenkindern zum Besten. Als ich zur Pointe kam: »Vielleicht sollten Sie dann Ihre Hose falsch herum tragen wie Ihren Kragen …«, stockte ich, unsicher, ob es taktlos wäre, einen Cockney-Akzent nachzumachen, denn beide Ingenieure hatten einen. Aber die Geschichte kam gut an. Alle waren sehr freundlich. Doch die Antwort auf die ewige Frage des jungen Mannes, »Was denken sie wirklich über mich?«, schien wie gewöhnlich zu lauten: »Gar nichts.« Ihr Interesse an mir reichte nicht einmal aus, um sich zu wundern, als ich mir eine zweite Portion Speck nahm, obwohl das Schiff schaukelte wie eine Wippe.

Den ganzen Tag lang pflügten wir schlingernd durch die raue See. Das Wasser auf Deck glitzerte so hell, dass ich von dem Anblick halb benommen war. Jetzt, wo die Kisten verstaut und die Luken abgedeckt waren, wirkte das Schiff doppelt so groß. Ich spazierte über das leere Deck wie ein Preistruthahn. Hin und wieder machte mich Kapitän Dobson, der mit einem alten Filzhut auf dem Kopf auf der Brücke stand und eine Bruyèrepfeife rauchte, wohlmeinend auf ein vorbeifahrendes Schiff aufmerksam. Ich fühlte mich jedes Mal verpflichtet, zur Reling zu eilen und es mit sachkundigem Eifer zu betrachten. Später brachte er mich in Verlegenheit, denn er kam mit einem Liegestuhl und stellte ihn eigenhändig für mich auf. »Jetzt sind Sie so selig wie der Junge, der seinen Vater umgebracht hat«, sagte er. »Ich würde gerne Ihre Meinung hierzu hören«, fuhr er fort und gab mir ein Taschenbuch mit einem aufreizenden Bild auf dem Umschlag. Es hieß *Die Braut der Bestie* und enthielt lauter Szenen wie diese: »Er legte seine glühenden Hände auf ihre vollen Brüste, dann drückte er sie brutal zusammen, bis sie vor Schmerz und Verlangen aufschrie.« In London hätten meine Freunde und ich uns mit geistreichen Worten darüber lustig gemacht. Es gehörte einfach zum guten Ton, Bücher dieser Art als lächerlich zu verwerfen. Hier aber durfte ich mir eingestehen, dass es mich, so albern es auch war, ungeheuer erregte. Kapitän Dobson sah es als Kompliment, dass ich es in einer Stunde durchlas. Teddy versorgte mich währenddessen mit Tee und Blätterteiggebäck mit Marmeladenfüllung.

Mitten in der Nacht schlug ich die Augen auf, als hätte mich jemand geweckt. Ich kniete mich auf mein Bett und spähte durchs Bullauge. Die ersten Lichter Deutschlands spiegelten sich im schwarzen Wasser, blau, grün und rot.

Am nächsten Morgen fuhren wir den Fluss hinauf. Kapitän Dobson trank mit dem deutschen Lotsen im Kartenraum und war ausgesprochen heiter. Er hatte den alten Filzhut gegen eine schicke weiße Mütze getauscht, mit der er mehr denn je einem lustigen Seebären aus dem Varieté ähnelte. Wir fuhren an Binnenschiffen vorbei, die mit ihren bunten Gardinen und den Blumentöpfen vor den Fenstern wie ein gemütliches Zuhause wirkten. Kapitän Dobson wies mich auf allerlei Interessantes am Ufer hin. Er zeigte auf ein Fabrikgebäude und sagte: »Dort arbeiten Hunderte junge Wollwäscherinnen. Es ist so heiß, dass sie sich obenrum völlig frei machen.« Er zwinkerte mir zu. Aus Höflichkeit setzte ich ein anzügliches Grinsen auf.

Im Hafen wurde die *Coriolanus* wieder winzig klein, als sie zwischen all den großen Schiffen demütig ihren Liegeplatz ansteuerte. Kapitän Dobson rief den anderen Schiffen im Vorbeifahren Grüße zu, und sie wurden erwidert. Er schien allseits beliebt zu sein.

Als wir festmachten, lag das Deck so weit unterhalb des Kais, dass die Gangway fast senkrecht stand. Ein Polizist, der meinen Pass kontrollieren wollte, zögerte, sie hinunterzugehen. Kapitän Dobson veralberte ihn: »Zieh Leine, Tirpitz! Zieh Leine!« Auch den Lotsen hatte er Tirpitz genannt, so wie alle angerufenen Kapitäne. Der Polizist stieg vorsichtig rückwärts hinunter, lachend, aber mit den Händen fest am Geländer.

Als ich meinen Stempel hatte, waren die Formalitäten erledigt. Ich gab dem Steward die Hand (er war leicht eingeschnappt; ein schlechter Verlierer), steckte Teddy ein Trinkgeld zu und winkte Kapitän Dobson zum Abschied. »Schöne Grüße an die Mädels!«, rief er von der Brücke. Der Polizist begleitete mich hilfsbereit zum Tor und setzte mich in die Straßenbahn, die direkt vor Mr. Lancasters Arbeitsstätte hielt.

Das Kontor war eindrucksvoll, noch größer, als ich erwartet hatte, im Erdgeschoss, mit einer Drehtür. Ein halbes Dutzend Mädchen und etwa doppelt so viele Männer arbeiteten dort. Ein Junge von vielleicht sechzehn Jahren führte mich in Mr. Lancasters Büro.

Mr. Lancaster war mir als groß in Erinnerung geblieben, doch dass er so groß war, hatte ich vergessen. Riesig und dünn. Ich fügte mich der unbewussten Körperreaktion, die zu jeder Begegnung gehört, und wurde, während ich ihm die knochige Hand schüttelte, um den Bruchteil eines Millimeters kleiner, breiter, massiger.

»Da bin ich, Cousin Alexander!«

»Christopher«, sagte er mit seiner tiefen, gelangweilten Stimme. Es war kein Ausruf, sondern eine Feststellung. Ich füllte sie mit der Bedeutung: Da bist du, und ich bin nicht im mindesten überrascht.

Sein Kopf war so klein, dass er feminin wirkte. Er hatte sehr große Ohren, einen dicken, feuchten Schnurrbart und einen verdrießlichen Mund. Seine Miene war unfreundlich, frostig, missgestimmt. An der langen roten Nase deutete sich ein winziger Tropfen an. Obendrein trug er einen hohen, steifen Kragen und scheußliche schwarze Stiefel. Nein – ich konnte nichts Schönes an ihm finden. All meine früheren Eindrücke wurden bestätigt. Ich dachte zustimmend an den Ausspruch meines alten Freundes Hugh Weston: »Alle hässlichen Menschen sind böse.«

»Ich brauche noch –«, Mr. Lancaster sah auf die Uhr und schien ein paar kurze, aber komplizierte Berechnungen anzustellen, »achtzehn Minuten.« Er kehrte an seinen Schreibtisch zurück.

Ich setzte mich auf einen unbequemen Stuhl in der Ecke und merkte, wie sich zornige Resignation in mir breitmachte. Ich war tief enttäuscht. Warum? Was hatte ich denn erwartet? Ein herzliches Willkommen, Erkundigungen über meine Reise, Bewunderung, dass ich nicht seekrank geworden war? Nun – ja. Genau das. Wie konntest du nur so dumm sein?, dachte ich. Du hättest es besser wissen müssen. Jetzt sitzt du eine Woche lang bei diesem stumpfen alten Esel fest.

Mr. Lancaster schrieb etwas. Ohne aufzublicken, nahm er die Zeitung vom Schreibtisch und warf sie mir zu. Es war die *London Times*, drei Tage alt.

»Vielen Dank – *Sir*«, sagte ich so bissig, wie mein Mut es zuließ. Das war meine Kriegserklärung. Mr. Lancaster zeigte keine Reaktion.

Dann griff er zum Hörer. Er telefonierte auf Englisch, Französisch, Deutsch, Spanisch. Alle Sprachen hatten bei ihm denselben Klang und dieselbe Satzmelodie. Hin und wieder wurde er laut, und ich begriff, dass er seiner Stimme lauschte und dass ihm gefiel, was er hörte. Sie hatte eindeutig etwas Priesterliches und auch etwas Präsidiales; nur nichts von einem Geschäftsmann. Mehrmals schlug er einen Befehlston an. Einmal wurde er fast liebenswürdig. Er konnte seine Hände nicht einen Moment lang stillhalten, und beim kleinsten Problem reagierte er gereizt und wurde nervös.

Er brauchte über eine halbe Stunde.

Dann stand er ohne Vorankündigung auf, sagte: »Das war's« und verließ das Büro, sodass mir nichts anderes übrigblieb, als ihm zu folgen. Die erwachsenen Angestellten waren alle fort, vermutlich in der Mittagspause. Der Junge hielt die Stellung. Mr. Lancaster sagte etwas auf Deutsch zu ihm, dem ich nur entnahm, dass er Waldemar hieß. Im Hinausgehen grinste ich ihm zu, ein intuitiver Versuch, mich mit ihm gegen Mr. Lancaster zu verbünden. Er verzog keine Miene und schenkte mir nur eine kleine, steife deutsche Verbeugung. Ich war fassungslos, dass ein Halbwüchsiger sich so kriecherisch benahm. Mr. Lancaster brach sie offenbar schon in der Jugend. Oder stellte er mich – ein schrecklicher Gedanke! – auf eine Stufe mit Mr. Lancaster und behandelte mich deshalb mit demselben höhnisch-verächtlichen Respekt? Ich bezweifelte es. Wahrscheinlich war Waldemar genauso bieder wie sein Chef und versuchte, ihn zu imitieren, weil er ihn für den Inbegriff eines Mannes von Welt hielt.

Wir fuhren mit der Straßenbahn zu Mr. Lancasters Wohnung. Es war ein warmer, schwüler Frühlingstag. Ich schwitzte wegen des schweren Koffers und des Mantels – ich hatte ihn angezogen, damit ich ihn nicht schleppen musste –, aber ich genoss das Wetter. Es machte mich unruhig und erregte mich. Ich war froh über das Gedränge in der Bahn – nicht nur, weil ich dadurch von Mr. Lancaster getrennt wurde und mich nicht mit ihm unterhalten musste, sondern auch, weil ich gegen die Körper junger Deutscher meines Alters, Männer und Frauen, gepresst wurde; die Grenze zwischen unseren Nationalitäten schien sich aufzulösen, während uns der schwankende Waggon zu einem dichten Menschenknäuel verwob. Auch draußen waren viele junge Leute unterwegs, auf Fahrrädern. Die Schüler trugen Mützen mit glänzenden Schirmen und farbenfrohe, am Hals offene Hemden mit Bändern statt Knöpfen. Die bunt bemalte Straßenbahn brauste rasselnd und klingelnd durch lange Straßen, gesäumt von weißen Häusern in Gärten voller Fliederbüsche, die Stuckfassaden bewachsen mit großblättrigem Wilden Wein. Wir fuhren an einem Brunnen vorbei – eine Figurengruppe mit Laokoon und seinen Söhnen, die sich im

Würgegriff der Schlangen wanden. Bei dem sonnigen Wetter konnte man sie fast beneiden. Denn die Schlangen spien kaltes Wasser über die nackten, erhitzten Leiber der Männer, und der tödliche Ringkampf wirkte sinnlich und träge.

Mr. Lancaster wohnte im Erdgeschoss eines großen Hauses, dessen Front nach Norden ging. Die hohen Räume waren luftig und hässlich. Sie wurden durch große weiße Schiebetüren getrennt, die sich bei bloßer Berührung verblüffend schwungvoll öffneten, mit einem Rumsen, das durchs ganze Haus hallte. Die Wohnung war im germanischen Jugendstil möbliert. Stühle, Tische, Schränke und Bücherregale hatten grauenhaft kantige Formen, die augenscheinlich von einer tiefen Abscheu gegen jeden Komfort und einem unbeugsamen Puritanismus zeugten. Ein ebenso grauenhafter Fries aus kahlen Zweigen zierte die Wohnzimmerdecke, und die Hängelampe in der Mitte war eine schmucklose Lotusknospe in säuerlichem Grün. Im Winter musste es hier unbeschreiblich trostlos sein; jetzt spendete die Wohnung wenigstens Kühle. Mr. Lancasters einziger erkennbarer Beitrag zur Einrichtung bestand aus einigen Fotografien aus der Schul- und Armeezeit.

Das eindrucksvollste Foto in Mr. Lancasters Sammlung war die große Aufnahme eines kraftstrotzenden, bärtigen alten Mannes von vielleicht fünfundsiebzig Jahren. Was für ein Bart! Ein Prachtexemplar, nicht mehr erhältlich, aus Sterlingsilber; der Bart eines waschechten viktorianischen Patriarchen. Haarmassen ergossen sich sintflutartig von den leicht gewölbten Nasenlöchern und den fleischigen Ohren hinab zu den Wangen, türmten sich dort zu zwei schäumenden Flutwellen auf, die unter dem Kinn zusammenstießen und reißende Stromschnellen erzeugten, denen kein Boot hätte standhalten können. Wie stolz der Alte seine Herrlichkeit zur Schau stellte – den Kopf leicht angehoben, um sich bewundern zu lassen, in einer Pose ungehemmter Launenhaftigkeit!

»Mein lieber alter Vater«, sagte Mr. Lancaster andächtig und gab mir so zu verstehen, dass der Bart jetzt bei Gott war. »Bevor er sechzehn war, hatte er Kap Hoorn umsegelt und war bis zum Rand des Eises, nördlich der Aleuten, vorgedrungen. Als er in deinem Alter war, Christopher« – hier klang ein leiser Vorwurf an –, »segelte er als Zweiter Offizier von Singapur durchs Chinesische Meer. Wenn Taifune wüteten, übersetzte er Xenophon. Alles, was ich weiß, habe ich von ihm.«

Das Mittagessen war kalt. Es bestand aus Schwarzbrot, hartem, gelbem holländischem Käse und verschiedenen Würsten – alle von der unanständig rosafarbenen Sorte, die streng riecht, voller Knorpel ist und im Anschnitt einem uralten Kirchenfenster ähnelt.

Bevor wir einen Bissen gegessen hatten, teilte Mr. Lancaster mir mit, dass er von Mittagsschlaf nichts hielt. »Als ich die Niederlassung in Valparaiso leitete, redete mein Vize ständig auf mich ein, ich solle wie die anderen Angestellten Siesta halten. Also sagte ich zu ihm: ›Das ist die Zeit, in der der weiße Mann den Kanaken zuvorkommt.‹«

Diese Bemerkung war, wie ich bald feststellen sollte, ein typisches Beispiel für Mr. Lancasters kühne reaktionäre Reden. In diesem Fall fungierte sie zweifellos als erzieherische Maßnahme, da er es für ausgemacht hielt, dass ich romantische, liberale Ansichten vertrat, denen man entgegenwirken musste. Darin lag er sowohl richtig als auch falsch. Auf diffuse, unreflektierte Weise hatte ich tatsächlich liberale Ansichten, doch irrte er sich in der Annahme, er könnte mich durch das Äußern gegensätzlicher Meinungen erschüttern. Erschüttert wäre ich nur gewesen, wenn er meine Ansichten geteilt hätte; stattdessen nahm ich seine Vorurteile ganz selbstverständlich hin, ohne Neugier, denn sie fügten sich nahtlos in das Bild, das ich von ihm hatte.

Im Grunde, glaube ich, wähnte sich Mr. Lancaster über den Gegensatz von Links und Rechts erhaben. Er bezog seine Standpunkte aus seiner unfehlbaren Lebenserfahrung und der müden Erkenntnis, alles gesehen zu haben, was sich zu sehen lohnt. Auch die Literatur hatte er hinter sich gelassen. Die Abende, erzählte er, verbringe er in der kleinen Werkstatt im hinteren Teil der Wohnung mit Tischlerarbeiten – »um mich vom Lesen fernzuhalten«.

»Für Bücher als solche habe ich keine Verwendung«, verkündete er. »Wenn ich bekommen habe, was ich von ihnen will, werfe ich sie weg … Erzählt mir jemand von einer neu entdeckten Philosophie, von einer Idee, die die Welt verändern wird, greife ich zu den Klassikern und sehe nach, welcher große Grieche sie am besten formuliert hat … Die Schreiberei ist in letzter Zeit zu einer Nervenkrankheit geworden. Und sie breitet sich überall aus. Zweifellos, mein armer Christophilos, wirst auch du in Kürze tief genug gesunken sein, um einen Roman zu verbrechen!«

»Ich habe gerade einen veröffentlicht.«

Kaum war es heraus, erschrak ich über mich selbst und schämte mich. Es war, als wären die Worte von selbst aus meinem Mund gekommen. Nicht einmal ein Staatsanwalt vor Gericht hätte mich so raffiniert zu einem Geständnis verleiten können wie Mr. Lancaster.

Das Demütigendste an meinem Geständnis war, dass es ihn weder zu überraschen noch zu interessieren schien. »Schick mir bei Gelegenheit ein Exemplar«, sagte er ungerührt. »Du bekommst es zurück, die getrennten Infinitive rot unterstrichen und alles Unlogische blau.« Er klopfte mir auf die Schulter; ich zuckte vor Abscheu zusammen. »Ach, übrigens«, fuhr er fort, »wir müssen später zu einem albernen, unbedeutenden Bankett –«, er sagte es in einem besonderen, verschmitzten Ton, als wollte er meine ehrerbietige Aufmerksamkeit darauf lenken, dass es sich dabei um ein humorvoll gemeintes Zitat aus dem Göttlichen Schwan handelte, »alle Lokalgrößen von den Reedereien, Konsulaten und so weiter werden dort sein. Du wirst mich begleiten.«

»Nein«, sagte ich. Und das war mein Ernst. Ich hatte genug. Die Menge an kostbarer Lebenszeit, die ich auf diesen ignoranten, beleidigenden, selbstgefälligen Dummkopf verschwenden konnte, war begrenzt. Ich würde einfach gehen, sofort, an diesem Nachmittag. Ich hatte ein bisschen Geld. Ich würde in ein Reisebüro gehen und mich erkundigen, wie viel eine herkömmliche, gesittete Fahrt dritter Klasse zurück nach England kostete. Wenn das Geld nicht reichte, würde ich mir ein Hotelzimmer nehmen und meine Mutter per Telegramm um mehr bitten. Die Sache war ganz einfach. Mr. Lancaster war nicht der Alleinherrscher über die Welt, und er konnte mich durch nichts daran hindern. Das wusste er so gut wie ich. Ich war kein Kind mehr. Und doch …

Und doch – aus irgendeinem absurden, irrationalen, ärgerlichen, erniedrigenden Grund – hatte ich Angst vor ihm!

Unglaublich, aber wahr. Solche Angst, dass ich zitterte und mir fast die Stimme versagte, als ich gegen ihn aufbegehrte. Mr. Lancaster schien mich gar nicht gehört zu haben.

»Das wird eine wichtige Erfahrung für dich«, sagte er, während er auf seinem alten harten Käse kaute.

»Ich kann nicht«, sagte ich, diesmal übertrieben laut.

»Was kannst du nicht?«

»Mitkommen.«

»Warum nicht?« Er zeigte sich nachsichtig; ein Erwachsener, der sich die Ausflüchte eines Schülers anhört.

»Ich … ich habe keinen Smoking.« Wieder erschrak ich über mich selbst. Dieser Verrat geschah so unfreiwillig wie der erste; bis zu dem Moment, als ich es aussprach, hatte ich geglaubt, ich würde ihn über meine Abreise in Kenntnis setzen.

»Davon bin ich ausgegangen«, sagte Mr. Lancaster unbeirrt. »Ich habe meinen Vize gebeten, dir seinen zu borgen. Er hat etwa deine Größe und muss heute Abend zu Hause bleiben. Seine Frau erwartet schon wieder ein Kind. Das fünfte. Sie vermehren sich wie Ungeziefer. Das ist die wahre Gefahr der Zukunft, Christopher. Nicht Krieg. Nicht Krankheit oder Hungersnot. Sie laichen sich zu Tode. Ich habe 21 davor gewarnt. Einen langen Brief an die *Times* geschrieben, in dem ich einen explosiven Anstieg der Geburtenrate vorhersagte. Meine Prognose hat sich bestätigt. Aber sie fürchteten sich. Die Wahrheit war zu entsetzlich. Nur der erste Absatz wurde abgedruckt –« Er stand abrupt auf. »Du kannst dir jetzt die Stadt ansehen. Sei um Punkt sechs zurück. Nein – besser um fünf vor sechs. Ich habe jetzt zu tun.« Und damit ließ er mich allein.

Das Bankett wurde in den Festräumen eines großen Restaurants mitten in der Innenstadt abgehalten.

Bei unserer Ankunft legte Mr. Lancaster sofort ein geschäftiges Verhalten an den Tag. Sein Blick schwirrte in alle Richtungen, und er ließ mich immer wieder stehen, um mit neu eingetroffenen Gästen zu sprechen. Er trug einen grünlich schwarzen Smoking im Stil der Zeit vor 1914, und in der gestärkten Hemdmanschette steckte ein weißes Seidentuch. Mein geliehener Smoking war mir eindeutig zu groß; ich fühlte mich darin wie ein Laienzauberer – ohne Kaninchen in den großen Taschen.

Mr. Lancaster war nervös! Er verspürte offensichtlich das Bedürfnis, mich in seine Sorgen einzuweihen, aber er konnte nicht. Er brachte nicht einen klaren Satz hervor, sondern murmelte Unzusammenhängendes, während er den Blick durch den Raum schweifen ließ.

»Siehst du – die Hauptversammlung. Gewöhnlich eine reine Formsache. Aber dieses Jahr – gewisse Einflüsse – absolute Entschlossenheit – man muss ihnen begreiflich machen, was auf dem Spiel steht. Die Alternative wäre nämlich. Wie überall heutzutage. Muss bekämpft werden. Kompromisslos. Meinen Standpunkt klarmachen – ein für alle Mal. Warten wir es ab. Ich glaube nicht, dass sie es wagen –«

Die Versammlung, worum es dabei auch ging, schien in Kürze zu beginnen. Denn die Gäste bewegten sich bereits auf eine Tür am anderen Ende des Raumes zu. Ohne mich anzuweisen, auf ihn zu warten, schloss Mr. Lancaster sich ihnen an. Mir blieb nichts anderes übrig, als auf meinem Platz zu bleiben, am äußersten Rand eines langen Sofas gegenüber eines großen Wandspiegels.

Nur ganz selten im Leben – Gott weiß, warum – hat man das Gefühl, dass ein Spiegel das eigene Bild einfängt und es festhält wie eine Kamera. Jahre später muss man nur an diesen Spiegel denken und sieht sich so, wie man damals darin ausgesehen hat. Man erinnert sich sogar daran, was man beim Blick hinein empfunden hat. Mit neun Jahren schoss ich zum Beispiel in einem Schulfußballspiel mit maßlos viel Glück ein Tor. Als ich vom Platz ging, blickte ich in der Umkleide in den Spiegel, in der Erwartung, dieser unwahrscheinliche sportliche Erfolg müsste mein Äußeres verändert haben. Hatte er nicht, aber ich weiß noch ganz genau, wie ich in diesem Moment aussah und wie ich mich fühlte. Und ich weiß auch, wie ich aussah und wie ich mich fühlte, als ich in diesen Restaurantspiegel starrte.

Ich sehe mein junges Gesicht, das mich unter einem Schopf strähnigen blonden Haars mit großen vorwurfsvollen Augen anblickt. Ein schmales, angespanntes Gesicht, so berückend schön, dass man es hätte fotografieren und auf Plakatgröße hätte bringen können, als Aufruf aller jungen Leute dieser Welt: »Die Alten hassen uns, weil wir so hübsch sind. Bitte helfen Sie!«

Und jetzt empfinde ich, was dieses Gesicht empfindet – das Gefühl des Verlassenseins, unter dem die Jugend ständig leidet. Ihr Gott lässt sie täglich mehrmals im Stich; sie stoßen an ihren Kreuzen unaufhörlich Schreie der Verzweiflung aus. Ich bin nicht wütend auf Mr. Lancaster, weil er mich verlassen hat; ich nehme es ihm nicht einmal richtig übel. Denn in diesem Moment erscheint er mir als nahezu unpersönlicher Ausdruck des Verrats, den die Welt an der Jugend begeht.

Ich habe Todesangst, dass ich vom Maître d'hôtel oder von einem der vielen Kellner zur Rede gestellt werde, die untätig herumstehen und darauf warten, dass das Bankett beginnt. Angenommen, sie fragen mich, was ich hier zu suchen habe – warum ich, wenn ich zu den geladenen Gästen gehöre, nicht mit den anderen auf der Versammlung bin?

Also verwende ich all meine Willenskraft darauf, nicht angesprochen zu werden. Ich richte den Blick starr auf mein Spiegelbild und versuche, diese Männer aus meinem Bewusstsein zu verbannen, jede Andeutung einer möglichen telepathischen Verbindung zwischen uns zu zerstören. Das ist schrecklich anstrengend. Ich zittere am ganzen Körper, und mir ist schlecht. Schweiß rinnt mir über die Schläfen.

Die Sitzung dauerte fast anderthalb Stunden.

Die meisten Gäste kamen zu zweit oder zu dritt zurück, nur Mr. Lancaster war allein. Er steuerte direkt auf mich zu.

»Jetzt wird gegessen«, sagte er mit gereizter Ungeduld, als hätte ich irgendwelche Einwände erhoben. »Ich habe dich neben den alten Machado setzen lassen. Er wird dir alles über Peru erzählen. Er ist ihr hiesiger Vizekonsul. Du sprichst doch Französisch?«

»Nicht ein Wort.« Das war gelogen. Aber ich wollte Mr. Lancaster verunsichern und ihm als Strafe dafür, dass er mich allein gelassen hatte, ein schlechtes Gewissen machen.

Er hörte mir gar nicht zu. »Gut. Das wird eine wichtige Erfahrung für dich.« Und schon war er wieder fort. Ich schloss mich der Menge an, die sich in Richtung Esszimmer bewegte.

Der Raum war sehr groß, ein richtiger Festsaal. Vier lange Tische standen darin. Ganz am Ende, unter hängenden

Nationalflaggen, befand sich offensichtlich der Ehrentisch. Mr. Lancaster nahm dort bereits Platz. Ebenso einfach zu erkennen war der unwichtigste Tisch, gleich neben der Tür. Und tatsächlich trug eines der Tischkärtchen meinen Namen. Zu meiner Rechten las ich den Namen Emilio Machado, und einen Augenblick später setzte sich Sr. Machado neben mich. Er war ein winziger Mann in den Siebzigern. Sein gutmütiges mahagonibraunes Gesicht war durchzogen von Falten – diese waren von leicht hellerer Farbe – und wurde von einem herunterhängenden weißen Schnauzbart geziert. Sein Mund verzog sich zu einem kläglichen, albernen Lächeln, als er das Mienenspiel einiger sich laut unterhaltender Gäste gegenüber beobachtete, doch ich hatte nicht den Eindruck, dass er angesprochen werden wollte.

Das Essen war zu meiner Überraschung hervorragend. (Ich verband alles in dieser Stadt mit Mr. Lancaster und war daher geneigt zu vergessen, dass er mit der Bewirtung unmöglich etwas zu tun haben konnte.) Nach der Suppe begannen die Gäste, sich paarweise zuzuprosten. Dabei erhob sich ein Gast mit dem Glas in der Hand halb von seinem Platz und wartete, bis die gewünschte Person seinen Blick erwiderte. Diese stand ebenfalls auf, die Gläser wurden erhoben, und man verbeugte sich. Es handelte sich eindeutig um eine ernste Angelegenheit. Ich war mir sicher, dass jeder Toast aufmerksam registriert wurde und es sich ausgesprochen nachteilig auf die eigenen Geschäfte ausgewirkt hätte, jemanden zu übergehen.

Die Prozedur machte mich darauf aufmerksam, dass mein Glas leer war. Offenbar wurden die Getränke nicht mit den Speisen serviert; man musste sie extra bestellen. In der Eile des Umziehens hatte ich vergessen, Geld einzustecken; ich würde die Rechnung an Mr. Lancaster schicken lassen müssen. Aber darüber machte ich mir keine Sorgen. Geschieht ihm recht, dachte ich, weil er dich vernachlässigt hat. Ich beschloss, mich an Sr. Machado zu wenden und ihn zu bitten, sich eine Flasche Wein mit mir zu teilen. Auch er hatte nichts zu trinken. Ich holte tief Luft: »*Si vous voulez, Monsieur, j'aimerais bien boire quelque chose* –«

Er hörte mich nicht. Ich bekam vor Scham einen heißen Kopf. Aber dann hörte ich an meinem anderen Ohr eine Stimme: »Sie sind Mr. Lancasters Neffe, nicht wahr?«

Ich zuckte schuldbewusst zusammen. Denn die schwierige Kontaktaufnahme mit Sr. Machado hatte mich so beansprucht, dass ich meinen anderen Tischnachbarn kaum wahrgenommen hatte. Es war ein Mann mit gierigem Gesicht und funkelnden Augen, lächelnd und ohne Kinn. Das dünne, glatte graue Haar war streng nach hinten gekämmt. Ein Monokel hing an einem breiten Seidenband vor seiner Brust. Seine Mundwinkel zeigten leicht nach unten, was ihm eine gewisse Ähnlichkeit mit einem Hai verlieh – nicht von der gefährlichen Sorte allerdings; ganz sicher kein Menschenfresser. Ich schielte auf sein Tischkärtchen und las einen ungarischen Namen, den nur ein Ungar richtig aussprechen kann.

»Ich bin nicht sein Neffe«, sagte ich. »Eigentlich bin ich nicht einmal mit ihm verwandt.«

»Ach so?« Das freute den Hai. »Sie sind nur Freunde?«

»Ich nehme an.«

»Ein Frrreund?«, rief er mit herrlich rollendem R. »Mr. Lancaster hat einen joongen Frrreund!«

Ich schmunzelte. Ich hatte das Gefühl, den Hai bereits bestens zu kennen.

»Aber er lässt Sie allein! Das ist nicht sehr freundlich.«

»Nun, jetzt sind Sie ja da, um auf mich aufzupassen.«

Das löste beim Hai kreischendes Gelächter aus. (Bei genauer Überlegung hatte er auch etwas von einem Papagei.)

»Ich soll auf Sie aufpassen?«, sagte der Papageienhai. »Ah, einverstanden! Das werde ich, das werde ich. Bitte, seien Sie unbesorgt!« Er winkte einen Kellner herbei. »Helfen Sie mir, eine große Flasche Wein zu trinken? Es ist nicht gut für mich, wenn ich immer allein trinken muss.«

»Gar nicht gut.«

»Und jetzt erzählen Sie mir bitte – Sie sind Mr. Lancasters Freund, seit wann?«

»Seit heute Morgen.«

»Seit heute Morgen erst!« Der Papageienhai war nicht so schockiert, wie er vorgab, aber er war ehrlich verblüfft. »Und er lässt Sie schon alleine?«

»Ach, das bin ich gewohnt!«

Die Neugier in seinem Blick nahm deutlich zu, vielleicht weil ihm aufging, dass hier irgendetwas nicht ganz alltäglich, sogar ein bisschen unheimlich war. Hätte er gewusst, was für einen überaus sonderbaren jungen Fisch er an der Angel hatte, wäre er möglicherweise schreiend aus dem Saal geflüchtet. Doch in diesem Augenblick kam der Wein, und seine Neugier war rasch vergessen.

Von da an lief alles wie von selbst. Der Papageienhai war leicht bei Laune zu halten, erst recht, als die erste Flasche geleert war und er eine neue bestellte. Nach dem Hauptgang wurde es dunkel im Saal, und die Kellner brachten Eisbomben mit bunten Lichtern darauf. Dann folgten die Reden. Ein dicker, glatzköpfiger Mann erhob sich mit dem Selbstvertrauen einer Berühmtheit. Der Papageienhai flüsterte mir zu, das sei der Bürgermeister. Jemand hatte mir einmal erklärt, wie man auf Deutsch eine Geschichte erzählt: Man spart sich die Pointe möglichst auf und packt sie in das letzte Verb am Ende des allerletzten Satzes. Kurz bevor man am Ziel ist, legt man eine dramatische Pause ein, dann schleudert man das wuchtige, ungraziöse, vielsilbige Verb wie ein Würfelspieler auf den Tisch.

Am Ende jeder Rede brach das Publikum in tosenden Beifall aus und wischte sich mit Taschentüchern die schwitzenden Gesichter. Doch als Mr. Lancaster an der Reihe war, waren sie schon etwas müde und nicht mehr so leicht zufriedenzustellen. Seine Rede wurde lediglich mit höflichem Applaus bedacht.

»Mr. Lancaster hat schlechte Laune heute Abend«, erklärte mir der Papageienhai mit sichtlicher Genugtuung.

»Warum denn das?«

»Dies ist ein Club für die Ausländer, die in der Stadt arbeiten. Mr. Lancaster ist seit drei Jahren unser Vorsitzender. Bis jetzt wurde er immer ohne Widerstand gewählt – weil er eine so mächtige Reederei vertritt –«

»Und in diesem Jahr haben Sie einen anderen gewählt?«

»Nein, nein. Wir haben ihn gewählt. Aber erst nach langer Debatte. Wir wählen ihn, weil wir Angst vor ihm haben.«

»Ha, ha! Sehr komisch!«

»Es ist wahr! Wir alle haben Angst vor Mr. Lancaster. Er ist unser Schulmeister. Nein – bitte sagen Sie ihm das nicht! Ich scherze nur.«

»Ich habe keine Angst vor ihm«, prahlte ich.

»Ach, bei Ihnen ist das etwas anderes! Sie sind auch Engländer. Ich glaube, wenn Sie in Mr. Lancasters Alter sind, fürchten sich die Leute auch vor Ihnen.« Aber der Papageienhai meinte es nicht ernst: Er glaubte nicht eine Sekunde daran. Er tätschelte mir die Hand. »Es macht mir Spaß, Sie ein wenig zu necken.« In diesem Einvernehmen tranken wir auf unser Wohl und leerten die dritte Flasche.

An den Rest des Abends erinnere ich mich nur undeutlich. Nach den Reden erhoben sich die Gäste von den Stühlen. Einige gingen vermutlich nach Hause. Die meisten nahmen die Sitzgelegenheiten in den Nebenräumen in Beschlag und bestellten mehr zu trinken. Tischchen wurden gebracht, um die Gläser darauf abzustellen. Wer leer ausgegangen war, schlenderte aufmerksam umher, um einen frei gewordenen Platz zu erobern. Das Licht kam mir sehr hell vor. Das laute Stimmengewirr dämpfte sich in meinen Ohren zu einem tiefen, schläfrigen Brummen. Ich saß an einem Tisch in einem Alkoven. Der Papageienhai passte weiter auf mich auf, und einige seiner Freunde hatten sich zu ihm gesellt. Nicht alle waren Ungarn, glaube ich – einer schien vielmehr Franzose zu sein und ein anderer Skandinavier –, aber sie verhielten sich, als gehörten sie zusammen. Es schien, als wären sie Mitglieder einer Geheimgesellschaft, denn ihre Reden steckten voller Codewörter und mit wissendem Lächeln quittierten Losungen. Mein Bauchgefühl sagte mir, dass sie alle gegen Mr. Lancasters Wiederwahl rebelliert hatten. Sie wirkten nicht besonders furchteinflößend; es war kein Wunder, dass er sie besiegt hatte. Aber sie waren entschlossener und gefährlicher, als sie vermuten ließen. Sie waren lächelnde Feinde, Wadenbeißer, Heckenschützen, die schnell davonhuschten, aber mit Sicherheit wiederkamen.

Machado war längst fort. Dafür tauchte Mr. Lancaster mehrere Male kurz in meinem Blickfeld auf. Überrascht stellte ich fest, dass er genauso betrunken war wie ich. Ich hatte angenommen, dass er, aus Überzeugung oder Vorsicht, streng enthaltsam lebte oder aber eine Menge vertrug. Wir tranken jetzt Likör. Ich war schon halb vornübergesunken. »Müde?«, fragte der Papageienhai. »Ich mache Sie wieder munter!« Er rief den Kellner und gab ihm auf Deutsch genaue Anweisungen, wobei er seinen Freunden zuzwinkerte. Alle lachten. Ich lachte auch. Es war mir wirklich völlig egal, was sie mit mir anstellten.

Der Kellner brachte das Getränk. Ich roch daran. »Was ist das?«, fragte ich.

»Ach, nur eine kleine besondere Arznei.« Die Gesichter vom Papageienhai und seinen Mitverschwörern waren plötzlich ganz nah. Sie bildeten einen Kreis, der mich auf betörende Weise umschloss. Ihre Blicke folgten jeder meiner Bewegungen, mit einem Interesse, das mir gefiel und schmeichelte. Es war auf jeden Fall eine Abwechslung, im Mittelpunkt derart geballter Aufmerksamkeit zu stehen. Ich roch wieder an dem Getränk. Es handelte sich um eine Art Cocktail; ich machte einen moschusartigen Geruch aus, der möglicherweise Nelken enthielt.

Etwas veranlasste mich, mich umzudrehen. Und da stand Mr. Lancaster. Mein Gefühl für Entfernungen war nicht mehr besonders zuverlässig; er schien etwa fünfundzwanzig Meter weit weg zu stehen und an die vier Meter groß zu sein. In Wahrheit muss er direkt hinter meinem Stuhl gestanden haben. Er sagte scharf: »Trink das nicht, Christopher, das ist ein Trick –« (oder vielleicht: »Das macht dick«; ich weiß es nicht).

Es gab eine lange Pause, in der ich wahrscheinlich dümmlich grinste. Der Papageienhai sagte lächelnd: »Hören Sie, was Herr Lancaster sagt? Sie dürfen das nicht trinken.«

»Nein«, sagte ich, »das werde ich auch nicht. Ich will doch meinen lieben Cousin nicht verärgern.« Mit diesen Worten hob ich das Glas an den Mund und trank es in einem Zug leer. Es war, als hätte ich eine Rakete verschluckt. Durch den Schock war ich einen Augenblick lang stocknüchtern. »Faszinierend«, hörte ich mich sagen, »eine reine Reflexhandlung. Ich meine – also – hätte er gesagt, ich soll es *nicht* trinken – ich meine, dann –«

Der Satz blieb in der Luft hängen, und ich hatte keine Lust, ihn zu beenden. Als ich aufblickte, stellte ich überrascht fest, dass Mr. Lancaster verschwunden war. Wahrscheinlich waren mehrere Minuten vergangen.

»Er kann Sie nicht leiden«, sagte ich unvermittelt zum Papageienhai.

Der Papageienhai grinste. »Das kommt, weil er Angst hat, dass ich Sie ihm stehle.«

»Und worauf warten Sie dann noch?«, rief ich herausfordernd. »Wollen Sie mich denn nicht stehlen?«

»Das werden wir«, sagte er, doch er blickte weiter besorgt hinüber zu Mr. Lancaster, der in mittlerer Entfernung wieder aufgetaucht war. »Es gibt hier eine Bar«, flüsterte er mir zu, »unten am Hafen. Da ist es sehr unterhaltsam.«

»Was meinen Sie damit – unterhaltsam?«

»Sie werden schon sehen.«

Seine Worte zerstörten den Zauber. Auf einmal war ich entsetzlich gelangweilt. Ja, auf meine sadistische Art hatte ich mit dem Papageienhai geflirtet; ihn dazu aufgerufen, meinen Willen zu brechen, mich in Erstaunen zu versetzen, mich zu beherrschen, mich zu entführen. Armes, scheues Wesen, er hätte nicht einmal eine Maus entführen können! Er hatte kein Vertrauen in seine eigenen Begierden. Ihm fehlte jede Schamlosigkeit. Vermutlich hielt er sich selbst für einen Verführer. Aber seine Verführungsmethoden waren in den Neunzigern aus der Mode gekommen. Sie ähnelten einem endlos langen, sehr schlecht geschriebenen Buch, das ich, wie mir jetzt klar war, nie hatte lesen wollen.

»Unterhaltsam?«, sagte ich. »*Unterhaltsam?*«

Damit stand ich in all meiner betrunkenen Würde auf und ging langsam zu Mr. Lancaster hinüber. »Bring mich nach Hause«, sagte ich gebieterisch. Es muss gebieterisch gewesen sein, denn er gehorchte auf der Stelle!

Am nächsten Morgen beim Frühstück wirkte Mr. Lancaster schwer angeschlagen. Seine arme Nase war röter denn je und sein Gesicht grau. Er saß antriebslos am Tisch und ließ mich das Essen aus der Küche holen. Ich summte dabei vor mich hin. Ich war ungewöhnlich heiter. Mir war bewusst, dass Mr. Lancaster mich beobachtete.

»Ich hoffe, du nimmst kalte Bäder, Christopher.«

»Ich habe vorhin eins genommen.«

»Braver Junge! Das ist eine der Gewohnheiten, an denen man einen Mann erkennt.«

Ich wollte laut auflachen. Denn ich nahm nur ein kaltes Bad, wenn ich getrunken hatte, und hätte es als peinlich und reaktionär empfunden, es aus anderen Gründen zu tun. Dieses eine Mal gab ich Mr. Lancaster recht: Kalt zu baden war eine Gewohnheit, an der man einen Mann erkannte – es kennzeichnete ihn als Feind. Dennoch musste ich bekennen, dass ein Teil von mir, meine Spaniel-Seite, die ich verabscheute, Mr. Lancasters unberechtigtes Lob gierig aufleckte!

Insgesamt hatte sich unser Verhältnis deutlich verbessert; zumindest meinerseits. Ich hatte das Gefühl, ihn übertrumpft zu haben, und konnte es mir daher leisten, gnädig zu sein. Ich hatte ihm hinsichtlich des Cocktails die Stirn geboten und war ungestraft davongekommen. Ich hatte einen Blick hinter die Kulissen seines Berufslebens geworfen und gesehen, dass er nicht unverwundbar war; zumindest war er das Ziel belangloser Ambitionen. Vor allem aber war er heute Morgen verkatert und ich nicht – na ja, nicht allzu sehr.

»Leider war ich gestern Abend ein wenig abgelenkt«, sagte er. »Ich hätte dich beiseitenehmen und dir alles in Ruhe erklären sollen. Ich befand mich in einer sehr heiklen Lage. Ich musste schnell handeln –« Mir wurde klar, dass es gar nicht seine Absicht war, mir von dem Club und dem Kampf um seine Wiederwahl zu erzählen; das hätte sich nicht wichtig genug angehört. Also flüchtete er sich in hochtrabende Verallgemeinerungen: »Überall auf der Welt geht das Böse um. Ich bin in Russland gewesen, ich kenne mich aus. Ich weiß, wann ich es mit Satanisten zu tun habe. Und sie werden von Jahr zu Jahr dreister. Sie kriechen nicht mehr in der Gosse herum. Sie sitzen in Machtpositionen. Ich wage eine Prognose – präge dir meine Worte gut ein –, in zehn Jahren kannst du diese Stadt weder mit deiner Mutter, deiner Frau noch einem anderen unbescholtenen weiblichen Wesen besuchen. Es wird hier – und ich sage nicht schlimmer, denn das wäre unmöglich – genauso schlimm sein wie in Berlin!«

»Ist Berlin denn so schlimm?«, fragte ich, bemüht, nicht allzu interessiert zu wirken.

»Christopher – nirgends, nicht in *Tausendundeine Nacht*, den schamlosesten Ritualen des Tantra, auf den Steinreliefs der Schwarzen Pagode, den japanischen Bordellbildern, in den abscheulichsten Perversionen der orientalischen und asiatischen Phantasie, findet man Ekelerregenderes als das, was sich dort, ganz öffentlich, Tag für Tag abspielt. Diese Stadt ist dem Untergang geweiht, mehr, als es Sodom je war. Die Menschen dort begreifen gar nicht, wie tief sie gesunken sind. Das Böse erkennt sich nicht als böse. Es herrscht der schlimmste aller Teufel – der Teufel ohne Gesicht. Du bist behütet aufgewachsen, Christopher. Gott sei es gedankt. Du kannst dir solche Dinge gar nicht vorstellen.«

»Nein – sicher nicht«, sagte ich lammfromm. Und ich traf auf der Stelle eine Entscheidung – eine Entscheidung, die mein gesamtes weiteres Leben prägen sollte. Ich beschloss, dass ich, egal wie, so bald wie möglich nach Berlin fahren und dort sehr, sehr lange bleiben würde.

Am Nachmittag beauftragte Mr. Lancaster Waldemar, mir die Stadt zu zeigen. Wir sahen uns die Gemälde im Rathaus an und besuchten den Dom. Kapitän Dobson hatte mich neugierig auf den darunterliegenden Bleikeller gemacht, in dem es mumifizierte Leichen von Menschen und Tieren zu bestaunen gab. Er hatte sie sich mit seinem Bruder angesehen: »Eine ist eine Frau. Sie trägt eine schwarze Unterhose.

Und da dachte ich mir, ich würde gerne wissen, wie sich die Lage dort unten entwickelt hat. Ein Aufseher schob Wache, aber er drehte uns den Rücken zu. Also bat ich meinen Bruder, den alten Tirpitz im Auge zu behalten. Und dann lüpfte ich sie. Und wissen Sie, was? Da war nichts – gar nichts! Die Ratten müssen sich über sie hergemacht haben.«

Mit ihrem ausgetrockneten, eingefallenen Fleisch waren die Toten kaum mehr als Gerippe; die Haut sah aus wie schwarzes Gummi. Auch diesmal war ein Aufseher zugegen; er drehte uns jedoch nicht den Rücken zu, sodass ich keine Gelegenheit hatte, Kapitän Dobsons Geschichte zu überprüfen. Bei dem Gedanken daran musste ich lächeln; gerne hätte ich sie Waldemar erzählt. Eine Amerikanerin, die mit uns im Keller war, fragte mich, wie man die Leichen konserviert hätte. Als ich gestand, es nicht zu wissen, schlug sie vor, ich solle Waldemar fragen. Ich musste ihr erklären, dass das nicht möglich sei. Worauf sie zu ihrem Begleiter sagte: »Ach – ist das nicht goldig? Dieser junge Mann spricht kein Deutsch und sein Freund kein Englisch!«

Ich fand das gar nicht goldig. Waldemars Gesellschaft war mir unangenehm. Er war vermutlich ein netter Junge. Auf jeden Fall sah er gut aus; mit seinen hohen Wangenknochen war er im gotischen Sinne sogar schön. Er ähnelte einer der steinernen Engelsfiguren in der Kirche. Zweifellos hatte der Bildhauer im 12. Jahrhundert einen solchen Jungen – vielleicht sogar einen direkten Vorfahren Waldemars – als Modell genommen. Ein Engel ist jedoch keine besonders aufregende Begleitung, vor allem wenn er nicht deine Sprache spricht; außerdem verhielt sich Waldemar ausgesprochen passiv. Er dackelte mir hinterher, ohne die geringste Initiative zu zeigen. Ich nahm an, dass er mich so ermüdend fand wie die Sehenswürdigkeiten und sich nur mit dem Gedanken tröstete, dass es im Kontor noch öder wäre.

Die vier Tage, die ich jetzt bei Mr. Lancaster weilte, kamen mir vor wie ein ganzes Leben. Ich bezweifle, dass ich ihn in vier Monaten oder vier Jahren besser kennengelernt hätte.

Natürlich war ich gelangweilt, aber das störte mich nicht sonderlich. (Junge Leute sind meistens gelangweilt – sofern sie nicht völlig geistlos sind. Das heißt, sie sind empört – und das völlig zu Recht –, weil das Leben nicht so großartig ist, wie es ihrer Ansicht nach sein sollte.)

Ich hatte jedoch beschlossen, das Beste aus Mr. Lancaster zu machen. Ich schämte mich, dass ich mich am ersten Tag so unreif ihm gegenüber verhalten hatte. War ich nicht Schriftsteller? Während des Studiums hatten mein Freund Allen Chalmers und ich uns mit dem Motto »Alle Qualen!« angespornt. So begann eine Zeile aus Matthew Arnolds Shakespeare-Sonett: »Alle Qualen muss der unsterbliche Geist erdulden.« Damit riefen wir uns gegenseitig in Erinnerung, dass einem Schriftsteller alles Mögliche als Stoff dienen kann und dass es ihm nicht zusteht, mit der Grundlage seiner Existenz zu hadern. Mr. Lancaster, ermahnte ich mich jetzt, war eine dieser »Qualen«, und ich beschloss, mich damit abzufinden und ihn zu studieren wie ein Wissenschaftler.

Also durchsuchte ich seine Wohnung, als ich das erste Mal allein war, gründlich nach Indizien. Ich hatte ein lächerlich schlechtes Gewissen dabei. Es lag nirgends Teppich, und meine Schritte auf den nackten Dielen waren so laut, dass ich kurz davor war, die Schuhe auszuziehen. In einer Ecke im Wohnzimmer lehnte ein Paar Ski. Die Skier sahen so nach Mr. Lancaster aus, dass sie mir vorkamen wie zu meiner Beobachtung abgestellte Getreue. Ich schnitt ihnen Grimassen. Beobachtet wurde ich sowieso, vom Bart auf dem Foto. Zu gerne hätte er mich auf seinem Schiff gehabt und bei Schneesturm vor Kap Hoorn in die Takelage geschickt! Wenn man ihn ansah und dann an sein Opfer und seinen Schüler Mr. Lancaster dachte, begriff man, welchen Schaden das alte Ungeheuer angerichtet hatte.

Alles in allem erwies sich meine Suche als Enttäuschung. Ich fand so gut wie nichts. Es gab einen verschlossenen Schreibtisch, der möglicherweise Geheimnisse barg; ich würde auf eine Gelegenheit warten hineinzusehen. Alle anderen Schubladen und Schränke waren offen. Meine einzige interessante Entdeckung war eine Hauptmannsuniform der britischen Armee, die zwischen Mr. Lancasters Anzügen im Kleiderschrank hing. Er gehörte also zu den trostlosen Zeitgenossen, die mit ihren Kriegserlebnissen einen Kult trieben! Nun ja, ich hätte es mir denken können. Das war zumindest ein Anfang.

Beim Abendessen – die einzige genießbare Mahlzeit, denn sie wurde von einer Frau zubereitet, die eigens zu diesem Zwecke kam – brachte ich ihn auf das Thema. Das war alles andere als schwierig. Kaum sprach ich das Wort »Krieg« aus, begann er zu schwadronieren:

»Loos – Armentières – Ypern – Saint-Quentin – Compiègne – Abbeville – Épernay – Amiens – Béthune – Saint-Omer – Arras –« Er war in seinen priesterlichen Singsang verfallen, und ich fragte mich schon, ob er je ein Ende finden würde. Aber das tat er, unversehens. Dann sagte er, viel leiser: »Le Cateau« und schwieg. Er hatte den Ort in seinem weihevollsten Ton ausgesprochen. Schließlich erklärte er: »Dort schrieb ich eines der leider Gottes ganz wenigen großen Gedichte über den Krieg.« Wieder erhob sich seine Stimme zum Singsang: »Die ungeheure Wut nur der Kanonen.«

»Aber ist das nicht von –?«, rief ich unwillkürlich und biss mir schnell auf die Zunge, als ich die ganze Schönheit dieser Entdeckung begriff. Mr. Lancaster litt unter echtem Größenwahn!

»Ich hätte Schriftsteller werden können«, fuhr er fort. »Ich verfügte über die Gabe, die nur die größten Dichter haben – die Gabe, vollkommen objektiv auf alle menschliche Erfahrung hinunterzublicken.« Er sagte es mit einer Überzeugung, dass es fast gespenstisch war. Ich musste daran denken, wie die Toten bei Dante über sich selbst sprechen.

»Tolstoi hatte sie auch«, sinnierte Mr. Lancaster, »aber Tolstoi war verdorben. Das weiß ich, denn ich habe in sechs Ländern gelebt. Er konnte kein Bauernmädchen ansehen, ohne an die Brüste unter ihrem Kleid zu denken.« Er hielt inne, damit ich mich vom Schock über seine kraftvolle Sprache erholen konnte. Er spielte jetzt die Rolle des großen Romanciers, der, einfach und schonungslos, über das Leben redet, wie er es sieht, frei von Furcht und Begehren. »Eines Tages, Christopher, musst du dort hinfahren und dir selbst ein Bild machen. Die Steppe erstreckt sich Tausende Meilen weit über den Horizont hinaus, und überall herrschen Elend und Hoffnungslosigkeit. Erbärmliche, alles zersetzende Faulheit. Absolute Willensschwäche. Dann wirst du begreifen, warum Russland heute von einer Horde gottloser Juden regiert wird … In England haben wir niemand Größeren hervorgebracht als Keats. Keats hatte ein reines Herz, aber sein Blick war getrübt. Er war zu krank. Man braucht einen gesunden Geist in einem gesunden Körper. Ach, ich weiß, ihr jungen Freudianer spottet über solche Worte, aber die Geschichte wird euch eines Besseren belehren. Eure Generation wird zahlen, zahlen, zahlen. Die Sonne berührt schon den Horizont. Es ist fast zu spät. Die Nacht der Barbaren naht. Über all das hätte ich schreiben können. Ich hätte sie warnen können. Aber ich bin nun mal ein Mann der Tat –

Ich sage dir etwas, mein teuerster Christophilos – ich will dir etwas schenken. Ich schenke dir die Idee für einen Band mit Kurzgeschichten, der dich zu einem angesehenen Schriftsteller machen wird. So etwas wurde noch nie geschrieben. Niemand hat es sich getraut. Sie hatten nur den sogenannten Expressionismus im Kopf. Sie hielten sich für subjektiv. Pah! Ihnen fehlte die Ausdauer. Ihr Geist war verstopft. Alles, was sie hervorbrachten, war trocken wie Schafsködel –

Diese Dummköpfe glauben, Realismus bedeute, *über* Gefühle zu schreiben. Sie wähnen sich tollkühn, weil sie Dinge mit den Schlagwörtern benennen, die sich die Freudianer ausgedacht haben. Aber das ist nur umgekehrter Puritanismus. Die Puritaner verboten die Verwendung bestimmter Wörter, also befehlen die Freudianer, sie auszusprechen. Das ist der einzige Unterschied. Beide Seiten nehmen sich nichts. In ihren verdorbenen kleinen Herzen fürchten sich die Freudianer genauso vor diesen Wörtern wie die Puritaner – weil in ihren Köpfen immer noch die elende jüdische Nekromantie des Mittelalters herumgeistert –, Rabbi Löw und so weiter … Der wahre Realismus aber – der Realismus, vor dem alle zurückschrecken – hat für solche Wörter keine Verwendung. Der wahre Realismus ist darüber erhaben –

Ich würde also Folgendes tun –«

Hier hielt Mr. Lancaster eindrucksvoll inne, stand auf, ging durch den Raum, zog eine Schublade auf, nahm eine Pfeife heraus, stopfte sie, zündete sie an, schloss die Schublade wieder und kehrte zu seinem Platz zurück. Das Ganze zog sich fast fünf Minuten lang hin. Sein Gesicht blieb währenddessen völlig ausdruckslos. Aber ich merkte, dass er es genoss, mich zappeln zu lassen – und ich war, ohne es zu wollen, ehrlich gespannt.

»An deiner Stelle«, fuhr er schließlich fort, »würde ich Geschichten schreiben, die das Gefühl nicht beschreiben, sondern es erzeugen. Überleg doch mal, Christopher – eine Geschichte, die das Wort ›Angst‹ nie ausspricht, das Gefühl der Angst nie schildert, sondern den Leser in Angst *versetzt.* Kannst du dir vorstellen, wie furchtbar diese Angst wäre?

Eine Geschichte würde Hunger und Durst auslösen. Eine andere Zorn entfachen. Und dann gäbe es eine Geschichte – die grauenhafteste von allen. Fast zu grauenhaft vielleicht, um sie niederzuschreiben –«

(Die Geschichte, die einen in Schlaf versetzt? Ich sprach es nicht aus, dachte es aber – sehr laut.)

»Die Geschichte«, sagte Mr. Lancaster ganz langsam, um die größtmögliche Wirkung zu erzielen, »die … den Fortpflanzungstrieb weckt.«

Mein Plan, Mr. Lancaster durch die Brille des Wissenschaftlers zu betrachten, diente nicht allein der Kunst. Ich hatte erkannt, dass er einen wahrlich gefährlichen Einfluss auf meine Persönlichkeit auszuüben drohte. Denn sobald ich ihn nicht mehr als groteske Gestalt, sondern als echten Menschen sah, würde ich ihn dafür hassen, dass er mich tyrannisierte. Und wenn ich ihn hasste, seine Tyrannei aber weiter duldete, würde ich in lasterhafte, degenerierte Gehässigkeit verfallen; die ohnmächtige Gehässigkeit eines Sklaven. Gäbe es so etwas wie Reinkarnation – und warum sollte es das nicht? –, wäre ich im alten Rom vielleicht Mr. Lancasters Sklave und Sekretär gewesen. Wir hätten vermutlich in einer baufälligen Villa auf der falschen Seite der Via Appia gewohnt. Ich wäre ein Sklave gewesen, der sich für einen Dichter und Philosophen hält, seine Zeit jedoch damit verschwenden muss, das Gefasel seines Herrn niederzuschreiben und seine erschütternd banalen Ergüsse über die Geheimnisse der Natur zu ertragen. Mein Herr wäre selbstverständlich arm und dazu noch geizig gewesen. Ich hätte für zwei gearbeitet, Holz und Wasser geholt, vielleicht sogar kochen müssen. Vor den Sklaven aus den anderen Villen hätte ich mich aufgespielt und vorgegeben, keine niederen Tätigkeiten zu verrichten. Nachts hätte ich wachgelegen und seine Ermordung geplant. Aber ich hätte mich nicht getraut, die Tat auszuführen, aus Furcht, erwischt und ans Kreuz geschlagen zu werden.

Nein – mit Mr. Lancaster musste man sich wissenschaftlich befassen oder gar nicht. Ihn erforschen wie einen Gegenstand. Ich schrieb sogar seine Tischreden mit:

»Das Schlimmste an meiner gegenwärtigen Tätigkeit ist, dass sie höchstens ein Hundertstel meines Gehirns beansprucht. Ich leide unter geistiger Verstopfung. Im Krieg stellte mich mein Batterieführer oft vor knifflige Artillerieprobleme. Ich bewältigte sie an einem Tag. Nannte ihm für jedes Problem drei Lösungsmöglichkeiten – ganz ohne Mathematik.

Eines, Christopher, solltest du begreifen. Man muss in dieser Welt an die Macht des Bösen glauben. Lebensfreude – *alle* Lebensfreude – besteht darin, das Böse zu bekämpfen. Wenn wir dieses Ziel aus den Augen verlieren, verliert unser Leben seinen Sinn. Wir verfallen in Glykons grausige Verzweiflung:

Panta gelōs, kī panta konis, ki panta māden,
panta gar ex alogōn esti ta ginomena …

Alles ist nur Lachen, Staub und Nichts,
Alles ist aus Unvernunft geboren …

Hier blieben die Heiden stehen, am Ufer des grenzenlosen Meeres. Sie wussten es nicht besser. Wir aber haben keinen Grund, es ihnen gleichzutun. Denn, wo sie verneinen, können wir uns auf Gareths wunderbares Bekenntnis berufen, die Antwort an seine Mutter, als sie ihn drängte, zu Hause zu bleiben und sich mit den Zerstreuungen eines ziellosen Lebens zu vergnügen:

Mann bin ich geworden, muss Männerarbeit tun.
Dem Wild folgen? Folge Christus, dem König,
lebe rein, sprich wahr, richte Unrecht, folge dem König –
Wozu sonst sind wir geboren?

Vergiss das nie, Christopher. Rufe es dir jeden Morgen beim Aufwachen ins Gedächtnis. Wozu sonst sind wir geboren? Frage dich nie: Können wir gewinnen? Kämpfe, kämpfe!

Noch ein Angriff! Kein Wort frommt!
Lass den Sieger, wenn er kommt,
wenn dann fällt der Torheit Fort,
Tot dich finden nah am Tor!

Nicht einer deiner schlauen Anhänger der Moderne hat Arnolds Stimme. Meredith hatte sie. William Watson hatte sie – er war der Letzte. Dann stürmten die neunmalklugen Modernen auf die Bühne, und die Botschaft ging verloren.

Ich hätte sie den Menschen zurückgeben, sie zu neuem Leben erwecken können. Aber ich hörte einen anderen Ruf. Es geschah an einem Morgen im Frühsommer – am Rande des Mer de Glace, direkt unterhalb des Montblanc. Ich blickte über das weite, blendende Meer aus Eis, und eine Stimme fragte mich: Was willst du sein? Entscheide dich. Ich sagte: Hilf mir bei der Entscheidung. Und die Stimme fragte: Willst du Liebe? Ich sagte: Nicht auf Kosten der Pflichterfüllung. Und die Stimme fragte: Willst du Reichtum? Ich sagte: Nicht auf Kosten der Liebe. Und die Stimme fragte: Willst du Ruhm? Ich sagte: Nicht auf Kosten der Wahrheit. Dann herrschte lange Stille. Ich wartete, denn ich wusste, dass die Stimme wieder sprechen würde. Und schließlich sagte sie: Gut, mein Sohn. Nun weiß ich, was ich dir gebe –

Du hast das Leben noch vor dir, Christopher. Die Liebe ist noch nicht zu dir gekommen. Aber das wird sie. Sie kommt zu uns allen. Und sie kommt nur einmal. Mache dir keine

Illusionen. Sie kommt und sie geht. Ein Mann muss sich für die Liebe bereitmachen; und er muss erkennen, wenn sie da ist. Manche sind ihrer nicht würdig. Sie erniedrigen sich und können sie nicht empfangen. Andere zögern, sie zu empfangen – sei es aus Stolz, sei es aus Furcht –, Furcht vor dem eigenen Glück – wer soll es beurteilen? Sei bereit für den Moment, Christopher. Sei bereit –«

Eines Morgens, als Mr. Lancaster ins Kontor gefahren war, sah ich, dass der Schreibtisch, den er gewöhnlich verschlossen hielt, offen stand. Da er den Schlüssel samt Bund im Schloss hatte stecken lassen, ging ich davon aus, dass er das Versäumnis rasch bemerken und zurückkommen würde. Ich musste mich also beeilen.

Als Erstes stieß ich auf einen alten Armeerevolver, offensichtlich ein weiteres von Mr. Lancasters sentimentalen Kriegsandenken. Das interessierte mich nicht im Geringsten; ich war mir sicher, dass der Schreibtisch lohnendere Geheimnisse barg. Ich blätterte durch alte bezahlte Rechnungen und abgelaufene Eisenbahnfahrpläne, fand Drahtstücke, durchgebrannte Glühbirnen, gesprungene Bilderrahmen, rostige Teile eines kleinen Motors, gerissene Gummibänder. Es war, als hätte Mr. Lancaster alles Unordentliche an seiner Persönlichkeit strikt aussortiert und an diesem unsichtbaren Ort verstaut.

In der obersten Schublade jedoch – den ich für den wichtigsten und somit unwahrscheinlichsten Ort hielt und mir deswegen zuletzt vornahm – fand ich ein dickes Notizbuch mit glänzendem schwarzem Einband. Begeistert stellte ich fest, dass die Seiten mit Versen in Mr. Lancasters Handschrift gefüllt waren; offenbar ein langes Erzählgedicht. In der Eile konnte ich es nur überfliegen – viel Natur natürlich – Berge, Meer, Sterne, Wanderungen in der Kindheit, Grübeleien im Stile Wordsworths – Gott – jede Menge Gott – und Reisen – und der Krieg – ach je, der Krieg – und noch mehr Reisen – hm – hm – hm – aha, was war das? Jetzt wurde es endlich interessant!

Und es gab einen –
vor langer Zeit – lieber Gott, so lang ist's her –
der, als der Flieder in atemloser Blüte atmete
und späte Knospen, noch ihr Geheimnis wahrend,
versprachen, sich zu öffnen, weil sie mussten,
denn so war es bestimmt – als es Abend wurde,
war auch sie da, ihr Kommen gefühlt, bevor erblickt
von ihm, der auf sie wartete. Sie erfuhr nie,
welche Bedeutung ihr Schritt der Dämmerung verlieh,
welche Leere, für ihn, die Dämmerung brachte,
als sie, bald schon, nicht mehr kam – das Leben
sie woandershin führte. Und sie erfuhr nie,
während sie ihrer Wege ging, was sie, unwissend,
getan hatte; wessen Herz sie mit Schönheit beschenkt
und in bitterem Schmerz zurückgelassen hatte.

Ich weiß nicht mehr, was ich damals von diesen Zeilen hielt, denn ich sah sie lediglich als Fund. Meine Schatzsuche war erfolgreich gewesen. Ich triumphierte. Ich griff zu Stift und Papier und schrieb sie ab, mit dem einzigen Gedanken, sie meinen Freunden vorzulesen, wenn ich wieder in London war.

Kaum war ich mit der Abschrift fertig, hörte ich, dass Mr. Lancaster nach Hause gekommen war. Er war viel leiser gewesen als gewöhnlich. Mir blieb keine Zeit, die Spuren meiner Forschungen zu verwischen. Die einzige Möglichkeit war – und ich glaube, das zeugte von großer Geistesgegenwärtigkeit –, das Notizbuch in die Schublade zu werfen und nach dem Revolver zu greifen. Jedenfalls schien es mir weniger verfänglich, einen Revolver zu inspizieren als ein autobiographisches Gedicht.

»Leg ihn weg!«, fuhr Mr. Lancaster mich heiser an.

Er hatte noch nie in diesem Ton mit mir gesprochen; ich erschrak und war empört. »Er ist nicht geladen«, sagte ich. »Und außerdem bin ich kein Kind mehr.« Ich legte den Revolver zurück in die Schublade und verließ das Zimmer.

(Heute erkläre ich mir Mr. Lancasters Verhalten anders. Ich erkenne, dass seine Reden voller Versuche steckten, mein Interesse an ihm zu wecken. Erwartete er beispielsweise nicht, dass ich nachfragen würde, was die Stimme auf dem Gletscher ihm gegeben hatte? Hoffte er nicht sogar, dass ich ihn drängen würde, mir von seinem Liebesleben zu erzählen? Und ließ er den Schlüssel nicht in unbewusster Absicht stecken, damit ich sein Gedicht las? Wenn ich recht habe – und ich glaube, das habe ich –, lag meine Grausamkeit Mr. Lancaster gegenüber in meiner fehlenden Neugier. Meine angeblich wissenschaftliche Studie seiner Persönlichkeit war durch und durch unwissenschaftlich, weil mir von Anfang an klar war, was ich herausfinden würde – und das darf bei einem Wissenschaftler nicht sein. Für mich stand fest, dass er ein Langweiler war.

Als Mr. Lancaster das Zimmer betrat und mich nicht mit

dem Notizbuch, sondern mit seinem Revolver in der Hand vorfand, muss er also bitter enttäuscht gewesen sein, auch wenn er sich nicht hätte erklären können, warum. Daher sein Temperamentsausbruch.

Den Revolver hatte er vielleicht schon fast vergessen. Und vielleicht wurde er erst durch mich darauf gestoßen, dass er die ganze Zeit dort gelegen hatte, in der untersten Schublade, ein Stück ordinäres Metall inmitten seiner Phantasiewelt.)

Zwei Tage vor der Rückfahrt nach England nahm Mr. Lancaster mich mit zum Segeln. Er fragte mich nicht, ob ich mitkommen wolle; er verkündete sein Vorhaben, und ich willigte ein. Es war mir inzwischen ziemlich egal, was passierte. Seit dem Vorfall mit dem Revolver war unser Verhältnis abgekühlt. Ich zählte nur noch die Stunden bis zu meiner Abreise.

Wir brachen abends nach Dienstschluss auf, um mit seinem Wagen zu dem Dorf am Fluss zu fahren, wo sein Boot lag. Unterwegs holten wir Sr. Machado ab. Ich war froh, ihn dabeizuhaben, denn ich wollte nicht länger mit Mr. Lancaster allein sein. Erst viel später kam mir in den Sinn, dass Sr. Machado wahrscheinlich der einzige von Mr. Lancasters Bekannten war, der sich noch breitschlagen ließ, ihn zu so einem Ausflug zu begleiten. Viele hatten es zweifellos schon versucht – ein Mal.

Wir quetschten uns zu dritt auf den Vordersitz des kleinen Wagens, denn auf dem Rücksitz lag unter einer Plane der Außenbordmotor. Ziemlich schnell hatten wir uns verfahren. Mr. Lancaster, der vergessen hatte, die Straßenkarte mitzunehmen, wurde immer hektischer, während wir auf einer schmalen Sandpiste am Rand einer Marsch durch die Dämmerung rumpelten. Alte Bauernhäuser standen halb überschwemmt in den Flussauen. Ein Kranich stolzierte steifbeinig am Fuß des Deiches entlang und flog dann über die feuchte grüne Landschaft. Eine träumerische, romantische Zufriedenheit überkam mich. Was machte es schon aus, wo wir waren? Warum überhaupt irgendwo sein? Doch Mr. Lancaster war außer sich.

Als es dunkel wurde, tauchten draußen auf der Marsch zwei Gestalten in einem Stechkahn auf. Mr. Lancaster hielt an, lief auf den Deich und rief ihnen etwas zu. Sie waren winzig und flachsblond, ein Junge und ein Mädchen. Man konnte sich kaum vorstellen, dass sie in der Lage waren, das Boot zu bewegen, und so schienen sie eher wie sehr intelligente Tiere denn als furchtbar dumme Kinder. Die beiden standen Hand in Hand im Kahn, stierten mit großen blauen Augen und offenen Mündern zu Mr. Lancaster hinauf, als erwarteten sie, dass er sie fütterte. Mr. Lancaster sprach sie – wie er mir später erzählte – auf Hochdeutsch und auf Plattdeutsch an. Er redete mit ihnen, wie man mit Schwachsinnigen redet, ganz langsam und mit so deutlichen Gesten, dass sogar ich begriff, worum es ging. Nicht so die Kinder. Sie glotzten ihn verständnislos an. Mr. Lancaster schrie und fuchtelte mit den Armen, aber die beiden zeigten keine Regung. Sie waren zu dumm, um sich vor ihm zu fürchten. Schließlich gab er resigniert auf, wendete und fuhr in die Richtung zurück, aus der wir gekommen waren.

Spät am Abend erreichten wir endlich unser Ziel. Der Ort war voll mit Urlaubern, und im Gasthaus gab es nur noch ein freies Zimmer. Es muss jedoch eines der besten gewesen sein, denn es verfügte über ein imposantes Podestbett und ein Schlafsofa. Prominentester Ziergegenstand war die Photogravüre einer halb nackten Frau in »künstlerischer« Pose; sie stand auf einer Staffelei, drapiert mit einem gemusterten Dekorationsstoff. Mr. Lancaster entschied, dass er auf dem Sofa und Sr. Machado im Bett schlafen würde. Mir wurde die Kajüte von Mr. Lancasters Boot zugewiesen. »Das wird eine wichtige Erfahrung für mich«, bemerkte ich sarkastisch, bevor er es sagen konnte. Aber Mr. Lancaster war Sarkasmus gegenüber taub.

Ich wachte in aller Frühe bei strahlendem Wetter auf, unschlüssig, ob ich mir die Lage schönreden oder eingeschnappt sein sollte. Die Situation war romantisch, das ließ sich nicht leugnen. Ich war allein in diesem fremden Land, hatte ein ganzes Boot für mich! Die anderen Leute beobachteten mich und wunderten sich zweifellos. Obwohl es höchstens sechs Uhr war, schienen die meisten Urlauber schon auf zu sein.

Das Dorf war am Flussufer gebaut, mit Biergärten, die bis hinunter ans Wasser gingen. Sträuße aus Pappelzweigen zierten die Mastspitzen der Boote, und auch die Lenker der Kinderfahrräder waren damit geschmückt. Auf den Decks standen Grammophone, und Leute spielten Konzertina und sangen dazu. Man trank Bier und futterte Würstchen, und es duftete herrlich nach frischem Kaffee. Die Mädchen waren mollig, aber hübsch, die Männer schweinchenrosa mit kurz geschorenem blondem Haar. Sie sangen, während sie sich kämmten oder rasierten, und verstummten, wenn sie sich mit Wasser aus dem Fluss die Zähne putzten.

All das stimmte mich froh. Auf der Sollseite des Tages standen jedoch meine Steifheit, die davon rührte, dass ich zusammengerollt in der winzigen Koje geschlafen hatte, sowie Kopfschmerzen. Und natürlich Mr. Lancaster, der an Bord kam und verstimmt war, weil ich weder die Kajüte aufgeräumt hatte noch fertig angezogen war und mich stattdessen an Deck in der Sonne aalte. Als wir das Frühstück im Gasthaus beendet hatten und sich bei mir Verstopfung einstellte – meine übliche Reaktion, wenn ich fremde Toiletten benutzen musste und zur Eile angetrieben wurde –, verlegte ich mich aufs Schmollen.

Als Nächstes wurde der Motor befestigt, aber er sprang nicht an. Ein Mechaniker musste aus der Werkstatt geholt werden; eine große Menschentraube sah ihm bei der Arbeit zu. Mr. Lancasters Beitrag beschränkte sich darauf, sich aufzuregen und zu nörgeln. Nichtsdestoweniger nutzte er die Situation als Gelegenheit für eine seiner nostalgischen Predigten: »Das erinnert mich an den Krieg. Wir waren in einem Dorf bei Loss und brachen kurz vor Morgengrauen auf, weil wir wussten, dass der Hunne uns beim ersten Sonnenstrahl unter Beschuss nehmen würde. Ich war gespannt, ob ich den Belastungen standhalten würde, denn unser Oberst hatte die Hosen voll. Also maß ich meinen Puls. Er war *völlig* normal. Mein Verstand funktionierte so ausgezeichnet, dass ich mir, während ich meinem Kompaniefeldwebel Befehle erteilte, eine Schachaufgabe vor Augen führte, die ich einige Tage zuvor in der *Times* gelesen hatte. Schwarz sollte den Gegner in drei Zügen matt setzen, und ich sah die Lösung, Christopher. Ich musste nicht eine Sekunde lang überlegen. Ein Blick genügte, so wie man auf den Stadtplan schaut und zu sich selbst sagt: ›Natürlich, *das* ist der kürzeste Weg zum Marktplatz.‹ Es konnte gar nicht anders sein. Und ich bin mir absolut sicher, ich hätte in diesem Moment mindestens ein halbes Dutzend Partien gleichzeitig spielen können und jede gewonnen. Was sagte Sophokles noch über die Größe des Menschen, wenn der Geist sich im Angesicht des Schicksals zu höchster Höhe aufschwingt –?« Und dann schwadronierte er wieder lange und wortreich auf Griechisch. Wie recht Hugh Weston doch hatte, als er sagte, Griechisch sei die abscheulichste Sprache überhaupt!

Schließlich legten wir ab, Richtung Nordsee. Mr. Lancaster schnauzte mich an, weil ich einige Teile seiner Angelausrüstung fallen ließ. Ich strafte ihn mit einem finsteren Blick. Um mich zu brüskieren und mir meinen Platz zu zeigen, wandte er sich Sr. Machado zu und unterhielt sich mit ihm auf Spanisch. Für mich war das die reinste Wohltat, nicht aber für Sr. Machado, dessen gute lateinamerikanische Manieren von ihm verlangten, jetzt, da er mich zur Kenntnis genommen hatte, mit mir zu plaudern. (Ihm war mit Sicherheit entfallen, dass ich beim Bankett sein Tischnachbar gewesen war.) Also sprach er mich von Zeit zu Zeit auf Französisch an, das ich wegen seines fürchterlichen Akzents nur mit größter Mühe verstand. Das Schlimmste war jedoch nicht das Verständnisproblem, sondern dass seine Äußerungen keinerlei Anlass boten, ein Gespräch zu beginnen. Er sagte zum Beispiel: »*Je suppose que le sujet le plus intéressant pour un écrivain, c'est la prostitution.*« Worauf ich nur begeistert erwidern konnte: »*Monsieur, vous avez parfaitement raison.*« Und schon steckten wir fest.

Wir waren jetzt in der Mündung; der Fluss wurde immer breiter. Mr. Lancaster beauftragte mich, das Boot zu steuern, während er die Angeln vorbereitete. »Du musst vom ersten Augenblick an auf der Hut sein«, sagte er. »Hier gibt es überall Sandbänke. Pass auf. Vorsicht! VORSICHT! Achte auf die Farbe des Wassers vor dir. An dieser Stelle ganz langsam! Sachte jetzt. Sachte. Sachte. Sachte. Sachte. Jetzt – Gas geben. GIB GAS! Schnell, Mensch. Backbord! HART backbord! Willst du uns volllaufen lassen?« (Es war sehr leichter Wellengang, als wir die Flussmündung verließen; man spürte kaum eine Veränderung.)

»Und jetzt immer voraus! Zwei Grad Südwest von der Landspitze. Kurs halten. HALTEN! Vorsicht, Mensch. Gut. Gut! Ja, gut so! Ausgezeichnet! Gut gesteuert, Sir! Ich befürchte, Christopher, wir machen noch einen Seemann aus dir!«

Ich hatte nichts Lobenswertes getan, außer eine Boje von der Größe eines Heuschobers zu umfahren. Mr. Lancasters Enthusiasmus war so verrückt wie seine Besorgnis. Dennoch fühlte ich mich – wie in der Sache mit dem kalten Bad – auf kindische Weise geschmeichelt. Ach, wenn er erkannt hätte, wie leicht ich zu beherrschen war; wie schnell ich auf das plumpeste Kompliment ansprang. Nein – selbst wenn er es erkannt hätte, er wäre nicht anders mit mir umgegangen. Eine Schmeichelei hätte Mr. Lancaster mir nie gewährt; das wäre seiner Ansicht nach schädlich für meine Seele gewesen.

Für Sr. Machados Seele fühlte er sich anscheinend nicht verantwortlich. Denn er schmierte ihm, mir zuliebe auf Französisch, auf schamloseste Weise Honig um den Bart. Er nannte ihn einen »feinen Kerl«, wobei er das englische *good sport* verwendete und es Machado dann auf Französisch erklärte, bis dieser verstand und entzückt in die Hände klatschte: »*Good spot*! Ich – *good spot*? Oh, ja!«

»Ist er nicht ein lieber alter Mann?«, sagte Mr. Lancaster milde. »Er ist zu drei Vierteln peruanischer Indio, weißt du. Sein Vater hat wahrscheinlich Koka gekaut und nie Schuhe getragen. Das nennt man einen echten unverdorbenen Kanaken. Ganz gleich, wie alt er ist – er bleibt immer ein Kind.«

Wir waren jetzt ziemlich weit draußen auf dem glatten Meer; das Ufer mit den flachen Dünen war nur noch eine fahle Linie zwischen dem glitzernden Wasser und dem leuchtenden Himmel. Weiße Segel wölbten sich, so weit das Auge reichte. Mr. Lancaster stand, offensichtlich hochzufrieden mit sich, am Bug und tönte:

Pervixi: neque enim fortuna malignior unquam
erepiet nobis quod prior hora dedit.

Mir wurde schlagartig bewusst, wie furchtbar die Odyssee und die Fahrt der *Pequod* gewesen sein mussten und dass ich früher oder später lieber über Bord gesprungen wäre, als den schauderhaften Langweilern Odysseus und Ahab zu lauschen.

Sogleich verkündete Mr. Lancaster, es sei Zeit zum Angeln. Machado und ich bekamen die Ruten. Wir zogen unsere Schnüre laienhaft durchs Wasser. Das hätte eine gemütliche Angelegenheit werden können, hätte Gott meine Faulheit nicht mit einem überaus lästigen Wunder bestraft – einer riesigen Menge von Fischen. Wir stießen auf eine Makrelenschule!

Mr. Lancaster war völlig aufgelöst. »Vorsicht! VORSICHT,

MENSCH! Sachte – sachte – sachte! Nicht die Schnur durchhängen lassen! Du verlierst ihn! Spiel mit ihm! Immer schön mit ihm spielen! Kämpfe mit ihm! Er ist ein hinterlistiger Teufel! Er führt dich an der Nase herum. Nein, nicht *mich* ansehen! Sieh ihn an! IHN! Nicht die Nerven verlieren! Ganz ruhig! JETZT –«

Seine Anweisungen waren in höchstem Maße überflüssig, denn es wäre völlig unmöglich gewesen, die grässlichen Fische entwischen zu lassen, außer wir hätten die Angeln weggeworfen und uns unten in die Kajüte gelegt. Machado sprach jetzt weder Französisch noch Spanisch. Er gab Laute von sich, die wie die Jagdrufe eines Stammes klangen, vielleicht war es ein indianischer Andendialekt. Anfangs ließ ich mich von ihrem Eifer anstecken und zog die Fische an Bord, so schnell ich konnte. Dann verließ mich die Lust. Dann empfand ich Abscheu. Es ging so unerhört einfach. Am Ende hatten wir, glaube ich, mindestens dreißig Fische im Boot.

Anschließend machte sich Mr. Lancaster daran, ein paar Fische fürs Essen auszunehmen, sodass er nicht groß auf Machado achtgab. Ich saß an der Pinne. Als ich zu dem alten Mann hinüberblickte, sah ich, dass er sich weit aus dem Boot lehnte. Sein Rücken war angespannt, die Beine steif und gespreizt. Mein erster Gedanke war, dass er einen Schlaganfall erlitten hatte. Aber nein – er kämpfte verzweifelt mit irgendetwas im Wasser. Es sah aus, als wollte er den Meeresgrund an Bord hieven. Er wandte mir das Gesicht zu und bekam vor Anstrengung kaum Luft. »*Poisson!*«, röchelte er, doch es klang eher wie: »Opossum!«

Natürlich sprang ich auf, um ihm zu helfen. Ich war verblüfft – und dann außer mir vor Wut –, als ich von Mr. Lancaster einen kräftigen Rückhandschlag vor die Brust bekam! Ich fiel hintenüber und landete hart auf dem Boden. Hätte ich ein Messer gehabt, ich glaube, ich hätte es auf der Stelle gezückt und ihn erledigt. So schrie ich ihn nur im Geiste an: »Wenn du mich noch einmal anfasst, du alter Hammel, dreh ich dir den Hals um!« Mr. Lancaster schrie mir derweil ins Gesicht: »Lass ihn, du kleiner Dummkopf!« Vermutlich sah er den lodernden Hass in meinen Augen, denn er fügte etwas weniger unbeherrscht hinzu: »Hilf nie einem Mann, wenn er einen Fisch landet. NIEMALS! Weißt du denn nicht einmal *das*?«

Er wandte sich von mir ab und kümmerte sich um Machado, während dieser die Angel einholte. Mr. Lancaster kniete sich neben ihn und redete ihm auf Französisch aufmunternd zu, tröstete ihn, beruhigte ihn, ermahnte ihn, beschwor ihn, tief zu atmen, sich zu entspannen, langsam und sachte weiter Druck auszuüben. »*Ça va mieux, n'est-ce pas? Ça marche? Mais naturellement* –« Er benahm sich auf absurde Weise wie eine Hebamme, die eine Gebärende anspornt. Und tatsächlich, langsam, ganz langsam, unter grenzenlosen Schmerzen, wurde Machado von einem riesigen Fisch entbunden – ein Thunfisch, sagte Mr. Lancaster. Nachdem er ihn gelandet hatte, zogen wir ihn im Wasser hinter uns her, um ihn frisch zu halten.

Dann briet Mr. Lancaster auf einem Spirituskocher die ausgenommenen Makrelen. Gerne wäre ich so willensstark gewesen, das Essen zurückzuweisen. Aber ich hatte rasenden Hunger. Und obwohl Mr. Lancaster den Fisch in seiner typischen Unfähigkeit arg hatte verbrennen lassen, roch und schmeckte er köstlich. Außerdem befand ich mich in einer unangenehmen Lage, denn ich wollte auf keinen Fall gemein zu Machado sein, der im Siegesrausch war und mehrmals beglückwünscht werden musste. Höchstwahrscheinlich würde dies der letzte wirklich glückliche Tag seines Lebens sein. Ich schloss einen Kompromiss, indem ich Mr. Lancaster die kalte Schulter zeigte. Es schien ihm gar nicht aufzufallen.

In dieser Stimmung traten wir den Rückweg an. Mr. Lancaster fuhr fort, sich selbstgefällig für seine Voraussicht zu loben; er hatte unseren Zeitplan so berechnet, dass wir in beide Richtungen mit den Gezeiten fuhren. Gleichwohl fand ich die lange tuckernde Fahrt ziemlich ermüdend. Als wir die Flussmündung erreichten, saß ich wieder an der Pinne, und Mr. Lancaster hackte auf mir herum. Anscheinend waren wir vom Kurs abgekommen, aber woher sollte ich das wissen? Es hatte keinen Zweck, sich zu bemühen, seinen pseudonautischen Richtungsangaben zu folgen. Ich verließ mich ganz auf meine Augen.

Plötzlich schrie er: »SAND! SAND VORAUS! KURS ÄNDERN! ABDREHEN! HART ABDREHEN!«

Was dann geschah, war nicht geplant. Zumindest handelte ich nicht aus einer bewussten Entscheidung heraus. Ich tat es trotzdem. Inzwischen hatte ich ein Gespür für die Pinne entwickelt; ich konnte ziemlich gut einschätzen, wie viel sie aushielt. Ich befolgte Mr. Lancasters Befehl lediglich einen Hauch zu enthusiastisch. Ich riss die Pinne energisch herum – sehr energisch. Worauf mit einem äußerst befriedigenden, herzergreifenden Knackgeräusch die Haltevorrichtung des Außenbordmotors brach und dieser ins Wasser fiel.

Ich sah Mr. Lancaster an und musste fast grinsen.

Einen Augenblick lang befürchtete ich, er würde seinen

Adamsapfel verschlucken. »Du Dummkopf«, schrie er. »Du Dummkopf! Du verdammter kleiner Idiot!« Er trat auf mich zu und brachte das Boot zum Schwanken. Aber ich hatte nicht die geringste Angst. Ich wusste, er würde – konnte – mich nicht schlagen. Und das tat er auch nicht.

Außerdem war das Wasser so flach, dass sich der Motor ohne große Mühe bergen ließ. Aber natürlich war gar nicht daran zu denken, ihn wieder anzuwerfen; er musste erst gründlich gereinigt werden. Es blieb also nichts anderes übrig, als zurück ins Dorf zu segeln.

Die Fahrt dauerte den ganzen restlichen Tag. Es wehte nur sehr schwacher Wind, und Mr. Lancaster nutzte ihn offenbar auf die denkbar schlechteste Weise, denn die meisten anderen Boote auf dem Fluss überholten uns. Er saß niedergeschlagen an der Pinne. Machado erholte sich friedlich schlummernd von seinen Strapazen. Schließlich nahm uns ein Vergnügungsdampfer ins Schlepptau. Mr. Lancaster musste die Gefälligkeit annehmen, denn es wurde langsam dunkel, doch ich sah, wie gedemütigt er sich fühlte. Ein Mann und eine Frau, beide weder jung noch schlank, saßen am Heck des Dampfers, unsichtbar für die anderen Passagiere, aber direkt vor unserer Nase. Während der gesamten Fahrt tauschten sie leidenschaftlich Zärtlichkeiten aus. Und auch das war eine Demütigung für Mr. Lancaster, denn es war den beiden ganz offensichtlich völlig gleichgültig, ob er sich daran störte. Ich merkte, dass ich auf der Seite der Liebenden stand, und lächelte ihnen anerkennend zu, aber das interessierte sie genauso wenig.

Ich war bester Stimmung. Beim halb mutwilligen Versenken des Motors hatte sich meine ganze Wut entladen wie in einem großartigen Orgasmus. Ich verspürte nicht mehr den geringsten Groll gegen Mr. Lancaster. In Wahrheit dachte ich überhaupt nicht mehr an ihn. Meine Gedanken waren der Gegenwart, meinem Aufenthalt auf diesem Boot enteilt; sie hatten Mr. Lancaster und Deutschland weit hinter sich gelassen. Sie waren wieder in London, in meinem Zimmer, an meinem Schreibtisch. Dabei hatte ich es nicht einmal besonders eilig, körperlich dorthin zurückzukehren, denn inzwischen hatte ich reichlich Stoff zum Nachdenken. Dieser alberne Tag würde mir – trotz Mr. Lancaster – mein Leben lang unvergesslich bleiben. Denn mittendrin – vielleicht genau in dem Augenblick, als der Motor ins Wasser geplumpst war – hatte ich eine Eingebung gehabt. Eine Stimme hatte gesagt: »Die beiden Frauen – die Geister der Lebenden und die Geister der Toten – das Denkmal.« Und auf einmal hatte ich alles vor mir gesehen – die Teile hatten sich von selbst angeordnet –, das Gerüst stand. Unscharf, aber voller Begeisterung erkannte ich die Konturen eines neuen Romans.

Der Tag meiner Rückreise nach England war gekommen. Die *Coriolanus* lief am Abend aus.

Am Morgen teilte Mr. Lancaster mir auf seine typische indifferente Art mit, dass Waldemar mit mir in die Kunsthalle gehen würde. Anschließend sollte ich – da Mr. Lancaster einen Geschäftstermin hatte – mit Waldemar zu Mittag essen und mich pünktlich um Viertel nach vier wieder in der Wohnung einfinden. Ich sagte nichts.

Doch als ich mit Waldemar auf der Treppe zum Museum stand und Mr. Lancaster um die Ecke verschwunden war, sah ich ihn an und schüttelte entschieden den Kopf. »*Nein*«, sagte ich.

Waldemar schien verdutzt. Er zeigte zum Eingang und sagte: »*Nein?*«

»*Nein*«, wiederholte ich lächelnd. Dann machte ich mit den Armen Brustschwimmbewegungen.

Waldemars Miene hellte sich schlagartig auf. »*Ach – schwimmen! Wir sollen schwimmen gehen?*«

»*Ja*«, sagte ich nickend. »*Swimmen.*«

Waldemar strahlte. Ich hatte ihn noch nie so lächeln gesehen. Sein ganzes Gesicht veränderte sich. Alles Engelhafte war daraus verschwunden.

Er führte mich zu einem großen Freibad. Ich war schon mehrere Male daran vorbeigegangen, hatte mich aber wegen meiner praktisch nicht vorhandenen Deutschkenntnisse nie hineingetraut. Diesmal war Waldemar alles andere als passiv. Er löste den Eintritt, gab mir Handtuch und Seife, begrüßte mehrere Freunde, bugsierte mich in die Umkleide, schickte mich unter die Dusche und zeigte mir, wie man die roten dreieckigen Badehosen zuband, die er für uns geliehen hatte. Als er sich auszog, war es, als legte er seine Büropersönlichkeit gleich mit ab. Es war erstaunlich, wie es ihm gelungen war, seinen gut entwickelten, tierhaft entspannten braunen Körper in dem steifen Anzug zu verbergen. Er behandelte mich nicht mehr, als wäre ich vierzig und vom gleichen Schlag wie Mr. Lancaster. Wir lächelten uns zaghaft an, dann rangen wir miteinander, spritzen einander nass, tauchten uns gegenseitig unter, schwammen um die Wette. Doch obwohl wir spielten wie Kinder, war mir voll und ganz bewusst, dass er schon ein junger Mann war.

Bald gesellte sich ein Freund zu uns, ein Junge in seinem Alter namens Oskar. Oskar war ein dunkler, vorlauter Typ mit einem grinsenden Affengesicht. Er sprach ziemlich gut Englisch. Er sei Page, erzählte er, in einem der großen Hotels. Seine Pagenmentalität blieb mir nicht verborgen; er hatte viel erlebt, er wusste, was Sache war, und er sah mich an wie einen Hotelgast, dessen besondere Wünsche sich gegen Zahlung eines Trinkgeldes vielleicht erfüllen ließen. Zwischendurch tuschelte er kichernd mit Waldemar. Ich wusste, dass sie über mich sprachen, aber das machte mir nichts aus, denn Oskar gab sich große Mühe, mir zu zeigen, dass ich dazugehörte.

Nach dem Schwimmen gingen wir zum Mittagessen in ein Restaurant. Beide Jungen rauchten und tranken Bier. Waldemar schien es darauf anzulegen, so weltgewandt zu wirken wie sein Freund. Inzwischen waren wir beim Du angekommen.

Waldemar sagte etwas zu seinem Freund, und beide brachen in lautes Gelächter aus.

»Was ist so lustig?«, fragte ich.

»Walli glaubt, seine Braut wird dich mögen«, sagte Oskar.

»Ah – schön. Kommt sie her?«

»Wir gehen zu ihr. Bald. In Ordnung?«

»In Ordnung.«

»In Ordnung!« Waldemar lachte herzhaft. Er war leicht angetrunken. Er langte über den Tisch und schüttelte mir kräftig die Hand. Oskar erklärte: »Wallis Braut mag auch ältere Herren. Nicht zu alt. Du – sehr gut! Hübscher Junge!«

Ich wurde rot. Eine köstliche Ahnung beschlich mich.

»Hast du fünf Mark?«

»Ja.« Ich zeigte sie vor.

Die Jungen lachten. »Nein, nein – für später.«

»Aber, Oskar« – irgendwie hatte ich das Gefühl, dass wir aneinander vorbeiredeten – »wenn sie Wallis Braut ist – und überhaupt, ist er nicht viel zu jung zum Heiraten?«

»Ich hatte schon mit zwölf eine. Walli auch.«

»Aber – wird er denn nicht eifersüchtig sein, wenn ich –?«

Wieder Gelächter. Oskar sagte: »Wir lassen dich nicht mit ihr alleine.« Ich muss immer verblüffter ausgesehen haben, denn er tätschelte mir beruhigend die Hand. »Du musst nicht schüchtern sein, Christoph. Guck uns erst mal zu. Dann siehst du, wie einfach das ist.« Er übersetzte es Waldemar, und die beiden lachten, bis ihnen die Tränen über das Gesicht liefen.

Jungen wie Oskar und Waldemar benutzten das Wort *Braut* für jedes Mädchen, mit dem sie gerade gingen. Diese erste Deutschlektion lernte ich an jenem unvergesslichen, heiteren schamlosen Nachmittag – ein Nachmittag mit heruntergelassenen Jalousien, Grammophonmusik und den glitschigen Geräuschen nackter Körper, mit türkischen Zigaretten, Kissenstaub, billigem Parfum und gesundem Schweiß, mit prustendem Gelächter und ächzenden Sofafedern.

Ich kam erst um kurz vor sechs in Mr. Lancasters Wohnung zurück. Ich war noch so im Freudentaumel, dass es mir egal war, ob er mich ausschimpfte, aber er tat nichts dergleichen. Vielmehr schien er in derselben Stimmung zu sein, in der er mich am Tag meiner Ankunft empfangen hatte. Er schien sich einfach nicht sonderlich für mich zu interessieren. »Grüße deine Mutter von mir«, war alles, was er zum Abschied sagte. Seine Kälte verletzte mich. So gleichgültig ich mich anderen gegenüber auch verhielt, ich war immer noch aufrichtig erstaunt, wenn mein Desinteresse erwidert wurde.

Bei meiner Rückkehr nach London stellte ich fest, dass mein Roman tatsächlich ein Reinfall war. Die Kritiken waren noch schlechter, als ich befürchtet hatte. Meine Freunde verbündeten sich loyal zu seiner Verteidigung und erklärten der Welt, die Kanaillen der Mittelmäßigkeit hätten ein Meisterwerk zerstört. Mich ließ das alles ziemlich kalt. In meinem Kopf drehte sich alles um meinen nächsten Roman und mein neues irrsinniges Vorhaben, Medizin zu studieren. Und im Hintergrund war immer Berlin. Es rief mich jede Nacht, mit der rauen, verführerischen Stimme der Grammophonplatten, die ich im möblierten Zimmer von Waldemars »Braut« gehört hatte. Früher oder später würde ich dorthin fahren. Dessen war ich mir sicher. Ich hatte sogar schon damit begonnen, Deutsch zu lernen, mit einem dieser »Fließend sprechen in drei Monaten«-Bücher. Wenn ich im Bus saß, sagte ich unregelmäßige Verben auf. Sie waren für mich wie die Zauberformeln aus *Tausendundeine Nacht*, die einem zum Herrscher über ein Paradies der Freuden machen.

Natürlich schickte ich Mr. Lancaster nie ein Exemplar von *Lauter gute Absichten*. Aber ich schrieb ihm einen Dankesbrief – eines jener dankfreien, herzlosen Schreiben, die zu verfassen ich schon als Kind gelernt hatte. Er beantwortete ihn nicht.

Als ich meinen Freunden von ihm erzählte, fiel es mir ausgesprochen schwer, ihn als speziellen oder gar absurden Charakter darzustellen. Anscheinend war mir sein Wesen verschlossen geblieben. Und als ich Allen Chalmers sein Gedicht vorlas, waren wir beide ziemlich betreten. Es war auf seine Art einfach nicht schlecht genug. Chalmers musste höflich sein und machte es viel lächerlicher, als es in Wirklichkeit war.

Gegenüber meiner Mutter sprach ich Mr. Lancasters Liebesleben an. Sie sagte mit einem stillen Lächeln: »Ach, ich glaube, da hat sich nicht viel getan.« Dann erfuhr ich, was sie bis dahin nicht für erwähnenswert gehalten hatte – Mr. Lancaster war nach dem Krieg ein paar Monate lang verheiratet gewesen, doch seine Frau hatte ihn verlassen, und sie hatten sich scheiden lassen. »Weil«, sagte meine Mutter trocken, »Cousin Alexander – dem Vernehmen nach – seine Pflichten als Ehemann nicht erfüllen konnte.« Ich war erschüttert, von Mr. Lancasters Impotenz zu hören. Nicht seinetwegen – ich hatte mehr oder weniger damit gerechnet –, sondern wegen meiner Mutter. Es schockiert mich immer wieder, dass selbst die damenhaftesten Damen einen vertrauten, nüchternen Umgang mit den Tatsachen der Natur pflegen. Meine Mutter war erstaunt und hocherfreut über meine Reaktion. Sie wusste, dass sie ausnahmsweise etwas »Modernes« gesagt hatte, auch wenn sie sich nicht erklären konnte, wie ihr das gelungen war.

Vermutlich hätte ich Mr. Lancaster mit der Zeit völlig vergessen, hätte er mein Interesse nicht auf extrem dramatische Weise aufs Neue geweckt. Gegen Ende November desselben Jahres nahm er sich das Leben.

Die Nachricht kam in Form eines Briefes von Mr. Lancasters Stellvertreter, dem »Vize«, der mir für das Bankett seinen Smoking geliehen hatte. Ich hatte ihn danach kurz im Kontor kennengelernt und mich bei ihm bedankt. Er war mir als rotgesichtiger kleiner Mann mit breitem Yorkshire-Akzent und tüchtigem, freundlichem Wesen in Erinnerung geblieben.

Er informierte uns in sachlicher, geschäftsmäßiger Manier über die nackten Tatsachen. Mr. Lancaster hatte sich eines Abends in seiner Wohnung erschossen. Die Leiche war erst am nächsten Tag entdeckt worden. Ein Abschiedsbrief wurde nicht gefunden, auch keine »persönlichen« Dokumente. (Das Notizbuch mit seinem Gedicht hatte er vermutlich verbrannt.) Er war nicht krank gewesen. Auch steckte er nicht in finanziellen Schwierigkeiten, und die Firmengeschäfte gaben keinen Anlass zur Besorgnis. Zum Abschluss sprach uns der Stellvertreter förmlich sein Beileid und sein Bedauern über unseren »schmerzlichen Verlust« aus. Zweifellos hielt er uns für Blutsverwandte oder war der Meinung, wir sollten die Familie vertreten, da es außer uns niemanden gab.

Mr. Lancasters Tat beeindruckte mich sehr. Ich war aus Prinzip ein entschiedener Befürworter des Selbstmords, denn ich betrachtete ihn als Protesthandlung gegen die Gesellschaft. Ich wollte Mr. Lancasters Protest in den Mittelpunkt einer großen Saga stellen. Eine romantische Figur aus ihm machen. Aber ich konnte nicht. Ich wusste nicht, wie.

Im Jahr darauf ging ich, nachdem ich mein kaum begonnenes Medizinstudium geschmissen hatte, endlich nach Berlin. Und dort lief mir einige Zeit später Waldemar in die Arme. Er hatte sich in seiner Heimatstadt gelangweilt und war nach Berlin gekommen, um dort sein Glück zu suchen.

Waldemar wusste natürlich nur sehr wenig über die Umstände von Mr. Lancasters Tod. Aber er erzählte mir etwas Erstaunliches. Nach meiner Abreise, sagte er, habe Mr. Lancaster im Kontor oft von mir gesprochen. Er habe gesagt, ich hätte ein Buch geschrieben; es sei in England ein Misserfolg gewesen, weil die Kritiker alle Dummköpfe seien, doch eines Tages werde man mich als einen der größten Schriftsteller meiner Zeit anerkennen. Außerdem habe er mich immer als seinen Neffen bezeichnet.

»Ich glaube, er hat dich sehr gerngehabt«, sagte Waldemar sentimental. »Er selbst hatte keinen Sohn, oder? Wer weiß, Christoph, wenn du auf ihn aufgepasst hättest, würde er vielleicht noch leben!«

Wenn die Dinge doch so einfach wären!

Ich glaube, ich erkenne jetzt, dass Mr. Lancasters Einladung sein letzter Versuch war, wieder in Verbindung mit der Außenwelt zu treten. Aber dafür war es natürlich längst zu spät. Wenn mein Besuch ihm zu irgendetwas verholfen hatte, dann zu der Einsicht, was ihn daran hinderte, enge Beziehungen zu anderen Menschen zu unterhalten. Er hatte zu lange in seinem eigenen Klangkörper gelebt, seinem eigenen Echo gelauscht, dem epischen Lied von sich selbst. Er brauchte mich nicht. Er brauchte überhaupt niemanden; nur einen imaginären Neffen und Schüler, der eine Nebenrolle in seiner großen Erzählung spielte. Nach meiner Abreise hatte er sich einen geschaffen.

Dann, so vermute ich, verließ ihn plötzlich der Glaube an sein Epos. Verzweiflung ist etwas entsetzlich Einfaches. Und obwohl Mr. Lancaster so gerne über die Verzweiflung sprach, erlebte er sie vermutlich völlig anders, als er es sich vorgestellt hatte. Doch in seinem Fall, hoffe und glaube ich, währte sie nur kurz. Nur wenige Menschen können einen so tiefen Schmerz bei vollem Bewusstsein aushalten. Meistens leiden wir, Gott sei Dank, dumm und gedankenlos wie die Tiere.

AMBROSE

Fünf Jahre sind vergangen – wir schreiben Mai 1933 –, und ich bin dabei, mich auf eine weitere Reise zu begeben. Ich sitze in einem Zug, der von Berlin aus Richtung Süden zur tschechoslowakischen Grenze fährt. Mir gegenüber sitzt Waldemar.

Was mache ich hier? Und was er?

Ich könnte wohl antworten: »Er ist auf der Flucht vor den Nazis.« Da würde Waldemar mir zustimmen, denn er liebt melodramatische Erklärungen. Und eines Tages, wenn ich weit weg und unter Menschen bin, die schlecht genug informiert sind, um beeindruckbar zu sein, werde ich diese Reise vielleicht als gefährliche Flucht beschreiben. Aber heute Morgen ist völlig klar, dass so eine Haltung herzlos und kindisch wäre. Wir sind nicht nur völlig sicher, sondern auch umgeben von vielen, die es nicht sind. Denn die Grenze, die wir beide bald unter der Protektion meines britischen Reisepasses einfach so überqueren werden, ist schon längst zu einer Gefängnismauer geworden. In diesem Zug hier gibt es bestimmt einige Menschen, die um ihr Leben fürchten müssen, die mit gefälschten Papieren reisen und Angst haben, gefasst und in ein Konzentrationslager gebracht oder einfach auf der Stelle getötet zu werden. Ich habe erst in den letzten paar Wochen wirklich begriffen, dass die Lage tatsächlich so ist, hier, wo ich gelebt habe – und nicht nur in Zeitungen oder Romanen so beschrieben wird. Das scheint schrecklich merkwürdig zu sein, ist aber nicht anzuzweifeln; es ist sogar zu einer Existenzform geworden. Der Terror ist noch immer ein bisschen unkoordiniert und amateurhaft, aber die Behörden werden schnell dafür sorgen, dass er bürokratisch reibungslos funktioniert. Mord von Amts wegen bringt in Deutschland, wie alles, was dort von Amts wegen passiert, eine Menge Bürokratie mit sich.

Ich könnte allerdings ebenso behaupten, dass auch ich in gewisser Weise auf der Flucht bin, o ja. Es stimmt schon, dass man mich früher oder später wohl aufgefordert hätte abzureisen, wenn ich in Berlin geblieben wäre. Ich bin mir ziemlich sicher, dass meine Aufenthaltsgenehmigung nicht verlängert worden wäre. Ich bin in Cafés mit einem britischen Journalisten gesehen worden, der sich bei den Nazis ausgesprochen unbeliebt gemacht hat mit seinen Berichten über Folter durch die SA, die er aus dem Land und zu seiner Zeitung geschmuggelt hat. Etliche meiner jüdischen Freunde sind entweder verhaftet worden oder ins Ausland geflohen; ich weiß immer noch nicht, was genau mit ihnen los ist. Und die Polizei hat bereits meine Vermieterin über mich ausgefragt. Natürlich beiläufig – nur eine Routineüberprüfung wie bei allen Ausländern. Aber man weiß ja nie.

Doch wie dem auch sein mag – diese spezielle Reise anzutreten und Waldemar mitzunehmen hat nicht unmittelbar mit den Nazis zu tun, die Gründe dafür sind eher unseriös. Und vermutlich machen sie deutlich, wie wenig ich mich in mancher Hinsicht seit den Tagen, die ich bei Mr. Lancaster verbrachte, geändert habe.

Seit unserem Wiedersehen in Berlin hatten Waldemar und ich eine zwar enge, aber zwanglose Beziehung entwickelt, die für diese Phase meines Lebens typisch war. Ich hatte zu mindestens einem halben Dutzend junger Männer ähnliche Beziehungen. Wir sahen einander wochenlang nicht. Dann klingelte das Telefon. »Christopher, kannst du mir zehn Mark leihen?« »Christopher, kann ich heute bei dir übernachten? Meine Vermieterin macht ›einen auf seltsam‹.« (›Auf seltsam machen‹ hieß einfach, dass die Vermieterin es satthatte, ihn aufzufordern, endlich die Miete zu bezahlen.) Dabei waren Waldemar und die anderen keine Schnorrer. Sie glaubten einfach, dass Freunde einander helfen sollten; dass dieses Arrangement zufällig etwas Einseitiges hatte, war in ihren Augen kaum mehr als ein ökonomisches Missgeschick. Waldemar war ein charmanter Gast – einer, der das Gefühl hatte, er müsse seinen Gastgeber unterhalten, und nicht umgekehrt. Und er war großzügig mit allem, was er hatte. Wenn er Geld verdiente, lud er mich ins Kino ein oder zum Tanz mit ein paar Mädchen in einem der Biergärten entlang der Spree. Er hatte ein paar aufeinanderfolgende kleine Jobs gehabt; ich glaube, er war ein guter Arbeiter, und ehrlich. Er vermied es allerdings, länger als ein paar Wochen am Stück zu arbeiten. Meistens arbeitete er als Barkeeper oder hatte Aushilfsjobs in Bäckereien oder beim Schlachter, oder er stellte in einer Bowlingbahn die Kegel wieder auf. Durch seine Anfangszeit im Büro von Mr. Lancaster hatte er eine Abneigung gegen Schreibtischarbeit entwickelt. Die fand er völlig langweilig und *spießig* – ein Wort, mit dem er üblicherweise bourgeois, bieder, kleinmütig, ehrbar meinte, im Gegensatz zu proletarisch, unverblümt, körperlich, sexy, abenteuerlustig. Es war zwar absurd, aber ich mochte Waldemar aufgrund dieser Haltung sehr.

Waldemar erzählte mir häufig von einem seiner Freunde, der Hans Schmidt hieß. Er hatte ihn kurz nach seiner Ankunft in Berlin durch den Job in einer Bar kennengelernt, in der Hans der Chef war. Davor hatte Hans als Sportlehrer bei der Reichswehr gearbeitet. Er hatte Waldemar sowohl etwas Boxen und Ringen beigebracht, als auch wie man als Barkeeper arbeitet. Waldemar berichtete mit ehrfurchtsvoller Bewunderung von Hans' Muskeln und mit nachsichtiger Erheiterung von seinen sexuellen Vorlieben. Anscheinend hatte Hans in seiner Zeit beim Militär nach Feierabend den ansehnlicheren Soldaten seines Sportunterrichts Privatstunden gegeben. Wenn sie sich ungeschickt anstellten, hatte er sie mit einer Reitgerte geschlagen – allerdings nicht sehr fest und nur, wenn die Missetäter eingeräumt hatten, dass sie eine Strafe verdienten, und geradezu darum gebettelt hatten. Waldemar zufolge hatte Hans keine Probleme damit, Jungens zu finden, die sich auspeitschen lassen wollten, das schien eine durchaus verbreitete Vorliebe zu sein. »Kannst du dir so etwas vorstellen, Christoph?«, rief er laut aus. »So ein perverses Schwein!« Aber er konnte sich, während er das sagte, ein Grinsen nicht verkneifen, und ich vermutete, dass er mindestens ein Mal selbst Bekanntschaft mit der Peitsche von Hans gemacht hatte. Alles in allem bekam ich den Eindruck, dass Hans in seinen Augen ein Held war.

Aber Hans hatte Deutschland schon vor geraumer Zeit verlassen. Er war überstürzt aus Berlin abgereist, vielleicht weil es einen Skandal gegeben hatte. Waldemar bekam von Zeit zu Zeit eine Postkarte von ihm. Zunächst hatte Hans aus Italien geschrieben, dann aus Marokko, dann aus Ägypten – und zwar nur seine Anschrift und ein paar Worte, aber nie eine Erklärung, was er dort machte und wie er seinen Lebensunterhalt verdiente. Waldemar hatte jede Postkarte mit einem Brief beantwortet. Ich glaube, es waren die einzigen Briefe, die er je schrieb, und tatsächlich war Hans der Einzige, der so etwas wie Familie für ihn war.

Wie auch immer, vor ein paar Wochen war ein richtiger, langer Brief von Hans angekommen – seit Monaten die ersten Nachrichten von ihm. Er schrieb aus Athen und berichtete, dass er »mit einem verrückten Engländer« herumreise, der – um den Slangausdruck, den er verwendete, wörtlich wiederzugeben – »steinreich« war. »Ich bin sein Leibwächter«, fuhr Hans fort. »Was hat er bloß gemacht, bevor er mich getroffen hat? Man hätte ihm hundertmal die Kehle durchschneiden können. Er ist ein guter, goldiger Kumpel, aber total verrückt. Du solltest ihn trinken sehen! Und jetzt will er hier in der Gegend eine Insel kaufen. Er kommt auf die verrücktesten Ideen. Plötzlich muss er unbedingt ein Haus bauen – einen regelrechten Palast mit Marmorböden! Wir werden sehr bald losfahren, um unser Lager auf der Insel aufzuschlagen, während das Haus gebaut wird. Ich habe zu ihm gesagt: ›Ambrose, was weißt du über diese Insel? Hast du keine Angst? Stell dir vor, es gibt dort Schlangen?‹ Und weißt du, was er geantwortet hat? ›Ist doch ganz einfach, wenn eine Schlange dich beißt, musst du nur eine Flasche Cognac trinken. Aber eine ganze Flasche, und zwar in einem Zug.‹ Du siehst, er ist eine echte Kuriosität. Wir werden also auf der Insel wie die wilden Indianer leben, Tintenfisch essen und diesen Wein trinken, der wie Desinfektionsmittel schmeckt. In Deutschland würde man ihn zum Kloputzen verwenden. Allerdings ist er gut, wenn man Durst hat, und er kuriert das Fieber. Na ja, ich bin jedenfalls froh, wenn ich ihn wenigstens dazu bewegen kann, die Stadt zu verlassen. In einer Stadt macht er nur Ärger.«

Schließlich kam Hans auf den eigentlichen Anlass seines Briefes zu sprechen. »Weißt du, was, Walli? Es wäre keine schlechte Idee, wenn du zu uns kämst. Auf dieser verrückten Insel muss ich den Koch spielen, und ich könnte einen ordentlichen deutschen Jungen wie dich gebrauchen, der mir hilft. Die Jungs, die Ambrose sonst so hat, taugen einfach nichts – nicht mal für, na, du weißt schon, was. Sie klauen wie die Raben und sind schmutzig. Ich habe Ambrose schon von dir erzählt, und er sagt, dass er dir einen Lohn zahlen will und du ein Bett und Essen bekommst. Manchmal ist er komisch mit Geld, aber er hält sein Wort. Wenn du es also irgendwie hier herunter nach Athen schaffst, würdest du es sicher nicht bereuen. Zu Hause bleiben ist doch nichts für einen abenteuerlustigen Jungen wie dich, einen richtigen Wandervogel. Und wer weiß, wenn du bleibst, zieht Hitler dich vielleicht noch zur Armee ein, dann musst du eine Uniform tragen und exerzieren. Links! Rechts! Stillgestanden! Davon hatte ich beim Militär mehr als die Nase voll. Das ist nichts für dich. Also denk darüber nach.«

Als Waldemar mir den Brief reichte, damit ich die Vorschläge von Hans selbst lesen konnte, wusste ich, dass er einen Plan hatte, der von meiner Unterstützung abhängig war. Und er wusste, dass ich es wusste. Während ich las, beobachtete er mein Gesicht aufmerksam. Und sobald ich fertig war, fragte er eifrig: »Also, Christoph, was meinst du?«

»Der Job scheint es mir nicht wert zu sein, dass man dafür einen so langen Weg auf sich nimmt«, sagte ich im Tonfall eines vernünftigen älteren Bruders, um ihn etwas aufzuziehen. »Man sollte es sich zweimal überlegen, bevor man eine solche Reise antritt. Die dauert schließlich drei Tage …«

»Einundsiebzig Stunden und zwanzig Minuten«, kam es prompt von Waldemar. »Man muss in Wien übernachten. Man könnte auf einer Bank im Bahnhof schlafen – das kostet einen dann nichts.«

»Und was ist mit Essen?«

»Oh, man könnte Brot und Käse mitnehmen. Es macht doch auch nichts, wenn man zwischendurch mal etwas Hunger hat. Die Leute fasten manchmal wochenlang. Das ist doch eine Kleinigkeit.«

»Das Ticket wäre keine Kleinigkeit.«

»Nur dreiundsiebzig Mark siebzig, dritte Klasse.«

Ich musste einfach loslachen. »Du hast das schon alles durchgerechnet, nicht wahr?«

Waldemar grinste. »Ich bin in ein Reisebüro gegangen und habe gefragt.«

»Verstehe.«

»Nur aus Neugierde. Fragen kostet ja nichts, oder?«

»Nein, ganz sicher nicht.«

Eine Pause trat ein. Wir schwiegen und grinsten einander an. Mit Menschen wie Waldemar zu tun zu haben macht wirklich Spaß. Ich wusste von vornherein, dass er nie böse sein würde, egal, was ich tat oder nicht tat. Allerdings war auch klar, dass er nicht ausgesprochen dankbar sein würde, *wenn* ich dann mal etwas für ihn tat. Aus seiner Sicht war das einfach ein Problem, das plötzlich aufgetreten war, wie ein großer Stein mitten in seinem Weg. Konnte man den zur Seite schaffen? Würde das jemand für ihn tun? Er wusste es nicht. Er wartete. Er war einfach fatalistisch, was das betraf.

»Wie viel Geld *hast* du denn nun?«, fragte ich schließlich.

»Elf Mark«, überschlug er hastig. Diese Tatsache schien ihn eher aufzumuntern, als zu deprimieren. »Du siehst also«, fuhr er fort, »ich brauche nur noch zweiundsechzig.«

»Und siebzig Pfennig.«

Waldemar lächelte, als könnte er es sich leisten, über so einen trivialen Betrag hinwegzusehen, und würde es spießig finden, dass ich das überhaupt erwähnt hatte. Unser kleines Spielchen weitertreibend, fragte ich ihn in einem Ton, als würde ich Rat zu einem abstrakten moralischen Problem suchen: »Du denkst also wirklich, ich sollte dir das Geld schenken?«

Genau wie ich erwartet hatte, schaute Waldemar mich aufrichtig entsetzt an. »Aber – *nein*, Christoph! Habe ich dich jemals gebeten, mir irgendetwas zu *schenken*? Habe ich das? Schau mir in die Augen und sage es mir. Habe ich das? Kennst du mich nicht besser? Wofür hältst du mich denn?« Er unterbrach sich, als wollte er mir Zeit geben, mich zu schämen. Dann verschwanden seine verletzten Gefühle schlagartig, und er fuhr schmeichelnd fort: »Natürlich wäre das nur ein Kredit. Hast du gesehen, was Hans in seinem Brief schreibt? Dieser Engländer wird mich bezahlen. Ich könnte alles von meinem Lohn zurückzahlen. Ja – stimmt überhaupt …« – seine Begeisterung wuchs, und er sah förmlich, wie sich der Stein in seinem Weg wegbewegte – »genau so, Christoph! Du überzeugst den Engländer, dass er meinen Lohn an dich bezahlt. Du bekommst alles, bis die Schulden beglichen sind. Vielleicht gibt er dir auch das ganze Geld im Voraus, wenn er so reich ist …«

»Willst du damit sagen, er soll das ganze Geld an einen völlig Fremden schicken – jemanden, den er noch nie gesehen hat –, in einem anderen Land?«

»Aber, Christoph, du wärst dann doch kein Fremder mehr, du wärst auch nicht in einem anderen Land, du wärst *dort* – mit mir! Du glaubst doch nicht etwa, dass ich ohne dich fahre, oder? Diese ganze lange Reise – alleine? Das würde ja überhaupt keinen Spaß machen.«

»Darüber muss ich erst mal nachdenken«, ließ ich ihn wissen. »Wir reden morgen darüber. Aber pass auf – fang noch nicht an zu packen. Ich habe dir noch nichts versprochen, verstanden? Ich bezweifele sehr, dass ich es schaffe …«

»Christoph!« Waldemar nahm mich vor Begeisterung in den Arm; dann legte er feierlich seine Hände in meine. »Ich weiß, dass du mein Freund bist. Ich habe es immer gewusst. Bin ich jemals zu dir gekommen, und du hast mir etwas abgeschlagen? Niemals! Aber jetzt, Christoph, hör zu – du musst dich daran erinnern, denn ich schwöre es: Was du heute für mich getan hast, wirst du niemals bereuen, solange du lebst. Erinnere dich daran, dass Waldemar geschworen hat …«

»Aber ich habe noch gar nichts getan. Ich habe dir nichts versprochen. Bitte, hör mir zu, mach dir keine falschen Hoffnungen …«

Waldemar lächelte nur. Er hörte nicht zu. Musste er auch gar nicht. Er verstand mich ganz genau. Eine Minute später und ohne weitere Versuche, mich zu überreden, ging er – völlig zufrieden damit, dass jetzt alles geregelt werden würde.

Und er hatte recht. Obwohl Waldemars Plan mich überrascht hatte, brachte er mich keineswegs aus der Fassung. Er passte sogar bestens zu der geistigen Verfassung, in der ich mich zu dieser Zeit befand. Während ich in der folgenden Nacht im Bett lag, fing ich an, mir einzureden, dass dies vielleicht ein Fingerzeig des Schicksals war, der mir deutlich machte, welche Schritte ich als Nächstes unternehmen sollte. Mir war bis dahin noch nicht klar geworden, dass ich in Wahrheit gar nicht zurück nach England wollte, um mich dort niederzulassen. Jedenfalls jetzt noch nicht. Ich war in einer aufgeregten, enthusiastischen Stimmung, in der ich mehr Bewegung, mehr Ortsveränderung brauchte. In dieser Hinsicht war Berlin für mich wie eine Party gewesen, nach der ich nicht heimgehen wollte. London würde das genaue Gegenteil davon sein. Wenn ich schon nicht in Deutschland bleiben konnte, dann würde ich es vorziehen, auf der Stelle an einen Ort zu reisen, wo eine ganz andere Atmosphäre vorherrschen würde. Also warum dann nicht Griechenland? Dort sollte das Leben billig sein; ich könnte den ganzen Sommer bleiben und an meinem neuen Roman arbeiten. Und warum sollte ich Waldemar nicht mitnehmen? Damals fühlte ich mich geradezu reich, da mein Onkel mir kürzlich Geld geschenkt und mein Verleger einen Vorschuss gezahlt hatte. Selbstverständlich erwartete ich nicht, dass Waldemar mir das Geld zurückzahlen würde – selbst wenn dieser Job bei dem mysteriösen Engländer zustande kam, was ich zu bezweifeln wagte. Aber Waldemar würde einfach schon als Reisegefährte sein Geld wert sein. Denn ich wusste, dass ich mich einsam fühlen würde, wenn ich Berlin und all die Menschen, die ich dort kannte, erst einmal verlassen hatte.

Und jetzt sind wir bereits unterwegs. Überflüssig zu sagen, dass wir in den nächsten drei Tagen nicht von Brot und Käse leben und auch nicht den ganzen Weg in der dritten Klasse reisen werden. Wir werden die Nacht in Wien in einem komfortablen Hotel verbringen, nicht auf einer Bank im Bahnhof, und von dort aus im Schlafwagen weiterreisen. Als ich Waldemar von diesen Vorkehrungen erzählte, behauptete er zunächst, dass unsere Reise so weniger abenteuerlich werden würde; aber er protestierte nicht besonders heftig.

Waldemar sitzt nun da und schaut aus dem Zugfenster. Ich vermute, dass die Landschaft für ihn schon hier etwas Exotisches hat, obwohl sie immer noch vertraut deutsch wirkt. Das Reiseziel verleiht ihr die Magie. Er muss nicht mehr wissen, als dass er auf dem Weg in ein Land ist, *wo die Zitronen blühn* und die Mädchen dunkle Augen haben. Alles in seiner deutschen Seele reagiert auf den Ruf dieser altbekannten nordischen Wanderlust: nach Süden zu ziehen – das ist für einen Norddeutschen das einzig wahre Abenteuer. Und was die Ereignisse in der Stadt betrifft, die wir hinter uns gelassen haben – Hitler an der Macht, der brennende Reichstag, der einsetzende Terror –, die nimmt er als gegeben hin. Heute Morgen hat er tatsächlich zu mir gesagt: »Ich bin so froh, Christoph, dass wir aufbrechen. Hier geht ja alles den Bach runter.«

Waldemar ist ein überzeugter Nazigegner – vielleicht aber hauptsächlich deshalb, weil dies die Menschen sind, deren Meinung ihm wirklich wichtig ist. Falls er es aber jemals mit so einem sympathischen Großer-Bruder-Typ von jugendlichem Naziführer zu tun bekommen würde, dann würde ich für die Konsequenzen nicht geradestehen wollen. Er hat sich inzwischen, wie alle Berliner, an die braunen Uniformen gewöhnt, an Massenkundgebungen, Polizeirazzien, Straßenkämpfe und Prügeleien; für ihn läuft das alles unter der Rubrik »Politik« – die Art und Weise, wie Dinge geregelt werden. Er ist ein gutmütiger, leichtlebiger, unbekümmerter Junge, und ich glaube nicht, dass er persönlich zu ernsthafter Grausamkeit fähig ist; aber es ist auch klar, dass er die Grausamkeit anderer nicht besonders schockierend findet. Bei Jungen wie Waldemar ist mir immer wieder ihre eher düstere, instinktive Akzeptanz von Sadismus aufgefallen; dazu müssen sie nicht eine Seite Krafft-Ebing gelesen haben oder auch nur wissen, was das Wort bedeutet. Ich bin sicher, dass Waldemar instinktiv versteht, welchen Zusammenhang es zwischen den »grausamen« Ladys in Stiefeln, die vor dem Kaufhaus des Westens ihrem Gewerbe nachgehen, und den jungen Schlägern in Naziuniformen gibt, die heutzutage da draußen unterwegs sind und die Juden herumstoßen. Wenn eine der Ladys in Stiefeln einen vielversprechenden Kunden ausmacht, dann pflegt sie sich ihn zu schnappen, ihn in ein Taxi zu zerren und schnell fortzubringen, um ihn auszupeitschen. Machen die S.A.-Jungens nicht genau das Gleiche mit *ihren* Kunden – allerdings mit tödlichem Ernst? War das eine nicht eine Art psychologische Generalprobe für das andere?

Im Gegensatz zu Waldemar habe ich nicht die südliche Stadt am Ende unserer Reise im Blick, sondern die Stadt des Nordens, die wir soeben verlassen haben. Bis vor kurzem habe ich nie damit gerechnet, diese Stadt verlassen zu müssen, weil ich nie ernsthaft geglaubt habe, dass die Nazis an die Macht kommen könnten. Obwohl ich von Zeit zu Zeit ziemlich pointiert über die Möglichkeit eines Putschs der Reichswehr oder eine kommunistische Revolution geredet habe, hätte ich nie damit gerechnet, dass etwas so Einschneidendes tatsächlich passieren würde. Ich glaube, ich hatte mich darauf eingestellt, den Rest meines Lebens in Berlin zu verbringen und nur gelegentlich nach England zu reisen, wo ich mich bereits fast wie ein Fremder fühlte.

Während dieser Jahre in Berlin bin ich schließlich dazu übergegangen, mich als jemanden zu betrachten, der heillos in die deutsche Politik verstrickt ist. Meine Briefe nach England waren häufig in diesem patzigen, kurz angebundenen Lasst-mich-bloß-in-Ruhe-Ton von Kriegsberichterstattern gehalten, als würde ich gerade mitten aus einer Schlacht berichten. Während meiner Besuche in London habe ich mich nicht dagegen gewehrt, für einen Experten in Bezug auf die Lage in Deutschland gehalten und befragt zu werden, und habe jene Art Antworten gegeben, die immer mit »Also, das Erste, was die Menschen hierzulande verstehen müssen …« beginnen.

Aber jetzt sind die Nazis an der Macht. Und jetzt muss ich mir eingestehen, dass ich niemals ernsthaft engagiert war, nie ein echter Untergrundkämpfer gewesen bin; nur ein aufgeregter Zuschauer. Das erste Mal nach Berlin kam ich leichtsinnigerweise wegen des Nervenkitzels. Ich war der ungezogene Junge, der sich an jenem Nachmittag in der Wohnung von Waldemars *Braut* vergnügt hatte und jetzt mehr wollte. Aber nachdem ich das Berliner Nachtleben gründlichst erforscht und es inzwischen satthatte, wurde ich prüde. Ich fing an, diese verdorbenen Ausländer, die ihrer Vergnügungssucht halber nach Berlin kamen, streng zu kritisieren. Ich behauptete, sie beuteten die hungernde deutsche Arbeiterklasse aus. Ich sagte, sie würden sie zur Prostitution zwingen. Meine Empörung war völlig aufrichtig und sogar gerechtfertigt; wenn man hinter die Kulissen des Berliner Nachtlebens schaute, dann entpuppte es sich als ausgesprochen jämmerlich. Aber habe ich mich tatsächlich verändert? Bin ich nicht so verantwortungslos wie immer, laufe in Situationen wie einer solchen davon? Ist das nicht auch eine Art Betrug?

Ich weiß es nicht. Ich weiß es nicht. Ich weiß inzwischen einfach nicht mehr, was ich von alldem halten soll. Ich habe genug davon, mich schuldig zu fühlen. Und warum sollte ich mich auch schuldig fühlen, wenn ich es nicht freiwillig tue? Wer entscheidet über meine Schuld, außer ich selbst? Wer sagt, dass ich mich für Deutschland verantwortlich fühlen soll? Wer hat das Recht dazu? Nein – darüber kann ich wirklich nicht diskutieren. Ich bin zu verwirrt. Ich fühle mich wie ein Schrank, in dem alle Kleidungsstücke durcheinandergeraten sind; alles muss auf den Fußboden geworfen und sortiert werden. Ich muss aufhören, mich zu fragen, was ich denken, was ich fühlen soll. Ich muss versuchen anzufangen, eine Grundlage für echte Gefühle zu finden, wie dünn sie auch immer sein mag.

Denn was ist mir wirklich *wichtig*? Wenn es im Augenblick etwas gibt, das ich liebe, dann – nehme ich an – ist es Waldemar. Nicht Waldemar persönlich, aber das, wofür er steht. Gerade jetzt identifiziere ich mich mit ihm so weit, dass ich diese Reise tatsächlich durch seine Augen erlebe. Ich liebe seine Aufrichtigkeit und die Unschuld seines Erlebens;

die Unschuld, mit der er diese Reise antritt und das Abenteuer sucht. Und ich liebe seinen Egoismus und sein fehlendes Unrechtsbewusstsein. *Er* hat kein Bewusstsein, das ihn drängt, Haltungen einzunehmen und Meinungen zu haben. Er ist gänzlich frei und schutzlos und allein. Ich liebe ihn – aber in etwa so, wie man ein Tier liebt. Ich will überhaupt nichts von ihm, nur dass er jung und unerschrocken und verrückt bleibt. Genau genommen will ich das Unmögliche.

Wir fahren jetzt durch das Elbtal. Auf die scheinbar unzugängliche Felswand, die hoch über uns und den Fluss aufragt, hat jemand mit roter Farbe einen Hammer und eine Sichel geschmiert.

»Mensch«, sagt Waldemar und lächelt mich schadenfroh an, »da werden die Nazis ja eine Menge zu tun haben, um *das* abzuschrubben.«

Das ist meine letzte Erinnerung an Deutschland.

Als wir in Athen ankamen, erwartete uns Hans Schmidt schon am Bahnhof. Und sein Engländer war bei ihm. Ich hätte die beiden auch ohne Waldemars Hilfe erkannt. Sie waren einfach anders und ragten deshalb aus der Masse hervor. Sogar ihre Gestik hatte einen anderen Rhythmus.

Hans umarmte Waldemar und gab ihm einen vertraulichen Klaps auf den Hintern. »*Servus*«, sagte er zu mir und grinste mich auf eine Art an, dass ich mich fragte, was ihm Waldemar in seinem Brief wohl über mich erzählt hatte.

»Sehr erfreut«, sagte der Engländer. Ich hasse den Ausdruck »schlaffer Händedruck«; er scheint eine Art von moralischem Urteil zu beinhalten, die Pfadfinderführer von sich geben. Ich werde also sagen, dass Ambrose seine Hand kurz in meine legte und sie dann zurückzog, als hätte er soeben ein lebloses Objekt berührt.

»Ich bin so froh, dass Sie gekommen sind«, sagte er im Ton einer Gastgeberin, die den Gast zu einer Gartenparty willkommen heißt. Ich fühlte mich sofort wohl mit ihm.

Ich nahm an, dass Ambrose etwa in meinem Alter war; er wirkte sowohl älter als auch jünger. Er war schmal und hielt sich aufrecht, und seine schnellen Bewegungen hatten etwas Jungenhaftes. Allerdings war seine dunkle Gesichtshaut voller schockierender Falten, als hätte ihn das Leben mit seinen Klauen misshandelt. Das Haar fiel ihm in schwarzen gewellten Locken malerisch ins Gesicht und war von grauen Strähnen durchzogen. Seine dunkelbraunen Augen hatten einen leicht erstaunten Ausdruck. Er konnte von jetzt auf gleich völlig nervös werden – das sah ich ihm an; er hatte empfindliche Nüstern und fein gezeichnete Wangenknochen und wirkte so wie ein Pferd, das jederzeit und ohne Warnung durchgehen konnte. Und trotzdem war er von einer tiefen, inneren Ruhe erfüllt. Das machte ihn rührend schön. Er hätte für ein Heiligenporträt Modell sitzen können.

Er trug ein ziemlich altes, aber offensichtlich teures Tweed-Jackett, fast schon fadenscheinige Flanellhosen und fleckige Wildlederschuhe, die aus dem Leim gingen. Seine Kleidung war nicht sauber, und er selbst auch nicht, jedenfalls hatte ich diesen Eindruck; allerdings war das nicht abstoßend. Er verströmte auch keinerlei Geruch, obwohl meine Nase schon damals außerordentlich fein war und noch immer ist.

Hans und er nahmen uns im Taxi mit zu dem Hotel, in dem sie abgestiegen waren und auch für uns ein Zimmer gebucht hatten. Dann saßen wir im Café vor dem Hotel und schauten über den Platz. Ambrose drängte uns, den geharzten Wein zu versuchen. »Ihr gewöhnt euch besser daran«, ließ er mich wissen. »Normalerweise bekommen wir auf der Insel nichts anderes zu trinken.«

Ich war ein wenig überrascht, dass er so beiläufig davon ausging, ich würde mit auf die Insel kommen, und sei es auch nur für einen kurzen Besuch. Ich hatte vage angenommen, dass das von mir erwartet wurde, aber eine Einladung erwartet und eine höfliche Diskussion – ich würde behaupten, doch nur ein Störenfried zu sein, und er mir versichern, dass dies keineswegs der Fall sei. Aber ich fand es etwas enttäuschend, dass Ambrose so wenig Interesse an mir zeigte; dass er nicht einmal Fragen zu unserer Reise stellte oder zu dem, was in Berlin passierte. Ich hatte den Eindruck, dass er sich innerhalb seiner eigenen Welt selbst völlig genügte. Wenn du daran teilhaben wolltest – in Ordnung; aber es war deine eigene Entscheidung.

Und wie ich schon sagte, schien er sowohl nervös als auch entspannt zu sein. Die Körperhaltung war entspannt, aber in der Art, wie er redete, und in den dünnen Fingern steckte eine verzweifelte Nervosität. Seine Hände zitterten permanent. Sein goldener Siegelring saß so locker, dass er ihm fast vom Finger zu rutschen schien. Noch während er redete, fischte er eine Perlenkette aus der Tasche – bernsteinfarbene Perlen mit einer schwarzen Quaste – und spielte damit. Ich glaubte keine Sekunde, dass er betrunken war; aber später stellte ich fest, dann man nur schwer sagen konnte, wann Ambrose betrunken war und wann nicht.

»Ich hoffe, es macht euch nichts aus, in einem Zelt zu schlafen«, sagte er wieder im Ton jener Gastgeberin vom Land.

»Das Haus sollte schon längst fertig sein, doch sie haben kaum damit angefangen. Aber wie dem auch sei, jetzt werde ich die ganze Zeit vor Ort sein. Man muss ihnen auf die Finger sehen und sie anbrüllen. Sonst ist es hoffnungslos … Lasst mal sehen, wir kaufen euch am besten heute Nachmittag ein Zelt. Und ein paar Decken. Das bekommen wir alles auf dem Hehlermarkt … Ihr seid noch nie in Athen gewesen, oder? Dann *müsst* ihr wahrscheinlich auf die Akropolis. Das sollte man meiner Meinung nach immer möglichst *schnell* hinter sich bringen …«

»Du magst sie nicht?«

»Ich fürchte, dafür ist es bei mir *viel* zu spät.« Ambrose wand sich kokett; es war seine Art, sich für seine altmodische Einstellung zu entschuldigen. »Ich kann mich einfach für nichts nach den Minoern und der achtzehnten Dynastie begeistern.« Um dann praktisch ohne Pause nachdenklich fortzufahren: »Ich weiß nicht genau, wie viel das Essen kosten wird – das muss ich noch herausfinden –, aber ihr werdet überrascht sein, wie billig es ist. Und dann euer Anteil am Benzin. Allerdings werden wir das Auto nur selten benutzen. Die Getränke sind umsonst – außer wenn wir nach Chalkida zum Einkaufen fahren.«

»Ich will dir ganz sicher keine zusätzlichen Kosten verursachen«, sagte ich eher steif und war schockiert zu sehen, wie Ambrose sich abrupt von einer Gastgeberin in eine Zimmerwirtin verwandelte. Später sollte ich mich an diese Art Verwandlungen durchaus gewöhnen.

In der Zwischenzeit hatte Waldemar sich mit Hans Schmidt auf Deutsch unterhalten. Als wir ein paar Minuten später aufstanden, um auf unsere Besichtigungs- und Einkaufstour zu gehen, zog er mich zur Seite und flüsterte schockiert: »Ich hätte ihn überhaupt nicht wiedererkannt!«

»Hans?«

»Mensch! Er sieht schrecklich aus! Und was ist bloß mit seinem Arm passiert?«

»Seinem Arm?«

»Sein linker Arm. Willst du sagen, du hättest nichts bemerkt?«

»Nein.«

»Aber, Christoph, du musst blind sein! Der ist total *kaputt*! Und er will mir nicht sagen, wie das passiert ist. Er will es mir später erzählen, wenn wir alleine sind, auf der Insel. Weißt du, Christoph – ich wette, hier läuft etwas ziemlich Schmutziges. Vielleicht hat Ambrose Feinde, die versuchen, ihn umzubringen. Hans hat mir in seinem Brief doch geschrieben, dass er sein Leibwächter ist. Glaubst du, dass er dabei verwundet worden ist?«

»Nein, glaube ich nicht.«

Aber Waldemar war wild entschlossen, seinen Gefühlen Vorschub zu leisten und das Schlimmste anzunehmen. Voller Vorfreude grinste er begeistert. »Diese Insel – Christoph, das wird richtig gefährlich. Wir werden draußen in der Wildnis sein. Das wird ein echtes Abenteuer. Vielleicht werden wir uns noch wünschen, wieder in Berlin und in Sicherheit zu sein.«

Hans kam an diesem Nachmittag nicht mit uns, und so dauerte es bis zum Abendessen, bis ich einen genaueren Blick auf seinen Arm werfen konnte. Danach war es mir allerdings wirklich nicht mehr begreiflich, dass ich die Verletzung bei unserem ersten Treffen nicht bemerkt hatte. Der ganze Unterarm war steif und die Hand violett angelaufen und aufgedunsen. Über den Handrücken zogen sich eine Reihe tiefer Narben. Hans hatte augenscheinlich eine Technik entwickelt, um das alles, so gut es ging, zu verbergen, aber nun musste er Waldemar bitten, das Fleisch für ihn zu schneiden.

Er schien seine Behinderung durchaus gut gelaunt zu ertragen, zumindest glaubte ich das. Vom Aussehen her war er ein richtiger Bilderbuchpreuße: ein großer, hellhäutiger, muskulöser Mann mit blondem, fast weißem kurz geschnittenem Haar. Unter dem Hängebauch und dem ungesunden, vom Trinken aufgeschwemmten Fleisch konnte man immer noch den leichtfüßigen, breitschultrigen, geschmeidigen Körper eines Kämpfers erahnen. Er hatte eine Knollennase, die an ein Schwein erinnerte, aber er war fröhlich. Seine blutunterlaufenen Augen waren von einem sehr hellen, wässrigen Blau. Ich mochte die trägen und unangestrengten Bewegungen, mit denen er seinen großen, feisten, mächtigen Körper herumwuchtete. Als er einmal bemerkte, wie ich ihn beobachtete, reckte er sich und zwinkerte mir plötzlich zu: »*Ja, ja*«, sagte er. »*So ist die Sache*« – eine unverbindliche, aber irgendwie angemessene Bemerkung. Die ungefähr bedeutet: So ist es nun mal.

»Ich habe mich entschlossen, mir ein Pfauenpaar zu besorgen«, ließ Ambrose mich währenddessen wissen, »sobald das Haus fertig ist. Aber lieber auch noch ein Kamel. Ein Kamel würde dem Ort Atmosphäre verleihen, glaubst du nicht auch?«

Vielleicht lag es an der kurzen Geste, die er mit seiner Zigarette vollführte; vielleicht die seltsame Art, wie er beim

Lächeln die Wimpern senkte und die Augen abwandte, als müsste er einer gleißenden Lichtquelle ausweichen. (Ein paar Augenblicke später schaute er mich direkt an, und mir ging auf, dass er das bisher nie getan hatte; jedenfalls nicht, wenn *ich* ihn direkt anschaute.) Aber was auch immer die Spur war, die ich wohl unterbewusst aufnahm: das Wiedererkennen kam blitzartig.

»Mensch, Ambrose«, rief ich aus, *»ich kenne dich!«*

Ambrose sagte nichts. Er hatte den Blick abgewandt und lächelte weiter.

»Ich meine«, fuhr ich fort, »wir haben uns irgendwo kennengelernt. Vor Jahren. Ja – ja, natürlich! Während wir beide in Cambridge waren. Wir haben uns bei einer Vorlesung getroffen. Ich glaube, im Kings College.«

Erst jetzt schaute Ambrose mir direkt ins Gesicht. »Trinity, nicht Kings. In der Vorlesung ging es um die Ruinen von Machu Picchu. Du hast mir gesagt, dass du sie hören wolltest, um ein paar Ideen für eine Geschichte zu bekommen, die du schreiben wolltest.«

»Die ich, fürchte ich, nie geschrieben habe.«

»Ich habe dir ein Buch mit Inka-Trachten geliehen – zum größten Teil reine Spekulation; trotzdem waren die Illustrationen ziemlich hübsch.«

»Ich hoffe, ich habe es dir zurückgegeben?«

»Nein, hast du in der Tat nicht.«

»Ach, wie schrecklich von mir! Darf ich dir ein anderes Exemplar besorgen?«

»Nein, bloß nicht. Es ist völlig unwichtig. Ich habe schon vor langem beschlossen, dass die Inkas nicht mein Ding sind. So wahnsinnig unschwul.«

»Ambrose, sag mir – wann hast du *mich* wiedererkannt?«

»In dem Augenblick, als ich dich gesehen habe.«

»Aber warum um Himmels willen hast du dann nichts gesagt?«

»Ach, ich weiß nicht – ich war nicht sicher, ob du erinnert werden …«

»Aber das ist doch Quatsch! Warum denn nicht? Ich habe dich einfach nicht wiedererkannt. Das war völlig dumm von mir …«

»Ach, das würde ich nicht sagen …« Ambrose hatte seine Zigarette verglimmen lasen. Er fingerte hektisch mit den Streichhölzern herum – es war wirklich schockierend, wie heftig seine Hände zitterten –, schaute mich dann wieder direkt an und lächelte mit einer bewegenden Lieblichkeit. »Schließlich, Schatz, bin ich tot und du nicht.«

Mein ganzes Leben lang hatte ich eine Abneigung gegen wunderliche Bemerkungen anderer Menschen. So hätte ich vielleicht auch diese unkommentiert lassen sollen, selbst wenn, wie in diesem Augenblick, nicht ein Neuankömmling zu uns getreten wäre – ein junger Mann von ungefähr dreiundzwanzig Jahren, den Ambrose uns als Aleko vorstellte. Aleko hatte strahlend dunkle, ein wenig hervorstehende Augen, ölige schwarze Locken und eine Reihe von vergoldeten Zähnen. Er trug ein knallbunt gestreiftes Hemd, Handwerkerlatzhosen und lange, elegant geschnittene Schuhe. Er hatte eine Blume hinter sein linkes Ohr gesteckt. Den Nagel des kleinen Fingers an der linken Hand hatte er fast zwei Zentimeter lang wachsen lassen. »Das ist jetzt Mode in Athen«, erklärte mir Ambrose. Seine Augen folgten Aleko mit wohlwollender Anerkennung.

Auch Waldemar und ich beobachteten ihn. Er faszinierte uns, weil er der erste Grieche war, mit dem wir in Kontakt kamen. Das muss ihm klar gewesen sein, denn sein Verhalten war von selbstbewusster Arroganz, obwohl er so tat, als würde er kaum Notiz von uns nehmen. Nachdem er uns liebenswürdig, aber beiläufig begrüßt hatte, setzte er sich und fing an, mit Ambrose und Hans auf Griechisch zu reden. Er war vorlaut und schmeichlerisch, zupfte an Ambrose' Ärmel, wedelte mit erhobenem Zeigefinger vor Hans' Gesicht herum. Hans verstand offensichtlich das meiste, wenn nicht alles, was Aleko sagte, antwortete aber nur mit ein paar Worten Griechisch oder auch auf Deutsch, wobei sein Verhalten ihm gegenüber unübersehbar barsch und missmutig war. Ich hatte das Gefühl, dass Ambrose das spürte und dass zwischen den dreien eine gewisse Spannung herrschte. Ambrose sprach fließend Griechisch, aber mit nervöser Hast, verzog dabei den Mund und geriet bei den komplizierten Worten ins Stottern. Er hielt Waldemar und mich höflicherweise im Gespräch, indem er uns immer wieder mit Anmerkungen auf Deutsch oder Englisch versorgte. Dieser Wechsel zwischen den Sprachen schien ihn in große nervöse Anspannung zu versetzen. Um sie zu lösen, zog er sein Perlenkettchen hervor und fing an, die Perlen durch die Finger gleiten zu lassen. Sofort zog Aleko eine gleiche Kette aus der Tasche und rasselte auf die gleiche Weise damit. Diese Imitation hatte etwas so Loyales an sich, dass sie schon wieder unheilvoll wirkte. Sie ließ mich an einen beängstigend cleveren zahmen Affen denken oder einen geheimen Mitwisser. Aleko schaute Ambrose keck ins Gesicht und betrachtete es mit liebevoller Raffinesse, die gleichermaßen an ein gefährliches Raubtier erinnerte.

Nach einer Weile fingen die drei an, sich zu streiten. Ich konnte nicht verstehen, was Aleko vorschlug, aber Hans war dagegen. »Wir müssen morgen früh aufstehen«, beschwerte er sich bei Ambrose. »Wir müssen früh los – das hast du selbst gesagt.«

»Sei nicht so zimperlich, Schatz«, ließ Ambrose ihn auf Englisch wissen. Dann erklärte er mir: »Aleko meint, wir sollten euch die Stadt zeigen. Es gibt zwei oder drei Bars, die ihr vielleicht ganz amüsant findet.«

Ich entschuldigte mich und sagte, ich sei müde von der Reise. Aber Waldemar war wie immer eifrig auf jede Art von Spaß aus, und Hans war somit überstimmt. »Du musst nicht mitkommen, Liebes, wenn du nicht willst«, stellte Ambrose mit einem leicht boshaften Lächeln fest. Worauf Hans schroff erwiderte: »Du weißt sehr gut, dass ich mitkommen muss. Was passiert, wenn ich nicht mitkomme? Meinst du, ich will morgen früh die Gosse nach dir absuchen?« Während wir aufbrachen, fügte er für mich mit leiser Stimme und einem Nicken in Richtung Aleko hinzu: »Da siehst du selbst, wer hier der Boss ist.«

Waldemar kam in den frühen Morgenstunden zurück und riss mich aus einem Schlaf voller Träume von Berlin und den Nazis. Mit dem für ihn typischen Mangel an Rücksichtnahme ließ er sich schwer auf mein Bett sinken und gab mir einen Klaps auf die Schulter, um mich aufzuwecken. »Mensch, Christoph, das ist vielleicht eine Stadt! So perverse alte Schlampen! Eine hat mir direkt in den Schritt gefasst – das kannst du mir glauben! Sie sagte etwas zu Ambrose, und er meinte, sie habe gesagt, ich sei ein hübscher Junge! Ich wollte mit ihr gehen, aber Hans ließ mich nicht. Er sagte, sie habe Tripper. Ich wette, sie war schon mindestens vierzig, aber interessant; so eine habe ich in Berlin nie gehabt. Weißt du, was – sie hatte einen Schnurrbart. Und ich sag dir, Christoph, du wirst es mir nicht glauben, aber das war sexy! Das hat mich richtig scharf auf sie gemacht! Mensch – wartet nur, ihr alten Schlampen, bis ich Griechisch kann!«

Am nächsten Morgen brachen wir im Wagen von Ambrose zur Insel auf.

Sie lag etwa hundert Kilometer nördlich von Athen im langgezogenen Golf von Euböa. Man konnte sie nur über eine sehr holprige Straße erreichen, die über die Berge führte und an manchen Stellen kaum mehr als ein Feldweg war.

Aleko saß vorne neben Ambrose. Hans, Waldemar und ich waren auf der Rückbank inmitten von Gepäck und diversen Sachen untergebracht. Der alte Wagen quälte sich mit siebzig Stundenkilometern voran und schepperte wie eine Eisenwarenhandlung bei einem Erdbeben. Alles wackelte, alles klapperte, und trotzdem war nichts kaputt oder würde zumindest in den nächsten sechs Monaten kaputt gehen. Der Wagen war eine primitive, abscheuliche Karre; die Hinterräder krachten heftig und ungefedert in alle Schlaglöcher und schüttelten uns jedes Mal von Kopf bis Fuß durch. Mit jedem Schlag kam das Gepäck ins Rutschen und bohrte uns brutal den Griff eines Spatens, den Rand eines Eimers oder die Ecke eines Koffers in den Körper.

Glücklicherweise begegneten wir nur wenigen anderen Autos, denn danach waren wir immer komplett in Staub gebadet. Ein anderer Wagen, der uns von weitem über die staubigen, geisterbleichen Berge entgegenkam, sah wie das brennende Ende einer Lunte aus und zog eine glimmende Staubwolke hinter sich, während er sich langsam die Straße entlangfraß. Einmal trafen wir auf eine Herde Ziegen. Ambrose fuhr zu schnell, um am Straßenrand anzuhalten, also versuchte er, ihnen auszuweichen. Der Wagen rutschte, und ein paar Augenblicke lang wirbelten die Räder lose Schieferplatten über die Kante eines steilen Abhangs, der sicher dreißig Meter tief in ein ausgetrocknetes Flussbett abfiel. Aber ich war viel zu betrunken, um Angst zu haben. Wir alle waren betrunken, weil Ambrose uns vor Antritt der Reise ein »reichliches« Frühstück verordnet hatte, da unsicher war, wann wir ein Abendessen bekommen würden.

Bisweilen fingen Hans und Waldemar an zu singen – diese deutschen Lieder, die etwas Süß-Schwermütiges haben, sogar wenn sie pornographisch sind. Waldemar fand »Annemarie« großartig und sang das Lied mehrmals am Tag. Aufgrund von zwei Zeilen betrachtete er es als seine Erkennungsmelodie:

Mein Sohn heißt Waldemar,
Weil es im Wald geschah …

Ambrose lächelte schwach, während er fuhr. Das Lächeln sollte für den Zustand der Straße und seine Fahrkünste entschuldigen, aber er schien beides als etwas zu betrachten, das in der Natur der Sache lag. Offenbar war er auf eine gewisse Weise nicht ganz anwesend, als wäre er sich des bockenden Lenkrads zwischen seinen Händen nicht vollständig bewusst. Dieses Entrücktsein machte seine Art zu fahren so furchteinflößend; auf der anderen Seite förderte sie ein bestimmtes Vertrauen. Man hatte das Gefühl, dass er wie ein Schlafwandler alles richtig machen würde, solange man ihn dabei nicht störte.

Schließlich hatten wir die Berge überquert und fuhren im Zickzack hinunter in eine schmale Ebene, die sich am Meer entlang erstreckte. Hier ging es viel besser voran, davon abgesehen, dass uns jetzt ein starker Wind den eigenen Staub ins Gesicht blies, sodass unsere Haut mit grobkörnigem Sand bedeckt wurde. Ich hatte mich entspannt und klammerte mich nicht einmal mehr an der Seite des Wagens fest, als Ambrose beschleunigte und absichtlich nach rechts von der Straße abfuhr. Einen Augenblick lang dachte ich, wir würden uns überschlagen. Das Gepäck flog uns um die Ohren. Hans fluchte. »Tut mir leid«, sagte Ambrose. »Ich *kann* mir einfach nicht merken, wo wir abbiegen müssen. Habe die Stelle fast wieder verpasst.«

Der erste Satz hatte uns über den Graben befördert. Jetzt schaukelten wir über rotes holpriges Brachland, in das die Sonne Risse gebrannt hatte. In mittlerer Entfernung bewegte sich eine Staubsäule hin und her, wie ein Geist, der herniederstieg. Ein paar dürre Vögel mit unanständig nackten Hälsen erhoben sich mit dem Schlagen ihrer großen, schmutzigen Flügel in die Luft und wirbelten dabei Staub auf. Es war das erste Mal, dass ich Geier außerhalb eines Zoos sah.

»Jetzt sind wir gleich da«, sagte Ambrose, drehte sich zu mir um und lächelte inmitten dieser Ödnis aufmunternd.

Tatsächlich zeigten sich eine Viertelstunde später Anzeichen von Leben. Es gab Hütten mit Flachdächern und auf Stelzen, die wie Beine in der flirrenden Fata Morgana standen und mit Kiefernzweigen gedeckt waren, um die Viehhirten vor der Sonne zu schützen. Eine kaum wahrnehmbare Fahrspur führte den Hang hinab in einen Olivenhain. Wir kamen an einer Quelle vorbei, bei der sich Männer und Jungen um einen frisch gespritzten zinnoberroten Karren versammelt hatten. Offensichtlich erkannten sie Ambrose wieder. Sie rannten neben dem Auto her, wedelten mit den Armen und begrüßten uns johlend.

»Da ist Geoffrey«, sagte Ambrose und schien nicht überrascht.

An einem Tisch unter einem der Unterstände saß ein großer junger Mann, hatte eine Flasche Wein und ein Glas vor sich stehen und war so britisch wie nur irgendwer gekleidet; er trug einen Blazer, eine Flanellhose und den Seidenschal irgendeines Clubs, den er locker in ein weit aufgeknöpftes Hemd geknotet hatte. Bei unserem Anblick stand er auf und kam zu unserem Auto, das jetzt angehalten hatte. Die anderen drängten sich drumherum und bestürmten Ambrose und Aleko aufgeregt mit Fragen auf Griechisch.

»Die Landbevölkerung«, sagte Geoffrey, »bricht angesichts der Rückkehr des Gutsherrn in Begeisterung aus.«

Er sagte das auf eine Art, die ich für typisch britisch halte – man könnte es auch verknöcherten Humor nennen. Wenn man sich in seiner Jugend angewöhnt, einen Manierismus zu kultivieren, in dem alle komischen Anmerkungen mit völlig unbewegter Miene von sich gegeben werden, dann produziert das beim Älterwerden einen Effekt, der überhaupt nicht mehr komisch, sondern nur noch hölzern und eigensinnig exzentrisch wirkt.

Obwohl er sicher nicht älter als ich war, umgab ihn ein

Hauch von verkommener Jugendhaftigkeit. Seine Augen waren gerötet, aber tiefblau. Bisweilen blitzten sie mit brennend unschuldiger Empörung auf; dann bekam er etwas durchaus Attraktives. Unter der rauen, pickeligen Haut konnte man das gute Aussehen eines muskulösen angelsächsischen Sportlers erkennen.

»Wie lange bist du schon hier, Schatz?«, fragte Ambrose.

»Himmel, woher soll ich das wissen? Ich habe mir schon längst abgewöhnt, auf die Uhr zu schauen – seitdem du mich mit diesen verdammten Speichelleckern alleine gelassen hast.«

»Du weißt ganz genau, Liebes, dass du dich geweigert hast, dieses Mal mit uns nach Athen zu kommen. Du hast gesagt, du *wolltest* hierbleiben …«

»Deine verdammten Speichellecker«, wiederholte Geoffrey und ignorierte die Unterbrechung, »die plappern und plappern, bis ich es überhaupt nicht mehr aushalten konnte. Davon abgesehen habe ich den Wein ausgetrunken. Also habe ich ihnen gesagt, sie sollten mich hierherbringen.«

»Weißt du, ob sie das Boot nach Chalkida genommen haben? Oder sind sie zurück auf die Insel gefahren?«

»Woher zum Teufel soll ich das wissen? Hab nicht gewartet, um nachzusehen. Wenn ich nicht pronto einen weiteren Drink gekippt hätte, dann hätte ich sie wie Hunde erschossen, das ist das Einzige, das ich weiß.«

»Ach ja«, sagte Ambrose gelassen, »irgendwo werden sie schon sein.« Und an Geoffrey gewandt: »Steig ins Auto, Schatz.«

Geoffrey setzte sich neben Ambrose und Aleko auf den Vordersitz. Da es sonst niemand übernehmen wollte, sagte ich: »Das ist Waldemar.« »Hallo«, sagte Geoffrey, er starrte ihn kurz und unverschämt an und hätte ebenso gut sagen können: Wenn du kein Englisch sprichst, dann brauche ich auch keine Notiz von dir zu nehmen. Waldemar grinste fröhlich und antwortete: »*How do you do?*« – eine der wenigen englischen Wendungen, die er kannte. Als Geoffrey das Lächeln nicht erwiderte oder das wenigstens charmant finden würde, fing ich an, ihn nicht zu mögen.

Langsam holperten wir durch den Olivenhain. Die Fahrspur endete plötzlich direkt am Strand. Ambrose musste mit aller Kraft die Handbremse betätigen, sonst wären wir eine steile Böschung hinab und ins Wasser gerutscht. Der Wagen kreischte auf, schlingerte ein letztes Mal und erstarb. Einen Augenblick lang war die Welt unnatürlich ruhig. Dann mischten sich zarte Klänge ein – das eifrige Lecken kleiner Wellen an Steinen. Ambrose tastete mit zitternden Fingern in seiner Tasche nach Streichhölzern und einer Zigarette. »Also«, sagte er zu mir, »da sind wir, Liebes.«

Er stieg unsicher aus dem Auto und öffnete die Tür an meiner Seite. Ein Koffer und eine Rolle Draht fielen heraus und ihm auf die Füße, während ein Eimer die Böschung hinabpolterte und am Auslauf der Wellen liegen blieb. Ambrose machte keine Anstalten, ihn zurückzuholen; er ließ sich jählings auf das Trittbrett sacken, als hätten ihm die Beine den Dienst versagt. Der Rest von uns stieg aus; Hans, Waldemar und ich befreiten uns steif aus den Trümmern des Gepäcks.

»Da drüben«, erklärte mir Geoffrey und zeigte auf etwas. »Das ist unsere zauberhafte kleine Teufelsinsel.«

»Sie heißt St. Gregory«, sagte Ambrose.

Die Insel befand sich etwa eine halbe Meile vor der Küste, an der wir standen; sie lag näher an den Berghängen, deren Klippen direkt aus dem Meer aufragten. Dahinter erstreckte sich die ausladende blaue Reede, und am Horizont ragten nach Nordosten die Gipfel von Euböa auf. Ein kompaktes Stück Land in der Form eines Wals, die eine Hälfte kahl, die andere bewaldet und mit buckeligem Rücken.

»Ich frage mich, ob sie uns gesehen haben«, sagte Ambrose und schaute hinüber zur Insel. Noch während er das sagte, griff er ins Auto und drückte auf die Gummikugel der Hupe. Ein heiseres, kehliges Krächzen ertönte – ein Geräusch, das vielleicht auch ein sehr alter Vogel von sich gegeben hätte. Gregory lachte verächtlich.

»Du armer Irrer – glaubst du etwa, dass die das hören?« Er steckte die Hand in die Hosentasche und zerrte an etwas; dann trat er ein paar Schritte zurück und fuchtelte damit über dem Kopf herum, ich erkannte jetzt eine kleine automatische Pistole. »Das wird sie verdammt noch mal aufwecken!« Mit blutunterlaufenen aufmerksamen Augen fixierte er Ambrose' Gesicht und zielte dann in die Luft. »Alle aufgepasst!«, brüllte er. »Eins! Zwei …!«

Aleko hüpfte aufgeregt herum. Hans murmelte auf Deutsch: »*Total verrückt!*« Und Ambrose fragte sanft: »Schatz, hast du sie auch entsichert?«

»Verdammtes Miststück!« Geoffrey nestelte wütend an der Pistole. »Aber jetzt – alle zurücktreten! Eins … zwei … drei!« Der Schuss krachte, schreckte diesen Ort aus seiner Ruhe auf und hallte von den nackten Felsen des Strandes wider – gegen die sich die Wellen warfen und ausbreiteten und wieder zurückzogen, wieder und wieder wie eine Hand, die sich öffnete und schloss. Irgendwo in der Ferne hinter dem Hain fing ein Schäferhund wie wahnsinnig an zu bellen. Von hoch oben an der Bergflanke kam die schwache Antwort anderer Hunde.

Nichts passierte.

»Vielleicht machen sie ein Schläfchen«, sagte Ambrose.

»Ein *Schläfchen*? So was verdammt Mieses habe ich noch nie gehört! Sie sind deine Angestellten, oder? Mein lieber Mann, wenn du so weitermachst, dann bringst du ihnen irgendwann morgens den Tee ans Bett … und was, um Himmels willen, schlägst du vor, sollen wir jetzt machen?«

»Auf sie warten.«

»Auf sie *warten*? Und angenommen, sie lassen sich ein paar Tage lang nicht blicken?«

»Ich wüsste nicht, was wir sonst tun könnten, Liebes.«

Geoffrey gab ein empörtes Schnauben von sich. »Ich weiß nicht, was dich in dieses dreckige Land verschlagen hat«, sagte er zu mir. »Aber wenn du nicht auf der Flucht vor der Polizei bist, dann gebe ich dir den Rat, sofort wieder zu verschwinden, bevor du wie der Rest von uns anfängst, komplett verrückt zu werden … Ambrose, ich schlage vor, nicht an diesem *Strand* auf deine scheußlichen kleinen Lakaien zu warten. Mal davon abgesehen, dass ich völlig ungenießbar werde, wenn ich nicht innerhalb von fünf Minuten einen weiteren Drink bekomme. Das ist eine Warnung.«

»Es gibt nicht den geringsten Grund, mich zu warnen, mein lieber Geoffrey. Wir laufen zurück, und du bekommst jeden Drink, den du möchtest.«

»Warum fahren wir nicht?«

»Weil sie früher oder später das Auto sehen werden. Und

dann wissen sie, dass wir hier sind ... Christopher, kommst du mit?«

»Ich glaube, ich bleibe hier«, sagte ich. Nach den Anstrengungen der Fahrt spürte ich plötzlich das Bedürfnis, mich etwas hinzulegen. Dann fragte Ambrose Hans und Waldemar, ob sie mitkommen wollten. Waldemar sagte, er würde bei mir bleiben. Hans ging mit den anderen.

»Mensch!«, sagte Waldemar und drückte meinen Arm. »Wir sind in *Griechenland*! Stell dir vor! Wir sind in *Griechenland*!« Dann fügte er erstaunt und wie ganz für sich selbst offensichtlich den Titel eines Film hinzu, den er mal gesehen hatte: *»Die geheimnisvolle Insel.«* Er hob einen Stein auf und ließ ihn über das Wasser hüpfen. »Glaubst du, dass es hier Haie gibt, Christoph?«

»Nein.«

»Warum schwimmen wir dann nicht rüber?«

»Es ist weiter, als es aussieht.«

»Ich geh trotzdem schwimmen. Komm schon.«

»Jetzt nicht«, sagte ich. Ich spürte eine schwer zu beschreibende abergläubische Ehrfurcht, die mich davon abhielt, in dieses fremde Wasser zu steigen. Waldemar hatte diese Skrupel nicht. Er zog im Nu die Kleider aus; nach dem Winter in der Stadt war sein Körper bleich und wirkte erschreckend nackt. Es spritzte, während er verwegen ins Wasser sprang. »Es ist *warm*!«, rief er überrascht. Dann zog er mit kräftigen Zügen ins grelle Licht davon. Er war fast nicht zu sehen.

Mit meinem Jackett als Kissen döste ich unbequem auf dem steinigen Strand und wurde bald darauf von klappernden Hufen geweckt, die näher kamen. Ein Zug kleiner Esel trottete vorsichtig staksend vorbei, auf denen Mädchen und Frauen saßen, deren Münder mit Schals wie von einem Schleier verdeckt waren. Der Eindruck war aufregend orientalisch. Gerade als der berittene Zug uns passierte, schwamm Waldemar zurück an den Strand. Er stieg, ohne zu zögern, splitterfasernackt aus dem Wasser, hielt mit einer Hand seine Genitalien bedeckt und griff nach seinem Hemd.

»Mensch!«, kicherte er. »Hast du gesehen, wie diese Mädchen mich angeschaut haben? Ich wette, sie haben noch nie einen blonden deutschen Jungen gesehen!«

Inzwischen hatte der Nachmittag unbemerkt seinen Glanz verloren. Die Sonne stand jetzt hinter dem Bergkamm, und der Strand lag in seinem Schatten. Jenseits der Straßen funkelte das Meer noch immer, die Gipfel von Euböa lagen noch immer unter einem Hitzeschleier, aber hier am Strand war es fast kühl geworden. »Komm«, sagte ich zu Waldemar, der inzwischen angezogen war, »lass uns zu den andern gehen.«

Ambrose, Geoffrey, Hans und Aleko saßen trinkend unter den Kieferästen in einer der Hütten. Außer dem geharzten Wein gab es Leber- und Käsestückchen, Orangenscheiben, rohe Bohnen in Salz und Türkischen Honig. Waldemar und ich stürzten uns gierig auf den Türkischen Honig, und Ambrose ließ Waldemar *»loukoumi«* gebetsmühlenartig wiederholen.

»Wann hast du die Insel gekauft?«, fragte ich Ambrose, und mir wurde sofort bewusst, wie merkwürdig es klang, unbeschwert zu plaudern, während man in einer Hütte saß, die so auch im Alten Testament hätte stehen können.

»Eigentlich habe ich sie nicht gekauft. Ich *will* sie kaufen. Aber weißt du, das Problem ist, ein Teil davon gehört den

Leuten aus dem nächsten Dorf hier, allen zusammen – gleich auf der anderen Seite des Hügels. Und das sind dreihundertneunzehn. Sie müssen alle zustimmen, wenn verkauft werden soll. Und die Vorstellung, *überhaupt* mit irgendetwas einverstanden zu sein, bringt die armen Leutchen völlig ins Schleudern. Ich meine, ihre ganze Lebensphilosophie ist davon bestimmt, *nicht* einverstanden zu sein. Wir sind schon seit Monaten am Verhandeln. Unglücklicherweise und um alles noch schlimmer zu machen, sind sie davon überzeugt, dass man Millionär ist, und so machen sie völlig verrückte Vorschläge. Sie sagen, ich kann die Insel haben, wenn ich das ganze Dorf ans Stromnetz anschließe. Oder wenn ich eine Brücke vom Festland baue – was nebenbei gesagt auf ein ingenieurmäßiges Weltwunder hinauslaufen würde. Und es haben sich zwei Parteien gebildet – die eine ist für Verkaufen, die andere dagegen. Die dagegen sind, behaupten, ich sei ein Spion, der die Insel als Stützpunkt für die britische Flotte haben will. Ich glaube nicht, dass sie das *wirklich* glauben – aber inzwischen macht es auch keinen Unterschied mehr, was sie glauben und was sie nur behaupten, denn das Ganze ist ein Spiel geworden. Man muss also einfach Geduld haben. Tatsächlich habe ich langsam den Eindruck, dass ich sie mürbe mache … Und da kommt der Priester. Das ist mein wichtigster Verbündeter …«

Er zeigte auf einen schweren, dunklen Mann, der sich gerade an einen Tisch in einer der anderen Hütten gesetzt hatte; seine Haare waren lang, er trug einen Bart und einen schwarzen Talar sowie Schuhe mit elastischem Gummieinsatz. Mehrere Männer sprangen auf, um ihn mit Wein und Essen zu versorgen, was er mit wohlwollender Geste akzeptierte. »Ich geh wohl besser rüber und rede mit ihm«, sagte Ambrose, »sonst denkt er noch, ich hecke hinter seinem Rücken etwas gegen ihn aus. Er ist lächerlich empfindlich.« Er stand auf und ging hinüber zu dem Priester, der ihn majestätisch grüßte.

»Verdammte Heidenpopen!«, brummte Geoffrey.

Er schien eher zu sich selbst, als zu mir zu sprechen; allerdings hatte mich die Neugier gepackt, und es war ein guter Augenblick, ein Gespräch anzufangen, zumal Hans und Waldemar über ein paar deutsche Witze kicherten.

»Dir scheint hier nichts zu gefallen«, sagte ich.

»*Gefallen?* Was kann einem hier schon gefallen?« Indigniert wandte Geoffrey sich mir zu. »Kannst du mir nur eine verdammte Sache nennen?«

»Aber warum bist du dann hier?«

»Was zum Teufel hat das denn damit zu tun? Was meinst du denn, wo ich sein sollte? Hast du irgendwelche Vorschläge?«

»Na ja – ich könnte mir schon eine Menge anderer Orte vorstellen.«

»Ach, *du könntest dir was vorstellen,* tatsächlich?« Aufgebracht hielt Geoffrey sein Gesicht ganz nah vor meines, aber diese Aggressivität war nicht einmal unangenehm, weil sie eine gewisse rührende Verzweiflung erkennen ließ. »*Eine Menge anderer Orte*, hä? Ich vermute mal, das schließt England und Frankreich und Deutschland und Russland und die USA mit ein?«

»Schon möglich.«

»Dann beweist das nur, dass du nicht weißt, wovon du redest. Oder eher noch, wovon *ich* rede. Und wenn du nicht weißt, wovon ich rede, dann schlage ich vor, dass wir die Diskussion beenden.«

»In Ordnung.«

»Na, Gott sei Dank bist du kein Streithammel. Ich kann Leute nicht ausstehen, die sich mit mir streiten. So wie Ambrose zum Beispiel … Du kannst es mir einfach glauben, mein Bester – es *gibt* keinen anderen Ort.«

»Aber du hast gesagt, dass ich hier so schnell wie möglich abhauen soll.«

»Das habe ich. Das ist etwas völlig anderes. Du bist nicht ich. Oder etwa *doch*?«

Ich lachte. »Ich glaube nicht.«

»Und ich auch nicht. Ich bin sogar verdammt sicher, dass du es nicht bist.«

»Wie lange bist du schon hier, Geoffrey?«, fragte ich, um das Thema zu wechseln.

»Habe ich vergessen. Ein paar Monate. Warum?«

»Hast du Ambrose hier kennengelernt?«

»Bin zufällig in Athen über ihn gestolpert. Na ja, nicht *gestolpert*. Ich bin in einer scheußlich verkommenen Bar ohnmächtig geworden. Und als ich wieder aufwachte, saß er mir gegenüber.«

»Lädt er alle Fremden ein, auf die Insel mitzukommen?«

»Ich habe nicht gesagt, dass Ambrose und ich uns nicht kennen. Wie kommst du denn darauf?«

»Oh – verstehe. Ihr kanntet euch schon vorher?«

»Du willst wohl auch alles wissen, was?«, sagte Geoffrey, und plötzlich war die Aggressivität wieder da.

»Lustig, ich habe festgestellt, dass ich ihn *auch* schon kannte. Seit wir damals beide in Cambridge waren.«

Zum ersten Mal schien sich Geoffrey für unsere Unterhaltung zu interessieren. Er fragte unvermittelt: »Welches College?«

Ich sagte es ihm.

»Kannst du dich an Halloween 1923 erinnern – als jemand einen Nachttopf über das Türmchen eurer Kapelle gestülpt hat?«

»Mensch, ja – jetzt, wo du es sagst –, ja, ich erinnere mich.«

»Es kam nie raus, wer das war.« Geoffrey lächelte hochzufrieden in sich hinein. »Roddy Calhoun, der in den Alpen kletterte – zumindest hat er das behauptet –, sagte: ›Diese Kuppel ist schlimmer als das Matterhorn. Keine Chance, ohne Kletterhaken an dem verdammten Ding hochzukommen‹, sagte er. Er hatte verdammt noch mal recht.«

»Und wie glaubst du, hat dieser Mensch es geschafft?«

»Ich glaube es nicht. Ich weiß es. Er ist gesprungen – vom Dach der Bibliothek. Das sind gute zwei Meter, praktisch aus dem Stand. Und zurück war es wegen des Geländers noch schlimmer. Ich bin abgerutscht und musste mich festkrallen. Habe mir fast den Arm ausgekugelt.«

»Du behauptest – du warst das?«

»Na offensichtlich.«

»Das ist wahrscheinlich eine dumme Frage, aber – was bringt einen dazu, so etwas zu machen?«

»Das *ist* … eine verdammt dumme Frage.« Aber Geoffrey schien sich nicht zu ärgern, dass ich sie gestellt hatte, sondern redete praktisch sofort weiter. »Ich meine, irgendwas *muss* man doch tun, oder? Und all die Dinge, von denen die Leute immer sagen, dass man sie unbedingt tun *soll-*

te – das ist doch alles Schwindelei … Davon abgesehen hat mich der Anblick dieser verfluchten Turmspitze jedes Mal geärgert, wenn ich an deinem College vorbeigegangen bin. Genauso wie Calhoun – dieser Schnurrbart; wahrscheinlich hat er geglaubt, dass er damit wie ein Kavallerieoffizier aussieht. Ich konnte seine Attitüde nicht ausstehen. Als würde er alles wissen; verdammt überhebliches Arschloch. Und seine Freunde haben mich auch krank gemacht, so wie sie ihm Honig ums Maul geschmiert haben. Wie eine Meute Schulmädchen. Damit geprahlt haben, wie sie das Zimmer von jemandem demoliert haben, dessen Schlipse oder Bilder sie nicht mochten. Keiner von denen hat jemals etwas alleine gemacht – immer nur, wenn andere dabei zugesehen haben. Aber was bringt es schon, wenn man nicht den Mumm hat, etwas nur für sich zu machen? Also habe ich mir gesagt, denen werde ich es verdammt noch mal zeigen …«

»Waren sie nicht mächtig beeindruckt, als sie erfahren haben, dass du es warst?«

»Aber das haben sie nie erfahren! Himmel, glaubst du etwa, ich hätte es ihnen *erzählt*? Glaubst du, ich wollte diese Schweine beeindrucken? Ich habe das für mich selbst getan, nicht für die … Du bist überhaupt der Erste, dem ich es erzählt habe. Und Gott weiß warum ausgerechnet *dir.*«

Geoffrey erwartete offenbar nicht, dass ich ihm für das Vertrauen dankte. Aber da ich irgendeine Art Kommentar dazu abgeben musste, sagte ich: »Du musst dich ziemlich großartig gefühlt haben – zu wissen, dass du es getan hattest und dass kein anderer es wusste.«

»Und auch da irrst du dich gewaltig«, setzte Geoffrey mir mit einer Vehemenz entgegen, die mich überraschte. »Es war nicht großartig. Es war gar nichts. Es hat überhaupt nichts genützt. Es hat überhaupt keinen Unterschied gemacht«

Bevor ich fragen konnte, was er damit meinte, kam Ambrose zurück an unseren Tisch. Er berichtete, dass der Priester einen der Dorfbewohner angewiesen hatte, uns mit seinem Boot zur Insel überzusetzen. Das Boot lag in einer Bucht auf der anderen Seite des Dorfes; der Besitzer war bereits unterwegs, es zu holen. »Und wann wird er wieder hier sein?«, fragte Geoffrey ungeduldig.

»Keine Ahnung, Schatz«, sagte Ambrose und lächelte sanft. »Wahrscheinlich nicht länger als zwei, drei Stunden.«

Es war schon fast Nacht, als wir schließlich die Nachricht erhielten, dass das Boot an unserem Strand angekommen war. Langsam und betrunken gingen wir hinunter zum Ufer. Als wir aus dem Olivenhain traten, merkte ich, dass eine steife Brise wehte; die Wellen gingen sehr viel höher, und wir alle wurden nass, als wir ins Boot kletterten. Durch das Gepäck, das wir im Auto mitgebracht hatten, lag das Boot tief im Wasser. Der alte Mann, dem es gehörte, warf den Außenbordmotor an und steuerte es in die raue Dünung.

Langsam wurde die Insel größer. Inmitten der Schwärze funkelten zwei Lichter.

»Gut«, sagte Ambrose. »Sie haben uns bemerkt.«

»*Gut?*«, schrie Geoffrey auf. »Ist das alles, was dir einfällt – *gut*? Weißt du, was das heißt, mein Lieber? *Sie waren die ganze Zeit schon auf der Insel!*«

»Sieht ganz so aus, nicht wahr?«

»In diesem Fall sollte man sie an den Daumen aufhängen und verprügeln.«

Ambrose lächelte bloß.

Die Wellen fingen an, ins Boot zu schwappen, und wir nahmen eine Menge Wasser auf, das Aleko und Waldemar mit Konservendosen wieder herausschöpften, wobei sie sich köstlich amüsierten. Geoffrey fluchte. Ambrose stand im Bug und wurde nasser als wir anderen. Die Haltung, mit der er sich an den aufeinandergestapelten Berg von Gepäck lehnte, wirkte fast gelangweilt. Er schien inmitten all diesen Durcheinanders völlig entspannt zu sein.

»Weißt du«, ließ ich ihn mit trunkener Bewunderung wissen, »ich kann mir glatt vorstellen, dass du aussteigst und über das Wasser gehst.«

Wieder lächelte er.

Als wir an der Leeseite der Insel ankamen, flaute der Wind ab, obwohl die Wellen noch immer hochgingen. Auf den Felsen am Ufer waren deutlich zwei Jungs zu erkennen; sie schwangen ihre Laternen wild hin und her. Aleko rief ihnen etwas zu. Sie riefen etwas zurück. Alle machten so viel Lärm, wie sie konnten. Das Anlegen war eine komplizierte Angelegenheit. An einer Stelle formten die Felsen ein natürliches Hafenbecken, das man aber nur auf dem Kamm einer Welle erreichen konnte. Unser alter Fischer verkalkulierte sich ein wenig, und bei der Einfahrt schrammten wir leicht über die Felsen. Ein paar Augenblicke später kletterten wir aus dem Boot.

Wir gingen los, einen steilen Pfad hinauf. Hinter uns trugen die beiden Jungs das Zelt wie eine riesige Leiche. Das Flackern ihrer Laternen ließ unsere Prozession wie ein nächtliches Melodrama erscheinen. Mir war jetzt ganz und gar nach biblischen Vergleichen, und alles kam mir vor wie ein Gemälde von der Kreuzabnahme – nur dass wir auf dem Weg nach oben waren. Über uns ragte ein schmaler, aber senkrechter Felsvorsprung auf, so voller Büsche und halb frei liegender Baumwurzeln – dazu noch das Durcheinander der gewichtslosen, aber tiefen Schatten –, dass er fast über uns zusammenzubrechen schien. Ich war wie vom Zauber der Tropen gefangen, ein Gefühl, das vom Geschrei der Dschungelvögel von der Spitze der Klippe noch verstärkt wurde.

Aufgrund der Trunkenheit und der Dunkelheit kann ich mich kaum erinnern, was ich an diesem ersten Abend wirklich wahrgenommen habe und was nicht. Ganz sicher habe ich die beiden Hütten bemerkt. Sie standen auf einer urigen ebenen Lichtung, ein kahler Fleck oben auf der Klippe, und waren in Wirklichkeit nicht mehr als die mit Kiefernästen abgedeckten Unterstände, wie sie hier gebaut wurden, über die man ein paar Zeltplanen aus Gummi geworfen hatte. Die Vögel des Dschungels entpuppten sich als ein paar zahme Hühner und Enten, die in den Büschen geschlafen hatten und jetzt empörte Geräusche von sich gaben, bevor sie wieder schlafen gingen; unsere Ankunft hatte sie gestört. Vor den Hütten standen ein Küchentisch und eine Reihe von hölzernen Umzugskisten, die uns als Hocker dienten. Ambrose, Geoffrey und ich setzten uns hin und fingen sofort an zu trinken; den Wein hatten wir vom Boot mitgebracht.

Geoffrey schien eine Begabung dafür zu haben, ununterbrochen empört zu sein; er war immer noch wütend auf die beiden Jungs und verlangte von Ambrose, sie ins Kreuzverhör zu nehmen und so zu erfahren, warum sie nicht herübergekommen waren und uns abgeholt hatten. Die Jungs waren etwa so alt wie Aleko – obwohl einer von ihnen, Theo, ein wenig älter aussah, weil er einen Schnurrbart trug. Er war der Attraktivste von den dreien. Pedro war füllig, fröhlich und hatte Pickel. Offenbar betrachteten die beiden Aleko als ihren Anführer.

Die Befragung wurde sofort zu einem Spiel und einem großen Spaß, obwohl Ambrose offenkundig sein Bestes gab, zum Kern der Angelegenheit vorzudringen. Er konzentrierte all seine Bemühungen auf Theo und Pedro, setzte sie mit Fragen in seinem fließend gestotterten Griechisch unter Druck und lächelte mit gutgelaunter Verzweiflung über ihre offenkundig absurden Ausreden. Aleko fing an, sich einzumischen, und unterbrach Ambrose mit grotesk übertriebenen Gebärden. Die beiden anderen brachen darüber in kreischendes Gelächter aus. Geoffrey war außer sich vor Ungeduld und fragte immer wieder: »Was sagen die beiden kleinen Biester, um Himmels willen? Mann, hör um Gottes willen mit diesem Gelaber auf und sag es mir!«

Schließlich wandte sich Ambrose uns zu und verkündete: »Anscheinend ist das Boot gesunken. In flachem Wasser. Irgendwo auf der anderen Seite der Insel. Es klingt nicht allzu ernst. Wir schauen uns das morgen an.«

»*Nicht ernst?*«, brüllte Geoffrey. »Sie haben das Boot versenkt, und es ist nicht ernst? Wenn es nicht ernst ist, dann schick sie verdammt noch mal sofort hin, um es zu reparieren, oder sie sollen an Land schwimmen.«

»Sie können es wohl kaum im Dunkeln reparieren, oder?«

»Aber wie um Himmels willen haben sie es dann versenkt? Oder willst du sie nicht fragen, um ihre Gefühle nicht zu verletzen?«

»Na ja, das versteh ich nicht so richtig. Es scheint eine extrem komplizierte Geschichte zu geben, bei der von Möbeln die Rede war. Zumindest *glaube* ich, dass sie Korkenzieher gesagt haben. Ich bin mir nicht so ganz sicher, was dieses Wort heißt. Aber ich bin ziemlich sicher, dass es Möbel heißt, und das ist so verwirrend …«

»Quatsch! Es heißt einfach, dass sie gevögelt haben. Sie haben etwas oder jemanden gevögelt. Höchstwahrscheinlich sich selbst. Ekelhafte kleine Sodomiten …«

»Mein lieber Geoffrey, bitte *vergiss* nicht, dass auf der Insel St. Gregory diese Art Ausdrücke einfach nicht toleriert werden können …«

»Sodomiten. Das ist der Begriff dafür, und genau so werde ich weiterhin …«

»Schatz, mache ich dir jemals Vorwürfe wegen dieser verlebten, übel riechenden parfümierten Frauen, die du jedes Mal anschleppst, wenn wir nach Athen fahren?«

»Es geht mir am Arsch vorbei, wem du Vorwürfe machst. Ein Sodomit ist ein Sodomit …«

An diesem Punkt tauchten Hans und Waldemar mit einem Schinken auf, den sie gerade ausgepackt hatten. Er war nasser und salziger, als Schinken normalerweise sind. Mir war es egal. Wir schnitten Stücke ab und stopften sie in unsere Münder, waren plötzlich und extrem hungrig. Und weiter reichen meine Erinnerungen von diesem Abend auch nicht mehr.

[*Aus meinem Tagebuch: Die Einträge sind nicht datiert.*]

Himmel, hab ich einen Kater! Das ist natürlich nichts Neues. Morgens habe ich hier immer einen Kater. Ich schreibe dies auf einer der Umzugskisten vor den Hütten sitzend, und die Sonne brennt beängstigend senkrecht vom Himmel. Ich spüre die ganze Insel in meinem Kopf pulsieren. Nachts scheint sie riesig und mysteriös. Am Tag ist sie sehr klein, ein winziger, trockener Krümel Land inmitten einer See, die das Durstgefühl nur verschlimmert. Zu dieser Tageszeit sind die Berge um die Bucht schon blasser und blasser bis hin zu dem Punkt geworden, dass sie langsam verschwinden; man sieht nur noch den geisterhaften Glanz zweier Schneefelder an den Flanken des Mount Dirfys. Ambrose sagt, dass sie sehr bald schmelzen werden.

Die Insel ist von einem drahtigen Gras bedeckt, das durch die Kleidung dringt und einen plötzlich wie eine Nadel sticht. Die Gräser sind so trocken, dass sie im Wind metallisch knistern. Überall picken Hühner und Enten herum; sie verdrecken unsere Betten. Und es gibt eine Ziege, die das Dachstroh der Hütten frisst. Jetzt steht sie bewegungslos in einem schmalen Streifen Schatten und beobachtet mich; ein magerer schwarzer Teufel mit zotteligen Beinen, Koboldzähnen und schräg stehenden levantinischen Augen.

Waldemar und ich verbrachten unseren ersten Morgen damit, das Zelt aufzubauen und zwischen den Büschen eine Latrine zu graben. Ich wollte damit fertig werden, während Waldemar immer noch in seiner Junger-Pionier-mit-freiem-Oberkörper-Laune war. Ich weiß, wie lange sein Eifer anhält.

Waldemar sagt: »Ich werde lernen, wie ein Ni**** Griechisch zu sprechen« (er meinte, wie ein Einheimischer), und: »Wir beide werden jeden Flecken dieser Insel erkunden, Christoph. Wer weiß, vielleicht stoßen wir auf eine Ölquelle oder eine Diamantenmine? Und wenn, dann werden wir nicht selbstsüchtig sein, oder? Wir überlassen Ambrose die Hälfte – na ja, besser ein Drittel.«

Auf dem Kamm der Insel bauen Arbeiter aus dem Dorf das Haus von Ambrose. Es soll ein Regenwasserreservoir haben; und das muss innerhalb des Fundaments liegen, um die Verdunstung zu kontrollieren. Am Tag nach unserer Ankunft ging Ambrose zur Baustelle, um den Fortgang der Arbeiten während seiner Abwesenheit zu überprüfen. Wie sich herausstellte, hatten sie bereits die Wände gebaut, ohne eine Grube für das Reservoir ausgehoben zu haben. Darüber gerieten Ambrose und die Arbeiter heftig aneinander, es wurde viel gebrüllt und gestikuliert, zum Teil ernsthaft, zum Teil manieriert. Ambrose zufolge ging es im Wesentlichen darum:

»Wie wollt ihr jetzt eine Grube graben? Die Mauern sind doch im Weg. Ihr bekommt die Erde nicht heraus.«

»Kein Problem. Ganz einfach. Nur ein bisschen Dynamit.«

»Aber das Dynamit wird die Mauern wegblasen.«

»Kein Problem. Wir bauen sie wieder auf.«

Ambrose berichtet das mit Stolz – Besitzerstolz. Er hat das Gefühl, dass diese Leute ihm gehören – ihr Charme, ihre Unzuverlässigkeit, ihre Verrücktheiten; einfach alles an ihnen. Und das trifft in gewisser Weise tatsächlich zu, denn erst durch ihn bekommen sie eine Stimme, die wir verstehen. In gewisser Weise ist dieser Ort nichts als die Präsentation seines Willens.

Bei all diesem Gerede über Pfauen und andere Annehmlichkeiten ist es ihm letztendlich wohl egal, ob dieses Haus tatsächlich gebaut wird oder nicht. Das Vergnügen für ihn besteht in der Situation, wie sie sich in diesem Augenblick darstellt.

Er hat uns allen Rollen zugeteilt. Hans soll kochen, Waldemar dabei helfen. Die Jungs sollen Sachen holen und tragen und Aleko ihnen Anweisungen erteilen. Geoffrey soll so viel Wirbel wie möglich veranstalten. (Inzwischen habe ich verstanden, wie wichtig das für Ambrose' Lebensart ist.) Und ich soll meinen Roman schreiben. (Ungefähr so, wie die Hühner Eier legen; nicht so sehr zum Verzehr vorgesehen, sondern um eine allgemeine Atmosphäre der Produktivität zu erzeugen.)

Und welche Rolle spielt Ambrose? Er hat den Vorsitz inne, aber er ist nicht notwendigerweise der Organisator dieser Gemeinschaft. Die organisiert sich selbst. Oder, könnte man sagen, wird vom Geist der Insel organisiert. Aber da Ambrose der einzige Mensch ist, der weiß, was der Geist der Insel wann auch immer will – er ist gewissermaßen ihr Priester –, muss man die Befehle entgegennehmen und befolgen, die sie durch seinen Mund erteilt.

Das Wasser aus der einzigen Quelle ist brackig. Die irdenen Tassen stinken nach Salz. Ich habe Magenschmerzen.

Nach dem Abendessen sitzen wir am Küchentisch vor den Hütten und betrinken uns gemächlich. Sobald die Lampe auf dem Tisch steht, wird sie zum Mittelpunkt der Welt. Man hat das Gefühl, dass es außer uns niemand anderen gibt, nirgendwo. Die Milchstraße direkt über uns sieht aus wie eine vom Feuer erleuchtete Dampfwolke. Nach der kurzen, aber heftigen Brise beim Sonnenuntergang wird es so still, dass die Nacht nichts von außen Kommendes zu sein scheint; es hat vielmehr den Anschein, als wäre man in einem riesigen, nach oben offenen Raum.

Darüber hinaus geben die Ratten einem das Gefühl, drinnen zu sein. Sie suchen die Hütten heim und trippeln überall knapp außerhalb des Lichtscheins herum. Manchmal werfen wir Sachen nach ihnen.

Ambrose, Geoffrey, Hans und ich sitzen auf den Packkisten und trinken. Aleko und Pedro stromern herum. Waldemar hat seine Begeisterung fürs Fischen entdeckt. Er und Theo verbringen die Abende in einem Boot vor der Küste und locken die Fische mit einer Karbidlampe an die Wasseroberfläche; um dann zu versuchen, sie zu harpunieren. Weder Theo noch Waldemar sind besonders gut darin, denn beide sind Stadtjungs. Sie fallen häufig ins Wasser. Aber sie haben eine Menge Spaß.

Aleko mischt sich ständig in unsere Gespräche ein. Seine Stimme treibt einen zwar in den Wahnsinn, aber mir scheint es gerechtfertigt, mich nicht darüber zu ärgern, weil Geoffrey so ungemein hasserfüllt reagiert. Aleko ist das durchaus klar. Wann immer er einen besonders nervtötenden Schrei des Entzückens ausgestoßen hat, verdreht er die Augen in Richtung Geoffrey, der jedes Mal prompt reagiert. »Klappe, du widerliches kleines Biest!«

»Klabbu-bu fideriches kapiest!«, äfft Aleko ihn begeistert nach.

»Das ist alles deine Schuld«, heult Geoffrey in Richtung Ambrose. »Warum redest du auch mit ihnen in deinem garstigen Kanakenpidgin? Das spornt sie nur an. Warum bringst du ihnen nicht bei, wie ein Weißer zu reden?«

»Mein lieber Geoffrey, musst du immer so niederschmetternd britisch sein?«

»Ich bin so verdammt britisch, wie ich will.«

»Iss britiss!«, redet Aleko dazwischen und versteht entweder etwas oder – und das ist viel wahrscheinlicher – interpretiert irgendeine falsche und schmutzige Bedeutung in Geoffreys Worte. »Aleko britiss! Ah, ja, ja!« Er stochert mit dem Finger Richtung Geoffrey, der einen betrunkenen, fahrigen Versuch unternimmt, nach ihm zu schlagen. Aleko ist mit einem Satz außer Reichweite. Geoffrey verliert das Gleichgewicht und fällt von der Packkiste auf den Rücken.

»Ambrose«, keucht er und kommt wütend wieder auf die Füße, »würdest du zumindest deinen obszönen kleinen Liebhaber anweisen, nicht so herumzuschreien! Ich bin kurz davor auszurasten. Ich warne dich. Ich könnte glatt geneigt sein, ihm mit bloßen Händen die Gurgel rauszureißen.«

»Also wirklich, Schatzi – wir sind hier nicht in einem mittelalterlichen Schloss! Das sind nicht meine Leibeigenen. Auf dieser Insel hat jeder gleiche Rechte, und darauf bestehe ich. Und wie ich dir schon tausendmal gesagt habe, muss ich *alle* Verantwortung für das Verhalten eines jeden Einzelnen von mir weisen – einschließlich deines.«

»Weißt du, was du bist? Ein Scheißbolschewik! Warum singst du nicht die Internationale? Raus mit Hammer und Sichel, *Towarischtsch*! Komm schon, mach – zeig uns diese Schwindelsichel.«

»Liebes, wie oft habe ich dir schon gesagt, dass ich kein Bolschewik bin? Ich war nie ein Bolschewik. Ich bin ein Anarchist. In Wirklichkeit bin ich das genaue Gegenteil von einem Bolschewiken. In Russland …«

»Ich hör nicht zu!«, schreit Geoffrey und hält sich die Ohren zu. »Verzapf deinen Quatsch die ganze Nacht, wenn du willst. Ich versteh kein Wort davon.«

»In Russland sind längst alle Anarchisten liquidiert worden, weil sie Todfeinde des Regimes …«

»Verstehe kein Wort!« Geoffrey brüllt, kneift die Augen zusammen und trommelt mit den Fersen gegen die Packkiste.

»Schatz, man wünscht sich eigentlich, dass du zumindest deinen Kropotkin gelesen …«

»Mumpitz! Mumpitz!«

»Schau mal, was in Deutschland passiert …«

»Na gut!« Geoffrey nimmt auf der Stelle die Finger aus den Ohren. »Also Deutschland!« Er beugt sich so weit über den Tisch, dass sein Gesicht fast das von Ambrose berührt. In solchen Augenblicken wird deutlich, wie abhängig Geoffrey von dessen permanenter Vitalität ist, ja seiner ausgesprochenen Fähigkeit weiterzuleben. Ihr tragikomischer Konflikt, der nie ein Ende findet und den keiner von beiden für sich entscheiden kann, lässt Geoffrey neue Kräfte tanken und verleiht ihm Stärke. »Nimm Hitler! Ich nehme an, ein verfluchter Schwindelbolschewik wie du hält nichts von Hitler! Na sag schon – oder etwa nicht? Na klar doch! Aber dann lass dir sagen, dass Hitler ein ziemlich vernünftiger Mann ist! Zumindest hat er all die verdammten Bolschewiken abserviert …«

»Selbst wenn das nicht stimmt, was ich …«

»Mumpitz! Mumpitz! Mumpitz! Mumpitz!« Geoffrey hält sich wieder die Ohren zu. »Mumpitz! Mumpitz! Mumpitz! Mumpitz! Mumpitz!«

Bei alldem sagt Hans kein einziges Wort. Er sagt nie etwas, wenn Geoffrey zugegen ist. Er sitzt da und lächelt auf eine Art in sein Glas, die ihn sowohl rätselhaft als auch nachdenklich erscheinen lässt; aber wahrscheinlich döst er nur vor sich hin.

Es ist wirklich nicht überraschend, dass Hans Geoffrey nicht leiden kann, denn Geoffrey beträgt sich ihm gegenüber wie ein ungezogenes Kind. Wenn er mit Ambrose redet, dann nennt Geoffrey Hans immer »von Bloggenheimer«. Er kann einfach nicht von seinem unglaublich kindischen Vorwand lassen, dass Schmidt, Hans' Nachname, zu schwierig und fremd für ihn ist, um sich ihn zu merken! Ich glaube aber, dass Hans auch dann noch eine Abneigung gegen Geoffrey haben würde, wenn der freundlich zu ihm wäre. Ich bin sicher, dass Hans eifersüchtig ist – auf den Einfluss, von dem er glaubt, dass Geoffrey ihn auf Ambrose hat. Aber wie kann er so dumm sein? Selbst nach den wenigen Wochen auf der Insel ist mir klar, dass niemand Ambrose beeinflussen kann – diesen Schmetterling mit stählernen Flügeln.

Ich stelle mir vor, dass Hans mit seiner Vergangenheit als preußischer Feldwebel in Ambrose seinen Oberbefehlshaber sieht, ein privilegiertes Wesen, dessen Aufgabe es ist, exzentrisch zu sein, so wie Friedrich der Große. Waldemar ist der Unteroffizier von Hans. Theo und Petro sind die Schützen seines Zugs, hilflos und aufmüpfig und unverbesserlich unmilitärisch. Hans brüllt sie an, schlägt sie mit dem Kochlöffel, wirft Töpfe nach ihnen, jagt sie rund um die Insel und geht, nehme ich an, mit ihnen ins Bett. Sie verstehen einander perfekt; ihre Beziehung scheint unkompliziert zu sein, triebhaft und arglos. Das Verhältnis von Hans zu Aleko ist sehr viel rätselhafter, voller Spannungen. Sie würden nie miteinander herumalbern oder blödeln. Sie gehen achtsam miteinander um und mitunter sogar höflich.

Ambrose fördert Eifersucht, ob bewusst oder unbewusst. Er agiert mit der Koketterie eines wohlwollenden Despoten. Seine Koketterie besteht in der Zurschaustellung von Objektivität, wann immer es Streit gibt. Da bei einem Streit normalerweise eine Person recht hat und die andere unrecht, läuft seine Überparteilichkeit darauf hinaus, sich auf die Seite des Unrechts zu schlagen. Das habe ich selbst gestern erlebt, als ich im Boot wütend auf Theo wurde …

Nein – diese Geschichte ist wirklich zu kindisch. Ich schäme mich, sie niederzuschreiben.

Ich stehe fast jeden Morgen sehr früh auf und gehe schwimmen. Wenn möglich, tue ich dies ohne Waldemar, denn ich schätze diese erste Stunde, die einzige am Tag, in der ich völlig allein bin. (Vielleicht ist Ambrose schon wach, aber er lässt sich nie blicken. Er bleibt in seiner Hütte und liest vermutlich, raucht oder nimmt ein paar frühe Drinks zu sich. Ich habe ihn nie im Wasser gesehen.) Ich genieße das auch, weil ich nur dann nackt schwimmen kann. Ambrose, der erstaunlicherweise feinfühlig ist, was die lokalen Vorurteile angeht – aber zweifelsfrei auch klug –, hat mir erklärt, wie schockiert die hiesigen Arbeiter waren, dass Waldemar sich an unsrem ersten Nachmittag einfach am Strand auszog und ins Wasser sprang, obwohl er natürlich verkündet hat, dass wir auf unserer Insel sämtliche individuellen Freiheiten genießen würden. (Wie alles, was wir machen, hat auch diese Nachricht die Runde durch alle Dörfer des Bezirks gemacht und ist von Hunderten von Menschen erörtert worden.) Nacktheit gehört zu den Merkmalen der klassischen Kultur, die die heutigen Griechen nicht übernommen haben. Wenn die Bauarbeiter schwimmen gehen, dann in ihren langen baumwollenen Unterhosen.

Ich klettere vorsichtig über die Felsen nach unten – sie haben lavascharfe Kanten, und wenn man abrutscht, gibt es tiefe Schnitte –, lasse mich dann vorsichtig ins Wasser gleiten. Zu dieser Stunde gibt es so gut wie keine Wellen, die Oberfläche leuchtet in einem bläulich milchigen Ton. Ich tauche meinen Kopf nicht unter Wasser. Weil ich das Gefühl habe, dass der Zauber des Morgens nicht gebrochen wird, solange ich ihn über der Oberfläche halte; die Welt bleibt so magisch unwirklich – Berge und Küste sind gerade erst am Entstehen, bilden sich aus unbelebtem Licht; die Fischerboote gleiten auf Luft dahin. Das Wasser ist sehr salzig, es trägt gut, und ich kann weit hinausschwimmen. Dann liege ich einfach auf dem Rücken und schaue in den Himmel.

Dieses Meer und seine Küste kann sich in den vergangenen zweitausend Jahren nicht viel verändert haben. Würde ein Grieche der klassischen Zeit mich aus dem Olivenhain heraus in mittlerer Entfernung schwimmen sehen, käme er wohl kaum auf die Idee, ich sei kein Zeitgenosse von ihm. Das könnte ein aufregender Gedanke sein, ist es dann aber überhaupt nicht. Das klassische Griechenland ist mir hier völlig egal; es ist mir hier viel ferner, als es jemals in Nordeuropa war.

Aber Nordeuropa fühlt sich auch zunehmend fern an, und das ist ein Schock. Als wir, nicht lange nach unserer Ankunft, zu einer ersten Einkaufstour nach Chalkida gefahren sind, habe ich Ambrose ständig mit Fragen nach den Nachrichten belästigt, die im Radio des kleinen Cafés liefen, wo wir ein paar Drinks nahmen. Er hat sie mir geduldig und gut gelaunt übersetzt, obwohl sie ihn offensichtlich nicht richtig interessiert haben. Es waren schreckliche Nachrichten; und inzwischen sind sie wahrscheinlich noch schlimmer. Es kann gut sein, dass es dieses oder nächstes Jahr einen Krieg mit Hitler geben wird. Ich sage das und glaube es auch, aber in gewisser Weise ist es mir gleichzeitig egal. Wenn wir jetzt nach Chalkida fahren, kümmere ich mich nicht mehr um das Radio oder frage Ambrose nach den Schlagzeilen. Wir nehmen nie eine Zeitung mit auf die Insel. Ambrose redet weiter über Anarchismus, Faschismus, Kommunismus und so weiter, aber er verwendet die Wörter nur in Bezug auf seine eigene Welt, nicht auf die Außenwelt. Inzwischen lebe ich mehr und mehr in Ambrose' Welt. Und wenn ich mir das eingestehe, dann habe ich das Gefühl, mich deshalb schuldig fühlen zu müssen. Aber das tue ich nicht.

Mit ausgestreckten Armen und Beinen liege ich auf dem Rücken im Wasser, schaue hinauf in den Himmel und bin nichts anderes als hier und jetzt. Sogar dieser Körper, in dem ich treibe, könnte ebenso gut der eines Jugendlichen oder eines gesunden alten Mannes sein – ich mit siebzehn oder mit siebzig; ich würde den Unterschied kaum bemerken. Normalerweise bin ich mir meines Alters deutlich bewusst, weil sich mein Kopf ständig mit Zukunftsängsten beschäftigt oder Vergangenes bedauert. Aber jetzt nicht und nicht hier. In Berlin habe ich einen Roman über England geschrieben. Hier möchte ich weiter an meinem Roman über Berlin arbeiten; aber ich weiß ohnehin schon, dass das nicht klappen wird. Vielleicht kann ich jetzt und hier dieses Tagebuch schreiben, denn hier kann man über nichts anderes als diesen Ort schreiben.

Während ich zurück zum Ufer schwimme, halte ich nach Quallen Ausschau. Sie gehören ganz ausgesprochen zum Jetzt und Hier; und wenn sie dich verbrennen, dann bist du eine Woche krank, sagt Hans. Allerdings war kürzlich das Meer voll von ihnen, und Theo und Petro gingen trotz unserer Warnungen schwimmen, aber es passierte ihnen nichts. War das ein Beleg dafür, dass Hans sich irrte? Geoffrey hatte eine andere Theorie: »Ich habe immer vermutet, dass die beiden nicht menschlich sind. Jetzt bin ich sicher! Habt ihr gesehen, wie diese obszönen Quallen um sie herumgeschwänzelt sind? *Sie* wissen es! Ihr glaubt mir nicht? Na gut, ich werde euch das verdammte Gegenteil beweisen … Ihr müsst doch zugeben, dass dieser Ort durch und durch die Hölle ist, zumindest was normale menschliche Wesen betrifft? Na also – und welche Art Wesen wohnt in der Hölle? Natürlich Teufel! Teufeln macht Hitze nichts aus – sie schwelgen sogar darin. Und sie können von Quallen nicht verbrannt werden. Was also können die beiden dann nur sein?«

Sobald ich zurück im Zelt bin, kommt Petro, manchmal in Begleitung von Aleko und Theo, und bringt Kaffee. Der muss sofort getrunken werden, solange er noch heiß ist, sonst wird er unvorstellbar bitter und ekelhaft. Der Kaffee soll auch Waldemar aufwecken, damit er in die Küche geht und Hans hilft. Morgens ist Waldemar stinkfaul und will überhaupt nicht aufstehen; aber die drei Jungs tolerieren das, und es scheint ihnen nichts auszumachen, auf ihn zu warten. Die vier sind inzwischen beste Freunde. »Walli!«, kreischt Petro. »*Cusina! Vasaria!*« (Ich habe keinen Schimmer, wie man das schreibt, aber einige dieser Wörter bedeuten »Küche« und »Ärger« oder vielleicht auch »Wut«; der Witz daran ist, dass Hans wütend sein soll, weil Waldemar zu spät zur Arbeit kommt.) Und dann überreden sie Waldemar aufzustehen und zerren ihn schließlich aus dem Bett, wobei er brüllt und um sich schlägt. Es ist eine Erleichterung, wenn er schließlich Hose und Hemd nimmt, aus dem Zelt taumelt und sich dabei anzieht.

Wenn man das Zelt tagsüber geschlossen hält, kann man wegen der Hitze nicht lange darin bleiben. Wenn man es öffnet, lässt man die Fliegen herein. Es gibt große Käfer, die herumhüpfen und wie Regentropfen gegen das Zeltdach prallen. Das klingt so echt, dass der Klang mich manchmal narrt und ich glaube, dass es aus irgendeinem übernatürlichen Grunde bei strahlendem Sonnenschein anfängt zu regnen. Aber wenn ich meinen Kopf aus dem Zelt stecke, dann ist da nur die stachelige, zundertrockene Insel und das edelsteinharte Wasser. Was immer man gerade denkt, scheint vom Gleißen des Himmels ausgelöscht zu werden. Die Sonne selbst merkt man nicht; sie steht geradewegs über einem.

Hans und Waldemar kochen in der kaputten Hütte, bei der das Dach fehlt. Hans trägt einen speckigen alten Hut, der Ambrose gehört. Er rührt mit einem Stück Holz in einem Topf voller Ziegenfleischsuppe. Wenn er dem rohen Holzregal mit den anderen Lebensmitteln zu nahe kommt, steigen Wolken wütend summender Fliegen auf. Doch das Einzige, was man immer hört, ist das schrille Zirpen der Zikaden. Wenn man zu lange darauf lauscht, wird es besonders störend, wie eine Million winziger Telefone, die niemand abnimmt.

Plötzlich sind wilde Schreie von der Kuppe des Hügels

zu hören. Die Arbeiter warnen uns vor einer Sprengstoffexplosion. (Aber da sie das immer erst im allerletzten Augenblick tun, könnten sie sich diese Umstände auch sparen: Es bleibt keine Zeit, Deckung zu suchen.) Mit dem Heraussprengen der Fundamente für das Reservoir sind sie fertig; jetzt sprengen sie, um an Steine für den Hausbau zu kommen. Trotz all ihrer Erfahrung scheinen sie keine Ahnung zu haben, wie viel Dynamit sie einsetzen sollen. Es ist immer entweder zu wenig oder zu viel. Irgendwann lassen uns ihre Warnschreie völlig kalt, auf die nicht mehr als das absurde Knattern von explodierenden Böllern folgt. Und wenn man überhaupt nicht mehr damit rechnet, gibt es eine betäubende Explosion, die die ganze Insel erbeben lässt und große Felsbrocken durch die Luft schleudert, die unsere Hütten und Zelte bombardieren und sogar bis ins Meer fliegen. Ein paar Sachen sind dabei schon zerstört worden, aber bisher wurde noch niemand verletzt.

Die Arbeiter sind höchst interessiert an allem, was wir tun. Kürzlich kamen zwei von ihnen in mein Zelt, standen herum und beobachteten mich lange Zeit beim Tippen, lachten und gaben Kommentare ab, genau wie es Touristen in einem Viertel der Einheimischen machen, wenn sie einen Kunsthandwerker dabei beobachten, wie er in sein pittoreskes Handwerk vertieft ist. Als sie hereinkamen, war ich gerade dabei, einen Brief an meine Mutter zu schreiben, und hatte mich eben entschieden, den Versuch abzubrechen, denn es ist genau genommen unmöglich, jemandem diese Insel zu beschreiben, der noch nie hier gewesen ist. Jede Beschreibung führt unweigerlich dazu, dass dem Briefempfänger völlig unverständlich ist, warum man nicht gleich nach der Ankunft auf der Stelle wieder abreist. Aber solange die Arbeiter mich beobachteten, konnte ich nicht aufhören; es hätte ihnen die ganze Freude verdorben. Ich fuhr also fort, Zitate in die Maschine zu hacken, Unsinn und obszöne Worte, hielt die Augen fest auf die Maschine gerichtet, ließ mir auch sonst nicht anmerkten, dass ich von ihrer Anwesenheit wusste, bis sie anfingen, sich zu langweilen und gingen.

Je besser ich Ambrose kennenlerne, desto mehr überrascht er mich. Er hat ständig etwas zu tun, von morgens bis abends. Er macht selbst aus dem Trinken eine Art Tätigkeit. Er vermittelt ständig den Eindruck, schlicht und einfach beschäftigt zu sein.

Ständig schlägt er Hans vor, wir sollten irgendetwas unglaublich Ekelhaftes essen, weil es so billig ist. Hans führt das auf seinen Geiz zurück, aber ich glaube, dass es ihm einfach egal ist. Ambrose sind Unbequemlichkeiten und Entbehrungen auf eine Art gleichgültig, die man bei einem großen Helden oder auch Heiligen erwarten würde. Und da er sich dessen überhaupt nicht bewusst ist, erwartet er das Gleiche auch von uns. Wenn er einen Trupp Soldaten führen würde und diese sich weigerten, ihm in einen absolut hoffnungslosen Kampf zu folgen, würde er nicht im Traum daran denken, ihnen Feigheit vorzuwerfen; er würde nicht einmal denken, sie seien Feiglinge. Er würde wohl nur sagen, sie seien ein bisschen »zimperlich«.

Er erinnert mich immer wieder an einen der Könige von Shakespeare, die im Exil sind; verbannt, aber keineswegs ohne Hoffnung. Und so redet er über sein Königreich:

»Wenn wir an die Macht kommen, dann müssen wir natürlich erst mal alle beruhigen. Wir müssen klarstellen, dass es absolut keine Vergeltungsmaßnahmen geben wird. Man wird sich sogar wundern, wie tolerant wir sind … Ich fürchte, wir werden Heterosexualität zunächst nicht legalisieren können – das würde einen zu großen Aufschrei geben. Bis all die Abneigung dagegen abgeklungen ist, werden wohl mindestens zwanzig Jahre vergehen. Zwischenzeitlich wird man natürlich geflissentlich darüber hinwegsehen, jedenfalls solange sie in angemessener Heimlichkeit praktiziert wird. Ich meine, wir sollten sogar erlauben, ein paar Bars für Menschen mit diesen unglückseligen Neigungen zu eröffnen, zumindest in bestimmtem Vierteln großer Städte. Sie werden eindeutig gekennzeichnet sein müssen, mit Polizisten an der Tür, die Fremde vor dieser Art Lokalität warnen – damit niemand aus Versehen hineingerät und etwas sieht, das ihn aufregen könnte. Natürlich wird man von Zeit zu Zeit einen Touristen mit schwachen Nerven, der einen Schock erlitten hat, eiligst ins Krankenhaus bringen müssen. Dort steht ein Psychologe bereit, um ihm zu erklären, dass es solche Menschen gibt, die keine Schuld an ihrem Schicksal trifft, und dass wir Mitgefühl mit ihnen haben und wissenschaftliche Wege finden müssen, um sie zu rekonditionieren … den meisten Menschen ist allerdings nicht klar, dass Frauen nach unserer Machtübernahme sehr viel besser als heutzutage dran sein werden. Man wird sich auf den Zuchtfarmen wunderbar um sie kümmern, dort sind sie Mündel des Staates. Und natürlich würde die große Mehrheit von ihnen sowieso künstliche Befruchtung bevorzugen, oder? Es leuchtet ja ein, dass sie kein echtes Interesse an Männern haben – außer, sie herumzukommandieren –, deshalb haben sie auch überhaupt keinen Geschmack, wenn es darum geht, die attraktiven herauszupicken. Sie wissen einfach nicht, worum es den Männern geht; sie haben keinen Blick für sie. Alle Frauen sind Lesben, wirklich – sie haben einen natürlichen Hang zu all dem uneffektiven weiblichen Herumgemurkse – schmusen und fummeln – genau die Sachen, die Ingres so glänzend in seinem Gemälde *Das Türkische Bad* gezeigt hat –, wobei ich sagen muss, dass ich es nie anschauen konnte, ohne dass es mir eiskalt den Rücken hinuntergelaufen ist.«

So redet Ambrose nur in Gegenwart von Geoffrey. Dabei schaut er ihn spöttisch an; und trotzdem habe ich das Gefühl, dass er es teilweise ernst meint. Für ihn haben diese Aussagen zumindest eine Art poetische Wahrheit. Geoffrey ist für ihn das ideale Publikum. Geoffrey hat etwas Kindliches, das es ihm ermöglicht, daran zu glauben und Ambrose in sein imaginäres Königreich zu folgen, so wie ein Kind sich in die Welt eines Märchens begibt. Trotzdem unterbricht er Ambrose ständig, ruft »Alter Sodomist!« dazwischen oder »Lustknabenmolch!«, »Arschficker!«.

In Wirklichkeit verabscheut Geoffrey Frauen auf eine Art, wie es nur Heterosexuelle fertigbringen; im Vergleich dazu ist der leichte Widerwille von Ambrose geradezu huldvoll. Von Zeit zu Zeit lässt Geoffrey seine Abscheu aufscheinen. Dann murmelt er, ohne wirklich zu verstehen, was er da zugibt, spontan zustimmend vor sich hin: »So muss das sein – genau so muss man mit diesen Schlampen umspringen!«

Kein Wunder, dass Geoffrey nichts lieber tut, als sich vorzustellen, Bewohner dieses Königreichs zu sein! Zunächst hätte er freie Auswahl unter all diesen Frauen. Wenn er sich dann im heterosexuellen Ghetto mit ihnen vergnügt hat, könnte er seine Aggressionen an diesen Mitgliedern des Sklavengeschlechts in aller Öffentlichkeit austoben. Das Königreich von Ambrose scheint wirklich nur deshalb zu existieren, damit Geoffrey seinen Spaß hat.

Waldemar hat es schließlich geschafft, Hans die Geschichte zu entlocken, wie die Verletzungen an Hand und Arm zustande gekommen sind. Ich wünschte, ich wäre dabei gewesen, als Hans sie erzählte; doch dafür kennen wir beide uns einfach nicht gut genug. Aber vielleicht wollte Hans auch, dass Waldemar sie mir erzählt. Jedenfalls hat er es ihm nicht verboten.

Hans begann damit, sein Leben mit Ambrose vom Zeitpunkt ihres ersten Treffens an zu schildern. Er sagte, Waldemar und ich könnten uns wahrscheinlich nicht vorstellen, wie wild, widerspenstig und unbelehrbar Ambrose wird, wenn er in einer großen Stadt ist anstatt hier auf dieser Insel, weit ab von jeglicher Versuchung. Aber da irrt sich Hans: Ich kann es mir sehr wohl vorstellen.

(Wie es sich mir darstellt, drückt sich Ambrose' Sturheit hauptsächlich in einem absoluten Bedürfnis nach Höflichkeit aus. Er fordert sie mit geradezu heldenhaftem Einsatz, ohne sich einen Deut um Konsequenzen zu scheren. Er weigert sich, in irgendeiner Form bedroht oder schikaniert zu werden. Wenn man ihn um Geld bittet, muss man ihn entweder freundlich fragen oder ihn bewusstlos schlagen und dann bestehlen. Man könnte meinen, es wäre kein großes Risiko, einfach bitte zu sagen. Aber unglücklicherweise versucht Ambrose, mit seinem Bedürfnis bei Männern und

Jungen Eindruck zu schinden, die sich in den härtesten Bars der übelsten Viertel einer Stadt herumtreiben. So etwas Einfaches, wie bitte zu sagen, ist zu raffiniert für sie: Sie wittern einen Trick. Anstatt das Risiko einzugehen, kommt es ihnen häufig wohl sicherer und zweckmäßiger vor, Ambrose zusammenzuschlagen.)

Hans sagte, sie hätten dieses Problem noch in jeder Stadt gehabt, in die sie gekommen seien. Wann immer Ambrose allein umherstreifte, lief er Gefahr, in Schwierigkeiten zu geraten; Hans schaffte es einfach nicht, ihn ständig im Auge zu behalten. Ambrose brachte das Kunststück fertig, mit Hans ins Hotel zurückzukehren und dann in den frühen Morgenstunden, nachdem Hans eingeschlafen war, wieder aufzubrechen. Oder er hielt Hans so lange wach, dass Hans über dem letzten Drink einschlief und Ambrose ihn einfach zurückließ; es muss für Hans sehr verletzend gewesen sein, in irgendeiner obskuren Bar aufzuwachen, inmitten der spöttischen Gesichter von Leuten, die wussten, was passiert war, ihm aber nicht sagen wollten oder konnten, wohin Ambrose verschwunden war. Hans glaubte nicht, dass Ambrose ihn bewusst abschütteln wollte; er hielt es nur einfach nicht lange an einem Ort aus.

Ambrose stimmte Hans durchaus zu – jedenfalls im Prinzip und wenn er nüchtern war –, dass sie ein unnötig hektisches Leben führten. Und so entwickelten sie nach ihrer Ankunft in Athen einen in der Tat vielversprechenden Plan. Ambrose würde aufhören, von Bar zu Bar zu ziehen und all diese Risiken einzugehen; er würde selbst eine Bar haben, wo er die ganze Nacht mit Hans oder jemand Vergleichbarem trinken würde, der ihn beschützen würde und jeden, der nicht willkommen war, vor die Tür setzte. Das war nicht weiter schwer zu arrangieren und nicht einmal besonders teuer. In den ärmeren Teilen der Stadt gab es jede Menge kleine Bars, die nicht viel kosteten. Es gab nur ein einziges Problem: Der Anwalt von Ambrose klärte sie darüber auf, dass der Umgang mit der Polizei und anderen städtischen Behörden viel einfacher sei, wenn der Besitzer der Bar ein Grieche wäre.

An dieser Stelle kommt Aleko ins Spiel. Obwohl er ihn gerade erst kennengelernt hatte, war Ambrose überzeugt, dass Aleko genau der Richtige war, um die Rolle des Barbesitzers zu übernehmen. Das klingt natürlich verrückt; aber man darf nicht vergessen, dass Ambrose ein Shakespeare'scher König ist. Shakespeare'sche Könige – jene, die sich selbst in die Verbannung schickten – haben immer Günstlinge. Und es gehört zu den Besonderheiten der Beziehung zwischen König und Günstling, dass der König seine Untertanen schikaniert und quält, indem er den unwürdigsten Günstling auserwählt, den er finden kann, und ihn dann anstachelt, sich so schlecht wie möglich zu benehmen.

Kaum war eine Bar gefunden, das Geld geflossen und die Verträge unterschrieben, fing Aleko an, seine offizielle Position voll auszunutzen. Er legte sich das Gehabe des wahren Besitzers zu. Er ließ keine Gelegenheit aus, um Hans in aller Öffentlichkeit herumzukommandieren. (Hans sagt, dass Aleko vom ersten Augenblick ihres Zusammentreffens an eifersüchtig auf ihn war.) Es war kein Problem für Aleko, Hans herumzukommandieren, denn Hans war der Barkeeper des neuen Etablissements und Aleko deshalb – auf dem Papier und in den Augen der Öffentlichkeit – sein Arbeitgeber.

Eines Abends, nicht lange nach der Eröffnung, saßen Hans, Ambrose und Aleko allein in der Bar und tranken. Es war schon spätabends, und alle Gäste waren nach Hause gegangen. Hans war der Meinung, dass sie sich bestens verstanden – oder jedenfalls doch so gut wie möglich. Er hatte angefangen, über seine inzwischen verstorbene Mutter zu sprechen, an der er sehr gehangen hatte. Er kann sich nicht mehr erinnern, wie das Gespräch verlief. Es war nicht so einfach, da sowohl Deutsch als auch Griechisch gesprochen wurde. Hans meint, dass er sein Bestes gab, freundlich zu Aleko zu sein, ihn in das Gespräch miteinzubeziehen, also sprach er Griechisch, soweit er es beherrschte, und nur Deutsch, wenn er sich anders nicht ausdrücken konnte. Dann übersetzte Ambrose diese Teile für Aleko. Aleko schien sich sowieso nicht groß dafür zu interessieren.

Hans weiß noch, dass er in Griechisch und Deutsch davon sprach, dass seine Mutter eine Vorliebe für Honig hatte; sie lebte in der Nähe des Spreewalds auf dem Land und hielt immer Bienen. An dieser Stelle war der offensichtlich gelangweilte Aleko, der die ganze Zeit getrunken, in die Luft gestarrt und nicht zugehört hatte, aufgesprungen. Sein Gesicht, sagt Hans, sah aus wie das eine wilden Tieres. Sowohl Hans als auch Ambrose waren vor Überraschung wie gelähmt. Aleko sagte kein Wort; er griff nach einer Flasche auf dem Tisch und schlug sie Hans über den Kopf. Die Flasche zerbrach, wobei ein paar üble Zacken entstanden. Hans war wie gelähmt, über sein Gesicht lief Blut. Aleko schlug noch einmal zu. Ambrose nahm einen Stuhl und hielt ihn damit auf Distanz. Aleko warf die Flasche weg und rannte aus der Bar.

Hans hatte schreckliche Schnittwunden. Er wurde bewusstlos, und als er wieder zu sich kam, lag er im Krankenhaus. Er hatte den linken Arm schützend über den Kopf gehoben, und einige Sehnen waren durchtrennt worden, sodass seine Hand für immer verkrüppelt bleiben würde.

Ambrose kam jeden Tag, um ihn zu besuchen, und es dauerte nicht lange, bis sie anfingen, sich zu streiten. Hans hatte damit angefangen, indem er geschworen hatte, Aleko zu finden und ihn umzubringen. »Ich werde ihn erwürgen«, sagte er. »Ich werde ihm zeigen, dass ich das auch mit einer Hand kann.« Ambrose wandte ein – ich kann die geduldige, wohlmeinende Hartnäckigkeit seines Tonfalls geradezu hören! –, dass Hans dadurch in ernsthafte Schwierigkeiten kommen würde. Nachdem er ein paar Tage lang Drohungen von sich gegeben hatte, sah Hans ein, dass Ambrose recht hatte; jetzt forderte er Ambrose auf, ihm dabei zu helfen, Aleko wegen Körperverletzung vor Gericht zu bringen. Ambrose teilte ihm sanft, aber unmissverständlich mit, dass das für ihn völlig unmöglich sei. Als Anarchist könne er unter keinen Umständen die Amtsgewalt von Polizei oder Gericht anerkennen. Ambrose machte ihm klar, dass er sich höchst unvernünftig und unmenschlich verhielt: Denn natürlich war Aleko durchgedreht und somit nicht für seine Handlungen verantwortlich zu machen. Daraufhin verlangte Hans, dass Aleko aufgespürt, für unzurechnungsfähig erklärt und als gefährlicher Irrer in Gewahrsam genommen würde. Ambrose antwortete, dass Aleko sich vollständig erholt hätte. Bei der Gelegenheit erfuhr Hans, dass Aleko wieder aufgetaucht war und Ambrose sich regelmäßig mit ihm traf. Hans war fuchsteufelswild. Ambrose beschwichtigte ihn. Hans verlangte, dass Ambrose zumindest aufhörte, sich mit Aleko zu treffen. Ambrose lehnte ab und sagte, dass Aleko jemanden brauche, der ein Auge auf ihn habe, und dass er, Ambrose, glaube, dies würde in seine Verantwortlichkeit fallen, besonders nach dem, was Hans zugestoßen war. Und davon abgesehen, fügte er hinzu, da sie jetzt alle Zeit gehabt hätten, sich wieder zu beruhigen, müsse Hans versuchen, die ganze Affäre mal objektiv zu betrachten und sich zu fragen, ob nicht auch ihn etwas Schuld treffen würde. Hans war empört. Wie konnte Ambrose die Frechheit haben, ihm so etwas vorzuschlagen? »Nun ja«, sagte Ambrose – und ich sehe sein spöttischen Lächeln vor meinen Augen –, »weißt du, was Aleko sagt? Er sagt, dass du seine Mutter eine Hure genannt hast.« »Aber so etwas habe ich nie gesagt!«, keuchte Hans. »Ich habe von *meiner* Mutter und ihren Bienen gesprochen – das weißt du doch!« »Ja«, sagte Ambrose, »ich weiß das natürlich. Aber du darfst nicht so hart mit Aleko ins Gericht gehen. Du musst Rücksicht auf ihn nehmen. Schließlich, Schatz, machst du eine Menge Fehler, wenn du Griechisch sprichst. Es ist nicht schwer, dich misszuverstehen. Und *das* kannst du Aleko wirklich nicht ankreiden – oder?«

An diesem Punkt gab Hans offenbar einfach auf. Die ganze Angelegenheit war schlicht zu kompliziert. Und es war typisch für Ambrose, dass er, nachdem Hans aufgehört hatte, sich zu beschweren, eingestand, dass auch er nicht ganz schuldlos war. Ohne Hans etwas vorher zu sagen, kam er eines Tages mit einer offiziellen, in Deutsch verfassten Rechtsurkunde an, mit der er sich verpflichtete, Hans den Rest seines Lebens anzustellen oder anderweitig zu unterstützen. Außerdem sollte Hans im Falle seines Todes die Hälfte seines Besitzes erben. Hans war schlau genug, um zu bemerken, dass es jede Menge juristische Schlupflöcher in dieser Vereinbarung gab; trotzdem war er beeindruckt und berührt. Er verwahrte das Dokument, erzählte er Waldemar, in einer Bank in Athen.

Gegen Ende der Rekonvaleszenz von Hans brachte Ambrose Aleko zu einem Besuch mit. Aleko machte keine Anstalten, sich zu entschuldigen, aber Hans fand das aufrichtig und von daher angemessen. Schließlich taten beide so, als wäre nie irgendetwas passiert.

»Aber«, erklärte Waldemar ernst am Ende seiner Geschichte, »weißt du, was Hans gesagt hat, Christoph? Er hat gesagt: ›Ich werde dem Jungen nichts nachtragen. Aber eines Tages werde ich ihn umbringen, oder er wird mich umbringen.‹ Und das weiß Ambrose. Und genau das will er.«

Die Jungs sind durch und durch versaut, unmenschlich destruktiv und überhaupt aufseiten der Kräfte des Chaos. Waldemar ist von ihnen fasziniert. Seine norddeutsche Seele schreckt vor einigen ihrer schmutzigeren Gepflogenheiten zurück, und ihre Grausamkeit schockiert ihn bis zu einem gewissem Grad. Aber am Ende bringen sie ihn immer zum Lachen.

Theo und Paul erwischten eine Eule und fingen an, ihr die Federn auszureißen. Glücklicherweise sah Hans das und vertrieb sie mit ein paar Fußtritten. Sie steckten einen Hasen in eine Kiste ohne Luftlöcher und vergaßen ihn dann; ich fand ihn zufällig, bevor es zu spät war. Die drei Jungs stahlen den Bauarbeitern Dynamit und bauten daraus Bomben, die sie im Wasser zur Explosion brachten und die Fische in Stücke rissen. Dann rannten sie laut schreiend vor Vergnügen herum und schwenkten die Fischköpfe und -schwänze über ihren Köpfen. Sie wuschen das Geschirr und trockneten es mit dem Lappen, den Petro um sein fettiges Haar geknotet trug. Das bekam Geoffrey mit und reagierte so »kleinlich«, dass Ambrose anordnete, das Geschirr in Zukunft überhaupt nicht mehr abzutrocknen, sondern zum Trocknen in die Sonne zu stellen.

Die Jungs haben an jeder Form von Durcheinander und Unordnung ihren Spaß. Wenn der Wind plötzlich auffrischt, dann tun sie klammheimlich alles, um die Böen mitspielen zu lassen. Zum Beispiel wurde eine Rolle Klopapier aus unserem Zelt geweht und rollte sich dabei ein Stück weit auf. Sie taten so, als würden sie die Rolle für mich einfangen wollen, kickten sie aber so hin und her, bis sie schließlich die umstehenden Büsche wie eine Girlande schmückte. Letzte Woche brannte es; ein Feuer, das zweifellos Aleko verursacht hatte, der beim Rauchen die Streichhölzer überall einfach fallen lässt. Das Feuer brach am Morgen aus, deshalb waren die Flammen in der gleißenden Sonne kaum zu erkennen. Man trat immer wieder darauf oder griff mit den Händen hinein. Wir brauchten fast eine Stunde, um es auszuschlagen, aber das war auch kein Wunder – ich sah einige Male, wie die grinsenden Jungs es mit ihren Hüten wieder anfachten.

Nur ein Mal habe ich erlebt, dass sie sich aktiv an einem Vorhaben beteiligten, und dabei ging es um etwas Zerstörerisches: Ambrose und Hans hatten beschlossen, zumindest ein paar der Ratten zu töten.

(Die Ratten wimmelten inzwischen überall im besiedelten Teil der Insel herum. Seit unserer Ankunft scheint sich ihre Anzahl verzehnfacht zu haben. Sie sind so groß wie Hunde, und nichts ist vor ihnen sicher. Einmal haben sie es sogar geschafft, kopfüber am zentralen Pfahl unseres Zelts hinunter und in einen Korb mit Melonen zu krabbeln, der dort hing. Wir haben uns daran gewöhnt, dass sie nachts über unsere Betten laufen. Hans erzählt, dass er eines Nachts träumte, er könnte seine Finger wieder bewegen. Er wachte auf und merkte, dass eine Ratte an seiner gelähmten Hand knabberte!)

Eines Abends kam Ambrose also mit Fallen und stellte sie in einem Halbkreis um die Hütten auf. Dann setzten er und Hans und Geoffrey sich hin, um zu trinken und zu warten. Die Aussicht auf diese Art von Pogrom behagte mir nicht besonders, und ich drängte Waldemar zu einem gemeinsamen Ausflug mit dem Boot. Aber nach einer Weile nahm unsere Neugier überhand, und wir wollten unbedingt sehen, was passierte. Ambrose und Hans saßen einfach schweigend und mit einem beduselten Lächeln da, wie so häufig, und starrten forschend auf die Lampe, wie Wahrsager in eine Kristallkugel. Geoffrey hingegen war ungeheuer aufgeregt; er brüllte die Trefferzahl heraus und feuerte die Jungs an, noch einen draufzulegen. »Elf! Elf! Auf geht's, Leute! Das bekommt ihr noch besser hin! Höre ich zwölf? Auf geht's, ihr schafft zwölf! Was ist denn los mit diesem elenden Ungeziefer? Wo versteckt es sich? Glaubt es, dass wir die ganze Nacht warten? *Zwölf?* Große Show! Zwölf, in der Tat! Und jetzt die Dreizehn! Der unglückselige Nager! Dreizehn! Dreizehn! Dreizehn! Höre ich dreizehn?«

Das ständige Zuschnappen der Fallen klang durch die Nacht. Manchmal entkamen die Ratten, manchmal nicht, und die Jungs ließen sie schadenfroh samt der Falle in einen Wassereimer fallen. Es dauerte entsetzlich lange, bis sie ertrunken waren. Geoffrey machte das alles so viel Spaß, dass er richtig freundlich zu den Jungs wurde – wenn auch nur für diesen Abend; am nächsten Tag war er wieder ganz der Alte. Insgesamt fingen sie neunzehn Ratten. Ich bin sicher, dass die inzwischen längst durch neue Rekruten von anderen Teilen der Insel ersetzt worden sind.

Gestern ist Geoffrey fast abgereist, weil es Ärger wegen eines Huhns gab. Genau genommen hat Hans für den Ärger gesorgt – er hat Geoffrey mit gespielter Unschuld drauf hingewiesen, dass Petro das Huhn, das wir gerade zum Lunch gegessen hatten, vor dem Schlachten noch vergewaltigt hat. Ich bin sicher, dass Hans nicht damit rechnete, wie gewalttätig Geoffrey reagieren würde; eine Weile dachte ich wirklich, jetzt sei er tatsächlich am Durchdrehen. Er fing an, unzusammenhängend zu brüllen; gleichzeitig zog er seine Pistole und feuerte ein paar Schüsse auf Petro, die diesen aber auf mittlerer Entfernung verfehlten. Die Kugeln flogen weit vorbei, und Petro kam es überhaupt nicht in den Sinn, dass Geoffrey ihn treffen und sein Leben in echte Gefahr bringen könnte. Er hielt es für selbstverständlich, dass dies ein Spiel war, und deshalb war er aufgeregt und fühlte sich geschmeichelt, denn meistens nahm Geoffrey überhaupt keine Notiz von ihm. Mit brüllendem Gelächter sprang er mit all seiner Kleidung vom Felsen hinab ins Meer. Geoffrey schoss noch ein paarmal auf ihn, während er im Wasser war, dann griff Hans ein.

Anschließend holten sie Ambrose und erklärten ihm den Fall; Petro wurde ins Kreuzverhör genommen. Er stritt jede Beteiligung an diesem Verbrechen kategorisch ab; andererseits hielt er es aber auch für übertrieben, sich so darüber aufzuregen. »Und schließlich, Schatz«, sagte Ambrose zu Geoffrey, »*ist* das Hühnchen hinterher doch gründlich durchgeschmort worden …«

Geoffrey antwortete, dass er aus »diesem verdammten obszönen, dreckigen Sodom« verschwinden würde, sobald er seine Sachen gepackt hätte. Aber stattdessen betrank er sich völlig; und heute ist keine Rede mehr davon, dass er fährt.

Ich nehme an, dass Hans die Hühnchengeschichte erfunden hat; er ärgert Geoffrey nur zu gerne und würde es begrüßen, wenn er geht. Aber nein – inzwischen hat Waldemar die Wahrheit herausgefunden: Petro *ist* unschuldig; es war Theo. Nachdem er mir das erzählt hatte, lachte Waldemar und sagte: »Mensch, was man im Ausland alles so erlebt! Stell dir bloß mal vor, jemand käme mit so einer Schweinerei in Berlin an!«

Was mich betrifft, ich bin natürlich angeekelt. Nicht so sehr, weil ich prüde bin, sondern wegen der Grausamkeit dem Huhn gegenüber: und, um ganz offen zu sein, weil ich davon gegessen habe und die Vorstellung eines indirekten Kontaktes mit Theo mir doch das Essen wieder hochkommen lässt. Natürlich – wie Ambrose sagte, *ist* es gründlich durchgeschmort worden. Aber – ich kann mir nicht helfen – ich muss doch grinsen, während ich das schreibe …

Was macht diese Insel nur aus mir?

Heute Morgen konnte ich mit Ambrose reden, mit ihm ganz allein. Das ist viel ungewöhnlicher und schwerer zu bewerkstelligen, als man glauben würde. Natürlich kann man mit Ambrose allein sprechen, wenn man bereit ist, die halbe Nacht wach zu bleiben – bis Geoffrey und Hans ins Bett gegangen sind –, aber um diese Zeit herum ist er vom vielen Alkohol benebelt und gibt nichts Sinnvolles mehr von sich. Tagsüber will er der Mittelpunkt von allem sein; deshalb ermutigt er, ohne selbst etwas zu sagen, alle, ihm zu erzählen, wenn ihnen etwas durch den Kopf geht, egal, wie trivial es auch sein mag. Und weil Ambrose immer ansprechbar ist, muss man darauf gefasst sein, dass man alle paar Augenblicke unterbrochen wird. Wenn die Unterbrechung dann vorüber ist, hat Ambrose vergessen, was man ihm sagen wollte – oder behauptet, es vergessen zu haben; das Gespräch muss also wieder von vorn beginnen.

Aber während ich heute Morgen über die Insel bummelte – was ich wegen der Hitze und meines ständigen Katers kaum noch tue –, stieß ich auf Ambrose, ganz allein zwischen den Steinen eines entfernteren Strandes. Er berichtete, dass er auf einen Gezeitentümpel gestoßen sei, den man vielleicht mit einer Mauer einfassen und dann als Aquarium nutzen könnte.

»Ich habe mir gedacht, es könnte vielleicht Spaß machen, über eine Treppe vom Haus aus hier herunterzukommen. Und dann ein paar Bäume zu pflanzen und einen Pavillon zu bauen, da könnte man dann sitzen und Wein trinken, wenn man den Blick von der anderen Seite über hat … Worüber lächelst du, Schatz?«

»Es ist nur … na ja, du hörst dich immer so an, als hättest du vor, den Rest deines Lebens hier zu verbringen.«

»Aber warum denn nicht?« Ambrose warf mir einen scharfen Blick zu.

»Du hast mir selbst erzählt, dass die Leute aus dem Dorf sich nicht entscheiden können, ob sie dir die Insel verkaufen oder nicht. Möglicherweise entscheiden sie sich plötzlich dagegen. Was machst du dann?«

»Ich wünschte, du würdest solche Sachen nicht sagen!«, brach es ärgerlich aus Ambrose hervor. »Warum musst du mich deprimieren, sodass ich mich völlig elend fühle?«

»Das tut mir schrecklich leid, Ambrose. Ich hatte ja keine Ahnung, dass dir das etwas ausmacht. Ich hatte Hans eher so verstanden, dass du gerne herumziehst …«

»Aber ich *hasse* das Herumfahren! Ich tue das nur, weil ich muss, nicht, weil ich will! Ich bekomme sogar Depressionen, wenn ich aus einem Hotelzimmer ausziehen muss oder einer Schiffskabine. Aber sie *lassen* einen ja nirgendwo bleiben – *nirgendwo* –« Ich hatte Ambrose nie so erregt gesehen; ihm standen sogar Tränen in den Augen. »Die meisten Orte sind einfach völlig unmöglich, wegen der Leute. Sie sind so voller Hass. Sie wollen, dass alle sich ihrer eigenen garstigen, bornierten Sicht auf die Dinge anpassen. Und wenn das zufällig jemand nicht tut, dann wird er behandelt, als wäre er unausstehlich. Und dann bleibt einem nichts anderes übrig, als sofort abzureisen …«

Ambrose verstummte abrupt, er wurde offensichtlich von unangenehmen Erinnerungen an lautstarke Szenen mit Hotelmanagern und grauenvolle Verhöre durch die Polizei diverser Städte gebeutelt. Im Wunsch, ihn diskret zu glücklicheren Tagen seiner Vergangenheit zurückzuführen, fragte ich: »Hast du es bedauert, Cambridge zu verlassen?«

Offensichtlich war *diese* Frage nicht besonders diskret. Sein Gesicht bekam einen argwöhnischen Ausdruck. »Hat Geoffrey dir etwas erzählt?«

»Aber nein, nichts. Nichts über *dich* – ich meine, über dich in Cambridge. Ich habe ihn nicht mal gefragt, ob ihr euch schon in Cambridge kanntet ...« Ich ließ den letzten Satz wie eine Frage klingen, was Ambrose ignorierte. Trotzdem schien er beruhigt zu sein. Sein Gesichtsausdruck entspannte sich.

»Ich hätte für immer in Cambridge bleiben können. Ich glaube, ich wäre dort vielleicht sogar gern Professor gewesen. Ich *hätte* das sein können, weißt du. Ich hatte ein sehr gutes Stipendium. Und mein Tutor sagte, ich sei der vielversprechendste Mann des Jahrgangs.«

»Aber warum ...«, setzte ich an und riss mich dann zusammen weil mir klar wurde, was das auch heißen konnte: nämlich, dass man ihn der Universität verwiesen hatte.

»England ist einfach unmöglich«, schnappte Ambrose – und bestätigte damit eher meinen Verdacht. »Ich werde nie wieder dorthin zurückkehren. Niemals. Was immer auch geschieht.« Er warf mir einen herausfordernden, feindseligen Blick zu, als erwartete er, dass ich ihm aus patriotischen oder anderen Gründen widersprechen würde. Aber als ich das nicht tat, fuhr er fort: »Meine Wohnung war einfach himmlisch. Dieser Komplex des College stammt aus dem 18. Jahrhundert, die Zimmerdecken waren noch original und hatten den alten Stuck. Und meine Fenster gingen auf die Backs hinaus. Ich ließ das Wohnzimmer neu herrichten, komplett in Smaragdgrün – ich weiß nicht, wie man das heute finden würde, aber damals war das wahnsinnig schick –, und ich hatte nur grünes Porzellan; auf dem Tisch stand immer eine Schale mit grünen Äpfeln. Dann hatte ich zwei Stiche von Pamela Bianco. Und einen *richtig* guten Schreibtisch voller Intarsien. Und jede Menge venezianisches Glas, das ich besonders liebte, weil es meiner Großmutter gehört hatte, die ich verehrte. Sie hatte es mir nach ihrem Tod hinterlassen … Ich war sehr stolz auf meinen Kamin; ich ließ ihn mit Kreuzen und Schnörkeln nach einem Buchumschlag von Vanessa Bell für Hogarth Press schmücken. Ach, und dann dieser liebreizende Teppich aus der türkischen Botschaft in Paris … Alles war genau so, wie ich mir den Himmel vorstellte. *So* vollkommen perfekt. Ich sagte mir jeden Morgen, wenn ich aufstand und mich dort zum Frühstück hinsetzte, dass alles einfach *zu* schön ist …

Und weißt du, was? Genau so war es auch: zu schön! Zu schön, um wahr zu sein. Denn, weißt du, es *war nicht* wahr. Ich hatte in einer Traumwelt gelebt. Ich hatte einfach nicht verstanden, wie schrecklich alles ist – wie schamlos die Leute wirklich sind – unter der Oberfläche. Sie tun immer so nett und freundlich. Und dabei sind sie die ganze Zeit *Schweine – Schweine* –, die alles *hassen, hassen, hassen,* was sie nicht verstehen …

Es geschah jedenfalls im Herbstsemester 1923 … Ich war auf einer Dinnerparty gewesen, die im Haus des Rektors stattfand. Eine im Grunde langweilige Party. Natürlich konnte man nicht absagen; aber ich hätte wirklich besser in meiner Wohnung bleiben und lesen sollen. Ich weiß noch, dass ich gerade Ronald Firbank entdeckt hatte, und ich konnte ihn nicht aus der Hand legen …

Na ja, ich kam zurück – ich glaube, so gegen elf – und

öffnete die Tür und traute meinen Augen einfach nicht. Ich weiß, das sagen alle. Aber ich meine, ich konnte mir einfach nicht erklären, was ich sah. Es war so völlig unmöglich. Wie ein sehr kunstvoller surrealistischer Scherz. Ich hätte auch eine Art verrückte Collage in einer Kunstgalerie betrachten können – aber so etwas passierte einem doch nicht höchstselbst. … Nach dem ersten Schock erkannte ich natürlich, dass es passiert *war.* Es *mir* passiert war …

Die ganze Wohnung lag in Trümmern – buchstäblich alles war zerstört. Sie hatten das komplette Porzellan zerschlagen, alles Glas. Sie hatten irgendwelchen Dreck auf die Wände und über die Bilder geschmiert. Sie waren sogar auf meinen kleinen Eierbecher gestoßen, den ich so liebte. Ich hatte ihn zu meinem vierten Geburtstag geschenkt bekommen; ich hatte ihn in einem Schrank versteckt, weil er nicht zu der allgemeinen Farbgebung passte. Aber deshalb liebte ich ihn umso mehr, denn außer mir bekam ihn nie jemand zu Gesicht. Sie hatten ihn herausgeholt – diese Kleinigkeit aus meiner Kindheit – und zerschmettert. Wie konnten sie nur *gewusst* haben, dass ich mir daraus am meisten machen würde?

Lange stand ich da und starrte alles einfach nur an. Ich war wie betäubt. Ich fühlte überhaupt nichts. Aber dann wurde ich wütend – *richtig* wütend. Vorher wusste ich nicht, was es heißt, zu hassen. Es kam mir vor, als wäre alles – meine ganze Vergangenheit – mit ihrem Dreck beschmiert worden. Sie hatten ihre versauten Hände auf alles gelegt. Und jetzt wollte ich nie, nie wieder etwas damit zu tun haben. Wahrscheinlich war es kindisch und hysterisch von mir, aber ich griff nach einem Teller, der noch nicht völlig zertrümmert war, und warf ihn auf den Boden und stampfte darauf herum.

Natürlich empfand ich das alles am nächsten Tag noch viel stärker. Ich konnte jedoch nicht aufhören, mich darüber zu wundern, dass diese Leute – von denen man nie gedacht hätte, dass man ihnen je überhaupt in den Sinn gekommen sei oder dass sie meine Existenz auch nur zur Kenntnis genommen hätten –, dass sie einen tatsächlich verabscheuten, ohne dass man im Traum daran gedacht hätte. Das war so verblüffend. Ich sah dadurch ein, dass ich England oder Cambridge überhaupt nicht verstand. Ich hätte genauso gut unter Eskimos leben können. Wir verstanden uns einfach überhaupt nicht.«

»Was hast du dann getan?«

»Was *gab* es denn zu tun?«

»Du hättest zumindest herausfinden können, wer es getan hat.«

»Oh, *das* wusste ich. Es gab einen Club an unserem College – Sportskanonen aus der Rugby-Mannschaft und dem Ruderclub und so weiter. Sie hatten das auch schon bei anderen gemacht. War das nicht haarsträubend von mir – ich hatte es gewusst und mir keine besonderen Sorgen gemacht? Ich hatte nur irgendwie angenommen, dass die anderen es sich selbst zuzuschreiben hatten. Vielleicht selbst irgendwie unausstehlich gewesen waren.«

»Hättet ihr euch nicht zusammentun und etwas gegen diese Schweine unternehmen können?«

»Vermutlich schon, wenn wir alle Jeanne d'Arcs und Wilhelm Tells gewesen wären, anstelle von mir und einer Handvoll verschreckter kleiner Männer mit dem falschen Akzent und von den falschen Schulen … Aber selbst *wenn* wir die

Zimmer dieser Sportskanonen hätten demolieren können, wäre es nicht das Gleiche gewesen. Dort gab es nur Fotos von ihnen und ihren Teams, außerdem Grillgabeln aus Messing mit dem eingravierten College-Wappen.«

»Du hast also nie auch nur etwas zu ihnen gesagt?«

»Nur zu einem. Einer von ihnen kam am nächsten Tag vorbei und bot mir einen Scheck an, für den Schaden. Er hatte ihn schon unterschrieben und sagte, ich solle eine Summe einsetzen – jeden Betrag, den ich wolle. Ich weiß, dass ich gemein zu ihm war, aber ich konnte mich einfach nicht beherrschen. Ich fürchte, ich habe ihn angeschrien. Ich habe ihm offen gesagt, dass er und seine Freunde wohl glauben würden, sich überall herauskaufen zu können. Und dass sie das meistens auch könnten. Aber es würde immer ein paar Leute wie mich geben, die wüssten, dass sie einfach nur Abschaum seien; und daran würde auch nichts, was sie tun würden, etwas ändern. Und dass sie das am Ende auch selbst erkennen würden; und dass ihnen dann all die Dinge, die sie mit ihrem schmutzigen Geld gekauft hatten, nicht weiterhelfen würden. Sie wüssten, dass sie Abschaum sind, und sie würden in diesem Wissen sterben … Und dann habe ich den Scheck in kleine Stücke zerrissen und ihm gesagt, er solle sich hinausscheren.«

»Oh … *fabelhaft*!«

»Dabei war er eigentlich ziemlich süß. Später fand ich heraus, dass er bereit war, alles ganz allein zu zahlen. Er hatte den anderen nicht gesagt, dass er zu mir gehen würde. Ich glaube, es hat ihm wirklich leidgetan. Aber damals hat mich das natürlich überhaupt nicht interessiert. Ich habe ihn so sehr verabscheut, dass ich nicht mal mitbekommen habe, wie er aussah. Genau genommen wollte ich das alles nicht mehr sehen, sogar das College und die Orte, die ich so geliebt hatte. Das alles verschwand in einer Art Hassnebel … An diesem Punkt habe ich auch beschlossen zu sterben …« Ambrose ließ sein kurzes apologetisches Lachen hören. Während er die Geschichte erzählte, waren ihm einige Male Tränen übers Gesicht gelaufen; jetzt wischte er sie ganz unverhohlen mit seinem ziemlich schmutzigen Seidentaschentuch ab. »An dem Tag, als du ankamst, habe ich zu dir gesagt, ich sei tot. Du hast nicht verstanden, was ich damit sagen wollte, oder? Ich wollte sagen, dass ich tot bin, was England und jeden dort betrifft. Ich habe meinen Vormund davon überzeugt, mich sofort aus Cambridge weggehen zu lassen. Und sobald ich einundzwanzig war und selbst Geld hatte, verschwand ich aus England. Ich bin nie zurückgekehrt. Ich schreibe nie. Ich habe nie ihre schmierigen Zeitungen gelesen. Ich hab nichts mehr mit ihnen zu tun. Ich bin tot …«

Ich eilte sofort zurück zum Zelt, um das alles aufzuschreiben. Ich habe das Gefühl, dass mir etwas offenbart worden ist, nicht nur über Ambrose, sondern auch über mich selbst. Natürlich glaube ich nicht einen Moment lang, dass er England schlicht verlassen hat, weil seine Wohnung kurz und klein geschlagen worden ist; das ist genau jene Art Ereignis, das man dramatisiert und auf dem man herumreitet, weil es einen generellen Geisteszustand zum Ausdruck bringt. Ich bin sicher, dass er England auch so über kurz oder lang verlassen hätte; ich kann mir einfach nicht vorstellen, dass er dort lebt. Und was seinen Tagtraum betrifft, Professor in Cambridge zu werden: Das setzt ein Cambridge voraus, das ebenso phantastisch wäre wie sein imaginiertes Königreich.

Allerdings erstaunt mich, wie heftig mich seine Geschichte getroffen hat. Während er sie erzählte, kamen die ganzen Feindseligkeiten meiner Studentenzeit wieder hoch; ich knirschte wütend mit den Zähnen über die Sportskanonen, und das Zertrümmern des Eierbechers ließ auch mich Tränen vergießen. Ambrose hat mir Gefühle wieder bewusst gemacht, von denen ich vergessen hatte, dass ich zu ihnen fähig bin. Wahrscheinlich weil ich selbst außerhalb Englands gelebt habe und unter Feinden der menschlichen Gemeinschaft, den Nazis, gegen die man eine andere ablehnende Haltung entwickelt … öffentlich und anständig und ehrbar.

Jene andere Feindseligkeit – die nicht ehrbar oder anständig ist, aber manchmal viel tiefer geht – kann man vielleicht nur seiner eigenen Klasse oder Herkunft gegenüber empfinden. Und genau das empfinden Ambrose und Geoffrey, wenn auch jeweils unterschiedlich. Ich kann völlig anderer Meinung sein als sie. Ich mag über sie lachen, weil sie leicht gestört sind. Trotzdem stehen sie und ich – ob wir nun wollen oder nicht – auf derselben Seite.

Vorgestern schlug das Wetter plötzlich um. Am Nachmittag fing der Wind an, kräftig durch den Kanal zu blasen, und hohe Wellen schlugen gegen die Felsen. Dann gab es ein Gewitter, das von heftig prasselndem Regen gefolgt wurde. Nachdem der Regen geendet hatte, war der Himmel immer noch sternenlos und schwarz wie ein Loch. Gegen Mitternacht brach ein weiterer unheimlicher Sturm los. Das Zelt leckte. In jeder Mulde sammelte sich Wasser.

Gestern Morgen war es düster und die Temperatur kräftig gefallen. Die Berge zeigten sich klar. Der Wind blies kräftig.

Gegen elf Uhr platze Waldemar völlig aufgeregt ins Zelt. »Christoph! Christoph! Schnell – komm raus und schau dir das an: Wir bekommen Besuch!«

»Was für Besuch?«

»Das wirst du nie erraten! Eine *Frau*!«

Ich verließ das Zelt und sah eines der Fischerboote vor dem Ufer, bereit anzulegen. Inzwischen haben wir uns alle an die Fischer gewöhnt. Für sie gehört diese Insel zu ihrem Territorium; dass wir hier leben, ist reiner Zufall. Sie kommen zu jeder Zeit an Land – manchmal mitten in der Nacht –, machen ein Feuer und bereiten ihren Fisch zu, laden uns dazu ein und wollen im Gegenzug unseren Wein trinken. Die Jungs lieben diese Besuche. Hans akzeptiert sie, denn manchmal enden sie in einer Orgie. Ambrose toleriert sie gelassen. Geoffrey meckert über den Lärm.

Unsere Besucherin saß im Bug. Sie hatte blondes Haar, ein hübsches kleines Gesicht und war in eine jener Wolljacken gewickelt, wie Hirten sie tragen. Sie trug ein Kopftuch. Ohne die doppelreihige Perlenkette hätte sie recht bäuerlich gewirkt. Sie war von winziger Gestalt; alles an ihr erweckte den Eindruck, eine Miniatur zu sein. Während das Boot hoch auf einer Welle auf den Strand lief, winkte sie unbekümmert mit der Hand. Ich drehte mich um und sah, dass Ambrose und Geoffrey das Boot von den Felsen aus beobachteten. Allein Geoffrey erwiderte das Winken, aber auch nur halbherzig und widerwillig. Während ich näher kam, hörte ich Geoffrey sagen: »Woher hätte ich wissen sollen, dass sie *hierher* kommt?«

»Na ja, die naheliegende Erklärung wäre, dass du sie eingeladen hast.«

»Ich habe dir doch schon gesagt, dass ich das nicht habe – zum Teufel auch! Als wir uns in Athen das letzte Mal gesehen haben, sagte ich ihr, dass es aus ist. Ich kann diesen männerverschlingenden Oktopus einfach nicht ausstehen. Ich habe ihr gesagt, dass sie mich verdammt noch mal in Ruhe lassen soll.«

»Trotzdem, Schatz, musst du zugeben, dass *irgendjemand* ihr erzählt haben muss, wie man hierherkommt.«

»Mein lieber Mann, dank deiner obszönen Amouren sind du und deine Machenschaften in jeder Bar Athens bekannt. Alle möglichen Leute hätten ihr das erzählen können.«

»Jedenfalls kann sie nicht hierbleiben«, sagte Ambrose. »Das musst du ihr gleich klarmachen.«

»Hast du jemals versucht, *ihr* irgendetwas klarzumachen?«

»Na gut, Schatz – da du es ablehnst, einer Sache ins Auge zu sehen, die zweifellos in deine Verantwortung fällt, muss ich das wohl selbst übernehmen.«

»Viel Glück. Aber ich empfehle dir, sofort damit anzufangen. Lass sie gar nicht an Land. Wenn sie erst mal einen Fuß ans Ufer gesetzt hat, bist du schon erledigt. Willst du meine Pistole haben? Vielleicht dämmert ihr, dass sie nicht willkommen ist, wenn du ein paar Schüsse über ihren Kopf abgibst.«

»Sei nicht albern. Ich werde natürlich höflich sein – höflich, aber bestimmt. Diese Kombination, Schatz, scheint dir völlig fremd zu sein.«

Inzwischen hatte Waldemar, der unsere exotische Besucherin zweifellos beeindrucken wollte, seine Badehose angezogen. Er schnappte sich das Ende eines Taus, sprang ins Meer und schwamm hinaus zum Boot. Wir konnten sehen wie er neben dem Boot Wasser trat und mit der Lady lachte und redete.

»Wer ist das?«, fragte ich.

»Du kennst sie nicht, Liebes? Ich dachte, jeder kennt Maria. Du hättest sie genauso gut in Berlin treffen können. Sie fährt häufig dorthin. Eigentlich fährt sie überallhin – leider … Aber sie ist in Wirklichkeit Geoffreys Freundin. Sie haben es immer wieder auf gewisse Weise miteinander getrieben, es ist einfach zu ekelhaft, um das zu erwähnen. Von ihrer namenlosen Lust getrieben, hat sie ihn jetzt bis hierher verfolgt …«

»Ihre namenlose Lust wird befriedigt, wo immer sie gerade ist«, sagte Geoffrey. Aber er konnte sich ein kleines selbstzufriedenes Grinsen nicht verkneifen. »Keine Ahnung, warum sie *mich* dafür braucht.«

Inzwischen war das Boot unter dem lauten Stimmengewirr der Fischer und der Jungs halb gerudert, halb gezogen in unseren kleinen Hafen eingelaufen. Man half Maria an Land. Sie war noch kleiner, als ich gedacht hatte. Und älter, wobei wohl kaum älter als vierzig. Ihr blondes Haar hatte dunkle Ansätze, und die Lider waren wie fürs Theater mit einem kräftigen Blau geschminkt; das ließ sie zum einen lächerlich wirken, enthob sie aber jedweder Kritik.

Sie war schlank und sprühte vor Lebensenergie. Sie schaute sich um und schrie: »*Mais, c'est ravissant!* Ambrose, ich *mag* deine Insel. Hier kann man *très content* sein.«

»Nett, das von dir zu hören«, sagte Ambrose und wurde zu einem etwas anderen Gastgeber als normalerweise; lässig, aber auch ein wenig distanziert. »Natürlich war bisher noch nicht viel Zeit, etwas damit zu machen. Aber ich glaube, wenn das Haus erst mal fertig ist *und man Gäste zum Übernachten einladen kann …*« Er wandte sich zu mir um. »Darf ich dir Mr. Isherwood vorstellen? Madame Constantinescu.«

»Oho, aber ich kenne Mr. Isherwood«, rief Marie aus und schüttelte mir die Hand. »Ich habe erst kürzlich Ihren herrlichen Roman gelesen. Wie ich finde, der *einzige* Roman, der seit langem geschrieben worden ist. Die meisten anderen neuen sind so dumm. Aber Ihrer – wirklich herrlich! Dieser junge Mann, der Lehrer ist und wegen illegalen Handels mit weißen Sklaven ins Gefängnis kommt – *quel esprit*!«

»Tut mir leid, aber der ist von Evelyn Waugh«, sagte ich und war überhaupt nicht geschmeichelt. Doch damit konnte Maria gut umgehen – falls sie mich überhaupt verstanden hatte.

»Ach, ich liebe alle jungen britischen Autoren. Nur eins – ich finde, über Leidenschaft können sie nicht schreiben. Davon verstehen sie nichts. Außer wenn es um Leidenschaft für Jungs geht. *Mais, cher* Ambrose, *je t'assure,* ich schwärme für Päderasten. Sie sind so sensibel. So *feinfühlig* … Geoffrey, zieh nicht so ein Gesicht! Freust du dich gar nicht, mich zu sehen?«

»Du hättest uns wenigstens sagen können, dass du kommst«, sagte Geoffrey beleidigt.

Aber Maria hörte ihm schon gar nicht mehr zu. Sie gab den Fischern in fließendem Griechisch ein paar Anweisungen, die daraufhin anfingen, eine Reihe von Koffern und große Bündel zu entladen. Währenddessen kletterte Waldemar aus dem Boot und ging tropfnass zu ihr. Maria inspizierte ihn mit einer leicht gehobenen Augenbraue. Instinktiv begann Waldemar, seine Muskeln spielen zu lassen. »*Hübscher Jun-*

ge«, bemerkte sie nonchalant und zu niemandem bestimmten. Waldemar fand ihren Ton offenbar nicht herablassend; er schien eher erfreut. Er grinste breit und blieb stehen – wobei der kalte Wind ihm Gänsehaut verursachte –, als wartete er darauf, weiterhin bewundert zu werden. Aber jetzt war sie dabei, ihre Gepäckstücke zu zählen. »Ich finde es ja immer albern, mit leichtem Gepäck zu reisen«, bemerkte sie mir gegenüber. »*Ich* reise mit schwerem Gepäck. Es heißt ja auch, die Welt sei eine Männerdomäne. Das kommt mir gelegen – solange es genug Männer gibt, die meine Sachen tragen können.« Sie lachte unbekümmert.

»Ich glaube, du hast nicht so ganz verstanden, Marie«, sagte Ambrose – nicht mehr lässig, sondern unumwunden aufgebracht –, »wir können dich unter keinen Umständen hier unterbringen. Es gibt nur unsere Zelte und die äußerst unkomfortablen Hütten. Sag ihnen, sie sollen deine Sachen wieder ins Boot schaffen. In Chalkida gibt es ein ganz passables Hotel …«

»Nichts da«, schrie Marie und strahlte ihn an, »sei nicht so *galant*! Ich werde dir nicht zur Last fallen. Ich bin keine von deinen hilflosen Weibern. Ich habe natürlich selbst ein Zelt. Wenn ich aufs Land fahre, reise ich immer mit Zelt. Das ist viel komfortabler als diese Hotels mit ihren Flöhen!« Und dazu gab es dann nicht mehr zu sagen.

Maria hatte ein tragbares Grammophon mitgebracht. Ich bewunderte das Geschick, mit dem sie die Jungs um den Finger wickelte, wie ein Händler in einem entlegenen Teil des Dschungels, der sich eines Spielzeugs bedient, um mit den Kindern der Eingeborenen Freundschaft zu schließen. Sie ignorierte Geoffreys immer noch mürrisches Gesicht und die subtilere, verborgene Feindseligkeit von Ambrose. Die Platte begann mit einem Kreischen, als wäre ein Teufel aus einer Schachtel gesprungen:

Es muss was Wunderbares sein,
Von dir geliebt zu werden …

Wenn ich es mir jetzt recht überlege, dann war Marias Wahl einer deutschen Platte als Eröffnungsnummer zu clever, um absichtslos zu sein. Fast scheint es, als hätte sie über die Köpfe von uns Engländern hinweg bewusst Hans und Waldemar damit ansprechen wollen. Hans fing an, mit einem träumerischen Lächeln den Takt zur schmalzigen Musik zu schlagen; Geoffrey murmelte angewidert etwas über »von Bloggenheimers Nationalhymne« vor sich hin. Und Aleko, Theo und Petro gefiel die Platte sowieso – ihnen hätte sie auch gefallen, wäre sie auf Chinesisch oder Urdu gewesen; ihre eigene Sprache ist ja nur Lärm.

»Oh!«, rief Maria aus und klatschte mit kindlicher Begeisterung in die Hände, »wie ich die *la vie de Gipsy* verehre!« Sie fasste einen der Fischer um die Hüfte und tanzte ein paar Schritte mit ihm, wechselte dann zu Hans und fing an, Walzer im traditionellen deutschen Stil mit ihm zu tanzen. Hans mochte das, auch wenn er scheu errötete, während sie ihn herumwirbelte. Inzwischen hatten einige Fischer angefangen, mit den Jungs und miteinander zu tanzen. Nachdem sie den Ball eröffnet hatte, ließ Marie Hans plötzlich stehen und wandte sich wieder Geoffrey zu, um ihn zu provozieren: »Ich glaube, ihr langweilt euch alle hier!«, rief sie laut. Und dann zu Ambrose: »Ich mache jetzt *Stimmung* für euch;

du wirst schon sehen! Aber vergiss bitte, dass ich eine Frau bin. Wirst du mich als Ehrenpäderast akzeptieren? Wie wird man ein Eingeweihter? Indem man hübsche Jungs mag? Das mache ich doch schon!« Und damit warf sie Waldemar einen koketten Blick zu.

In den vergangenen vier Tagen hat Maria sich selbst zum absoluten Herrscher der Insel aufgeschwungen.

Ich bin sicher, dass sie das ursprünglich nicht vorhatte. Vielleicht passiert das einfach, wo immer sie auch hinkommt. Ihre Macht besteht darin, dass sie zu jedem Zeitpunkt weiß, was sie will, und zwar besser, als wir es tun. Also lassen wir sie die Führung übernehmen.

Alles, was Maria verlangt – das allerdings ziemlich rücksichtslos –, ist, dass sie unterhalten wird, und zwar jede Stunde des Tages. Sie ist ziemlich einfach zu unterhalten. Sie ist bereit, sich überall zu amüsieren, wo immer und wie immer es sich anbietet. Sie ist jene Art Monster, das häufig als feiner Kerl bezeichnet wird. Das Monströseste an ihr ist ihre gute Laune. Sie schmollt nie oder ist nie eingeschnappt. Sie ist immer fröhlich; und so taktlos wie ein Elefant. Sie hat nicht nur ein dickes Fell; sie weiß ganz genau, wie sie Ärger provozieren kann. Daran ist sie gewöhnt. Selbst das amüsiert sie.

Ich stelle mir vor, dass sie immer Geschenke mitbringt, wenn sie irgendwo ankommt – subversive Geschenke, die die Mitglieder der Hausgemeinschaft gegeneinander aufbringen. Zusätzlich zum Grammophon, das wie verrückt kreischt und mich wahnsinnig macht, während ich versuche zu schreiben, hat sie Whisky mitgebracht, eine ganze Kiste.

Den geharzten Wein, verkündet sie, kann kein zivilisiertes Wesen trinken. Das hat natürlich Ambrose irritiert. Er weigert sich, den Whisky anzufassen, und sagt, der würde »nach England stinken«; er schaut vorwurfsvoll zu, während wir ihn kippen. Maria selbst scheint sich aus keinem der Drinks etwas zu machen. Sie rollt sich abends Zigaretten aus Tabak, der mit Haschisch verschnitten ist. Zum großen Ärger von Ambrose hat sie am ersten Abend ein paar davon den Jungs gegeben. Die rannten daraufhin wild lachend herum, bis sie erschöpft waren und in Schlaf fielen.

Maria hat Hans, Waldemar, Aleko, Theo und Petro vollkommen im Griff. Sie sind ihre Assistenten und das Publikum bei ihrer Suche nach Unterhaltung. Sie sorgt dafür, dass sie wie die Biber arbeiten, dies aber kaum merken, weil sie selbst bei jedem Projekt so energisch mitmacht, dass sie von ihrer Vitalität hypnotisiert sind. Sie beschließt, fischen zu gehen oder zu kochen oder etwas einzureißen und anderswo wiederaufzubauen. Was auch immer sie tut, es wird zu einer Art Zirkus – ein Zirkus, von dem Ambrose, Geoffrey und ich ausgeschlossen sind.

Ambrose und Geoffrey schließen sich selbst aus, indem sie schmollen. Ich schließe mich selbst aus einem Gefühl der Loyalität ihnen gegenüber aus und weil ich zu faul bin, mich an Marias Aktivitäten zu beteiligen. Und trotzdem kann ich mir nicht verkneifen, neugierig zu sein. Gestern hörte ich die Jungs begeistert irgendwo im Wald herumschreien. Aber als ich, zerkratzt vom Unterholz, sie endlich gefunden hatte, schwiegen sie plötzlich. Es war, als hätte ein Erwachsener Kinder beim Spielen überrascht. »Wir graben ein Loch«, erklärte mir Maria. »Bist du vielleicht gekommen, um uns zu helfen?« Sie schaute mich herausfordernd und voller Schadenfreude an, denn sie wusste genau, dass ich nicht helfen würde. Etwas hielt mich sogar davon ab zu fragen, wofür das Loch denn sein sollte; das hätte ihr nur in die Hände gespielt. Als ich ging und mir dabei lächerlich vorkam, hörte ich, wie sie alle anfingen zu lachen.

Im Grunde befinden Ambrose, Geoffrey und ich uns in einer Art Belagerungszustand. Maria hat uns aus dem Verkehr gezogen; es gibt für uns nichts zu tun. Ambrose ist der Einzige, der sich darüber ärgert, aber er ist ebenso hilflos wie wir. Maria verhält sich uns gegenüber wie eine Haushälterin, die sich über uns lustig macht. Wenn die Mahlzeiten fertig sind, verkündet sie: »Meine Herren, es ist angerichtet!« Nach dem Abendessen spielt sie mit Hans und Waldemar Karten. Es stimmt schon, dass sie uns jedes Mal dazu einlädt, aber sie weiß, dass wir dankend ablehnen. Fürs Kartenspiel beschlagnahmt Maria den Küchentisch und drängt Ambrose so symbolisch aus seinem Thronsaal und inneren Heiligtum.

Sie ärgert auch Geoffrey nicht mehr. Sie widmet ihm sogar weniger Aufmerksamkeit als Ambrose oder mir. Und sie gehen auch nicht zusammen ins Bett. Die letzten beiden Nächte hat Waldemar in ihrem Zelt verbracht. Er erzählt mir kichernd: »Ehrlich, Christoph, du kannst dir nicht vorstellen, was sie alles macht! Ich frage mich, ob sie sich nicht schämt! Ich sage dir – ich war froh, dass es dadrin dunkel ist. Hätten wir Licht gehabt, wäre es mir peinlich gewesen.« Allerdings ist er trotzdem enorm geschmeichelt, wie raffiniert sie ihm den Hof macht.

Und Ambrose, nun doppelt entthronter Monarch, sagt nur sehr wenig zu der Situation. Ich glaube, er tröstet sich mit der Vorstellung, dass Maria bald wieder abreist. Es ist offensichtlich, dass sie sich nach höchstens einer weiteren Woche nur noch langweilen wird. Ich bezweifele, dass sie irgendwo lange bleibt.

Heute Morgen gab es eine heftige Szene. Nachdem sie die Nacht mit Waldemar verbracht hatte, ging Maria mit ihm schwimmen – nackt. Es war früh am Tag – ich war selbst erst gerade im Wasser gewesen –, aber trotzdem nicht früh genug. Ambrose kam aus seinem Zelt gestürmt. Er rief laut nach Aleko und Theo; als sie auftauchten, schickte er sie Decken holen. Dann gingen die drei hinunter ans Ufer, wobei die Jungs kicherten. Maria war völlig gelassen. »Guten Morgen, Ambrose!«, rief sie laut und fröhlich. Waldemar schaute etwas ängstlich drein; er fürchtete, dieses Mal zu weit gegangen zu sein.

Ambrose stammelte vor Wut. Er brüllte Waldemar auf Deutsch an: »Sag dieser Frau, sie soll sofort herauskommen!« Aber das war das Schlimmste, was er hätte tun können: Maria kam prompt aus dem Wasser. Sie ließ sich Zeit dabei, und ich muss zugeben, dass ihr Körper erstaunlich gut in Schuss war. Sie nahm die Decke von Aleko, nachdem sie ihm lächelnd ins Ohr gekniffen hatte. Sie war offensichtlich begeistert, Ambrose schließlich doch provoziert zu haben. Und Ambrose war nicht der Einzige. Inzwischen schaute Geoffrey zwischen den Bäumen im Hintergrund hervor. Ich weiß nicht genau, was er fühlte, aber er hatte bestimmt etwas dagegen. Jetzt weiß ich sicher, was ich schon immer vermutet habe: Maria hat Hintergedanken mit Waldemar.

Schließlich schaute sich Maria nach mir um – zweifellos

erwartete sie, ihren Triumph vollkommen zu machen, indem sie Zeichen von Eifersucht entdeckte. (Maria wäre nicht Maria, wenn sie nicht davon ausgehen würde, dass Waldemar mein Liebhaber ist.) Sie lachte herausfordernd. »Das ist ein ziemlicher Schock für euch alle, was? Habt ihr Angst, eine Frau so zu sehen, wie die Natur sie geschaffen hat?«

»Ich nicht, Maria«, sagte ich und lächelte sie so nett, wie ich konnte, an. »Weißt du, ich habe mal Medizin studiert.«

Am Nachmittag war ich allein im Zelt, als Maria auftauchte – plötzlich und wie zufällig, als würde sie häufiger mal vorbeischauen. Ich hatte sie nicht kommen hören und war überrascht, was zu einem gewissen Verdruss führte. Ich lag auf meinem Bett. Maria nahm auf Waldemars Platz und setzte offenbar voraus, dass ich in der Stimmung für eine längere Plauderei war.

»Sag mir, Christopher – was machst du hier?«

»Ich war gerade dabei, mir eine Geschichte auszudenken.« Mein Tonfall ließ durchblicken, dass sie mich unterbrochen hatte. In Wirklichkeit hatte ich eher in einem Zustand geistloser Erstarrung herumgelegen, wie so oft in diesen Tagen.

»Nein – ich meine, was machst du auf dieser Insel? Warum bist du hier?«

»Na ja – ich mache Urlaub«, sagte ich und ärgerte mich über ihre Frage, weil ich dadurch in die Defensive geriet.

Maria lächelte und schüttelte energisch den Kopf: »Nein!«

»Was soll das heißen, *nein*?«

»Das ist es nicht.«

»Und was ist es dann?«, fragte ich schwach. Ich wollte, dass sie ging, damit ich mich wieder meiner Apathie widmen konnte. Aber sie hatte noch nicht die Absicht zu gehen. Vorher musste sie mir noch etwas zu ihrer Unterhaltung abringen. Ich mochte eine ungesellige alte Zitrone sein, aber sie musste mich ausquetschen.

»Du gehörst nicht hierher. Deshalb frage ich.«

»Na ja«, sagte ich und richtete mich auf, um sie abzufertigen, »wenn es darum geht – was machst du denn hier?«

»Oh, ich! Ich kann überall sein!«

»Aber warum willst du überall sein?«

»Weil ich neugierig bin. Neugierig sein ist mein Leben! Doch, ganz im Ernst! Ich denke an jemanden, den ich kenne, und frage mich, was er jetzt wohl macht, in diesem Augenblick? Und dann fahre ich los.«

Ich starrte sie an und fragte mich, ob sie ernsthaft erwartete, dass ich das glaubte. Und das Erstaunliche war: Ich konnte es mir vorstellen. Soweit ich das beurteilen konnte, zog sie weder eine Show ab, noch übertrieb sie. Es war einfach die sprichwörtliche Wahrheit. »Und auf diese Weise verbringst du dein Leben?«, fragte ich.

Maria lächelte herausfordernd. »Schockiert dich das? Glaubst du, ich solle aktiv einen Beruf ausüben? Oder eine Leidenschaft für Politik entwickeln?«

»Nein, aber – interessiert dich so etwas wirklich?«

»Leider nicht – nicht so häufig! Meistens ist es einfach *ennuyant*, denn die Leute machen immer das weiter, was sie vorher auch gemacht haben. Sie verändern sich nicht.«

»Und dann fährst du wieder und lässt sie zurück?«

»Dann fahre ich wieder und lasse sie zurück. Ja.«

»Vermutlich bald auch *uns*?«

»O nein, hier langweile ich mich nicht! Hier gibt es vieles, das mich interessiert … Aber ich glaube, ich muss trotzdem bald fahren. Weil ich so viel Ärger mache, nicht wahr?« Maria bedachte mich mit einem Blick wahrhaft altmodischer Koketterie – keinen Tag später als 1914 – unter ihren himmelblauen Lidern hervor.

»Was für ein Jammer.«

»Ach, Christopher – sag das doch nicht so! Du glaubst, dass ich bloß eine arbeitsscheue Frau bin, die nichts als Ärger macht, egal, wohin sie kommt?«

»Ja, bist du das denn nicht?«

Sie klatschte in die Hände und lachte unbändig auf. »Jetzt bist du endlich offen! Das finde ich sehr gut! Aber sag – verabscheust du mich?«

»Natürlich nicht! Ich bin eher fasziniert von dir. Du bist eine Art Monster, wie ich bisher keines kennengelernt habe.«

»Oh, das ist großartig! Dann lass uns Bruder und Schwester sein. Denn, mein Lieber, ich finde, dass du auch ein Monster bist! Keine Ausflüchte! Gestehe!«

»Also gut«, sagte ich. »Ich bin ein Monster.« Ich fühlte mich eher geschmeichelt.

»Genau! Das sehe ich jetzt deutlicher als je zuvor! *Tu es vraiment gentil, mon petit.* Du siehst so jung aus. Du hast so hübsche klare Augen. Aber du bist ein altes, altes Monster, wie ich … Weißt du, wann ich das zuerst bemerkt habe? Heute Morgen, nach dem großen *scandale* beim Schwimmen! Du schaust mich an, und es wird mir klar. Bis dahin war es mir nicht klar gewesen. Aber ich war immer interessiert – an dir mehr als jedem anderen auf der Insel.«

»Mehr als an Geoffrey? Komm schon, Maria! Du bist hierhergekommen, um ihn zu treffen, oder etwa nicht?«

»Ach – *mein* pauvre petit *Geoffrey*! Ich komme immer wieder zurück, um ihn zu treffen. Ich kenne ihn schon so lange – so viele Jahre! Als ich ihn zum ersten Mal getroffen habe, da war er so schön, du kannst es dir nicht vorstellen. Und er steckte bereits in Schwierigkeiten. Sie hatten ihn der Universität verwiesen, weil er so viel trank und dummes Zeug erzählte. Aber er war so süß, so *gentil.* Er bat mich, auf ihn aufzupassen, damit er nicht so viel trank. Aber ich sagte, nein – ich will deine Geliebte sein, nicht deine Ehefrau. Andernfalls langweile ich mich nach einer Woche … Und dann holte ihn sein Vater in den Familienbetrieb, der so eine Zeitung herausgibt, deren Namen man in England nicht erwähnen darf, wenn man höflich sein will. Und Geoffrey wird immer schlimmer – mehr und mehr *méchant.* Am Ende stellt sich heraus, dass er der Firma viel, viel Geld gestohlen hat. Es gibt einen schrecklichen, riesigen *scandale.* Geoffreys Vater muss alles zurückzahlen. Trotzdem wollen seine Partner ihn gerichtlich belangen, aber alles wird geregelt – Geoffrey muss England verlassen und darf niemals zurückkommen.«

»Aber das ist ja furchtbar …«

»Ach, aber du brauchst keine so scheinheilige *grimace* aufzusetzen, *mon cher*! Geoffrey tut dir doch nicht leid. Wir Monster sind doch nur neugierig.«

»Vielleicht bin ich eine andere Art Monster.«

»*Un monstre sentimental?* Bloß nicht. Die verachte ich!«

»Also, Augenblick mal, Maria – du kannst doch nicht so tun, als würdest du gar nichts für Geoffrey empfinden!«

»*Au fond* empfinde ich nur Neugier, sonst nichts. Weißt du, was mich an ihm stutzig macht? Ich sage mir: Da gab es einen gutaussehenden Jungen, sportlich, aus guter Familie, mit Geld – warum zerstört er sich selbst? Weißt du, was ich glaube? Dass es ein Geheimnis gibt! Vielleicht hat er etwas getan, wofür er sich sehr schämt. Etwas sehr, sehr Kindisches. Alle Geheimnisse der Engländer sind kindisch. Deshalb sterben sie lieber unter der Folter, als zu gestehen.«

»Er will dir nichts sagen?«

»Nichts! Er bestreitet immer, dass es ein Geheimnis gibt – aber er wird *rot*, und ich weiß Bescheid! Eines Tages werde ich es herausfinden.«

»Und was wirst du dann tun?«

»Ach, dann! Ich fürchte, dann interessiert mich unser kleiner Geoffrey nicht mehr.«

»Das ist aber ziemlich herzlos, Marie.«

»Aber Monster sind herzlos, *mon vieux*! Du weißt das doch – tu bloß nicht so! Man kann ein Monster nicht durch seine Gefühle binden, sondern nur, indem man es verwirrt. Solange das Monster verwirrt ist, gehört es dir.«

Maria und Geoffrey sind weg!

Sie haben die Insel sehr früh am Morgen mit den Fischern verlassen, die gestern Abend angelegt haben und eines dieser feuchtfröhlichen Feste mit uns gefeiert haben. Dieses Mal sind wir alle umgekippt – außer, natürlich, Maria. Ich glaube, ich war der Erste, der sich verabschiedete, und deshalb war ich wahrscheinlich auch der Erste, der wieder zur Besinnung kam. Ich lag außerhalb der Hütten auf dem Erdboden, als es gerade anfing, hell zu werden. Hans lag ein paar Schritte weiter und schnarchte. Später entdeckte ich, dass Waldemar nackt dort lag, wo Marias Zelt gestanden hatte.

Was mich aus meiner Benommenheit aufschreckte, war der

Blick auf jenes Zelt, das von zwei Fischern zu einem Bündel zusammengerollt an mir vorbeigetragen wurde. Unter Schmerzen wandte ich den Kopf. Ambrose und Geoffrey waren auf den Umzugskisten am Küchentisch zusammengesackt und hatten die Köpfe auf die Arme gebettet. Einige der Fischer lagen noch immer dort, wo sie zusammengebrochen waren, wurden aber jetzt von ihren Kumpels geweckt oder von Marias Füßen, die sie zart anstupsten. Sie befehligte die Evakuierung, gab mit hörbarem Flüstern Anweisungen, wobei ihre Augen vor Vergnügen und Mutwillen funkelten. Die Männer trugen ihr Gepäck hinunter zum Boot. Dann sah ich, dass sie in Geoffreys Zelt gingen und mit seinen Reisekoffern wieder herauskamen – Maria musste sie gepackt haben. Als das Boot schließlich beladen war, gab Maria den Männern ein Zeichen, und sie griffen sich Geoffrey selbst. Sie trugen ihn leblos wie einen Sack mit offen stehendem Mund an Bord, seine Arme hingen nach unten, und seine Hände schleiften über den Boden.

Eigentlich, sagte ich mir, war das Kidnapping, also hielt ich mich besser da raus.

Ich drehte mich herum und schlief wieder ein …

»Stell dir vor!«, sagt Waldemar. »Einfach so abzuhauen, ohne ein Wort zu irgendjemandem! Was für eine durchtriebene alte Schlampe!« Natürlich war er beleidigt – besonders weil er seine letzten bewussten Augenblicke gestern Abend in Marias Bett verbracht hatte, und das war wortwörtlich unter ihm weggezogen worden. Ich zweifele nicht daran, dass er selbst, ohne auch nur einen Augenblick zu zögern, mitgegangen wäre, hätte Maria ihn gefragt. So ein Abenteuer hätte er unwiderstehlich gefunden.

Hans ist einfach froh, weil Geoffrey abgereist ist. Die Jungs sind auf einmal zutiefst gelangweilt. Es fehlt ihnen tatsächlich, von Maria herumkommandiert zu werden, auch wenn sie das noch nicht erkannt haben. Inzwischen reden sie sehnsuchtsvoll von Athen und seinen Vergnügungen.

Falls Ambrose froh über Marias Verschwinden ist, dann zeigt er es jedenfalls nicht. Geoffrey wird im wohl fehlen. Aber auch das lässt er sich nicht anmerken. Als ich etwas zu ihrem plötzlichen Aufbruch sagte, antwortete er mit der merkwürdig leisen Sturheit, die ihm eigen ist: »Jeder auf dieser Insel kann kommen und gehen, wie er will.«

Ich kann mich schwer dazu durchringen, das alles aufzuschreiben, aber …

Hans und Aleko sind schrecklich aneinandergeraten. Ich weiß immer noch nicht, worum es ging. Hans hat ihn geschlagen, und zwar heftig. Alekos Mund fing an zu bluten. Er rannte davon, in den Wald. Die anderen Jungs haben nach ihm gesucht, aber er ließ sich nicht blicken. Sogar Ambrose ging los und rief nach ihm, er solle herauskommen. Tat er aber nicht.

In jener Nacht wachte Hans auf und fand Aleko in seiner Hütte vor, mit einem Messer. Hans konnte ihn überwältigen, er warf eine Decke über ihn und griff sich das Messer. Wieder rannte Aleko in die Wälder und verschwand.

Am nächsten Morgen war Hans beim Haus und schaute nach dem gerade erbauten Wohnzimmer und der Veranda. Zufällig wandte er den Kopf und erhaschte einen flüchtigen Blick auf Aleko, der Hals über Kopf den Hügel hinabrannte und zwischen den Bäumen verschwand; er hatte sich irgendwo im Gebäude versteckt. Hans verschwendete keinen Augenblick, darüber nachzugrübeln; mit der Schnelligkeit eines alten Soldaten warf er sich flach auf den Bauch. Im nächsten Moment krachte die Explosion los. Hätte Hans gestanden, wäre er jetzt sicher tot. Wie zu erwarten, waren seine Augenbrauen verbrannt, die Kleidung geschwärzt und er selbst an eine Wand geschleudert worden; er hatte massive Beulen und Schrammen davongetragen. Über die Insel regnete es Felsbrocken. Die Laterne vor unserem Zelt wurde zertrümmert. Das Haus war fast komplett zerstört und wird von Grund auf neu gebaut werden müssen.

Hans ging sofort zu Ambrose und verlangte, die Polizei aus Chalkida zu holen; sie müsse Aleko ohne Verzug finden und festnehmen. Ambrose sagte zu Hans, er sei »dumm«. Daraufhin erwiderte Hans Ambrose, er würde ihm keine Wahl lassen; er müsse die Insel verlassen, da sein Leben in Gefahr sei und Ambrose sich weigere, ihn zu schützen. Und dann ging er, am selben Tag noch, und nahm Waldemar mit.

Bevor er mich verließ, machte Waldemar mir eine große sentimentale Szene. Er flehte mich an, mit ihnen zu kommen. Ich lehnte ab. Tränen traten ihm in die Augen. »Wir Arier müssen doch zusammenhalten«, sagte er.

Ich bin sicher, er sagte das, ohne darüber nachzudenken. So funktioniert die widerwärtige Macht der Propaganda: Die Nazis haben eine solche Unzahl vergifteter Worte in Umlauf gebracht, dass man sie plötzlich in seinem eigenen Mund wiederfindet. Aber das wollte ich Waldemar dann doch nicht durchgehen lassen.

»Seit wann gehörst du zu den Braunhemden?«

»Christoph – sag so was nicht, nicht mal im Scherz! Wenn

ein anderer so etwas zu mir sagen würde, dann würde ich ihn umbringen. Aber du bist mein Freund. Ich weiß, dass du das nur so dahinsagst, nicht wahr? Wir verstehen uns doch.«

»Tatsächlich?«, sagte ich gehässig. Um ehrlich zu sein – ich war schon verletzt, dass Waldemar mich einfach so sitzenließ. Aber noch viel mehr ärgerte ich mich über die Heuchelei dieser Abschiedsszene. Mir war klar, dass er nicht aus Loyalität zu Hans abreiste; er langweilte sich einfach auf der Insel und war erpicht auf die Reize, die Athen ihm bieten mochte. Zweifellos wollte er die Frau mit dem Schnurrbart wiedersehen. »Und was ist mit Ambrose?«, fragte ich. »Musst du nicht *ihm* zur Seite stehen? Vergiss nicht – auch er ist ein Arier.«

»Ambrose ist schon ein Einheimischer geworden«, sagte Waldemar völlig ernst (was er eigentlich sagte, auf Deutsch, war: »… ist schon ein Ni**** geworden«). »Du kannst nicht hier bei ihm bleiben, Christoph. Diese Insel taugt nichts für dich. Sie ist einfach ein Schweinestall.«

»Na gut«, antwortete ich, »vielleicht habe ich mich ja auch entschieden, wie ein Einheimischer zu leben.«

Und damit gingen die beiden.

Das Boot hatte kaum ein Stück vom Ufer abgelegt, da kam Aleko zwischen den Bäumen hervor – grinsend, unverschämt und unbekümmert wie immer. Theo und Petro begrüßten ihn mit beifälligem Gejohle. Ambrose verhielt sich so, als wäre er niemals fort gewesen. Und ich nicht anders.

Ist all das vor vier, fünf, sechs Tagen passiert? Ich habe bereits den Überblick verloren. Es könnten auch sechs Monate gewesen sein.

Zigaretten sind aus dem Zelt verschwunden. Zum ersten Mal. Nehme an, die Jungs glauben, mich jetzt gut genug zu kennen.

Sonne. Insel. Grammophon. Meer. Welt ohne Adjektive. Außer – heiß, heiß, heiß.

Erkannte heute, was diese Insel ist. Worte reichen nicht.

Wenn man bloß …

Was mache ich hier eigentlich?

Himmel, mein Kopf.

Vergangene Nacht völlige Stille. Sitze im Mondlicht auf einem Benzinkanister und schaue auf das Meer. Ambrose versteht das.

Hier endet mein Tagebuch. Die Handschrift dieser letzten Eintragungen ist groß und ausgreifend und neigt an den Enden der Zeilen dazu einzustürzen, wie Spielkarten, die aufeinanderfallen. Offenbar war ich beim Schreiben sehr betrunken.

Bei den meisten Eintragungen weiß ich nicht genau, was sie bedeuten; und trotzdem kann ich mich an die Gefühle erinnern, die ich dort beschreibe. Unser Leben auf St. Gregory war wie ein Theaterstück, das Tag für Tag in seiner ursprünglichen Fassung aufgeführt werden sollte, für die die Besetzung aber nicht mehr ausreichte. Ambrose war immer noch Ambrose. Die Jungs waren immer noch die Jungs. (Allerdings nicht mehr dieselben Jungs; denn Aleko, Theo und Petro hatten sich schon längst nach Athen abgesetzt, und diese anderen – nicht weniger laut, schmutzig und unverschämt – hatten ihre Plätze eingenommen. Aber ich musste außerdem zugleich die Rollen von Christoper, Geoffrey, Waldemar und Hans spielen. Und deshalb hörte ich auch fast auf, ich selbst zu sein, oder einer der anderen im Besonderen.

Aber warum musste das Stück überhaupt aufgeführt werden? Warum arbeitete ich mich so hart an diesem Herumgekaspere ab? Ganz sicher nicht, um Ambrose zu unterhalten. Nein, es klingt zwar verrückt, aber ich glaube, ich musste mich vergewissern, *dass ich nicht allein war.*

Jeden Abend saß ich mit Ambrose zusammen, um zu trinken – zwei von der Lampe erleuchtete Gesichter, die einander inmitten der gewaltigen Präsenz der Nacht, des Meers und der Sterne anschauten. Wir haben wohl ausgesehen, als würden wir gleich in einen Dialog über die allerletzten Wahrheiten eintreten. Wäre unsere Konversation dieser Kulisse würdig gewesen, dann hätten wir wie Platon und Shakespeare geklungen – oder zumindest wie Bernard Shaw. Aber in Wirklichkeit wechselten wir immer nur ein paar Worte. Das Grammophon schmetterte. Die Jungs umkreisten uns, zupften an unseren Ärmeln, starrten in unsere Gesichter. Manchmal schrie ich sie an und schlug nach ihnen wie Geoffrey. Manchmal jagte ich ihnen wie Hans hinterher. Manchmal alberte und tanzte ich betrunken mit ihnen herum, und sie nahmen mich als ihren Kumpel und Clown an, so wie sie Waldemar angenommen hatten.

Und trotzdem war ich im Großen und Ganzen allein. Die Partner meiner Sexphantasien, denen ich mich zwanghaft und bis zur Erschöpfung des Nachts nackt und schwitzend in meinem Zelt widmete, waren für mich körperlich realer als diese lärmenden Schatten.

Während dieser Zeit kam mir Ambrose nur selten als Mensch in den Sinn. Meistens war er einfach ein Bewusstsein, das mich wahrnahm, ein Spiegel, in dem ich mein eigenes Bild erkannte – aber nur schwach und auch nur dann, wenn ich große, einfach wiederzuerkennende Handbewegungen machte. Dort am Küchentisch, mit den Gläsern und der Lampe, wirkten wir, als wären wir völlig offen und würden nichts voreinander verbergen, und doch gab es keine Enthüllungen, keine Geständnisse. Ich habe auf Schiffen und im Zug völlig Fremden viel mehr über mich erzählt, als ich es jemals Ambrose gegenüber tat.

Nur einmal ist mir eine Indiskretion unterlaufen. Es muss kurz nach Hans' und Waldemars Abreise von der Insel gewesen sein. Ich weiß nicht, warum ich die Frage gestellt habe; sie ging mir schon eine ganze Zeit lang im Kopf herum.

»Ambrose – als die in Cambridge deine Wohnung kurz und klein geschlagen haben … ich meine – dieser eine, der am nächsten Tag mit dem Scheck zu dir kam – ich habe mich häufig gefragt, ob …«

Doch da hatte ich schon begriffen, dass Ambrose mir nicht beantworten würde, was ich niemals hätte fragen sollen, und meine Stimme erstarb. Aber er schwieg nicht. Nachdem er ein paar Augenblicke lang in die Lampe gestarrt hatte, sagte er weich und gedankenschwer:

»Da du ein Schriftsteller bist, Schatz, willst du wohl von Natur aus klare Verhältnisse schaffen und dafür sorgen, dass die Dinge Sinn ergeben, oder?«

»Ja«, sagte ich, »vermutlich schon … tut mir leid.«

»Das muss dir nicht leidtun … Nur weißt du, Schatz, die Dinge ergeben nun mal keinen Sinn. Wirklich nicht.« Mit einem matten, einsamen Lächeln wandte er den Kopf ab.

Und das war alles.

Eines Tages Ende August fuhren wir zum Einkaufen hinüber nach Chalkida. Und dort stieß ich in einem Hotel, in dem wir ein paar Drinks zu uns nahmen, auf eine englische Zeitschrift, eine der wöchentlich erscheinenden Illustrierten. Irgendein Tourist musste sie dort liegen gelassen haben. Sie war kaum einen Monat alt, aber schon verschmutzt und zerfleddert.

Während wir an einem Tisch im Freien unsere geeisten starken Drinks von einem merkwürdig tödlichen Grün schlürften, blätterte ich müßig darin herum. Es gab die üblichen Bilder von Frauen in Tweed beim Pferderennen, verlobte Paare mit leeren Gesichtern, beim Tanz Sitzengelassene – Jungs, denen ihr Kragen peinlich, und Mädchen, die sich ihrer Beine sehr bewusst waren. Und dann, inmitten all dieser unmöglichen Fremden, stieß ich auf Timmy.

Auf der Seite mit den Buchbesprechungen, etwa halbe Höhe der mittleren Spalte, gab es ein widerlich schmeichelhaftes Foto von ihm. Gleich daneben wurde sein Roman besprochen – gleich zu Anfang und höchst wohlwollend. Ja, unser Timmy hatte einen Roman geschrieben! Einen glänzenden Roman! Einen Roman, den man nicht aus der Hand legen konnte. Einen Roman voller angenehmem, frechem Witz. Einen unbeschwerten, heiteren, im Ganzen zum Brüllen komischen Roman über das Londoner Bühnen- und Gesellschaftsleben. Nichts Prätentiöses, nichts Abartiges, nichts Bombastisches, Verkrampftes, Abstruses, Manieriertes, Introvertiertes, Verqueres. Nichts wie das krankhafte Gefasel der hochintellektuellen Kreise – die hier nicht namentlich erwähnt werden sollen. Nein – nur einfach, erbaulich, schmackhaft; der Kritiker sank auf die Knie und dankte Gott dafür.

Und hier war Timmy höchstpersönlich, schaute mich aus weit aufgerissenen Augen an, als wollte er sagen: Ich weiß, dass ich nicht in *deiner* Liga spiele. Glaub nicht, dass ich da reinplatze. Lass dir bloß nicht einfallen, mein bisschen Geschwätz zu lesen. Es gibt nicht die Spur einer Botschaft; soll es auch nicht. Ich habe das nur so rausgehauen, bei Gelegenheit zwischen den Stunden im Büro und den Cocktailpartys. Ach ja, es *verkauft* sich auch gut. Und scheint populär zu werden. Habe einfach Glück gehabt. Wie viele Exemplare? Zwanzigtausend – und läuft immer noch, sagen sie. Das ist fünfmal so viel wie dein letzter Roman? Also, das zeigt doch nur, dass das Publikum diese Art von Blödsinn mag. Ihn den ersthaften Sachen vorzieht. Ich könnte natürlich *nie* so ernsthaft sein wie du. Das würde ich nicht mal versuchen. Ich kenne meine Grenzen.

Du kleine Hure! Ich hätte wissen müssen, dass du so etwas tun würdest. Du hast dich seit Cambridge nicht verändert, oder? Und jetzt glaubst du, du kannst dich Romancier schimpfen – so wie du dich vorher einen Schauspieler, einen Maler, einen Komponisten geschimpft hast. So weit ist es mit England gekommen. Genau so wollen sie es haben. Du bist jene Art Geschöpf, die dort gewünscht ist. Und genau deshalb bin ich hier, deshalb bin ich dort spurlos verschwunden. Glaubst du, du kannst mich eifersüchtig machen? Glaubst du, ich komme zurück, um in deinem eigenen fiesen Spiel mit dir zu wetteifern? Glaubst du, dass ich irgendetwas mit deiner Welt zu tun haben möchte? Das zeigt mir nur, wie recht ich habe, mich da völlig rauszuhalten.

Trotzdem verfolgten mich das Foto und die Besprechung den ganzen Tag lang. Ich hatte sie Ambrose gegenüber nicht erwähnt und würde das auch nicht. Aber ich wollte ihm auf irgendeine indirekte Art versichern, dass ich ihm und der Insel loyal gegenüberstand. Ich wollte ihn wissen lassen, wie sehr ich seine Lebensart akzeptierte und mich selbst aus einer Welt verbannte, in der Timmy zwanzigtausend Exemplare verkaufen konnte.

Wir hatten an jenem Abend schon gut getrunken, als ich ansetzte: »Weißt du, Ambrose, als ich zum ersten Mal auf die Insel kam, habe ich nicht damit gerechnet, länger als zwei oder drei Wochen zu bleiben. Das ist lustig, nicht wahr?«

Ambrose lächelte in sein Glas. Er antwortete nicht.

»Was ich sagen will«, fuhr ich fort, »ich dachte, das sei überhaupt kein Leben für mich. Deshalb wusste ich auch nie, was ich wirklich wollte, bis ich hierherkam. Ich hatte gedacht, bei allem immer mit dabei zu sein – *auf dem Laufenden zu sein,* wie es so schön heißt. Herr im Himmel! Ich war ein kompletter Idiot. Ich pflegte mich zwar in schreiende Angstzustände hineinzusteigern – aber unterschwellig war es mir völlig egal, kümmerte mich einen Dreck. Inzwischen begreife ich das ... weißt du, ich habe so viele Sachen gelernt, einfach, indem ich mit dir hier bin. Ich glaube, du bist der erste Mensch, den ich je getroffen habe, der wirklich versteht, worum es geht.«

So hatte ich noch nie mit Ambrose gesprochen. Langsam

hörte es sich so an, als würde ich eine Liebeserklärung abgeben. Und das Schlimmste war, es klang verkehrt. Ich wollte mit aller Macht, dass es wahr klang, aber das schaffte ich nicht … Betrunken, wie ich war, fühlte ich mich plötzlich peinlich berührt – zumal Ambrose nicht antwortete. Ich konnte sehen, dass es auch ihm peinlich war. Trotzdem konnte ich noch nicht aufhören.

»Du hast mir vor Augen geführt, wie scheußlich England ist. Kein Wunder, dass du es hasst.«

»Da gibt es durchaus ein paar Unterschiede, Schatz.« Ambrose hustete entschuldigend. »Wie ich es hasse und wie du es hasst, weißt du.«

»Welche Unterschiede?«, fragte ich. Etwas an seinem Ton gefiel mir nicht.

»Na ja – was mich betrifft –, ich gehöre da einfach nicht hin.«

»Und du meinst, *ich* gehöre dorthin?«

»Na ja …«

»Glaubst du, irgendetwas in mir *braucht* das?«

»Das wollte ich damit nicht sagen …«

»Glaubst du, dass ich hier nicht vollkommen glücklich bin?« Meine Stimme klang ein wenig hoffnungslos. »Mensch, ich könnte jahrelang so leben – problemlos. Den Rest meines Lebens … Was ist so lustig daran? Glaubst du mir nicht?«

»Ich bin sicher, dass du *denkst*, du könntest das, Liebes.«

»Aber du glaubst nicht, dass ich es könnte?«

»Du könntest es nicht, Schatz. Nicht viel länger. Du würdest es einfach nicht aushalten.«

»Aber warum nicht?«

Ambrose lächelte nur.

Ich fühlte mich abgelehnt, bestürzt, ernüchtert. Denn natürlich hatte er völlig recht. Ich wollte ihn allerdings nicht merken lassen, wie viel mir das ausmachte.

»Na gut, streiten wir nicht darüber«, sagte ich so leichthin, wie ich es vermochte. »Wir werden nie herausfinden, wer von uns beiden sich geirrt hat. Denn ich muss *tatsächlich* abreisen. Ich muss zurück nach London – ziemlich bald. Ich denke schon seit geraumer Zeit darüber nach.«

Ambrose sagte nichts.

»Wenn man sich erst mal entschlossen hat, etwas zu tun«, fuhr ich fort, »dann sollte man es besser gleich tun, glaubst du nicht auch?«

Eine Pause trat ein.

»Im Grunde«, sagte ich langsam und mit Bedacht, »gibt es vermutlich wirklich nichts, was mich davon abhält, morgen zu fahren.«

Ich war mir ganz sicher gewesen, dass dies bei Ambrose zumindest eine Art Protest hervorgerufen hätte. Aber er zuckte nur schwach mit den Schultern. »Ganz wie du möchtest, Schatz.«

Sein Desinteresse ließ mich einen Augenblick die Selbstbeherrschung verlieren. »Aber, Ambrose«, hob ich entgeistert an, »ist es dir denn …«, um dann gerade noch rechtzeitig innezuhalten. Ich hatte sagen wollen, »Ist es dir denn *völlig* egal, ob ich fahre oder nicht?«. Jetzt wurde es ein: »Ist es dir denn völlig egal, hier alleine zu sein – nur mit den Jungs?«

Ambrose schaute mich sanft an, als würde er mir die Dummheit meiner Frage vorwerfen. »Aber, Liebes, man ist doch immer allein. Gerade du musst das doch wissen.«

Danach gab es kein Zurück mehr. Ich musste am nächsten Tag packen. Ambrose war eine echte Hilfe und sehr effizient. Er nahm meine Abreise als feststehende Tatsache hin. Als ich sagte, ich würde mein Zelt nicht brauchen und er könne es gerne haben, bestand er darauf, den Kaufpreis – abzüglich Verschleiß – mit meinen Schulden bei ihm gegenzurechnen.

Das Boot der Fischer, die mich mach Chalkida bringen wollten, hatte Verspätung; es ging erst kurz nach Sonnenuntergang los. Ambrose war hinunter zu den Felsen gekommen, um mich zu verabschieden.

»Es würde mich nicht wundern, wenn Geoffrey bald wieder auftauchen würde«, sagte ich, weil ich das Gefühl hatte, ihn irgendwie aufmuntern zu müssen – obwohl er nicht das kleinste Anzeichen machte, dass er des Trostes bedurfte.

»Das wird er wahrscheinlich«, stimmte Ambrose beiläufig zu.

»Hans auch.«

»Sollte mich nicht wundern.«

Er schüttelte mir die Hand, ganz die Gastgeberin vom Lande. »Gute Fahrt«, sagte er. Man hätte meinen können, dass wir uns erst am vergangenen Nachmittag kennengelernt hatten; dass ich ein Nachbar war, der angerufen und einen Tee bekommen hatte.

Während das Boot davontuckerte, saß ich achtern und schaute zurück. Die Insel lag – schöner, als sie mir je erschienen war – schwarz inmitten des silbrig-geschmolzenen Meeres, während die Abendröte hinter ihr verblasste. An diesem Abend regte sich kein Lüftchen. Eine dünne Rauchspirale wand sich hoch hinaus in die windstille Luft. Das Abendessen wurde gekocht. Die Lampe brannte auf dem

Küchentisch, an dem Ambrose sich bereits niedergelassen hatte. Meine Augen füllten sich mit Tränen. Ich war nicht nur traurig, weil ich abreiste, sondern weil das Ganze etwas so eindringlich Unschuldiges und Primitives hatte; das Lager eines Pioniers auf einem alten Gemälde. Man schaute darauf und sagte sich: Stell dir vor, da lebt tatsächlich jemand – allein, mitten in der Wildnis!

Als ich mich in einem Hotel in Chalkida im Spiegel betrachtete, war ich durchaus überrascht, was die letzten Monate mit mir angestellt hatten. Mein Haar war lang und verfilzt, mein Bart gewachsen, die Sonne hatte mich fast schwarz gebrannt, das Gesicht war aufgedunsen vom Trinken und die Augen gerötet. Natürlich konnte das schnell wieder in Ordnung gebracht werden. Aber zusätzlich war da ein Ausdruck in meinen Augen, den es vorher nicht gegeben hatte. Als ich wieder zurück in England war, konnten sich alle problemlos an mein altes, allgemein bekanntes Ich erinnern. Nur ich erhaschte dann und wann beim Rasieren einen flüchtigen Blick auf diesen Ausdruck.

Und gelegentlich dachte ich, während einer lauten Party oder bei schlechten Nachrichten im Radio oder im Bett beim Aufwachen neben jemandem, den ich kaum kannte, an Ambrose, der da draußen allein war. Er hatte recht, sagte ich mir dann; ich gehörte nicht auf seine Insel.

Aber jetzt wusste ich, dass ich auch hierher nicht gehörte.

Oder irgendwohin.

WALDEMAR

Dieses Mal per Schiff.

Später August 1938; ein Dampfschiff, Kanalfähre, die gerade in den Hafen von Dover einläuft.

Wie winzig er immer zu sein scheint! Nicht mehr als ein Schlupfwinkel in den alten, löcherigen Klippen; eine trostlose Puppenstadt mit einem trotzigen Schloss, das in einem leichten Sommerregen über sie wacht. Und diese ungerührte, rücksichtslose Vertrautheit, die einen anstarrt! Das laute, grobe Kreischen der Möwen! Wie geschlossen die Engländer im Angesicht ihrer Besucher dasitzen: Hier sind wir, entweder du akzeptierst uns, oder du lässt es bleiben – hier werden die Dinge auf *unsere* Art erledigt, nicht auf deine. Hier befreite Byron sich endgültig. Ebenso Wilde. Man verabschiedet sich für immer von ihnen, um unter den Kanaken Ruhm oder Tod zu finden, und es ist ihnen völlig egal. Oh, na klar, wenn dein Name seit zwei Generationen allüberall geläufig ist, dann räumen sie ein, dich früher mal gekannt zu haben – flüchtig zumindest. Aber sie werden nie wirklich zugeben, dass sie sich in dir getäuscht haben, im Detail oder ganz grundsätzlich. Sie sind unbeugsam, unverbesserlich und so restlos selbstgefällig, dass sie nicht einmal mehr mit den Armen rudern oder die Stimme erheben müssen, wenn sie das niedere Volk ansprechen. Und wenn man etwas zu kritisieren hat, haben sie darauf eine Antwort, zu der einem nichts mehr einfällt: Dann bleib unserer Insel doch einfach fern.

Nun ja, vielleicht kommt es ja so weit, denke ich, während ich an der Reling des Dampfers stehe und sie betrachte. Eines Tages. Aber warum habe ich letzten Monat nicht auf dem Rückweg von China einen Zwischenstopp in New York eingelegt – was möglich gewesen wäre und was ich doch so unbedingt wollte? Ich kann es nicht erklären. Ich wirbelte einfach passiv wie ein Bumerang zurück. Wer hat mich geworfen? Ich weiß es nicht, und es interessiert mich auch nicht so richtig, das herauszufinden. Oder habe ich Angst davor? Ich weigere mich, diese Frage zu beantworten. Ich kann Ihnen nicht mehr sagen, als dass ich wirbele.

Klingt das wie die Erklärung eines Verrückten oder zumindest eines zutiefst Verzweifelten? Aber nicht die Spur! Schaut mich gut an, wie ich hier stehe. Erscheine ich besiegt, deprimiert, trübselig? Nun ja – besorgt. Diese Krähenfüße in den Augenwinkeln habe ich, weil ich ständig unruhig nach vorn starre, so wie ein Kapitän auf See in den Nebel blinzelt. Die beiden tiefen Kerben in meinen Wangen haben die nervösen Grimassen gegraben, wenn ich die Lippen verzogen habe. Aber meine Augen strahlen, mein Gesicht ist immer noch jugendlich glatt, und ein Fremder wäre überrascht zu hören, dass ich Ende dieses Monats vierunddreißig werde.

Wie nehmen mich meine Freunde und Bekannten wohl wahr?

Den Witzen nach, die sie über mich machen, sehen sie ein eher vielschichtiges Wesen, teils Despot, teils Diplomat Man sagt mir, dass meine Haltung der eines Feldwebels oder einer strengen Zimmerwirtin entspricht; man sagt mir einen übermächtigen Willen nach. Hugh Weston verglich ihn einmal mit einem Feuerwehrschlauch, vor dem jeder in Deckung geht. Andererseits heißt es, ich sei schlitzohrig; ich würde so tun, als wäre ich niemand Besonderes, nur einer aus der großen Masse, hätte aber die Arroganz eines Lawrence von Arabien und die Raffinesse eines Talleyrand. O ja – und ich bin gänzlich rücksichtslos und vollkommen zynisch. Aber ich bringe sie zum Lachen.

Jeder wird zugeben, dass ich ein guter Gesellschafter bin. Ich höre anderen Menschen mit echtem Interesse zu, wenn sie über sich selbst reden. Ich bin durchaus begeisterungsfähig, besonders bei jenen, die ich gerade erst kennengelernt habe. Bei denen, die mich normalerweise nicht leiden können, strenge ich mich besonders an und überzeuge sie für gewöhnlich auch. Und warum auch nicht? In dieser Hinsicht nur keine falsche Bescheidenheit. Ich habe jede Menge Charme und bin durchaus prominent. Gerade jetzt ist mein Schreiben im genau richtigen Maße modern – mondän, aber nicht abgeschmackt berühmt. Die Jüngeren mögen mich, weil ich ein kleines bisschen älter bin; sozusagen der ältere Bruder, der etwas Romantisches, Weltmüdes ausstrahlt und schon viel herumgekommen ist und vieles gesehen hat. (Ihr solltet mich bei einem meiner Diavorträge über unsere Chinareise hören, wenn ich nonchalant sage: »Weston hat dieses Foto gemacht, während wir in den vordersten chinesischen Schützengräben von Han Chwang lagen – die Japaner sind in diesem großen Gebäude gegenüber, gleich auf der anderen Seite des Kanals.«) Die Älteren mögen mich, weil ich ausgezeichnete Manieren habe; bei ihnen bin ich jugendlich, begeisterungsfähig, ehrerbietig, bescheiden. Ich umschmeichele sie durchaus unterschiedlich. Manchmal trage ich die Schmeicheleien zu dick auf; dann durchschauen sie mich und werden misstrauisch. Aber ich lerne aus diesen Fehlern und werde zunehmend vorsichtiger.

Was meine »echten« Freunde betrifft, so schätze ich ihre Gesellschaft zu sehr, um bei ihnen einen bestimmten Punkt zu überschreiten. Ich ziehe es vor, kein Risiko einzugehen und mich an das zu halten, was ich habe. Ich weiß, wie gefährlich es ist, ernsthafte Ansprüche an jemanden zu stellen – es gibt niemanden, dem ich komplett vertraue. Wenn das zynisch ist, dann – ich gebe es zu – bin ich zynisch.

Trotzdem hat meine Vorsicht Grenzen. Manchmal begegne ich Menschen, die mir Angst einjagen, weil ich das Gefühl habe, dass sie mich durchschauen. Bei ihnen übertreffe ich mich zunächst selbst und versuche zu beweisen, dass ich es ehrlich meine. Doch wenn sie dann immer noch nicht beeindruckt sind, fange ich schnell an, mich zu langweilen, und schnauze sie rabiat an. Das ist mir inzwischen völlig egal.

Und dann gibt es noch meinen hochgelobten Willen – wo wären sie alle ohne ihn? Manchmal kommt es mir so vor, als würde ich die jüngere Generation praktisch im Alleingang in Bewegung halten. Bin ich denn ein Einmannstandesamt, das außerdem ein Kontaktanzeigenblatt betreibt? Ich beschaffe ihnen Jobs, verarzte ihre Liebesaffären, lese ihre Manuskripte, spreche bei Verlegern für sie vor, ermutige sie, tröste sie, füttere sie mit Mittag- und Abendessen. Und dann *wagen* sie es, sich über meine Willensstärke zu beschweren!

Trotzdem bleibt die Frage: Warum tue ich das? Warum halse ich mir all diesen Ärger auf?

Vermutlich ist das die Antwort: *Ich tue es, um zu beweisen, dass ich ihr Spiel spielen kann.* Wessen Spiel? Das Spiel der Anderen. Das Spiel, dessen Regeln für die Anderen geschrieben worden sind. Und die Anderen sind all die Direktoren der Schulen, auf die ich gegangen bin, all die Geistlichen, die ich gekannt habe, all die reaktionären Politiker, Zeitungsherausgeber, Journalisten und die meisten Frauen jenseits der vierzig. Spätestens seitdem ich reden und lesen gelernt habe, erklären sie mir die Regeln ihres Spiels. Und bis vor kurzem haben sie mit einem spöttischen Lächeln angedeutet: »Aber für dich ist dieses Spiel natürlich überhaupt nichts.« Und bis vor kurzem habe ich ihnen in Gedanken geantwortet: »Wenn ich wollte, dann könnte ich es spielen, aber ich will nicht; lieber würde ich sterben.« Das hat selbst mich nicht so recht überzeugt. Aber jetzt bin ich, statt mich zu verteidigen, zum Angriff übergegangen. Ich habe die Herausforderung angenommen, ich habe ihr Spiel gespielt und gewonnen, selbst nach ihren eigenen Maßstäben. Ich bin ein Erfolg – also genau das, was sie in Wirklichkeit sein wollen, aber meistens nicht sind.

Na gut, ich habe es bewiesen. Aber jetzt – was nun?

Während Hugh Weston und ich in China auf einer dieser kolossalen Reisen waren, die einen jeden Tag an einen anderen Ort führten und jeweils eine Ewigkeit zu dauern schienen, vergnügten wir uns meistens mit Diskussionen über alles, was wir uns nur vorstellen konnten. Fast alle diese Diskussionen waren ein freundschaftlicher Wettstreit. Aber wann immer es anfing, um Gott und die Seele zu gehen, dann spürte ich, wie ich mich aufregte und ärgerlich wurde – wie immer in jüngster Zeit. »Es ist mir scheißegal«, sagte ich zu Hugh, »was die anderen sagen: Ich weiß, dass ich keine Seele habe. Außerdem würde ich glatt wetten, dass auch sonst keiner eine Seele hat. Das macht mich alles krank. Da kann ich auch nicht unparteiisch bleiben. In meinen Augen ist das obszön und böse. Sobald ich das Wort Gott höre, wird mir kotzübel; das ist das schmutzigste Wort überhaupt. Es beschreibt alles, was niederträchtig ist – Franco, Hitler, die Faschisten –, alles!« Und Hugh lacht gut gelaunt los und sagt: »Pass bloß auf! Wenn du so weitermachst, mein Lieber, dann wirst du eines Tages mit *fliegenden* Fahnen überlaufen! Auweia, ich sehe es geradezu *vor* mir, wie Mutter Kirche dich an ihre Brust zieht, mit all diesen Messen und Kerzen!« Und dann fange ich auch an zu lachen. Mir selbst gegenüber bleibe ich allerdings stur dabei, dass ich keine Seele habe.

Falls ich recht habe – falls ich keine Seele habe –, wenn ich nicht einmal eine reale Person bin – falls nicht ich es bin, der sich dazu entschlossen hat, die Anderen bei ihrem Spiel herauszufordern – falls ich nur ein Bumerang bin –, was passiert, wenn ich aufhöre herumzuwirbeln? Was ist mit der Zukunft?

Die Zukunft – bei diesem Wort befällt mich in diesen Tagen ein leichtes Frösteln. Und ich erinnere mich immer wieder an die Wendung *un jour sans lendemain* von Balzac – ein Tag ohne Morgen. Die Zeit, die wir jetzt durchleben, dieser verhängnisvolle Sommer, ist so ein *jour sans lendemain*; zumindest flüstert meine Angst mir ein, dass er es sein könnte. Beispielsweise bin ich gerade auf dem Rückweg von einem Wochenende in Paris, wo ich getrunken habe, als gäbe es kein Morgen, Sex hatte, als gäbe es kein

Morgen, und etlichen Leuten Versprechungen gemacht habe, als gäbe es kein Morgen. In London warten ein paar Affären auf mich, die auch kein Morgen kennen und doch auf ihre Fortsetzung warten. Trotzdem werde ich so reden und mich verhalten müssen, als *würde* es ein Morgen geben.

Wohl in diesem Augenblick fing der Dampfer an zu drehen, um dann rückwärts in den Hafen einzulaufen, und ich tauchte aus den Grübeleien über mich selbst auf und bemerkte plötzlich das Mädchen, das neben mir an der Reling stand. Vielleicht war sie gerade von der anderen Seite des Schiffs herübergekommen. Ich begriff, dass ich sie kannte. Sie hatte mich offenkundig noch nicht bemerkt beziehungsweise nicht wiedererkannt. Kurz darauf fiel mir auch ihr Name wieder ein.

Dorothy und ich hatten uns im letzten Winter in Berlin, bevor Hitler 1932/33 an die Macht kam, häufig gesehen. Damals unterrichtete Dorothy an einer marxistischen Arbeiterschule: Sie gab Englischstunden mit dem Schwerpunkt kommunistischer Jargon. Sie war eines dieser englischen Mittelklassemädchen, die der Kommunismus wie eine Grippe ereilt hatte. Ich glaube, sie war wirklich davon überzeugt, ihrer edlen Arbeiter nicht wert zu sein; die waren reiner, nobler, spirituell weit mehr *dans le vrai*, als sie selbst zu sein jemals hoffen konnte. Und natürlich diente der neue Glauben als Werkzeug, ihre Aggressionen grundsätzlich gegen ihre Familie, ihre eigene Klasse und England zu wenden. Damit konnte ich durchaus sympathisieren. Aber immer wenn wir gerade angefangen hatten, uns anzufreunden, hatte sie alles verdorben, indem sie mit einer kritischen, barschen, doktrinären Bemerkung zu meiner Existenz als sentimentaler Bohemien ankam, der sich aus allem heraushielt. Das konnte ich dann nicht vertragen und beschloss, dass sie ermüdend war, vielleicht auch eine rigorose Lesbe jener Art, mit der ein Mann nicht einmal befreundet sein kann.

Ihr Aussehen hatte sich nicht groß verändert. Sie war ein kleines und dünnes Mädchen, rothaarig und mit einem blassen, knochigen und von Sommersprossen übersäten Gesicht. Nicht hübsch; das Kinn ragte zu weit hervor.

»Huhu, Dorothy«, sagte ich. »Erinnerst du dich an mich?«

Während sie sich umwandte und mich wiedererkannte, fielen mir zwei Dinge auf: Zunächst schien sie erschrocken zu sein, dass sie angesprochen wurde, als würde sie eine unangenehme Begegnung erwarten; und zweitens, dass sie erleichtert war und sich sogar wirklich freute, mich zu sehen. Ja, sie freute sich sehr. Viel mehr, als ich je erwartet hätte. Und natürlich reagierte ich darauf und fing an, mich über unser Treffen zu freuen.

»Hör mal, ich komme gerade aus China zurück.« Ich hatte damit gerechnet, dass sie das interessieren und eine eifrige politische Diskussion in Gang setzen würde. Aber sie fragte nur höflich: »Hattest du eine gute Reise?«

Einen Augenblick lang fühlte ich mich brüskiert und enttäuscht. Dorothys Frage schien mir zu zeigen, dass sie mich immer noch als flatterhaft und meine Reise als verantwortungslosen Tourismus betrachtete. Also fuhr ich mit meiner Kriegskorrespondentenstimme fort: »Es ist erstaunlich, dass niemand in Europa zu begreifen scheint, was dort los ist. Wir sollten uns ein Beispiel an ihnen nehmen – *ihre* Front droht nicht zusammenzubrechen. Es gibt auch dort die bekannten

Spannungen, aber allen ist klar, dass sie zunächst die Japaner schlagen müssen. Jeder, mit dem wir gesprochen haben, hat dasselbe berichtet. Wir haben Chiang getroffen, Madame, Zhou Enlai – überhaupt die meisten der Topleute. Und dann natürlich Hunderte anderer – von Schullehrern und Ärzten bis hin zu Frontsoldaten und Rikscha-Jungs ...«

(Wenn ich nicht versucht hätte, Dorothy zu imponieren, und dabei auch noch merkte, dass ich damit nicht durchkam, hätte ich nicht so geredet. Solche Sachen sage ich nur in den schlimmsten Momenten meiner Vorträge, wenn ich eine Show abziehe. Da ich kein Chinesisch spreche, habe ich nie mit Frontsoldaten oder anderen Proletariern ohne die Hilfe eines sehr unzuverlässigen offiziellen Dolmetschers gesprochen, der uns zur Seite gestellt wurde und dafür sorgte, dass wir auch keine falschen Eindrücke bekamen. Und bei den Rikscha-Jungs wäre jegliche politische Diskussion verlorene Zeit gewesen. Ihnen signalisierte man lediglich in brutal unmissverständlicher Zeichensprache, wohin man wollte und was man dort wollte.)

Das Problem war: Dorothy schien etwas zerstreut zu sein. Sie reagierte auf mich als Person, hörte aber nicht zu. Auch beunruhigte sie offenbar etwas. Sie warf zweimal einen Blick zurück über die Schulter.

»Na gut, und was ist mit *dir*?«, fragte ich schließlich etwas pikiert. »Ich vermute, du warst in Spanien?«

Wieder überraschte sie mich; weder leuchteten ihre Augen auf, noch bekam sie einen Heiligenschein. »O ja«, sagte sie, »ich war 1936 dort. Und letztes Jahr noch einmal. Allerdings nur kurz.« Ihr Verhalten begann, mich neugierig zu machen. Sie schien sich wirklich verändert zu haben. Sie war überhaupt nicht mehr militant. Dadurch wurde sie natürlich netter. Nach einer kurzen Pause fuhr sie fast entschuldigend fort: »Weißt du, Christoper, ich bin jetzt nicht mehr alleine.«

»Du meinst, du hast geheiratet?«

Dorothy wurde rot und lächelte. »Nein, noch nicht. Aber das kann noch kommen.«

»Glückwunsch!«

»Er ist ein Proletarier. Ein Deutscher. Ich habe ihn in Paris kennengelernt.«

»Also ein Flüchtling?«

»Na ja – in gewisser Weise. Aber kein Jude.«

»Ein Kommunist?«

»Nein. Kein Parteimitglied. Aber Sympathisant … Christopher – ich bin verliebt. Zum ersten Mal bin ich verliebt. Ich habe nie jemanden wie ihn kennengelernt. Er ist so absolut ehrlich. Im Vergleich mit ihm kommen mir andere Menschen so – auf gewisse Weise unwirklich vor …«

»Und was macht er beruflich?«, fragte ich und wurde langsam misstrauisch, was diesen absolut ehrlichen Proletarier betraf. Lange bevor ich Dorothy in Berlin kennengelernt hatte, war ich selbst ein Anhänger des Arbeiterkults gewesen, wenn auch nur kurz; und seitdem ich davon geheilt war, machte mich diese Art von Verehrung auf der Stelle ungeduldig.

»Na ja, er hat keinen richtigen Beruf. Er hat nie einen gelernt. Aber er kann alle möglichen Sachen, fast alles. Und er ist intelligent. Ich bin sicher, das wirst du zugeben. Ich meine natürlich nicht auf so eine intellektuelle Art. Aber er *spürt* Sachen. Er hat eine wunderbare Art, Menschen zu verstehen. Man kann ihn einfach nicht zum Narren halten.«

»Und warum, glaubst du, sollte ich das wollen?«, fragte ich und war ihr einen Augenblick lang richtig böse. Aber dann bemerkte ich, dass sie das nicht persönlich meinte. Es war lediglich jene Art taktloser Bemerkung, die Leute machen, wenn sie verliebt und tief in ihren Schwärmereien versunken sind.

»Er ist fünf Jahre jünger als ich.«

»Das ist ja nicht so viel.«

»Aber abgesehen davon sieht er sogar noch jünger aus ... Ach, Christoper ... du glaubst gar nicht, wie froh ich bin, dich heute getroffen zu haben! Ich brauche wirklich etwas moralische Unterstützung. Ich habe mich seit Monaten einfach vor dieser Reise gefürchtet.«

»Und warum hast du sie gefürchtet?«

»Ach, meine Familie. Und England. Und ...« Plötzlich hefteten sich Dorothys Augen auf jemanden; die Passagiere bildeten bereits eine große Menschentraube um uns herum, um von Bord gehen zu können. Sie sah erleichtert aus. »Da ist *er*!«, murmelte sie. Ich drehte mich herum. *Und da war Waldemar!* Ja, es war tatsächlich Waldemar! Und auf den ersten Blick sah er genau so aus, wie ich ihn letztes Mal auf der Insel von St. Gregory gesehen hatte. Auch er hatte mich bereits wiedererkannt. Er fing an, sich mit den Ellbogen einen Weg zu bahnen, um zu uns zu kommen.

»Christoph!« Er fiel mir um den Hals. Ich roch Bier. Er musste in der Kneipe unter Deck gewesen sein und Bier getrunken haben, bis die Bar schloss. »Das ist nicht wahr! Das kann ich nicht glauben! Was für eine Überraschung! Wo bist du die ganze Zeit gewesen?«

»In China.«

»In *China*!« Waldemar lachte lauthals. »Typisch unser Christoph … der verrückte alte Wandervogel! Mensch, bist du völlig durchgedreht? Was hattest du mit diesen Chinesen am Hut? Musstest du Hunde essen? Das habe ich nämlich mal gelesen.«

»Nein. Nur Vogelnester.«

»*Vogelnester?* Hast du das gehört, Dorothy? Ist er nicht verrückt? Derselbe alte Christoph!«

Unnötig zu sagen, dass Dorothy sich das alles fassungslos anhörte. »Waldemar und ich kennen uns aus Berlin«, erklärte ich ihr.

»Wie nennst du ihn – Waldemar?«

»Ich habe meinen Namen geändert, Christoph«, sagte Waldemar schnell. »Seit ich im Ausland unterwegs bin, heiße ich Eugen … *aus politischen Gründen*, du verstehst …« Er schaute mich durchdringend an, als müsste er Diskretion signalisieren.

»Aber ich glaube, ich mag Waldemar lieber«, sagte Dorothy strahlend. »Ich glaube, von jetzt an nenne ich dich Waldemar.«

Waldemar warf ihr einen kurzen mürrischen Blick zu. Einen kurzen Blick – der aber genug sagte, um zu wissen, *dass* er sich verändert hatte. In diesem Augenblick sah er wie ein Tier aus, das nicht Willens war, den Anweisungen seines Dompteurs Folge zu leisten; unfrei, aber nicht gezähmt. Diese Unterwerfung, dieses nur Halbgezähmte, hatte ihn gröber gemacht, vielleicht weil er dadurch, zum ersten Mal in seinem Leben, fähig war, einen anderen Menschen zu verletzen. Auf seinem Gesicht lag ein fast hässlicher Schatten; trotzdem, oder gerade deswegen, war er sexuell attraktiver als vorher. Ich vermeinte eine starke sexuelle Verbindung zwischen ihm und Dorothy zu spüren; aber auch die Tatsache, dass er sich ihrer Beziehung sicher war. Er bildete sich nichts darauf ein, so wie er sich etwas auf die Affäre mit Marie Contantinescu eingebildet hatte. In dieser Hinsicht war er reifer geworden. Ich sah, wie Dorothy sein hartnäckig missmutiges Gesicht beobachtete, und dachte, was ich schon so oft gedacht habe: Wie gänzlich hilflos waren die Frauen doch trotz all ihrer Spielchen mit doppeltem und dreifachem Boden; und wie schlecht behandelten die meisten von uns sie doch, jedenfalls meistens!

»Na gut«, sagte Waldemar ungnädig und mit wahrscheinlich beabsichtigter Grausamkeit, »du kannst mich Waldemar nennen – wenn wir mit Christoph allein sind.«

Plötzlich musste ich darüber lachen, heftig lachen, als wäre das ein Witz gewesen. Zum Teil, weil ich das Unschöne dieses Augenblicks mildern wollte. Und teilweise, weil sich jetzt die ganze Farce hinter Waldemars neuer Inkarnation als Eugen, so wie ihn Dorothy wahrnahm, enthüllt hatte und mich geradezu hysterisch werden ließ.

Inzwischen war das Schiff am Kai vertäut worden, und Gepäckträger warteten mit leeren Gesichtern neben einer Reihe von Seite an Seite geparkten Lastwagen. Auch ein paar Freunde der Passagiere standen dort mürrisch herum und hatten es bereits satt, uns zuzuwinken; unsere Ankunft hatte etwas Tristes an sich, ein nüchternes Ritual, wie eine Beerdigung, die niemanden interessierte.

»Wir haben in Paris gelebt«, erklärte mir Dorothy, »aber das ist inzwischen so teuer. Ich habe meine Familie um Geld gebeten – das habe ich schon jahrelang nicht mehr gemacht.

Und meine ältere Schwester schrieb zurück, dass Mutter meinte, ich sollte eine Weile nach Hause kommen. Mit anderen Worten, wenn ich nicht komme, kriege ich kein Geld.«

»Wissen sie von – ihm?« Ich fragte mit leicht gesenkter Stimme und achtete darauf, Waldemar nicht anzusehen, der ohnehin damit beschäftigt war zu verfolgen, wie das Anlegen vorbereitet wurde. Ich war mir da schon ziemlich sicher – und fand später heraus, dass ich recht hatte –, dass er kein Englisch verstand, wenn man den schnellen und saloppen Tonfall der Muttersprachler anschlug.

»Nein. Wissen sie nicht. Viola – das ist meine Schwester – wird den Schock ihres Lebens bekommen.« Dorothy sagte das durchaus genüsslich; trotzdem, das merkte ich, war sie fürchterlich beunruhigt. »Das geschieht ihnen recht«, murmelte sie vor sich hin. »Das ist eine Lehrstunde, die sie schon seit langem verdient haben. Im Grunde sind sie alle Faschisten.«

»Was wollt ihr machen, wenn sie euch kein Geld geben?«

»Um Himmels willen«, ereiferte sie sich, als würde sie unter dem Druck, der auf ihr lastete, gleich zusammenbrechen. »Darüber müssen wir uns *jetzt* noch keine Gedanken machen. Zunächst steht die Frage, ob sie ihn überhaupt vom Schiff lassen.«

Es blieb keine Zeit zu fragen, was sie damit meinte. Denn jetzt wurde die Landungsbrücke herabgelassen, und wir alle drängten zu ihr hin. Dorothy sprach eindringlich mit Waldemar; ihr Deutsch war immer noch sehr flüssig und hatte einen starken Berliner Akzent. »Hör zu, du gehst durch diesen Eingang, über dem ›Ausländer‹ steht. Wir warten am Ausgang auf dich.«

»Du meinst, ich muss alleine gehen?«

»Eugen – ich habe dir das schon hundertmal erklärt –, so ist es viel besser. Es wird dir ersparen, vieles erklären zu müssen. Und davon abgesehen werden sie darauf bestehen, dich persönlich zu befragen.«

»Aber was soll ich ihnen erzählen?«

»Beantworte einfach ihre Fragen wahrheitsgemäß. Je bereitwilliger du antwortest, desto weniger werden sie dich fragen.«

»Aber vielleicht verstehe ich nicht, was sie sagen.«

»Stell dich nicht so dumm!« Dorothys Stimme zitterte – offensichtlich gab sie sich verzweifelte Mühe, ihn mit der puren Kraft ihres Willens durch dieses Martyrium zu lotsen. »Sie sprechen Deutsch.«

»Tatsächlich?« Das schien Waldemar nur noch mehr zu entmutigen. Er schaute uns beide aufgebracht an. Dann drehte er sich verloren um, ging auf die »Ausländer«-Tür zu und hindurch. Ihm dabei zuzusehen machte mich krank vor diffuser Angst, die man fühlt, wenn es kein Morgen gibt.

Ich warf Dorothy, die neben mir stand, einen Blick zu. Sie sagte leise: »Wenn ihm irgendjemand mal richtig wehtut, dann bring ich den wohl um.« Ihr Augen waren voller Tränen. Dann krallte sie plötzlich ihre Hand um meinen Arm, und ich tätschelte sie beruhigend – nicht dass ich mich auch so gefühlt hätte.

»Das Abscheuliche ist, er hat nicht mal die leiseste Vorstellung davon, wie *verkommen* die Leute sind. In dieser Hinsicht ist er wie ein Fünfjähriger. Er erwartet immer, egal, wohin er kommt, dass die Leute sind wie er – als wäre alles eine einzige große Kinderparty. Er ist so verdammt ahnungslos. Herr im Himmel!«

»Wie meinst du das, ahnungslos?«, fragte ich, denn mir war klar, dass sie so oder so über Waldemar reden wollte, und ich war neugierig, wie viel er ihr erzählt hatte.

»Als wir zum ersten Mal miteinander geschlafen haben, hat er mich wie …« – Dorothy kicherte – »wie eine alte Hure behandelt.« Schon die Erinnerung daran schien sie unverzüglich aufzuheitern. (Der Rest unserer Unterhaltung wurde immer wieder unterbrochen, denn die Menge schob sich vorübergehend zwischen uns, und wir mussten eine Pause einlegen, während die Beamten unsere Pässe kontrollierten. Hin und wieder schnappte ein Mitreisender ein paar Brocken auf und starrte uns neugierig an; Dorothy war allerdings zu sehr in ihre Probleme vertieft, um das mitzubekommen, geschweige denn, dass es ihr peinlich war.)

»Und das hat dir gefallen?«

»Na ja, es hat mich fasziniert. Vermutlich war er vorher nur mit Huren zusammen. Er war so eifrig darauf bedacht, mir zu zeigen, dass er alles wusste – all die Kunststückchen! Die jungen Männer, die ich vor ihm hatte, waren immer so, na ja, verdammt respektvoll. Aber mit ihm – ach, ich kann es gar nicht beschreiben: Aber respektvoll war es ganz bestimmt nicht; in gewisser Weise war es nicht einmal ernst zu nehmen. Es war – es machte einfach *Spaß*! Und trotzdem war es auch wunderschön – das Schönste, was ich in meinem ganzen Leben erlebt habe. Ich habe vor Freude *geschrien* – buchstäblich.«

»Und er? Hat er auch geschrien?«

»Schön wär's! Ich glaube, er war einfach überrascht. Er hatte keine Ahnung, was los war. Er hat mich sogar gefragt, ob ich mich für das geschämt habe, was wir gemacht haben!

Geschämt! Wenn es irgendetwas in meinem Leben gibt, für das ich mich nicht …« In diesem Moment schien Dorothy ebenso schlagartig aus der Vergangenheit wieder aufzutauchen, wie sie vorher hineingetaucht war. Sie sah sich offensichtlich verlegen und bestürzt um. »Weiß der Himmel, warum ich dir das alles erzähle … Na ja gut, ich *weiß* es … Weil ich heute so verdammt nervös bin. Ach, Christopher, ist das Leben heutzutage nicht die Hölle? Nichts als Quälerei, die ganze Zeit. Es hält einen davon ab, zu arbeiten oder sich auf etwas zu konzentrieren … Und jetzt stehen die Dinge auch in Spanien so entsetzlich, nicht wahr?«

»Allerdings. Ich kann mir nicht vorstellen, dass die Regierung noch siegen kann. Es sei denn, es geschieht ein Wunder.«

Dorothy starrte verzweifelt auf die Tür des »Ausländer«-Eingangs. »Herr im Himmel, warum behalten sie ihn *so lange* da drin?«

»Auf dem Schiff waren eine Menge Passagiere.«

»Aber nicht so viele Ausländer. Das ist mir aufgefallen. Vielleicht haben die inzwischen Angst vor dem Reisen.«

»Solche Angelegenheiten brauchen immer ziemlich viel Zeit.«

»Das glaube ich auch. Mit solchen Sachen hatte ich nicht so viel zu tun, bevor ich Eugen kennenlernte. Erst dann wurde mir klar, was vielen anderen da passiert. Man setzt seinen britischen Pass immer als selbstverständlich voraus, nicht wahr? Ich habe mich geschämt, wie arrogant ich in dieser Hinsicht war – obwohl ich mich doch schon die ganze Hitlerzeit unter Flüchtlingen bewegt habe und wir Deutschland zusammen verlassen haben, jedenfalls die von uns, die konnten. Und in

Paris bricht es einem wirklich das Herz! Man sieht all diese Menschen, die wissen, dass sie nicht darauf hoffen dürfen, länger als ein paar Wochen in Frankreich bleiben zu können, die vor den ausländischen Konsulaten auf und ab laufen und sie sehnsuchtsvoll anschauen, als wären sie Schaufenster voller Dinge, die sie sich nicht leisten können … Weißt du, dass es Länder in Südamerika gibt, da kann man sich einbürgern lassen, bevor man tatsächlich dorthin reist? Allerdings ist das fürchterlich teuer – ich habe von tausend Pfund gehört. Und selbst für ein Visum muss man sie bestechen und eine Menge Geld vorweisen, von einem Ticket gar nicht zu reden.«

»Wärst du bereit, mit Waldemar – ich meine, Eugen – an so einen Ort zu gehen?«

»Nein, sag ruhig Waldemar. Ich sage Waldemar, wenn du dabei bist … Ja, natürlich würde ich das. Ich würde überall mit ihm hingehen. Ich meine – was wäre die Alternative?«

»Ich nehme an, es gibt keine.«

Dorothy warf mir einen schnellen Blick zu. »Du hast gesagt, du kennst ihn aus Berlin?«

»O ja.« Ich wollte nicht riskieren, dass das zu beiläufig klang.

Ich wollte das Thema überhaupt nicht ansprechen, bevor ich nicht wusste, was genau Waldemar ihr alles erzählt hatte. Ihre Frage enthielt einen winzigen Kern von Eifersucht, das hatte ich durchaus bemerkt. Arme alte Dorothy! Es gab genug, mit dem sie zu kämpfen hatte, auch ohne dass jemand sie eifersüchtig machte – und erst recht nicht *ich*!

»Miss, würden Sie mal herkommen?«

Das war einer der Beamten der Passkontrolle für Ausländer. Er stand in dem Durchgang, den wir beide kurz aus den

Augen gelassen hatten. Offenbar hatte Waldemar ihn auf sie aufmerksam gemacht. Wir konnten Waldemar auch hinter dem Beamten erkennen.

»Ja.« Dorothy war deutlich blasser geworden, während sie noch versuchte, sich für diese Begegnung zu sammeln. »Komm mit«, fuhr sie mit gedämpfter Stimme fort und griff sich meinen Ärmel. Zusammen gingen wir hinein.

Waldemar saß auf einem harten Bürostuhl. Er wirkte eingeschüchtert und plötzlich viel jünger; ein mürrischer Bauernjunge, der in die Ecke gedrängt worden war. Als wir hereinkamen, warf er uns einen wütenden und vorwurfsvollen Blick zu.

Der Beamte, der uns hereingerufen hatte, war nur der Rangniedere. Die Befragung führte sein Vorgesetzter durch; ein gepflegter kleiner Mann, dessen Augen nie aufhörten zu lächeln und dessen Mund erst gar nicht damit anfing.

»Wenn ich das richtig verstanden habe, Fräulein, dann kommt dieser junge Mann, um ihre Familie zu besuchen.«

»Aber natürlich, genau das.« Dorothy machte den Fehler, vom ersten Augenblick an trotzig zu reagieren, worauf er es offensichtlich angelegt hatte.

»Darf ich fragen, ob dieser Besuch – privater Natur ist?«

»Was meinen Sie mit privat? Natürlich ist er privat!«

»Kennt Ihre Familie ihn bereits?«

»Was geht Sie das denn an?«

»Dorothy«, sagte ich, »schau mal, sie müssen diese Fragen stellen.«

»Gehören Sie zur Familie, Sir?«

»Lassen Sie ihn da raus«, sagte Dorothy. »Er ist einfach ein Freund, der auch auf dem Schiff war.«

»Einfach ein Freund … verstehe.« Der Beamte mit dem verkniffenen Mund und den lächelnden Augen schaute mich an, als hätte er vor, das später einmal gegen mich zu verwenden. Dann wandte er sich wieder Dorothy zu und sagte: »Ich kann Ihnen sagen, was mich das angeht. Ich bin Beamter der Einwanderungsbehörde Seiner Majestät, und es ist meine Pflicht, dafür zu sorgen, dass keine unerwünschten Ausländer unter Vortäuschung falscher Tatsachen in dieses Land einreisen.«

»Wer sagt hier was von Vortäuschung falscher Tatsachen?«

»Ich frage Sie: Kennt Ihre Familie diesen jungen Mann?!«

»Nein, tut sie nicht. Warum sollte sie?«

»Und Sie würden weiterhin behaupten, dass dies ein privater Besuch ist?«

»Natürlich behaupte ich das! Welche Art Besuch könnte es sonst sein?«

»Na ja, Fräulein – wenn Sie darauf bestehen, dass ich so offen bin –, dieser junge Mann – na ja, es scheint da doch ein Missverhältnis zwischen Ihrer und seiner Klassenzugehörigkeit zu geben.«

Dorothy setzte zu einer scharfen Erwiderung an. Ich griff ihr warnend an den Arm und konnte sie gerade noch bremsen. Sie schluckte und fragte dann in einem kontrollierten aggressiven Tonfall: »Und das ist ein Verbrechen?«

»Das bleibt abzuwarten«, sagte der Beamte, und das keineswegs beschämt. »Sind Sie sich im Klaren darüber, dass sein Beruf in seinem Pass als ›Hausdiener‹ angegeben ist, und wissen Sie, was ein ›Hausdiener‹ ist?«

»Natürlich weiß ich das – das ist ein Haushaltsgehilfe.«

»Und Sie sind sich sicher, dass dieser junge Mann nicht als

Hausangestellter nach England kommt und auch nicht als Freund, der einen privaten Besuch macht? Sie weigern sich anzuerkennen, dass er kommt, um für Ihre Familie zu arbeiten, ohne Arbeitserlaubnis, und damit die Einwanderungsbestimmungen missachtet?«

»Das ist ja lächerlich.«

»Würden Sie mir dann freundlicherweise mitteilen, *was* er zu tun gedenkt?« Der Beamte lehnte sich auf seinem Stuhl zurück, als hätte er uns schachmatt gesetzt und könnte sich jetzt entspannen. »Sehen Sie, dieser junge Mann hat bereits eingeräumt, dass er kein Hausangestellter ist, dass sein Pass tatsächlich einen falschen Eintrag enthält und damit einen Versuch darstellt, die Einwanderungsbehörde Seiner Majestät zu täuschen ... Aber darüber könnten wir hinwegsehen, vorausgesetzt, dass Sie ehrlich zu uns sind.«

»Ich *bin* ehrlich!«

»Das glaube ich weniger, Fräulein.«

»Ich glaube, Sie sind überheblich!«

»Sie können jederzeit schriftliche Beschwerde beim Innenminister einreichen, Fräulein. Allerdings müssen wir, solange darüber nicht entschieden ist, diesen jungen Mann mit dem nächsten Schiff in das Land zurückschicken, aus dem er gekommen ist.«

»Aber das können Sie nicht machen!«

»Sie werden feststellen, dass wir sehr viele Dinge machen können, Fräulein. Was das betrifft haben wir sehr weitreichende Befugnisse. Natürlich den Maßgaben des Innenministers entsprechend. Allerdings überlässt er auch vieles unserem Ermessensspielraum, wie Sie ebenfalls feststellen werden. Ich bin sicher, dass er jede Entscheidung gutheißen wird, die wir bezüglich dieses jungen Mannes treffen werden.«

»Er kann nicht zurück nach Deutschland!«

»Wollen Sie damit sagen, dass er ein politischer Flüchtling ist? Dass er bei einer Rückkehr konkret in Gefahr wäre?«

»Ich – nein, das wollte ich damit nicht sagen.«

»Also gut, glauben Sie dann nicht, dass Sie meine Fragen ein wenig ausführlicher beantworten sollten? Und ein bisschen kooperativer sein sollten? Seit wann genau kennen Sie diesen jungen Mann jetzt?«

»Seit einem halben Jahr«, sagte Dorothy. Ich schloss aus ihrem Verhalten, dass sie so weit übertrieb, wie sie sich traute.

»Wo haben Sie ihn kennengelernt?«

»In Paris.«

»Würden Sie uns bitte mitteilen, *wie* Sie ihn kennengelernt haben?«

»Ich – es war in einem Restaurant.«

»Dieser junge Mann benutzte ein anderes Wort dafür. Er nannte es einen Nachtclub.«

»Ist das so wichtig?«

»Wenn dieser junge Mann kein Hausangestellter ist, als was arbeitet er dann? Mit einem Nachtclub hätte es wohl nichts zu tun, oder? Er gehört doch nicht zu denen, die solche Orte aufsuchen, um mit der weiblichen Kundschaft zu tanzen und sich mit ihr anzufreunden … ?« An diesem Punkt war ich sicher, dass Dorothy gleich explodieren würde; auch der Beamte schien das zu merken, denn er änderte mühelos seine Taktik. »Während er in England ist – ist zu erwarten, dass er vollständig von der, äh, *Großzügigkeit* Ihrer Familie abhängig ist?«

»Selbstverständlich nicht! Er besitzt selbst zwanzig Pfund.«

»*Besitzt selbst?* So hat er das uns gegenüber nicht ausgedrückt. Er sagte, dass das Geld Ihnen gehöre.«

»Na ja – ich habe es ihm gegeben.«

»Wir hatten den Eindruck, dass Sie es ihm eher *geliehen* haben – damit er es uns zeigen und behaupten könnte, es würde ihm gehören. Und wenn Sie das getan haben, Fräulein, dann haben Sie ein Komplott gegen die Einwanderungsbehörde geschmiedet, und das kann, wie Sie wissen, gesetzlich verfolgt …«

»Ich *habe* ihm das Geld gegeben, wie ich gesagt habe!«

»Haben Sie? Ah! Was für ein großzügiges Geschenk – zusätzlich zu der *Großzügigkeit* Ihrer Einladung … Also gut, Fräulein, ich kann nicht behaupten, dass dies ein besonders befriedigender Sachverhalt ist. Sie versichern uns, dass dieser junge Mann nicht für Ihre Familie arbeiten wird, aber da haben wir nicht mehr als Ihr Wort. Und da so völlig unklar ist, welchen Beruf er denn nun ausübt, wird er am Ende vielleicht gar in London umherstreifen – möglicherweise mit kriminellen Elementen in Kontakt kommen … Unter Berücksichtigung all dessen sehe ich keine Möglichkeit, ihm mehr als einen Monat Aufenthalt zu gewähren. *Vielleicht* können Sie das verlängern, wenn Sie bei der richtigen Behörde in London einen Antrag stellen, aber ehrlich gesagt bezweifle ich das. Also sollte dieser junge Mann zusehen, dass er Ihre Gastfreundschaft nutzt, solange sie dauert.« Er stempelte den Pass und gab ihn Waldemar. Die Befragung endete so plötzlich, dass wir das Büro wie betäubt verließen, widerstandslos wie Schafe.

Wir mussten rennen, um den Anschlusszug an die Fähre

noch zu erreichen, so sehr hatten wir uns verspätet; erst dort brach es aus Dorothy heraus: »Oh, dieses *Schwein*!«

»Was hätte ich denn tun sollen?«, beschwerte sich Waldemar lautstark und wütend bei ihr. »Du hast mir gesagt, ich solle die Wahrheit sagen, oder? Woher sollte ich wissen, was ich sagen muss? Ich saß da wie ein Idiot. Warum hast du mich mit denen alleine gelassen?«

»Aber ich musste, Eugen – verstehst du das nicht?«

»Du hast mich mit ihnen alleine gelassen. Sie haben mich wie den niedrigsten Gauner behandelt.« Waldemar wandte den Kopf zum Fenster und schmollte. Dorothy und mir war das gleichermaßen peinlich, weil der jeweils andere dabei war. Aber dann konnten wir Tee bestellen, und Waldemar ließ sich ungnädig dazu herab, mitzutrinken und ein Stück des gelben Sandkuchens zu essen, den die Bahn dazu reichte. Dann ging ich hinaus in den Gang und zündete mir eine Zigarette an, um den beiden die Chance zu geben, Frieden miteinander zu schließen.

Waldemar folgte mir auf dem Fuße – wobei er die Tür zum Abteil sorgfältig schloss, als wollte er sicher sein, dass Dorothy nichts von unserer Unterhaltung mitbekam. O ja, er *wollte* sie verletzen. Der alte Waldemar hätte sich anders verhalten. Ich bemerkte, dass Dorothy sich bemühte, nicht zu uns herauszuschauen. Sie nahm sich eine Zeitschrift und fing an, sie demonstrativ sorgfältig durchzublättern.

Waldemar nahm eine meiner Zigaretten. Beim Anzünden warf er mir versuchsweise ein Grinsen zu, da er nicht sicher schien, wie ich auf sein Verhalten reagieren würde. »Das war wirklich alles dein Fehler, Christoph.«

»Mein *Fehler*?«

»Hast du nicht vorgeschlagen, ›Hausdiener‹ in meinen Pass zu schreiben, als wir beide Deutschland verlassen haben?«

»Na ja, gut, habe ich – aber da warst du auf dem Weg nach Griechenland, um genau das zu sein. Es gab dann nur kein Haus. Und du warst sowieso viel zu faul, um zu arbeiten.«

Darüber musste Waldemar von Herzen lachen, wobei er wie vor fünf Jahren den Kopf zurückwarf. Dann fragte er: »Hast du ihr irgendwas über mich erzählt?«

»Was sollte ich ihr erzählen?«

»Ach, über die Insel und Ambrose und Hans und diese verrückte Maria.«

»Ich habe ihr überhaupt gar nichts erzählt, von nichts.«

»Schwörst du das?«

»Das muss ich nicht schwören. Wenn ich es dir sage, dann ist es so.«

»In Ordnung«, sagte Waldemar lammfromm. »Ich wollte dich nicht beleidigen, Christoph.«

»Ist sie wirklich so eifersüchtig?«

»Sie würde das einfach nicht verstehen.«

»Liebst du sie, Waldemar?«

»Natürlich liebe ich sie.«

»Nein – ernsthaft. Denn sie liebt dich, weißt du. Mit so einem Mädchen kannst du nicht bloß so herummachen.«

»Aber, Christoph, was soll das heißen? Wer hat was von herummachen gesagt? Sie ist meine ›Braut‹!«

»Ich meine, mich erinnern zu können, dass du schon mal eine ›Braut‹ hattest.«

Waldemar grinste und stieß mich hart in die Rippen. »Christoph, du gemeiner Hund. Nicht so eine Art ›Braut‹! Das hier ist anders.«

»Warum ist das anders?«

»Wir werden heiraten.«

»Ach ja?«

»Sie hat mich darum gebeten. Das hat sie, ich schwöre es, Christoph! Frag sie, wenn du mir nicht glaubst.«

»Na gut! Na gut! Ich glaube dir ... Und was hast du geantwortet?«

»Ich habe gesagt, dass ich zunächst eine Arbeit finden muss, um sie ernähren zu können ... Worüber lachst du?«

»Über dich.«

»Aber, Christoph, wie kann ich eine Arbeit finden, wenn sie mich nirgendwo arbeiten lassen wollen?«

»Das klappt natürlich nicht. Ist das nicht praktisch?«

»Also hör mal! Wenn du mein Freund bist, dann will ich solche Sachen nicht von dir hören.«

»Aber ich *bin* dein Freund ... Und was soll dieser ganze Quatsch, dass du dich jetzt Eugen nennst?«

»Ach das ... also, Christoph ... seit unserem letzten Treffen ... bin ich durchaus ein bisschen herumgekommen ... Versprich mir, dass du Dorothy nichts davon erzählst?«

»Himmeldonnerwetter ...«

»Christoph, nein ... tut mir leid. Darum hätte ich dich nicht bitten sollen. Ich vertraue dir ... Also, ich war an allen möglichen Orten, wo es ziemlich vornehm war. Und die Leute, die ich kennengelernt habe! Ich erzähl dir das alles demnächst mal. Du wirst staunen ... Und nach einer Weile sagte ich mir: Der Name Waldemar – der passt einfach nicht mehr zu dir. Und Tatsache ist, dass mir einige Leute genau das gesagt haben.«

»Aber was spricht dagegen?«

»Ach, nichts spricht dagegen. Er ist nur einfach so alltäglich. Waldemar – das ist der Name eines Arbeiterjungen.«

Er sagte das in einem so nüchternen Ton, dass ich ihn einfach nur anstarrte. Aber jetzt war er an meinen Reaktionen nicht mehr interessiert. Jetzt beschäftigte ihn ein anderer Gedanke. »Hat Dorothy dir von ihren Eltern erzählt?«

»Nein – warum?«

»Hab mich nur gefragt … Natürlich ist sie Kommunistin. Sie glaubt nicht an Geld … Ich glaube, irgendwie mag sie sie nicht.«

Langsam ging mir ein Licht auf. »Du glaubst, sie könnten Geld haben?«

»Na, ich nehme schon an, dass sie *ein bisschen* Geld haben … Weißt du, ich habe mich gefragt – glaubst du, dass sie mich vielleicht adoptieren?«

»Dich *adoptieren*? *Spinnst* du?«

»Es passieren die merkwürdigsten Sachen, Christoph.« Waldemar lächelte ein träumerisches, einfältiges Lächeln voller Selbstgewissheit. »Stell dir vor, sie finden Gefallen an mir, wenn wir uns kennenlernen? Dorothy sagte, dass sie keinen Sohn haben. Man kann nie wissen.«

»Aber, Waldemar, wenn sie dich adoptieren, dann bist du Dorothys Bruder. Ihr könntet niemals heiraten. Du könntest noch nicht mal mit ihr ins Bett gehen. Dann würdest du Inzest begehen.«

Er machte ein langes Gesicht. »Du meinst, sie können uns ins Gefängnis werfen?«

»Das ist gut möglich.«

»Christoph – du veralberst mich schon wieder! Das sehe ich dir an.«

In diesem Moment, als könnte sie es nicht auch nur eine Minute länger aushalten, allein gelassen zu werden, legte Dorothy abrupt die Zeitschrift aus der Hand und stand auf. Und öffnete tatsächlich die Tür zum Gang. Sie lächelte, so freundlich sie konnte. »Ihr beide scheint euch ja prächtig zu amüsieren.«

»Ich habe Christoph gerade von den Nazis berichtet«, sagte Waldemar schnell. Er hätte kaum weniger überzeugend klingen können. Um die Peinlichkeit der Situation zu überspielen, blieb mir nichts anderes, als vorzuschlagen, doch wieder in das Abteil zu gehen. Dort versuchten Dorothy und ich, eine Weile zu plaudern; dann verfielen wir in Schweigen, bis wir London erreicht hatten. Als es Zeit wurde, uns voneinander zu verabschieden, hatte sich der Schatten des bevorstehenden Treffens mit ihrer Familie bereits sichtlich auf Dorothy gelegt. Und Waldemar, der hinter ihr herschlurfte, schien von ihren Vorahnungen angesteckt worden zu sein, auch wenn er sie nicht vollständig verstand. Er folgte ihr in eine Welt, die zweifellos viel feindseliger sein würde, als er es sich träumen lassen konnte. Einen Moment lang sah ich ihn durch die Augen von Dorothys Familie – ein Fremdling, den man nicht unbedingt im Haus haben wollte.

Als wir auseinandergingen, rang Dorothy sich ein strahlendes Lächeln ab. »Na dann – vielen Dank für deine moralische Unterstützung, Christopher. Ich rufe dich an, wenn wir wieder in der Stadt sind.«

Ich blieb stehen und sah zu, wie sie in ihr Taxi stiegen. Der Fahrer war freundlicher als üblich. Er nahm sie in seine Obhut, als wären sie zwei Kinder, half ihnen mit den Koffern, lächelte und nickte beschwichtigend, als Dorothy ihm erklärte, dass sie rechtzeitig an der Liverpool Station sein mussten, um einen bestimmten Zug zu erreichen. Und während er mit ihnen davonfuhr, schien es mir, als hätte ich einen kurzen Blick auf den Mechanismus werfen können, der sie reibungslos und unerbittlich in die Zukunft treiben lassen würde. Ich fragte mich, was in aller Welt aus ihnen werden sollte.

Und was das angeht: Was sollte, am Ende dieses *jour sans lendemain*, aus uns allen werden?

(Aus meinem Tagebuch.)

23. *August.* Bei einer der Partys, die ich gestern Abend besuchte, sagte jemand, das Luftfahrtministerium würde den Krieg für unausweichlich halten. Sie glauben, dass er etwa fünfzehn Jahre dauern wird. Auf einer anderen Party sagte ein Mann mit Glatze vom Außenministerium: »Wenn ich tausend Pfund hätte – die ich nicht habe«, fügte er hastig hinzu, »würde ich immer noch auf Frieden setzen.«

Beide Meinungen sind zu hören, wo immer man hingeht. Aber man muss *irgendeiner* Autorität glauben, und sei es auch nur, um nicht in einen Zustand permanenter Angst abzugleiten – also halte ich mich an Dr. Fisch. Er meint, dass es keinen Krieg geben wird, zumindest nicht in diesem Herbst.

Aber auch Dr. Fisch ist nicht mehr wie früher – selbstbewusst und dogmatisch. In Paris ging es ihm blendend – sogar besser als im Berlin vor den Nazis. Hier in London scheint er zum ersten Mal wirklich im Exil zu sein; einsam und heruntergekommen und armselig jüdisch. Sogar seine geliebte Dialektik langweilt ihn offenbar. Er fing an, meine Frage auf seine übliche Art zu beantworten: »Nein, entschuldige bitte, Christopher – das ist schon wieder falsch formuliert. Die Frage, ob es Krieg geben wird oder nicht, ist relativ vordergründig. Will sagen, man kann sie nur im Rahmen der ganzen sozioökonomischen Gegebenheiten angemessen betrachten. Deshalb müssen wir zunächst diese analysieren, und das unter sieben Gesichtspunkten.« Aber nachdem er ein paar Minuten in seinem rheinländischen Deutsch geredet hatte (das für mich noch schwieriger zu verstehen war, weil er dabei die Pfeife im Mund behielt), schien er plötzlich das Interesse zu verlieren. Er hatte das erste Stichwort nicht einmal halb analysiert, als er abbrach, unsicher und traurig wirkte, hustete und dann von etwas anderem sprach.

Gleichwohl sollte ich mir eingestehen, dass die Lage schlimmer als je zuvor ist. Sie ist so ernst, dass ich mich zwingen muss, Interesse daran zu zeigen, sie Schritt für Schritt im Auge zu behalten, statt nur voller Entsetzen darauf zu starren. Wenn das Schiff *tatsächlich* sinkt, dann sollte man Funksignale senden. Aber an wen? An V. In New York? Nein – da wird auf einer anderen Wellenlänge gefunkt; sie würden unser S.O.S. nie hören. Na, dann einfach Lageberichte, an niemand Bestimmten adressiert, ohne jede Hoffnung auf Hilfe verschickt, nur zum Wohle der eigenen geistigen Gesundheit.

29. August. Eben zurück von einem Wochenende auf dem Land mit G. Ein großer Fehler. Den ganzen Weg hinunter nach Kent auf sich zu nehmen, nur um in einem Gasthof miteinander ins Bett zu gehen, verleiht dem Liebesakt eine insgesamt falsche Wichtigkeit. Wir mussten uns etwas vormachen; so tun, als wäre es romantisch oder zumindest Spaß. Aber das war es nicht. Es war deprimierend, so wie das kalte Schlafzimmer und das klamme Bett. Mittendrin ertappte ich mich dabei, wie ich aus lauter Höflichkeit besonders laut grunzte und stöhnte. Ich wage zu behaupten, dass G., der wirklich sehr süß ist, das Gleiche machte. Aber ich konnte nicht darüber reden. Dafür kennen wir uns nicht gut genug.

Der andere Grund, warum das Wochenende ein Fehler war, ist die Krise, die sich plötzlich deutlich verschärft hat. Deutschland hat die Sowjets gefragt, wie sie auf eine »Intervention« in die Tschechoslowakei reagieren würden. In London scheint eine Krise viel erträglicher zu sein; die neuesten Nachrichten erreichen einen schneller, und es gibt eine Menge Leute, die man anrufen und mit denen man diskutieren kann. Auf dem Land bist du auf dich selbst und deine Angst zurückgeworfen. Und die Natur wird unausstehlich, bloß weil sie sich keine Gedanken macht. Oh, diese Gleichgültigkeit der Kühe und der großen dummen Pflanzen, der Bäume! Und Sonntag – eine Krise sonntags auf dem Lande! Die Kirchenglocken läuten einander über die Anwesen irgendwelcher faschistischer Bastarde oder Obersten im Ruhestand zu, wo die Jagdhüter immer noch auf Eindringlinge mit Schrotflinten schießen, die mit Salz geladen sind. Sonntags Mittagessen im Pub: Roastbeef mit Pflaumenkompott und rosafarbenem Seifenkäse – serviert mit dieser matten englischen Attitüde à la »Irgendwas müssen wir ja essen« – in einem schnell auskühlenden Salon vor einem rauchenden Feuer. Die Sonntagszeitungen scheinen noch mehr Unheil zu prophezeien als in der Stadt. Es gab einen Artikel von Garvin mit dem Titel »Der Weg«. (Es hätte eher

»*Ich* bin der Weg« heißen sollen.) Das Publikum in der Bar am Samstagabend – für die sind Huttons dreihundertvierundsechzig Punkte in einem Cricket-Testspiel immer noch das wichtigste Ereignis des Monats. Und trotzdem sind diese Leute durchaus bereit zu kämpfen, wenn die Tschechoslowakei angegriffen wird. Man spürt, wie sehr sie etwas vereint – kein Führer und keine politische Überzeugung, sondern eine gemeinsame intensive Beschäftigung mit Cricket, Fußball-Toto und Illustrierten.

In einem zukünftigen Zeitalter werden chinesische Historiker uns studieren und sagen: »Aber ich verstehe nicht – wie konnten *solche* Leute überhaupt einen Gedanken an die Nazis verschwenden?« Aber irgendwie tun sie das. Sie tun das mit der ihnen eigenen Leidenschaft, die weder die Nazis noch andere Ausländer für wahr halten werden, bis es zu spät ist.

Wir fuhren mit dem Bus zurück, vorbei an den grässlichen kleinen Teeläden am Straßenrand, den Kinos, den schäbigen Villen – San Leonardo, Ivanhoe, Rookery Nook. Diese Landschaft ist für Tragödien einfach nicht gemacht. Aber das hält die Tragödien nicht davon ab, sich hier abzuspielen und erbärmliche kleine Nebendarsteller auf die Bühne zu schubsen, damit sie ihre tragischen Rollen spielen. Sophokles für die Vorstädte. Darum hasse ich diese griechischen Klassiker und diesen ganzen Kult eines heroischen Todes-Glamours!

31. August. Fühle mich heute optimistisch, ohne besonderen Grund, davon abgesehen, dass die Angriffe der deutschen Presse auf England und die Tschechoslowakei weniger heftig ausfallen. Allerdings braucht man diese optimistischen Tage auch, um Kräfte für den nächsten Verzweiflungsanfall zu sammeln.

Ich zwinge mich fast jeden Tag dazu, meinen Teil unseres Buches über die Chinareise zu schreiben. Gerade jetzt scheint dieses Projekt bedeutungslos und zwanghaft zu sein, und ich bleibe nur dabei, damit ich etwas zu tun habe. Sollte ein Krieg in Europa ausbrechen, dann wird das die gestrigste aller Neuigkeiten sein. Davon abgesehen hat die »Richtung«, die ich einschlagen muss – Einheitsfront, Widerstand gegen die Japaner etc., etc. –, jegliche Bedeutung verloren, die sie einmal für mich hatte.

Was immer ich von China halte, wird zu einer grellen und schmerzlichen Tragödie der Nebendarsteller; die noch jugendlichen Wehrpflichtigen in den Gräben, die zivilen Leichen, die nach einem Bombenangriff durch die Explosionen von Schotter und Sand durchsiebt sind. Die Parolen klingen dann herzlos und gemein. Und doch verfalle ich beim Schreiben immer noch in diese Parolensprache und bediene mich ihrer auch schamlos, wenn ich Vorträge halte, den Helden spiele und mich nur scheinbar bescheiden damit brüste – einem attraktiven Zuhörer zuliebe, der sich zufällig im Publikum finden mag.

Ich hätte mir sicher keinen schlechteren Zeitpunkt aussuchen können, meinen politischen Glauben zu verlieren, soweit er jemals vorhanden war. Heutzutage hilft jede Art von Überzeugung. Wie beneide ich Mary, die immer noch in der Lage zu sein scheint, der Kommunistischen Partei anzugehören, ganz im Geiste einer Christin, die in die Katakomben verschwinden musste! Und ich beneide diese unbeschwerten Jungreporter am anderen Ende des Spektrums, ehemaliger

Schüler öffentlicher Schulen, die in London herumlaufen und ordentlich von der Krise schwärmen. Heute Abend bin ich einem halben Dutzend von ihnen im Café Royale begegnet. Sie kicherten und flüsterten, während sie einen ziemlich betrunkenen Deutschen am Nachbartisch beobachteten. »Wir bringen ihn einfach nicht zum Reden«, sagte einer zu mir, »aber wir haben ihn gefilzt und diese Visitenkarte in einer Tasche gefunden. Was bedeutet das?« Die Karte war auf Deutsch verfasst und wies den Besitzer als Mitglied von etwas aus, das *The Spanish Non-Intervention Committee* hieß. »Wir haben bisher nur einen Anhaltspunkt«, fuhr der Reporter fort, »als wir Beaverbrook erwähnten, zuckte er heftig zusammen.« Als ich ging, beobachteten sie den Deutschen immer noch und hatten offenbar vor, ihm den Rest des Abends durch die ganze Stadt zu folgen.

All meinen verschiedenen Gefühlen zur Krise liegt ein tiefgreifender Hass zugrunde. Ich hasse es, durch die Krise dazu gezwungen zu werden, die Zeitungen zu lesen: Egal, worüber sie berichten, es ist einfach nur Mist. Ich hasse es, gezwungen zu werden, mich für Politiker jeglicher Art zu interessieren. Im Grunde genommen finde ich Chamberlain und die anderen Führungskräfte auf unserer Seite nicht weniger lästig als Hitler; solche Leute – ihre Freunde, ihr Enthusiasmus, ihre Meinungen, ihre Hobbys, alles an ihnen – sind schamlose Langweiler. Wenn sie sich doch alle gegenseitig in einer einzigen Schlacht auslöschen könnten!

Natürlich ist diese Haltung erbärmlich, beschämend, unentschuldbar. Selbst gegenüber Freunden würde ich mich nicht dazu bekennen. (Obwohl ich eine ganze Reihe von ihnen im Verdacht habe, sie zu teilen.) Ja, ja, ich weiß – ich bin hier Schriftsteller, will sagen, ein Werbetreibender in eigener Sache; wie komme ich also dazu, die Politiker zu kritisieren?

Darüber hinaus bin ich ein bekennender Liberaler; also bin ich verpflichtet, an unsere gerechte Sache zu glauben, oder? Na gut. Ich habe keine Antwort – außer dass ich müde, müde, müde bin. Diese ganze Angelegenheit langweilt mich noch mehr, als dass sie mir Angst macht. Vermutlich bin ich jetzt in einer Gemütslage, die im Mittelalter weit verbreitet gewesen sein muss, als die kleinen Leute schweigend und ohne Partei zu ergreifen all die großen Leute gehasst haben mitsamt ihrem Getöse und ihren Schlachten und ihren Rittertümern.

Wenn die Zeitungen Chamberlain mit Abe Lincoln und Jesus Christus vergleichen, dann begehen sie keineswegs ein Sakrileg, denn *ihr* Lincoln und *ihr* Christus sind ohnehin kompletter Schwindel. Die Zeitungen sind vom Anblick eines Ehrenmanns zu Tränen gerührt, der sich von einem Nichtehrenmann nicht unterbuttern lässt. Also nennen sie ihn »England«.

Aber *mein* »England« ist E. M.; der heldenhafte Antiheld mit dem wuchernden Strohschnauzer, seinen babyblauen Augen und dem gebückten Gang der Älteren. Statt eines zusammengerollten Schirms oder einer braunen Uniform sind seine Wahrzeichen eine Tweedkappe (die ihm zu klein ist) und seltsam geformte braune Papierpakete, in denen er seine Besitztümer vom Land in die Stadt und wieder zurück transportiert. Während die anderen ihre Anhänger darauf einschwören, sich aufs Sterben vorzubereiten, empfiehlt er uns, sich aufs Leben vorzubereiten, als wären wir unsterblich. Und genau so macht er es selbst, wobei er nicht weniger besorgt und ängstlich ist als jeder von uns und auch keinen Augenblick lang so tut, als wäre er es nicht. Er und seine Bücher und das, wofür sie stehen, sind es wirklich wert, vor Hitler gerettet zu werden; und die große Mehrheit der Menschen auf dieser Insel sind sich nicht einmal bewusst, dass es ihn gibt.

Ich lese, was Clausewitz über den Krieg schreibt, weil Dr. Fisch es mir gesagt hat und weil es so fürchterlich zeitgemäß ist. Nach ein paar Dutzend Seiten bringt er den Leser mit erbarmungsloser Logik an einen Punkt, wo der gezwungen ist, seiner Behauptung Glauben zu schenken, der Zweck des Krieges bestünde darin, den Feind zu besiegen.

Mein nächstes Treffen mit Waldemar und Dorothy findet im Tagebuch nur eine recht kurze Erwähnung. Im Rückblick überrascht mich das nicht. Zu dieser Zeit beschäftigen sich fast alle Tagebucheinträge ausschließlich mit der Krise – was hieß, die Krise in Bezug auf mich. Dorothy und Waldemar passten da einfach nicht rein: Ihre Krise war eine andere. In meinem damaligen Zustand hätte ich nie die Energie aufbringen können, etwas aufzuschreiben, was sie betraf; meine Angst ging, wie so häufig, mit einer merkwürdigen apathischen Trägheit einher. Aber gleichzeitig war ich an ihnen stark interessiert – muss ich gewesen sein, denn sonst würde ich mich jetzt nicht mehr an diese Details erinnern.

Dorothy rief mich am 4. September spätabends an. Sie fragte, ob sie herüberkommen und bei mir übernachten könnten. Ich war allein im Haus und sagte also »ja«.

Als sie eintrafen, spürte ich sofort, dass sie auf der Flucht waren. Sie waren wie ein Paar, dachte ich, das sich gerade von einem havarierten Schiff gerettet hatte und gaben einem das Gefühl, sie in Decken wickeln zu müssen. Dorothy hatte die verzweifelte, vogelgleiche Blässe eines englischen Mädchens, das kurz davor ist, hysterisch zu werden. Waldemars Augen waren gerötet, er bewegte sich schwerfällig. Er vermied es, mich anzusehen, als er mit undeutlicher, belegter Stimme sagte, er würde sofort ins Bett gehen.

»Er ist bis zum Umfallen betrunken, das arme Lämmchen«, erklärte mir Dorothy, als wir später allein in der Küche waren und Kakao tranken. »Das ist der einzige Weg, den er kennt, um mit solchen Situationen klarzukommen. Das kann man ihm nicht mal übel nehmen, oder? Ich wünschte nur, ich könnte das auch.«

»Willst du es versuchen? Ich habe eine fast volle Flasche Gin da. Ich leiste dir Gesellschaft.«

»Nein danke, Christopher. Das ist sehr nett von dir, aber das klappt bei mir nicht. Dann geht es mir nur immer schlechter … Hör mal, ich hoffe wirklich, unser Besuch hier ist dir nicht schrecklich lästig.«

»Natürlich nicht.«

»Ich konnte es bloß einfach nicht mehr aushalten, in ein Hotel zu gehen … besonders so spät am Abend. Sie halten dich dann immer für eine Hure. Das ist zwar egal, aber es macht einen wütend, denn das ist man ja nicht … Tut mir leid, wenn ich ziemlich sinnloses Zeug rede.« Dorothy schwieg. Dann brach es laut und zunehmend wild aus ihr heraus: »Ich weiß nur, wenn ich noch ein Mal lügen muss – wobei auch immer –, dann fange ich an zu schreien.«

Es folgte ein längeres Schweigen. Ich rechnete schon damit,

dass sie zusammenbrechen und weinen würde, aber ihr Ausbruch hatte wohl ein Gutteil der inneren Spannung gelöst; ihre nächsten Worte klangen gelassener.

»Weißt du, am Anfang dachte ich noch, dass vielleicht doch alles gut wird, nicht wahr? Jedenfalls, nachdem wir angekommen waren und die Begrüßungsarie hinter uns hatten. Denn offen gesagt hatte ich sie mit Waldemar ja überfallen, völlig aus dem Blauen heraus. Das wurde mir schlagartig klar – ich meine, ich begriff, wie es für *sie* aussehen musste –, als sich die Eingangstür öffnete. Ich war völlig panisch – aber das wäre gar nicht nötig gewesen. Man könnte meinen, sie hätten ihn erwartet, so gefasst nahmen sie das auf. Es war eines dieser Ereignisse, bei dem man bemerkt, wie die Oberschicht mit so etwas umgeht. Und es funktioniert tatsächlich. So stehen Menschen wie meine Familie einfach *alles* durch. Und genau das ist auch so abscheulich – diese obszöne bourgeoise Scheinheiligkeit! Eine Familie aus der Arbeiterklasse hätte uns vielleicht umstandslos und sofort auf die Straße gesetzt. Aber zumindest wäre sie offen und ehrlich gewesen …

Na, wie auch immer, am nächsten Tag fingen sie an, ihr wahres Gesicht zu zeigen. Am wenigsten noch mein Vater. Wenn nur er im Haus gewesen wäre, dann hätten wir dort auf unbestimmte Zeit bleiben können, da bin ich mir sicher. Das hätte zwar nicht bedeutet, dass er die Sachlage toleriert hätte. Er muss überhaupt nichts tolerieren. Er hat seine eigenen Methoden, genau das zu vermeiden. Er hat Phrasen – die ihn vor allem schützen, was in der äußeren Welt vor sich geht. Er sagt Sachen wie: ›einer von Dorothys Sozialfällen‹ – ja, *wortwörtlich*; so hat er Waldemar einem seiner Freunde im Dorf beschrieben! Am Telefon – ich habe es mit eigenen Ohren gehört. Als wäre ich Sozialarbeiterin oder so was!

Aber meine Schwester Viola – sie ist verheiratet und bekommt demnächst ein Baby. Deshalb glaubt sie natürlich, dass sie *die* Autorität in Sachen Heirat und wahrer Liebe ist. Ihr Ehemann sitzt im Somerset House – hat mit Erbschaftssteuer und Testamenten und solchen Sachen zu tun. So sieht er auch aus … Viola nimmt mich also beiseite und fängt an zu fragen: ›Aber, Dorothy – liebst du den etwa? Ist das dein Ernst?‹ Was sie so schockiert hat, war nicht, dass Waldemar und ich eine ungesetzliche Beziehung hatten, sondern, dass wir vielleicht heiraten könnten! Denn *das* würde *England* und das *Heiraten* beleidigen. Sie jammerte immer weiter: ›Ach, Dorothy, das *kannst* du nicht – damit würdest du dich von uns allen lossagen!‹

Und dann Mutter – ich habe nie gewusst, wie viel ihr der äußere Schein bedeutet. Das hört sich vielleicht dumm an, ist aber so. Nachdem wir ein paar Tage dort waren, habe ich herausgefunden, dass sie tatsächlich anfing, Waldemars Anwesenheit den Leuten im Dorf zu erklären – sagte, er sei ein Flüchtling und *Vater und sie* hätten *mich gedrängt*, ihn herüberzubringen, damit er eine Zeit lang hier wohnen könne, *bis er sich hier umsehen und Fuß fassen könnte*!

Und dann war da die Frau des Doktors. Sie ist eine dieser verdammten Wischiwaschi-Liberalen – du weißt schon, Buchclub der Linken und so. Sie kam zum Tee – es erübrigt sich zu erwähnen, dass sie nur aus Neugierde da war, mit Augen so groß wie Untertassen. Diese Zimtzicke – sie versuchte vom ersten Augenblick an, Waldemar aus der Reserve zu locken. Sie tat nicht nur so, als wäre er Flüchtling

– obwohl ich nicht glaube, dass Mutter sie *davon* überzeugt hatte –, ihr war klar, dass da was nicht stimmte – aber sie tat auch so, als wäre er selbstverständlich ein aktiver politischer Aktivist, sozusagen ein Mitglied des Antinaziuntergrunds. Sie fragte ihn ständig über die Organisation der KPD nach der Machtergreifung durch Hitler aus und in welchem Umfang die Gestapo es geschafft hätte, sie zu liquidieren, und in welchen Städten sie immer noch stark wäre und welche Aussichten ein Anschlag in Rüstungsbetrieben hätte. Er wusste meistens überhaupt nicht, wovon sie redete. Aber schließlich ließ er sie das doch spüren. Und sie runzelte die Stirn und schaute meine Mutter an – nur einen kurzen Augenblick, aber so hatte sie ihren Standpunkt deutlich gemacht … o Gott, ich wünschte, ich hätte sie erwürgen können!

Aber richtig wütend machte mich, dass Waldemar sich nicht netter hätte verhalten können, allen gegenüber, das arme Lämmchen. Es war herzzerreißend, wie er versucht hat, freundlich zu sein. Und meine Mutter hat keinen Zentimeter nachgegeben! Dafür werde ich sie ihr ganzes Leben lang hassen. Sie war kein einziges Mal unhöflich zu ihm – o nein! –, sie hat ihn nur freundlich, aber eben doch wie einen Dienstboten behandelt. Und aus ihrer Sicht war er natürlich genau *das.* Sie hat sofort gemerkt, dass er aus der Arbeiterklasse kommt. Für solche Sachen hat sie einen sechsten Sinn – sie hätte es gewusst, selbst wenn er ausschließlich Deutsch gesprochen hätte, wovon sie kein Wort versteht. Er ist Arbeiterklasse, also ist er ein Dienstbote, und das vergisst sie keinen Augenblick. Selbst wenn sie gezwungen ist, ihn als Gast zu behandeln, ist er immer noch ein Dienstbote, und ihrer Überzeugung nach kann er auch nie etwas anderes werden, und damit basta …

Anfänglich hat Waldemar gar nicht verstanden, was ihm da widerfährt. Er konnte es sich nur nicht erklären. Aber als das nach ein paar Tagen klar auf der Hand lag, kam er zu mir und sagte traurig und gleichzeitig süß: ›Weißt du, ich glaube, deine Mutter mag mich nicht.‹ Ich fühlte mich fürchterlich schuldig – einfach weil ich das nicht abstreiten konnte und weil ich es die ganze Zeit gewusst, ihm aber nicht gesagt hatte. … Ach, Christopher, er wirkt jetzt so *einsam*! Ich glaube langsam, dass sich da eine Mauer aufbaut, sogar zwischen uns …

Und weißt du, was das Ganze dann auf die Spitze trieb? Also, Mutter hatte Waldemar und mich in getrennten Zimmern untergebracht. Jetzt kommt mir das zwar albern vor, aber aus ein paar Gründen hätte ich damit niemals gerechnet. Ich hatte es für selbstverständlich gehalten, dass wir zusammen waren. Aber was konnte man schon erwarten, da Mutter nun mal so ist, wie sie ist? Man muss an die Angestellten denken. Trotzdem hätte sie Waldemar nicht im alten Klassenzimmer unterbringen müssen, wie wir es nannten; was bedeutete, dass unsere Zimmer so weit auseinanderlagen, wie es überhaupt möglich war. Man musste das Haus einmal der Länge nach durchqueren *und* dann noch in den nächsten Stock steigen … Immerhin schien Waldemar das nichts auszumachen; er nahm das als eine Art Spiel. Er hatte seinen Spaß daran, nach oben zu schleichen, wenn die anderen im Bett waren; und wir haben Witze gemacht, dass wir das geheim halten müssen, also waren wir natürlich lauter als normal und haben viel gelacht. Ich glaube, Mutter *muss* es gewusst haben. Jedenfalls haben wir es immer irgendwie geschafft – mein Problem war nur, nicht einschlafen zu können, nachdem wir uns geliebt hatten, denn er schlief immer ein; und wenn ich ihn nicht frühmorgens geweckt hätte, dann hätte er immer noch schnarchend in meinem Bett gelegen, wenn der Tee gebracht wurde …

Na gut, vorletzte Nacht – nein, es war letzte, oder? – es scheint so lange her zu sein bei all dem, was seither passiert ist –, jedenfalls kam die Köchin zufällig sehr spät nach Hause – sie war nach Ipswich zu ihrer schwer kranken Schwester gefahren. Und gerade als sie im ersten Stock auf dem Weg zu ihrem Zimmer im zweiten ist, kommt Waldemar aus meinem Zimmer! Die Köchin ist eine Liebe, und ich bin ziemlich sicher, dass sie nie einen Ton gesagt hätte. Aber Waldemar *muss* ihr unbedingt eine gute Nacht wünschen – ich vermute, es wäre ihm nie eingefallen, das nicht zu tun, da er ein so freundlicher Mensch ist! Aber das hat Mutter offensichtlich gehört – sie kann sowieso nicht richtig schlafen, bevor nicht alle Angestellten wieder zu Hause sind –, denn sie kam sofort aus *ihrem* Zimmer. Und sagte zu ihm, zwar hasserfüllt, aber nicht laut und ohne eine Szene zu machen, denn die Köchin stand ja noch da: ›Glaubst du nicht, es ist an der Zeit für dich, nach unten in dein Bett zu gehen und etwas zu *schlafen*?‹

Heute Morgen erschien Mutter nicht zum Frühstück. Dafür kam Viola und ließ mich wissen, Mutter sei so verärgert, dass sie in ihrem Zimmer bleiben würde. Viola benahm sich so, als wäre ich es gewesen, die sie alle absichtlich beleidigt hätte. ›Du musst zugeben‹, sagte sie, ›Mutter hat jede denkbare Rücksicht genommen. Es war großartig von ihr, dich überhaupt ins Haus zu lassen. Und es macht mir nichts aus, dir zu sagen, dass ich ihr raten werde, dich nicht weiter hier wohnen zu lassen – ich wusste, dass du früher oder später Ärger machen würdest. Du ziehst über alles her, woran wir glauben. Hast du schon immer gemacht. Du bist unser Feind …‹ Dann wurde ich wütend und fing an zu schreien – ich weiß schon nicht mehr, was ich gesagt habe –, und daraufhin kam Mutter nach unten. Sie schickte Viola aus dem Zimmer und fing an zu weinen; aber je mehr sie weinte, desto mehr hasste ich sie. Ich weiß, Christopher, es klingt hartherzig – aber für mich war da einfach eine elende, kleine bourgeoise Hausfrau, die weinte, weil sie vor den Augen ihrer Köchin gedemütigt worden war und nun Angst hatte, dass die Nachbarn davon Wind bekommen würden … Dann ging mir, deutlicher als selbst in Berlin, als ich mich mit Politik befasste, auf, dass die Kommunisten absolut recht haben: Diese Menschen sind der Klassenfeind – und müssen liquidiert werden, koste es, was es wolle, weil ihre Lebensart einfach den Tod bedeutet. Und als ich daran dachte, dass ihr Blut auch in meinen Adern fließt, Himmel – dass meine Art zu denken und zu fühlen wahrscheinlich schon immer von dem verdorben worden ist, was sie ihr Erziehungssystem nennen –, da war ich kurz davor zu sagen: ›Liquidiert mich auch!‹

Na ja, schließlich sagte Mutter, im Lichte der Ereignisse sei es wohl besser, wenn wir sofort gehen würden. Trotzdem sei ich natürlich jederzeit wieder willkommen, *allein*. Und dann flehte sie mich an, mit Waldemar Schluss zu machen. Sie sagte – du wirst es nicht glauben, Christopher –, *sie sagte tatsächlich*: ›Warum geht er nicht zurück nach Deutschland? Schließlich ist das sein Zuhause, und dorthin gehört er, oder? Und schließlich ist er ja kein Jude oder so was. Wahrscheinlich ist er dort viel glücklicher.‹

Wie du dir vorstellen kannst, war ich danach erst mal sprachlos. Ich war eher überrascht als angeekelt. Schließlich schaffte ich es zu sagen: ›Weißt du *überhaupt nichts* über die Nazis, Mutter?‹, und weißt du, was sie antwortete? ›Natürlich, sie haben ein paar schlimme Sachen gemacht. Aber ich wage zu behaupten, dass Hitler für seine Leute gute Arbeit geleistet hat.‹

Was blieb danach noch zu sagen? Ich wollte nur weg und raus aus dieser Atmosphäre und irgendwohin, wo ich atmen konnte. Wenn wir den Direktzug nicht verpasst und nicht zweimal hätten umsteigen müssen, dann wären wir schon vor ein paar Stunden hier gewesen.«

Während ich mich am nächsten Morgen rasierte, kam Waldemar in mein Zimmer. Er wirkte sehr deprimiert. »Ich glaube, alle in England sind verrückt«, sagte er, »wirklich – außer dir, Christoph.« (Der Zusatz war nett gemeint, klang aber nicht sehr überzeugend.) »Weißt du, Dorothy hat sich ziemlich verändert, seit wir hier sind. Sie ist einfach nicht mehr dasselbe Mädchen. Sie macht sich nur noch Sorgen. Es macht keinen Spaß mehr mit ihr. Sie macht sich so viele Sorgen, dass *ich* mich schlecht fühle. Das ist das alles nicht wert. Wenn es Krieg gibt, dann gibt es halt Krieg.«

Am Nachmittag zogen Dorothy und er in die Wohnung eines Mädchens, das ich entfernt kannte; sie lebte mit einem schwarzen Dichter aus den USA zusammen. Sie waren Kommunisten und hatten deshalb ein hoheitsvoll distanziertes

Verhältnis zur Krise. Für sie zählten letztendlich nur Spanien und die Sowjetunion; die Notlage Englands war zweitrangig. Wenn England und Frankreich allerdings in den Krieg eintreten würden, dann wären sie gezwungen, in Spanien auf der Seite der Regierung einzugreifen. In den Krieg zu ziehen war also etwas Gutes. Allerdings waren diese beiden sicher, dass es keinen Krieg geben würde – einfach weil sie sich nicht vorstellen konnten, dass Chamberlain, unter welchen absehbaren Umständen auch immer, etwas Gutes gelingen könnte.

Ihre Überzeugung hatte etwas Verrücktes an sich, das ich ansteckend und erregend fand. Solange ich bei ihnen war, gelang es mir fast, die Lage durch ihre Augen zu sehen. Wir alle tranken Bier, und ich fühlte mich viel besser als in den vergangenen Wochen und so verantwortungslos, als wäre ich eine Figur aus *Alice im Wunderland.* Dann verabschiedete ich mich von Waldemar und Dorothy und überließ sie ihren Gastgebern. Als ich zu Hause ankam, war ich niedergeschlagener als je zuvor.

8. September. Gestern publizierte die *Times* einen Leitartikel, in dem vorgeschlagen wurde, das Sudetenland den Deutschen zu überlassen. Ich rief F. P. an, weil ich neugierig war, welche Linie die Konservative Partei in dieser Angelegenheit vertreten würde. »Reine Taktik«, beschied er mich nüchtern. »Wir wissen verdammt gut, dass die Deutschen das Sudetenland eigentlich gar nicht wollen; es wäre nur eine weitere politische Belastung. Der Artikel wird sie in eine peinliche Lage bringen.«

Hitler hat in Nürnberg noch nicht gesprochen. Vielleicht am Montag, falls er nicht einfach einen Putsch am Wochenende vorzieht. Inzwischen scheinen die Leute hier von Angstzuständen erschöpft zu sein. Sie fangen an zu sagen: »Um Himmels willen, her mit dem Krieg, wir werden darüber hinwegkommen.«

Gestern kam Stephen Savage zum Tee. Sein permanentes Kreisen um sich selbst und seine emotionalen Verwicklungen, alles andere als unsympathisch, sind ein winziger Fels, an den ich mich inmitten eines tobenden Ozeans von Schlagzeilen klammere. Ich möchte unter Menschen sein, die über sich selbst nachdenken und nicht über mich. Ich will nicht geliebt oder verstanden werden. Ich will kein Mitgefühl von irgendjemandem. Und Stephen will das auch nicht. Er breitet einfach die endlose, faszinierende Geschichte seiner selbst aus, und wenn man mag, kann man zuhören. Noch komplizierter könnten seine Probleme kaum sein – das übliche Dreieck hat sich in ein Fünfeck verwandelt. Einmal sagte er: »Ich liebe wirklich nur das, von dem meine Freunde mir sagen, dass ich es lieben soll«; und im nächsten Moment beschreibt er, wie er in der vergangenen Nacht eine ganze Stunde lang vor Schuldgefühlen geweint hat. Man wagt nicht, das zu bezweifeln – kann aber auch nicht anders, als in schallendes Gelächter auszubrechen. Und dann lacht er mit. Er ist ein ziemlich Schlimmer, und so hinterhältig. Ein hinterhältiger Shelly. Andererseits glaube ich, dass Shelly hinterhältiger als jeder von uns war.

Später kamen noch zwei Freundinnen von Stephen. Eine von ihnen fing in aller Ruhe an, ihre Reisepläne nach Tunis im nächsten Monat zu beschreiben. Ich starrte sie an, als wäre sie komplett verrückt. Ich dachte, wie *kann* sie nur. Und war voll abergläubischer Angst, dass die Dämonen der Luft sie hören würden. Wobei, warum sollte man kein Pläne schmieden, um Spaß zu haben und glücklich zu sein, selbst wenn die dunkelsten Schatten der Katastrophe drohen? Meint E. M. nicht genau das, wenn er sagt, wir sollten uns verhalten, als wären wir unsterblich? Nein. Nicht im Fall dieses Mädchens. Weil sie nicht einmal genug Phantasie hat, sich die Katastrophe vorzustellen. Einfach nur dumm ist.

10. September. Alle Leitartikler räumen plötzlich ein, dass wir kurz davor stehen. Die Sudeten und Tschechen verhandeln weiter, aber Hitler ist absolut unnachgiebig. Als ich Dr. Fisch anrief, sagte er: »Die Chancen auf Frieden standen fünfzig zu fünfzig; jetzt stehen sie dreißig zu siebzig.«

13. September. Die Drohung in Hitlers Rede hat mir den ganzen gestrigen Tag über ein Frösteln verursacht, obwohl das Wetter sehr heiß geworden ist. Vormittags ging ich mit Stephen zu John, um den Artikel für die Zeitschrift zu diskutieren. Inzwischen ist Johns Haar vorzeitig ergraut, und er sieht ausreichend distinguiert für einen Kabinettsposten aus – besonders in diesem wunderbar ruhigen Zimmer aus dem 18. Jahrhundert, das auf den Platz hinausführt. Wir drei lachten wie die Verrückten. Krisengelächter. Stephen sagte: »Herr Issyvoo schaute in Nummer Zehn vorbei und blieb eine halbe Stunde lang beim Premierminister. Ihr Gespräch wurde als gewinnbringend bezeichnet.«

Um mir die Zeit zu vertreiben, ließ ich mir die Haare schneiden. Beim Frisör redete ein hasserfüllter, zynisch aussehender Kunde im Brustton der Überzeugung davon, dass es mit Sicherheit Krieg geben würde; er wollte der jungen

Maniküre eine Gänsehaut verursachen. Ohne Erfolg. Sie gehört auch zu den Unsensiblen. Aber ein anderer Kunde stimmt ihm genussvoll zu: »Warum Zeitungen lesen? Sie werden uns noch früh genug sagen, wenn es so weit ist. Und dann werden wir unsere Befehle bekommen.« (Die letzten Worte klangen eindeutig tief befriedigt. *Befehle bekommen* – das ist genau das, was sie wollen.)

Dann ging ich ins Kino. Das zerstört eigentlich jedes Mal mein Gefühl für Raum und Zeit; gestern wurde es nicht einmal getrübt. Die Krise ist Gift für meine Gefühle. Die Wochenschau kam völlig ohne Bilder von Hitler oder den Nazis aus. War das Absicht, politische Linie? Es kam mir jedenfalls eher wie Vogel-Strauß-Politik vor. Ich hingegen bevorzuge es, ständig daran erinnert zu werden. Der Film selbst langweilte mich, bis auf ein paar Stellen, in denen jemand glücklich war – ein kleines Mädchen, das grundlos lachte, ein dicker Mann, der sein Bier genoss. Das war fast unerträglich, denn ihr Glück schien so ergreifend ungesichert zu sein. Meine Augen standen voller Tränen. Einmal fing ich sogar an zu schluchzen. Ich tat so, als müsste ich husten.

Und dann fing ein alter Mann hinter mir an, vor sich hin zu murmeln. Er war entweder betrunken oder nicht recht bei Sinnen. »Ach, ich will sterben! Ach, ich bin so krank! Meine Frau hasst mich. Sie sagt: Warum nimmst du nicht Gift? Geh raus ins Kino. Du machst mich krank … Ach, ich will wirklich sterben …« Der alte Mann wiederholte das immer wieder, bis ich es nicht mehr aushielt und gehen musste. Außer mir schien niemand ihn zu hören.

Ich musste mit Tante Edith zu Abend essen, es war mir also unmöglich, die Rede selbst zu hören. (Selbst wenn Tante Edith sich zu der Vulgarität herabgelassen hätte, ein Radiogerät zu besitzen, hätte sie sich wahrscheinlich trotzdem geweigert zuzuhören. Sie glaubte, das sei eine Ermutigung und Unterstützung für »diesen abstoßenden Mann«, wie sie ihn nannte.) So tauschten wir Familienklatsch aus, und ich starrte immer wieder missmutig auf die Uhr aus Großvaters Zeiten und dachte: »Jetzt hat er angefangen … jetzt ist er in der Mitte … inzwischen muss das Wort gefallen sein … *falls* er es aussprechen wird.«

Ich empfahl mich, so früh es ging, und hetzte in einem Taxi zu Dr. Fisch. Er sagte, die Rede habe nichts verändert. Sie sei schrill gewesen, aber auch bedächtig vage. »Verstehst du, Christopher, Gewalttätigkeit ist nie beängstigend – beängstigend ist das Fehlen von Gewalttätigkeit. Inzwischen ist die Lage vollkommen klar. Die Neutralität der Tschechoslowakei wird unter der Bedingung garantiert, dass sie ihr Bündnis mit Russland und Frankreich auflösen. Ach, und die Krise, die geht natürlich weiter. Und man darf nie die Möglichkeit außer Acht lassen, dass es Zwischenfälle geben kann. Aber das ist wirklich irrelevant. Man muss lernen, die Dinge unter objektiven, dialektischen Gesichtspunkten zu analysieren und nicht – entschuldige, dass ich das sage – mit dem Pathos der Boulevardpresse.« Letzteres war eine spielerische kleine Stichelei gegen mich, weil ich ihm gegenüber eingestanden hatte, wie ängstlich ich gewesen war. Aber das war mir egal, ich war viel zu erleichtert. Davon abgesehen war Fisch mir dann am liebsten, wenn er in seiner väterlich überlegenen, wissenschaftlich orakelhaften Stimmung war und wohlwollend seine Pfeife paffte. Ich trank eine größere Menge seines Whiskys und fing an, Lust auf Sex zu bekommen. Also rief ich B. an und dann G. Beide waren nicht zu Hause.

14. September. Meine Erleichterung hielt nicht lange an. Die gestrigen Mittagsausgaben berichteten von Unruhen in den Sudetengebieten. Dann kam die Bekanntgabe der Notfallmaßnahmen der tschechischen Regierung. Ich aß mit G. zu Abend. Als wir aus dem Restaurant traten, gab es bereits Schlagzeilen vom Ultimatum der Sudeten. Ich hatte sofort das Gefühl: *Jetzt* geht es richtig los. Meine unmittelbare Reaktion war, dass ich nicht mit G. allein sein wollte, der so süß, aber auch so völlig passiv ist und der während des ganzen Essens darauf bestanden hatte, unsere »Beziehung« zu diskutieren. Als wären wir Figuren eines Henry-James-Romans aus dem 19. Jahrhundert. Überflüssig zu sagen, dass er erwartete, sofort nach Hause und miteinander ins Bett zu gehen. Aber ich sagte entschieden: Nein, wir gehen ins Café Royale. Und wie ich gehofft hatte, trafen wir dort auf Stephen und ein paar Jungs und Mädels vom Ballett. Natürlich redeten wir über das Ultimatum; es dauerte aber nicht lange, bis wir lachten und Witze machten. Irgendjemand hatte ein Auto, und wir fuhren alle zusammen die Whitehall hinab, »einfach um zu schauen, ob irgendwas los ist«. Die Downing Street war praktisch leer, abgesehen von ein paar Polizisten, was beruhigend wirkte.

Fisch weigerte sich heute Vormittag zuzugeben, dass er sich geirrt oder die Lage sich verschlechtert hat. Einer seiner Kollegen von der Börse kennt einen Mann, der gerade aus Deutschland zurückgekommen ist. Er sagte, der Generalstab sei absolut gegen einen Krieg.

Irgendein bedauernswerter kleiner Mann, der nicht den Vorzug genoss, von Fischs dialektischer Sichtweise zu profitieren, hat sich umgebracht, nachdem er Hitlers Rede gehört hatte. Er hat eine Notiz hinterlassen: »Ich bin nie ein Held gewesen. Egoistisch bis zum Schluss.«

Er machte sich bestimmt Sorgen – viel mehr als ich, aber ganz anders. Manchmal denke ich, dass niemand sich wegen der Krise so viele Sorgen macht wie ich; zumindest niemand, den ich persönlich kenne.

Wenn ich mit meinen Freunden zusammen bin, schäme ich mich zum Beispiel dafür, dass ich zwanghaft Zeitungen kaufe. Ich kaufe bis zu zwölf Zeitungen am Tag, blicke flüchtig auf die Sparte »Letzte Meldungen« und werfe sie dann weg. Und das nicht nur, weil ich begierig darauf bin, die aktuellsten Nachrichten mitzubekommen. Es hat viel eher etwas mit einem absurden Aberglauben zu tun: Ich habe dann das Gefühl, dass die Krise nicht schlimmer wird, wenn ich *alle* Ausgaben kaufe und sie somit jeden Augenblick unter Beobachtung halte. Wenn das noch eine Weile so weitergeht, werde ich schließlich den ganzen Tag lang über Lochstreifen gebeugt sitzen! Und dann fährt der Wagen des Irrenhauses vor.

Wenn ich mir England im Kriegszustand vorstelle, dann erfüllt mich nicht die Aussicht mit Panik, bombardiert zu werden oder eine Invasion der Nazis zu erleben, sondern das, was man sich als *Befehlsgewalt* vorstellen muss. Auf Befehl hin zu handeln, wie der Mann im Frisörladen es ausdrückte. Ich erkenne, dass ich einen Horror habe vor Uniformen und allem, was sie implizieren. In China hatte ich während der Bombenangriffe oder als wir an der Front waren, einige Male

Angst, aber war weit entfernt von Panik; ich weiß, wie albern das klingt, aber es lag zu großen Teilen daran, dass wir Zivilkleidung trugen! Ich habe nur ein Mal in meinem Leben unter dem Befehl von jemandem gestanden, jedenfalls in dem Sinn, den ich meine, und das war während meiner Schulzeit. Also ist das, was ich fürchte, die *englische* Befehlsgewalt. Natürlich würde mir vor den Nazis grauen, wenn sie herüberkommen; aber ganz tief in meinem Bewusstsein könnte ich sie niemals so ganz ernst nehmen. Nicht so ernst, wie ich meinen Schuldirektor genommen habe.

15. September. Chamberlain ist nach Berchtesgaden geflogen, um Hitler zu treffen. Eine falsche Entscheidung, sagt Dr. Fisch. Das wird uns Prestige kosten. Die ganze alliierte Front bröckelt. Geht mich das was an? Zumindest ist die entscheidende Kraftprobe aufgeschoben.

Heute Abend klingen die Aushänge und Schlagzeilen wie eine viktorianische Liebesaffäre. »Das Treffen.« Und Chamberlain sagt: »Herr Hitler hat mich ermutigt zu hoffen.«

19. September. Heute Morgen zeitig mit Dr. Fisch nach Manchester aufgebrochen. Ich wollte eigentlich nicht, konnte es aber nicht länger aufschieben; er drängt mich schon seit Wochen, ihm etwas vom »wahren« England zu zeigen. Bis Derby ist das Land nun wirklich kein Land, sondern unerschlossene Bauflächen für Vorstädte; Tanksäulen, Tudor-Cafés, Vieh, das ebenso fehl am Platz wirkt wie Tiere im Zoo. Dann beginnt der Norden: die aufgeweichten Felder, die Mauern aus übereinandergeschichteten Steinen, die nackten, traurigen femininen Hügel. Wir nahmen die Straße durch

Chapel Bridge, weil ich Fisch »The Hall« zeigen wollte. Was hat mich nur dazu getrieben? Ich hätte es besser wissen und mich von diesem Ort fernhalten sollen. Er ist inzwischen kaum mehr als eine Ruine, obwohl das Dach immer noch intakt ist: die Tapeten in Fetzen, der Stuck rissig oder schon abgefallen und überall große feuchte Flecken. Die Luft war klar und roch nach Verfall. Und die lächelnden Wärter mit den verschlagenen Gesichtern hatten sich bis zum Ende der Touristensaison in der Küche eingerichtet und servierten feine Tees. Ach, das Elend des grässlichen, kaputten alten Hauses! Wie kann irgendjemand es wagen zu behaupten, das sei romantisch? Die Vergangenheit scheint mich mit ihrer widerlichen Kralle bei der Kehle zu packen und mich zu würgen; noch immer erzittere ich, wenn ich ihre Macht spüre. Habe ich mich jemals ihrem Griff entwinden können, trotz all meiner Kämpfe? Während wir weiterfuhren, hielt ich Fisch einen fast hysterischen Vortrag darüber, dass der Kult um die Vergangenheit obszön ist; dass ich nach Amerika gehen und meinen Namen ändern und vergessen wollte, dass ich überhaupt Vorfahren hatte. Fisch, der aus einer sehr armen Familie in Frankfurt kommt, war sowohl erstaunt als auch fasziniert. Zu *seinem* Romantizismus gehört die Vorstellung, dass ich im Herzen ein dekadenter Aristokrat bin.

Inzwischen ist die Erkältung, die ich schon gespürt habe, plötzlich schlimmer geworden, und die Mandeln haben sich entzündet. Wir verbrachten die Nacht in einem Hotel, das wie eine Gruft und mit Ruß wie verwehtem Schnee verkrustet war. Gestern fuhren wir nach Hause. Armer Fisch – der ganze Ausflug war ihm verdorben! Er war sehr fürsorglich, aber ich hatte Fieber und war mürrisch, und er ging mir so auf die Nerven, dass ich fast angefangen hätte zu schreien.

Das Kabinett hat sich mit Daladier getroffen, um ihn dazu zu bringen, die Tschechoslowakei ans Messer zu liefern.

22. September. Der französisch-britische Verrat ist wie eine Geschichte von vorgestern: Heutzutage geschieht alles so schnell, dass die Zeitung von gestern genauso gut ein ägyptischer Papyrus sein könnte. Jeder ist entsetzt oder tut zumindest so und sehr viel kriegerischer. Alle verfluchen Chamberlain. Seit dem Treffen mit Hitler in Bad Godesberg ist bereits ein Witz im Umlauf: »Things have gone from bad to Bad Godesberg.« Und bevor die Gespräche in Godesberg überhaupt anfingen, hat Ribbentrop angeblich zu Hitler gesagt: »Don't be vague – ask for Prague.« Jetzt behaupten die Leute, es hätte einen Plan der Reichswehr gegeben, Hitler zu verhaften, wenn er versucht hätte, den Krieg zu erklären. Und was Dr. Fisch betrifft, so ist sein neues Motto: »Zurück ins Privatleben.« Er sagt, Europa sei verloren; und dass wir in diesem Land innerhalb von zwei Jahren den Faschismus hätten. Er selbst plant, nach Südamerika aufzubrechen.

Aber jetzt gibt es ein neues Kabinett in Prag, und alles Mögliche kann passieren. Die Nazis reklamieren die ganze Erde für sich, und plötzlich haben sie eine Menge Verbündeter – Polen, Ungarn, Italiener. Sie sind in der Tat so rücksichtslos, dass es sehr wohl einen Krieg geben kann. Chamberlain ist heute bei Hitler, der ihn in die Schranken weisen wird.

24. September. Gestern wurden die Godesberger Gespräche abgebrochen, weil Hitler nicht auf Chamberlains Forderung eingehen wollte, die Gewalt während der Gespräche einzustellen. Später hörten wir, dass die Tschechen mobilgemacht hatten. Fisch sagte am Telefon: »Der Krieg ist unvermeidlich. In zwei oder drei Tagen wird London bombardiert werden.« Ich ging ins Bett und nahm eine Schlaftablette.

Es war unglaublich belebend, heute mit E.M. zu Mittag zu essen! Er sagte, er habe Angst, durchzudrehen, sich plötzlich umzudrehen und vor den Leuten auf der Straße davonzulaufen. Aber eigentlich ist er der letzte Mensch, der durchdrehen würde; er ist wesentlich vernünftiger als sonst irgendjemand, den ich kenne. Und ungeheuer, übermenschlich stark. Er ist stark, weil er nicht versucht, stoisch Haltung zu bewahren, wie der Rest von uns, deshalb wird er auch niemals zusammenbrechen. Er ist absolut anpassungsfähig. Sein Leben wird von der Liebe bestimmt, nicht von der Gier.

Diese letzte Feststellung riecht unangenehm nach christlicher Terminologie. Aber E.M. ist natürlich nicht religiös. Wäre er es, wäre er nicht E.M. Ich muss zugeben, er scheint die Religion nicht so zu hassen wie ich; wenn er darüber redet, dann tut er das genau genommen sehr maßvoll und vorurteilsfrei. Aber gleichwohl ist er ein weiterer lebender Beweis dafür, dass niemand von echter Größe etwas mit diesem Dreck zu tun haben will.

Noch während wir aßen kam der Restaurantleiter, um uns mitzuteilen, er habe gerade im Radio gehört, dass Hitler sechs Tage für die Evakuierung des Sudetenlandes eingeräumt hat. »*Sechs Tage!*«, rief ich aus. »Mensch, das ist ja fabelhaft!« Ich fühlte mich auf der Stelle idiotisch beschwingt. Es war, als hätten wir alle eine fast endlose Schonfrist geschenkt bekommen. Die Zeit vergeht heutzutage so langsam, dass sechs Tage sechs normalen Monaten gleichkommen.

Die Krise ist wie eine neu entdeckte Dimension. Bisher haben wir es für selbstverständlich gehalten, dass der Grat zwischen Frieden und Krieg schmal und immer schnell überschritten ist. Jetzt aber zeigt sich, dass die neutrale Zone riesig sein *kann.* Es ist denkbar, dass wir den Rest unseres Lebens darin verbringen werden.

Um unsere Schonfrist zu feiern, bestellte ich Champagner, aus reinem Vergnügen am Extravaganten, und wir beide waren ziemlich betrunken. E. M. wurde ziemlich ausgelassen und riss dämliche Witze. Seine Albernheit ist schön, weil sie liebevoll ist und die Kehrseite seiner leidenschaftlichen Anteilnahme an den Dingen. Die andere Art Albernheit – abstoßende, witzlose Kneipengeschichten, freundloses herumschwuchteln und -kaspern – steht für Aggression und Bosheit und ist das Gegenstück zu empfindungsfreier Teilnahmslosigkeit. Inzwischen brauchen wir E. M.s Albernheit mehr denn je. Sie macht Mut. Die andere Art deprimiert und ermüdet mich mehr als die schlimmsten Vorhersagen der Katastrophe.

Am späten Nachmittag fuhr E. M. mit dem Zug zurück aufs Land. Ich blieb in meiner Feierstimmung und aß mit B. in seiner Wohnung zu Abend. Seit meinem letzten Besuch hatte er einen großen Spiegel gekauft und im Schlafzimmer aufgehängt. Wir tranken Whisky und liebten uns dann vor dem Spiegel. »Wie Schauspieler in einem Pornofilm«, sagte B., »nur dass wir beide deutlich attraktiver sind.«

Aber unser Sex hatte etwas Grausames und Tragisches und Verzweifeltes an sich; als würden wir nackt bis zum Tod kämpfen. In uns beiden war eine Wut – vielleicht einfach die Wut, dass wir hier im September 1938 in der Falle saßen –, die wir aneinander ausließen. Es war kein unschuldiger Spaß wie damals in den alten Tagen in Deutschland – und doch und vielleicht gerade deshalb war es äußerst lustvoll. Wir befriedigten uns gegenseitig vollkommen, ohne jegliche Sentimentalität, wie die Tiere. Und nichts anderes will ich inzwischen. Nicht den armen, lieben, langweiligen, hilflosen G.

Im Moment fühle ich mich großartig. E. M. und B. haben mich wieder zum Leben erweckt. Was immer auch passiert, ich habe vor, intensiv an dem Chinabuch zu arbeiten. Und ich fange wieder mit meinen Übungen an. Zum ersten Mal in diesem Jahr.

26. September. Die Tschechen haben Hitlers Bedingungen abgelehnt. Roosevelt hat ein Telegramm geschickt und auf Mäßigung gedrängt; aber wird Hitler überhaupt Notiz davon nehmen? Heute Nacht will er wieder eine Rede halten. Es heißt, dass wir danach wirklich wissen, was er vorhat. Tatsächlich? Das haben wir schon die letzten fünf Jahre gesagt.

Inzwischen kommt es einem fast unvorstellbar vor, dass man glaubt, früher einmal unglücklich gewesen zu sein. Jetzt scheint Unglück, das aus den persönlichen Lebensumständen entsteht, eher etwas Neurotisches zu sein oder eine Pose. Warum hat mir der Zustand von ungefährdetem Frieden an sich nicht ausgereicht? Warum war ich nicht einfach damit zufrieden, jeden Augenblick in meinem Paradies zu genießen, in das keine Nachrichten drangen?

Ich nehme an, es gibt immer noch eine ganze Reihe von Orten auf der Welt, wo man weiterhin so leben kann; Orte, an denen man nicht einmal von einem Krieg tangiert wird. Aber man kann sie inzwischen nicht mehr erreichen. Die Vorstellung, davonzulaufen, ist unsinnig. Weil wir hier in gewisser Weise alle irre geworden sind – die Krise ist unser Irrsinn –, und wenn man in ein Land ausreißt, in dem Vernunft und Freude herrschen, dann kann man gar nicht anders, als seinen Irrsinn dorthin mitzunehmen. Nein, natürlich werde ich hierbleiben. Ich würde auch bleiben, selbst wenn ich die Genehmigung und das Geld hätte wegzugehen. Aber hiermit schließe ich einen Handel mit dem Schicksal ab – wenn wir durch ein Wunder das alles ohne Krieg durchstehen, dann gehe ich nach Amerika zurück. Für lange, lange Zeit. Vielleicht für immer. Dort werde ich mit V. zusammenleben und versuchen, mir meine Verrücktheiten abzugewöhnen und meine Vorfahren zu vergessen und wieder normal zu werden. Wenn ich mir das vorstelle, dann ertappe ich mich dabei, »die Neue Welt …« vor mich hin zu murmeln. Ich habe im vergangenen Sommer einen kurzen Blick darauf werfen können. Und auf das, was ich ernsthaft schaffen will, für beide von uns.

Falls …

Obwohl die Lage sich zuletzt verschlechtert hat, ist meine Stimmung noch immer sehr gut. Habe heute acht Seiten geschrieben und all meine Übungen zweifach gemacht! Dorothy schaute herein und war wegen W. ziemlich deprimiert. Ich glaube, ich habe sie aufgemuntert, obwohl ich es gar nicht darauf anlegte. Sie hat wohl einfach auf meine neue Stimmungslage reagiert. Möge die Wirkung lang anhalten.

Dorothy war *ganz bestimmt* deprimiert. Sie hat mir erzählt, dass sie und Waldemar in ein jämmerliches kleines Hotel nahe Paddington Station gezogen sind. Sie sind umgezogen, weil Dorothy herausgefunden hat, dass Waldemar mit ihrer Gastgeberin Pearl ins Bett gegangen ist. »Das war natürlich nichts Ernstes«, fuhr Dorothy fort. »Trotzdem war es nicht möglich dortzubleiben. So etwas schafft einfach unhaltbare Verhältnisse – besonders in einer kleinen Wohnung.«

»Ist das schon einmal vorgekommen?«

»Ach ja, mein Lieber – mehrere Male in Paris. Wir haben sogar Witze darüber gemacht. Weißt du, mein armer Liebling ist schrecklich eitel. Er würde mit jeder ins Bett gehen, die ihm genug schmeichelt.«

»Aber dann macht es dir doch nicht viel aus, oder?«

»Das glaubst auch nur du. Es *macht* mir etwas aus, verdammt! Ich hasse und verachte mich dafür, aber es ist so. Das gehört alles zu meiner scheußlichen Erziehung – diese schrecklich bourgeoise Sache, dass man dir beibringt, Menschen zu *besitzen* … Ach, Christopher, ich habe es wirklich versucht! Aber du kannst dir nicht vorstellen, wie schwer das für jemanden wie mich ist. Und dann zicken die meisten Frauen auch noch herum. Pearl jedenfalls. Sie wollte einfach nur mit Waldemar schlafen, so wie vielleicht jede Frau; aber als ich sie darauf ansprach, hat sie zuerst versucht, sich da herauszureden, und log, machte dann aber auf großzügig und erhob das zu einer Frage des Prinzips. Als hätte sie etwas Akzeptables und Befreiendes und Revolutionäres getan – hätte Waldemar von einer reaktionären Faschistin befreit! Es war so was von lächerlich, wirklich … dass *sie* die Frechheit hatte, so etwas zu *mir* zu sagen! Ich hätte sie umbringen können.

Und trotzdem hatte ich insgeheim das Gefühl, schuldig zu sein und dass sie recht hatte ... Möglicherweise ist das in der Sowjetunion anders, wenn man unter Menschen ist, die *echte* Kameraden sind und es ohne Gehässigkeit tun – nicht wie dieses verdammte Möchtegernkommunistending, das hier abläuft.«

»Habt ihr schon mal daran gedacht, nach Russland zu gehen?«

»O ja ... Waldemar scheint aber nicht so begeistert von der Vorstellung zu sein ... Weißt du, ich überlege hin und her – ist es heutzutage nicht falsch, eine feste Beziehung zu haben? Sollte man nicht unabhängig bleiben – für den Fall, dass man plötzlich gebraucht wird? Ich meine, wenn ich alleine wäre, wenn es nicht um Waldemar gehen würde, dann wäre ich in diesem Augenblick ziemlich sicher in Spanien – unterrichten oder in einem Krankenhaus aushelfen.«

»Und was hält er davon?«

»Ach, ihn könnte ich nicht mitnehmen. So eine Entscheidung kann man für sich selbst, aber für keinen anderen Menschen treffen. Mensch, vielleicht müsste er kämpfen! Armes Lämmchen – *dabei* kann ich ihn mir nun wirklich nicht vorstellen, *du* etwa?«

»Hättest du ihn nicht in Paris lassen können?«

»Niemals! Ohne mich wäre er verloren – völlig! Das hat er mir immer wieder klargemacht. In Wahrheit fürchte ich, dass ich ihn viel zu abhängig von mir gemacht habe ... Weißt du, Christopher, ich beneide dich! Du reist ohne schweres Gepäck, nicht wahr? Du lässt dich nie auf jemanden richtig ein.«

»Was nicht bedeutet, dass ich das nicht gerne tun würde

Es ist sogar so, dass ich in diesem Sommer jemanden in New York kennengelernt habe …«

»Tu es nicht! Lass dich nicht fest auf jemanden ein! Ich kann dich nur warnen!«

»Bedeutet das, dass du es bedauerst, dich auf Waldemar eingelassen zu haben?«

»Ja – nein, ach, wie soll ich das ausdrücken? Es ist passiert, und das ist dann schon alles. Vielleicht rede ich Unsinn. Vielleicht gilt diese Schuldgefühlesache nur für mich. Für dich mag das ganz anders sein. Allerdings – ich kann einfach nicht anders – habe ich trotzdem das Gefühl: Ist es nicht selbstsüchtig, glücklich zu sein bei alldem, was in der Welt vor sich geht?«

»Bist du glücklich, Dorothy?«

»Guter Gott, nein! Natürlich nicht. Er ja auch nicht. Wie könnten wir auch – solange wir in diesem Chaos stecken … Nachts liege ich stundenlang wach und denke mir die phantastischsten Sachen aus. Etwa – wenn es doch andersherum wäre – wenn er das Mädchen und ich der Mann wäre –, dann könnte ich ihn heiraten, und er wäre automatisch britischer Staatsbürger. Das machen jetzt viele weibliche Flüchtlinge – sie *bezahlen* irgendeinen Engländer fürs Heiraten, nur um einen Pass zu bekommen. Und wir können das nicht – das ist nicht in Ordnung so … Soll ich dir ein Geständnis machen? Nur damit du siehst, was eine Beziehung mit einem machen kann – wie tief man dadurch sinken kann? In letzter Zeit habe ich mich oft dabei erwischt zu hoffen, dass es einen Krieg *gibt*! Und Waldemar dann interniert wird. Dann können sie ihn nicht mehr des Landes verweisen. Und werden ihm auch nicht so weit trauen, dass sie ihn zur britischen

Armee einziehen. Vielleicht wird er eingesperrt, aber dann müsste er nicht kämpfen. Er wäre zumindest in Sicherheit … Ist das nicht beschämend?«

»Ich bin mir sicher, ich würde genauso empfinden … Aber was habt ihr vor, wenn es keinen Krieg gibt?«

»Na ja, wir müssen England schnell verlassen, so viel ist klar. Er ist schon länger hier als vorgesehen; wahrscheinlich werden sie ihn auch nie wieder reinlassen. Nicht dass ihm oder mir das was ausmacht.«

»Wohin wollt ihr?«

»Keine Ahnung. Ich kann einfach keine Pläne machen, solange wir nicht wissen, was in Europa als Nächstes passiert … Ach, Christopher, ist es nicht ein Elend, gerade heutzutage zu leben? Ich glaube, ich würde es nicht aushalten, wenn ich nicht wüsste, dass es mal besser wird.«

»Aber wie denn?«

»Natürlich unter dem Kommunismus. Wenn er überall auf der Welt verbreitet ist.«

»*Wird* sie dann denn besser sein?«

»Sie muss!«

»Aber vermutlich wohl nicht zu unseren Lebzeiten.

»Na gut – nicht zu unseren Lebzeiten. Solange man sicher sein kann, *dass* sie es wird. Dereinst. Sonst hat es doch alles keinen Sinn.«

»Glaubst du das wirklich, Dorothy?«

»Natürlich! Der Kommunismus *muss* kommen. Darauf musste doch alles bisher hinauslaufen. Oder die Geschichte ist völlig bedeutungslos, nicht wahr? Das Leben ist bedeutungslos. Genauso gut hätten wir nie geboren werden können … Das glaubst du doch bestimmt auch, Christopher

Musst du einfach! Ich meine – oder findest du, dass das Leben einen *anderen* Sinn hat?«

»Na ja … nein. Nein, ich … überhaupt keinen Sinn.«

»Ich bin so froh, dass ich heute zu dir gekommen bin und mit dir geredet habe«, sagte Dorothy später, nachdem ich sie zu einem Drink überredet hatte. »Du hast so was an dir – du munterst mich immer auf.«

27. September. Wie einfach wäre es, diese Zeit zu überleben, wenn man doch nur aufhören könnte zu hoffen! Nun ja, das wird jetzt jeden Tag einfacher. Der arme Dr. Fisch quält sich selbst – er klebt am Radio. Ich versuche, nicht hinzuhören, bekomme aber kleine Brocken mit, wo immer ich gerade bin, aus einem nahe gelegenen Zimmer oder Haus. Meine Ohren sind so gespitzt wie die eines Fuchses geworden … und ich kann mir nicht abgewöhnen, Zeitungen zu kaufen.

In den Zeitungen klingt es so, als hätten wir bereits Krieg. Sie wägen unsere Chancen ab – unsere Seite hat soundso viele Flugzeuge, ihre soundso viele. Die Wehrpflicht soll morgen beschlossen werden.

Heute Nachmittag wurde mir eine Gasmaske angepasst. Man kann praktisch überhaupt nicht damit atmen. Das Lächeln der Beamten in den Zuteilungsstellen ist in seiner Freundlichkeit geradezu ärztlich, als wollten sie damit sagen, das hier tut nicht weh und ist sogar angenehm und Panik unvorstellbar. Aber die Kinder haben fürchterlich geschrien, als ihnen die Masken aufgesetzt wurden. Und ein paar Leute haben ihre Masken am Ofen oder mit den Abgasen ihrer Autos getestet und sich dabei selbst vergast – wir sind gewarnt.

Überall in der Stadt, an den Zäunen der Parks und in Fenstern, sind Plakate mit Verhaltenshinweisen bei Luftangriffen zu finden. Im Hyde Park werden Gräben gezogen. Der Slogan lautet: »Ruhe bewahren – und graben.« Konservendosen werden gehortet. Benzin wird knapp. Eine Menge Leute verlassen London; viele verpflichten sich freiwillig. Ich habe ans Außenministerium geschrieben und mich als Freiwilliger zum Dienst in der Propagandaabteilung gemeldet. John hat das Gleiche getan und mich eingeladen, bei ihm einzuziehen und die Wohnung mit ihm zu teilen. Ich strenge mich an, mir ein fröhliches Bild davon zu machen, wie ich inmitten all der Dinge und während der Kriegszeit ein gemütliches Leben im Untergrund führe und mit meinen Freunden arbeite und scherze; ungefähr so wie die Tiere bei Beatrix Potter.

Das Lustige ist, dass ich zu den relativ wenigen Menschen in dieser Stadt zähle, die schon mal einen modernen Luftangriff erlebt haben. Natürlich weiß ich nur zu gut, dass selbst der schlimmste Luftangriff von Hankow im Vergleich zu einer intensiven Bombardierung von London nicht mehr als ein nasser Chinaböller war. Aber ich reite darauf nicht herum und versichere meinen Freunden (und mir) immer wieder, dass wir wahrscheinlich jede Menge Aufregung und sogar Spaß haben werden – inklusive Partys in Schutzräumen und erotische Abenteuer während der Verdunklung.

28. September. Also, was jetzt, ist die Messe gelesen? Keine Gnadenfristen mehr. Pardon abgelehnt. Bleibt nichts mehr als die Hinrichtung. Wilson ist zurück aus Berlin, wurde brüsk abgewiesen. Heute Nachmittag macht die deutsche

Armee mobil. Chamberlain hielt letzte Nacht eine Rede und jammerte: »Wie entsetzlich!«

Bin gerade zurück vom Lunch mit Mary. All ihre Untermieter werden ausziehen und zur Armee oder Marine gehen, und sie weiß nicht, ob sie das Haus weiterführen kann oder wohin sie soll, wenn nicht. Trotzdem war sie wie immer wunderbar gelassen: *Ihr* Kommunismus scheint sie wirklich sehr zu bestärken und ihr moralische Rückendeckung zu geben. Oder ist das schlicht ihr Temperament? Wäre sie unter anderen Umständen ebenso gelassen wie ein Siebenten-Tags-Adventist? Glaube ist mir immer unangenehm – jeder Glaube. Ich halte mich lieber an E. M.s Zweifel.

Mary sagt, dass es für Kinder, die das schulpflichtige Alter noch nicht erreicht haben, keine Evakuierungspläne gibt. Es kursieren Gerüchte, dass die Regierung bei einem Kriegsausbruch alle Hunde töten lassen wird, und eine Frau, die Mary kennt, hat ihren bereits vom Tierarzt »zur letzten Ruhe« betten lassen. Eine Frau ging zur Luftschutz-Sammelstelle in Marys Straße und fragte nach einer Schablone mit irgendeinem Muster oder Design, mittels der man seine Gasmaske »individueller« gestalten könne. Mary erzählt solche Geschichten mit einem leicht schadenfrohen Anklang von apokalyptischer Prophetie – so als hätte man sie gefragt, was die Anzeichen für die Wiedergeburt Christi sein werden.

Am Morgen die Übungen. Nicht am Chinabuch gearbeitet, aber das ist nur vernünftig. Ich muss abwarten und sehen, ob unsere Verleger unter diesen Umständen überhaupt in der Lage sind, es herauszubringen. Ich glaube, ich bin nicht mehr ängstlich; das ist aus und vorbei. Soweit ich sagen kann, bin ich völlig ruhig, mit einem unterschwelligen Schimmer von Hochgefühl. Das Hochgefühl entsteht durch das Gefühl der *Geschwindigkeit* – rasch anschwellend. Wie schnell und reibungslos gleiten wir doch auf den Rand des Abgrunds zu!

Später. Nachdem ich Obiges geschrieben hatte, ging ich zur Victoria Station, um Hugh Weston zu treffen, der aus seinem Urlaub in Belgien zurückkam. Der Bahnhof war voller Matrosen auf dem Weg zur wieder mobilisierten Flotte. Ein paar Frauen weinten.

Der Zug zum Schiff hatte große Verspätung, und Hugh trug einen grellen, kleidsamen gemusterten Anzug. Er war sonnenverbrannt und in bester Stimmung. »Also, mein Bester«, begrüßte er mich, »es wird keinen Krieg geben!« Einen Augenblick lang glaubte ich wirklich, er habe ganz aktuelle Informationen, aber nein. Er hatte lediglich eine Frau aus der britischen Botschaft kennengelernt, die Karten legen konnte, und die hatte ihm gesagt, es würde in diesem Jahr keinen Krieg geben!

Während wir in ein Taxi stiegen, fing er an, mir von einem vermeintlichen Wunder zu erzählen, das sich in einem Dorf in der Nähe seiner Unterkunft ereignet hatte. Die drei bösen Buben des Dorfes behaupteten eines Tages, sie hätten die Jungfrau Maria getroffen, wie sie an den Eisenbahngleisen entlanggelaufen sei. Sie schafften es, eine Menge Leute davon zu überzeugen. Der Ort wurde zu einer Pilgerstätte. Spekulanten kauften Land rechts und links der Strecke Hausierer brachen Stücke aus den Bahnschwellen und verkauften sie als Reliquien.

Dann erhaschte ich durch das Fenster des Taxis einen Blick auf die Plakate: Dramatische Wendung – Frieden. Ich rief dem Taxifahrer zu anzuhalten – Hugh fand diese Auf regung etwas übertrieben –, und wir lasen, dass sich Hitler, Mussolini, Daladier und Chamberlain morgen in München treffen wollten.

Später Nachrichten aus dem Unterhaus, die Superszene. Chamberlains Stimme bricht. Queen Victoria tränenüberströmt. Nur der unerzogene Kommunist Gallagher brüllt, das sei alles Verrat.

An diesem Abend schreien die Zeitungsjungen mit eher trauriger Stimme: »Kein Krieg! Kein Krieg!«; zweifellos haben sie es so schwerer, Zeitungen zu verkaufen. Auf den Straßen scheint niemand besonders begeistert zu sein. Ich nehme an, wir spüren alle die Ernüchterung. Ich will nichts als ins Bett und zwölf Stunden schlafen. Jetzt begreife ich, dass ich heute Morgen Angst *hatte.* Und dass ich nicht *aufgehört* hatte zu hoffen. Ich finde diese Erkenntnis beschämend, ja sogar alarmierend. Bedeutet das, dass ich unter gar keinen Umständen aufhören kann zu hoffen? Im Gespräch hört es sich so an, als wäre die Hoffnung immer etwas Nobles. Aber kann sie nicht auch zur reinen Idiotie werden oder völlig grundlos die eigene Agonie verlängern?

Ich habe noch etwas anderes erkannt, das mich betrifft, und es ist mir völlig egal, ob das beschämend ist oder nicht. Inzwischen bin ich ziemlich sicher: Ich bin fest davon überzeugt, dass nichts, aber auch gar nichts einen Krieg wert ist.

Die Krise hat uns alle sehr viel schneller abrutschen lassen, als ich mir jemals hätte vorstellen können. Kinder spielten an den Zäunen der Parks Krieg; ein paar von ihnen trugen sogar Gasmasken. Chamberlain war nicht länger »England«; seine »Brennnessel der Gefahr« war so lange vergessen, bis der nächste Politiker kam und den guten alten Shakespeare auf der Suche nach Zitaten plünderte. »Hitler hat enorme Zugeständnisse gemacht«, sagte Dr. Fisch am Morgen nach München mit einem bitteren Lächeln. »Seine Truppen werden Käppis tragen, wenn sie in die Tschechoslowakei einmarschieren, und auf diese Weise demonstrieren, dass es eine friedliche Besetzung ist.« Inzwischen hatte Fisch sich ein Visum und Tickets nach Brasilien und in sein Privatleben besorgt. Und auch ich korrespondierte bereits mit New York.

Meine Freunde und Tausende Menschen wie wir haben gesagt, dass gerade ein großer Betrug stattgefunden hat. Auch ich habe mir das immer wieder gesagt. Und war dabei nicht einmal besonders unaufrichtig. Nur dass ich jedes Mal dabei in Gedanken hinzuzufügen schien: Ja, aber der Krieg ist damit aufgeschoben worden – und ein aufgeschobener Krieg ist ein Krieg, der vielleicht nie stattfinden wird.

Dann bekam ich Anfang Oktober Besuch von Waldemar.

Eines Morgens erschreckte er mich fürchterlich, als er in der Tür zum Badezimmer stand, während ich in der Wanne lag. In der Annahme, ich sei allein im Haus, hatte ich die Tür nicht zugemacht. Offenbar hatte ich auch die Eingangstür nicht richtig geschlossen. Für mich war diese Nach-München-Zeit voller lauter, spät endender Partys, und ich kam selten vor den frühen Morgenstunden nach Hause, wacklig und linkisch umhertastend.

Waldemar war noch nicht, wie ich, bei einem Kater angekommen; er war immer noch ziemlich betrunken. Fast alles, was dann folgte, hatte diesen charakteristischen feindselig-betrunkenen Unterton, der nicht an mich, sondern eine größere Menge gerichtet schien – vielleicht Dorothys Familie oder die ganze englische Nation.

»Na gut, so ist es halt«, sagte er und verfiel in den rauen Umgangston eines Berliner Straßenjungen, »der Spaß ist vorbei.«

»Was willst du damit sagen?«

»Ich meine, der Spaß ist vorbei. Ich muss hier raus, bevor sie mich rauswerfen. Meine Aufenthaltsgenehmigung ist abgelaufen. Schon seit mehr als zwei Wochen.«

»Ich weiß. So ein Pech. Wohin geht ihr jetzt, Dorothy und du?«

»Sie will, dass ich mit ihr nach Ni****land gehe.« Waldemar lächelte ein albernes, hässliches kleines Lächeln.

»*Wohin?*«

»Woher soll *ich* das wissen, verdammte Scheiße? Ecuador. Wo ist das?«

»In Südamerika.«

»Südamerika! Sie ist verrückt! Was soll ich da denn machen, unter all diesen Ni****n? Geh *du* dahin, habe ich zu ihr gesagt. Geh, wohin immer du willst. Lass mich einfach aus dem Spiel.«

»Und was hat sie gesagt?«

»Woher soll *ich* wissen, was sie gesagt hat? Habe sie seit drei Tagen nicht gesehen. Der Spaß ist vorbei.«

»Habt ihr euch gestritten?«

»Streiten? Warum sollten wir uns streiten? Lass sie doch zu den Ni****n gehen – solange sie mich in Ruhe lässt … Warum fragst du nicht, wohin *ich* gehe, Christoph?«

Sein halb feindseliges, halb spöttisches Lächeln verriet mir, dass dies der wahre Grund seines Kommens war. Er musste es mir erzählen – oder irgendjemand anderem. Aus diesem Grund hatte er sich betrunken. »Wohin gehst du?«, fragte ich also.

»Zurück nach Deutschland.«

Während er das sagte, wandte Waldemar schnell den Kopf ab. Aber nur für einen Augenblick. Als er dann weiterredete, wiederholte er offenbar eine Ansprache, die er sich zurechtgelegt und so lange einstudiert hatte, bis sie zwanghaft klang, wie etwas, das er unter Hypnose sagte. »Zuhause ist Zuhause. Ich bin kein Nazi. Ich werde nie ein Nazi sein. Das weißt du. Aber ich bin ein Deutscher, und Zuhause ist Zuhause. Ich kann nichts für das, was die Nazis tun.«

Mir fehlten noch immer die Worte.

»Kannst du dich noch an Oskar erinnern? *Er* ist immer noch in Deutschland.« Waldemar klang jetzt defensiver, menschlicher. »Ich habe eine Postkarte von ihm bekommen.«

»Und hat er gesagt, dass du zurückkommen sollst?«

»Er hat überhaupt nicht viel gesagt. Nur, dass schönes Wetter sei.«

»Aha … ich verstehe.«

Waldemar heftete den Blick auf mich. Und jetzt hatte ich das Gefühl, dass er auch wirklich mich meinte. »Was glaubst du, wohin ich gehen sollte, Christoph?«

»Na ja, ich … Was hat Dorothy denn gemeint, als du ihr gesagt hast, dass du nach Deutschland willst?«

»Dorothy ist egal! Ich habe dir doch gesagt, dass wir fertig miteinander sind.«

»Fertig? Einfach so?«

»Du hast auf ganzer Linie recht gehabt, Christoph. Ich weiß, was du gedacht hast, als wir mit dem Schiff ankamen.

Dorothy – das ist nichts für einen Jungen wie mich. Ich bin kein Familienvater.«

»Hast du wenigstens vor, sie anzurufen und dich zu verabschieden?«

»Ach, ich schicke ihr eine Postkarte aus Berlin … Vergessen wir Dorothy. Ich habe dich etwas gefragt, Christoph.«

»Wozu soll das gut sein – *mich* zu fragen, wohin du gehen sollst? Du hast dich doch längst entschlossen, oder nicht?«

»Du glaubst, ich mache das Falsche, nicht wahr?«

»Woher soll ich wissen, ob das falsch ist – für dich?«

»Du glaubst, es ist falsch. Glaubst du. Gib's zu!«

»Schau mal, Waldemar – das kann ich nicht. Ich kann dir nicht sagen, ob du hierhin oder dahin gehen oder wo du bleiben sollst. Dazu habe ich kein Recht. Ich werde selbst in Bälde gehen.«

»*Du* gehst?« Er wurde schlagartig aufmerksamer. Inzwischen schien er fast nüchtern zu sein.

»Ja. Nach Amerika.«

»*Amerika!*« Nur ein deutscher Junge aus Waldemars Generation konnte dieses Wort mit einem solchen Unterton aussprechen. Kein Wunder, dass sogar die Nazis seine Magie fürchteten – und versuchten, ihren Jugendlichen alle Illusionen zu nehmen, indem sie Amerika als »Heimat der Juden« bezeichneten! Waldemar zögerte einen Augenblick. Dann legte er eine Hand auf meine nackte Schulter – inzwischen war ich aus der Badewanne gestiegen und trocknete mich ab – und fragte sehr sanft und überzeugungskräftig: »Nimmst du mich mit, Christoph?«

Ich lächelte schwach und tat so, als würde ich das nicht ernst nehmen.

»Christoph – kannst du dich noch erinnern, wie es damals war? Vielleicht hast *du* es vergessen, aber *ich* nicht. Ich erinnere mich an alles. Wir waren so jung damals. Wir waren so glücklich, nicht wahr? Hatten wir nicht eine wunderbare Zeit zusammen, du und ich? Weißt du noch, wie wir gelacht und herumgealbert haben? Und wenn wir kein Geld hatten, was machte das schon? Wir haben trotzdem unseren Spaß gehabt. Und dann – diese Reise nach Griechenland! Das war ein *echtes* Abenteuer! So muss man reisen – zwei Freunde, unterwegs ohne jeden Komfort. Wer will da noch Frauen dabeihaben? Frauen machen keinen Spaß. Die denken bloß an sich selbst. Aber nur du und ich, das waren doch die besten Zeiten überhaupt, nicht wahr?«

Während er redete, schien er tatsächlich jünger zu werden; jünger und weicher. Während er diese – zum größten Teil imaginäre – Vision unserer Vergangenheit heraufbeschwor, war seine Stimme sanft und schmeichlerisch; wob er einen Zauberbann, der seine Macht aus nichts als seiner völligen Absurdität bezog.

»Christoph – nimm mich mit! Ich verspreche dir eins, bei meinem Ehrenwort: Du wirst es niemals bereuen!«

»Aber ich kann nicht, Waldemar! Es ist absolut unmöglich. Du solltest doch *wissen*, dass ich das nicht kann.«

Am Ende war es halt doch nur ein schwacher kleiner Zauberspruch – und der war entsprechend leicht gebrochen! Als ich sah, wie sein Gesichtsausdruck sich veränderte, wieder älter und härter wurde, fühlte ich mich gleichzeitig erleichtert und doch schuldig.

»*Ja, ja* – so ist es nun einmal! Ich hätte das inzwischen kapieren sollen ... Du bist wie die anderen. Du sagst, ich soll nicht zurück nach Deutschland gehen. Aber helfen willst du mir auch nicht. Glaubst du, ich gehöre *hierher*? Oder nach Paris? Alle hassen uns Deutsche. Manche glauben zunächst, ich sei Jude, und wenn sie herausbekommen, dass dem nicht so ist, dann bin ich ein Nazi, soweit es nach ihnen geht. Vielleicht wäre ich anders, wenn ich was von Politik verstehen würde. Aber das tue ich nicht. Und will es auch nicht. Inzwischen ist mir so ziemlich alles scheißegal. Ich möchte nur irgendwohin, wo man mich in Frieden lässt.«

»Waldemar – glaube mir –, es tut mir leid.«

»Leb wohl, Christoph.«

»Hast du es denn so eilig? Warte doch eine Minute – ich muss mich nur noch anziehen. Hast du schon gefrühstückt?«

»Der Zug fährt in zwanzig Minuten.«

»Allmächtiger! Ich rufe dir ein Taxi.«

»Meins wartet draußen.«

Das kam mir ziemlich verrückt vor – hatte Waldemar im Gespräch doch so getan, als hätte er stundenlang Zeit totzuschlagen –, dass ich nicht anders konnte und grinste.

»Na dann, alles Gute, Waldemar. Hab eine gute Reise. Hoffen wir, dass wir uns wiedersehen … irgendwo …« Bei den letzten Worten verlor meine Stimme ihre Überzeugungskraft. Es klang falsch – herzlos unaufrichtig. Ich hatte das nur aus Nervosität gesagt. Und natürlich war es genau das, was Waldemar erwartet – und gewollt hatte. Es war sein Stichwort, um mich für meine Weigerung, ihm zu helfen, zu bestrafen.

»Nein, Christoph.«

»Was soll das heißen, *nein*?«

»Wir werden uns nicht wiedersehen. Niemals.«

»Was für ein Quatsch!«

»Es ist nutzlos. Ich weiß es einfach, das ist alles. Leb wohl. Viel Vergnügen in Amerika.«

Er drückte mir fest die Hand, und ohne noch einmal Augenkontakt zu suchen drehte er sich um und ging die Treppe hinab. Als er schon auf der Straße war, überkam mich plötzlich das heftige Gefühl, es sei meine Pflicht, ihn aufzuhalten – ihn zumindest zu überreden, alles noch einmal zu überdenken, zu warten, bis er nüchtern war, Dorothy anzurufen. Aber was sollte der Taxifahrer denken, wenn ich so, nackt bis auf das kleine Badehandtuch, hinunterrennen und ihm hinterherbrüllen würde? Zum Teufel mit dem Taxifahrer … ich hatte nur ganz kurz gezögert, aber das reichte aus. Denn jetzt hörte ich, wie das Taxi davonfuhr.

Und während ich noch dastand und lauschte, wurde mir etwas Merkwürdiges klar: Waldemars Entscheidung hatte irgendwie auch etwas mit meiner zu tun. Durch sie war meine eigene Abreise schon fast so etwas wie eine vollendete Tatsache geworden.

PAUL

Noch ein Blick in den Spiegel – mein Gesicht undeutlich im eleganten Halbdunkel eines Restaurants in Beverly Hills, dahinter, mit dem Rücken zu mir, drei Leute auf einer Sitzbank. Es ist Herbst 1940. Wir wollen gleich zu Mittag essen. Der Krieg ist zehntausend Kilometer weit weg. Draußen warten der makellos blaue Himmel und die kalifornische Sonne, die bis Weihnachten kaum an Wärme verlieren wird. Das Interieur ist dunkles Leder und schimmerndes Messing; die Atmosphäre geprägt von Filmagenten, Vertragsgesprächen und appetitloser Mittagsgier.

Ich sehe nicht glücklich aus, und das bin ich auch nicht. Ich fühle mich matt und elend wegen des Krieges, den ich nur selten länger als fünf Minuten aus meinen Gedanken vertreiben kann. Außerdem bin ich schlecht gelaunt, weil ich nicht mit diesen Leuten essen will. Ronny hat mich dazu gedrängt.

Nicht dass ich etwas gegen die drei hätte. Ronny mag ich sogar – der Einzige, den ich schon kenne. Sein unverfrorenes, anziehend komisches Gesicht ist ständig am Grinsen, und in seinen runden blauen Augen strahlt eine Heiterkeit, die auf ihre Art von Courage zeugt, denn er ist nicht so unbekümmert, wie er sich gibt. Er wird ziemlich sicher bald einberufen, und das beunruhigt ihn natürlich. (Ich bin zu alt, es sei denn, sie heben die Altersgrenze an.)

Die anderen beiden sind zumindest potenziell interessant. Meine Abneigung beruht allein auf dem Verdacht, dass ich ihnen nur als bequemer Zeitvertreib diene. Ich soll sie zum Essen einladen und anschließend durchs Studio führen. Ruthie hat sich gerade äußerst lukrativ von einem Großindustriellen scheiden lassen; Ronny hat mir am Telefon erzählt, sie bekomme »mehr Unterhalt, als sie vertrinken kann«. Und dann ist da Paul – der berühmt-berüchtigte, »sagenhafte« Paul.

Ich beobachte meine Gäste missvergnügt, während sie mit dem kolossalen, fast, aber nie ganz unlösbaren Problem beschäftigt sind, sich zu entscheiden, was sie heute essen sollen. Sie spitzen angewidert die Münder, studieren finster die Speisekarte, als wäre sie eine persönliche Beleidigung, und der Kellner schaut ihnen lächelnd zu. Er hat es so wenig eilig wie sie. Es ist nicht viel los heute, und er spekuliert auf ein dickes Trinkgeld.

Ruthies Gesicht ist kreidebleich mit einem üppigen zinnoberroten Mund. Sie ist überhaupt ein üppiges Mädchen; breite Hüfen, dicker Hintern, dicke Beine. Selten habe ich jemanden gesehen, der so friedlich wirkt, so offen gegenüber Fremden, so schläfrig langsam. Die Lider ihrer großen, schönen, sanften Kuhaugen sind wie gemeißelt und erinnern mich an ein asiatisches Reliefbild – die Darstellung einer riesenhaften Göttin. Das schwarze Seidenkleid mit schwarzer Spitze wäre ebenso gut für den Abend geeignet; vielleicht hat sie es gestern Nacht nicht ausgezogen. Es ist tief ausgeschnitten – sehr tief; es sieht fast aus wie ein Negligé. Mein Gott, ich glaube, es ist eins! Was soll's, zur Not zieht sie einfach den Pelzmantel drüber. Hier und da ist es mit Asche beschmiert.

»Ruthie ist noch besoffen, stimmt's, Ruthie?«, sagt Paul in seiner eigentümlich gekünstelten Sprechweise, die wohl dabei herauskommt, wenn man einen Südstaatenakzent mit dem nachgemachten Oxfordenglisch kultivierter Europäer mischt – die Leute, mit denen er sich in den letzten Jahren herumgetrieben hat.

»Vielleicht muss Dr. Paul dir etwas verschreiben«, säuselt er. »Soll er das machen? Soll er dich von der scheußlichen Übelkeit befreien?« Er wendet sich dem Kellner zu und sagt vorwurfsvoll: »Sie wissen sicher nicht, was ein Peeping Tom ist.«

»Ich frage den Barkeeper, Sir«, sagt der offensichtlich ahnungslose Kellner.

»Und sagen Sie ihm, er soll um Himmels willen auf diesen ekelhaften Anisette verzichten.«

»Sehr wohl, Sir.«

»Mein Freund meint einen ganz gewöhnlichen Sazerac mit Absinth«, sagt Ronny mit seinem eigenen angloamerikanischen Akzent (Maryland, Harvard, dazu ein Studienjahr in Cambridge plus Wochenenden in englischen Landhäusern): »Für mich das Gleiche.« Dann fügt er hinzu: »Wirklich, mein Lieber, du musst dir diese ausländischen Ausdrücke abgewöhnen! Vielleicht ist es nur gut, dass der Krieg dich hierher zurückgebracht hat. Anscheinend verlernst du deine Muttersprache.«

»Genau das habe ich vor«, sagt Paul hochmütig, aber mit einem humorvollen Blick in meine Richtung. Ja – obwohl er den Überheblichen spielt, ist er sich meiner Anwesenheit die ganze Zeit bewusst. Er bemüht sich sogar um mich, auf seine Art. Aus seiner Sicht bin ich vermutlich jemand; auch wenn er mit Schriftstellern nicht viel anfangen kann, ist er bestimmt beeindruckt von dem vielen Geld, das ich zurzeit verdiene. (Ronny hat mich am Telefon sofort danach gefragt, und er hat es ganz sicher weitererzählt.) Außerdem wecke ich Pauls Neugier, glaube ich. Er wittert ein Geheimnis. Ich passe nur bedingt in die Rolle des Drehbuchschreibers. Gut so, denke ich; soll er neugierig sein.

(Während ich die Eindrücke all dieser Jahre sortiere, versuche ich, mich daran zu erinnern, wie Paul bei dieser ersten Begegnung auf mich wirkte. Mindestens drei Leute hatten zuvor von seiner »Schönheit« geschwärmt, und so war ich im Stillen auf eine Enttäuschung gefasst. Tatsächlich glaube ich, dass ich sein Äußeres später sehr viel interessanter fand. Damals hatte er noch eine gewisse jungenhafte Niedlichkeit, und die passte nicht zu den ausgesprochen merkwürdigen Dingen, die sich hinter der Fassade seines Gesichts abspielten. Dennoch bekam ich einen ersten Eindruck, der sich im Grunde nicht mehr veränderte: von seinem schmalen, hungrigen gebräunten Gesicht, den Augen, die unterschiedlich hoch positioniert zu sein schienen wie auf einem Picasso-Gemälde, dem verdrießlichen Zug um den wohlgeformten Mund. Sein hübsches Profil war messerscharf. Und meine Güte, was für eine Bitterkeit sich hinter dem Aussehen, dem Charme und der gekünstelten Sprechweise verbarg! Diese Bitterkeit war bisweilen wunderbar anregend und erfrischend, ein wirkungsvolles Mittel gegen zu viel eitel Sonnenschein. Die Erfahrung lehrte mich jedoch, sie mit Vorsicht zu genießen. Zu viel auf einmal, und man fühlte sich, als litte man an einer Chininvergiftung.

Als Paul an jenem Tag das Restaurant betrat, fiel mir zuerst seine ungewöhnlich gerade Körperhaltung auf; er schien vor Anspannung wie gelähmt. Er war immer schlank, doch damals wirkte er jungenhaft dürr; dazu war er gekleidet wie ein Halbwüchsiger und strahlte eine übertriebene Unschuld aus, die er wie eine Herausforderung an uns vor sich herzutragen schien. Sein grau-schwarzer Anzug, schmal geschnitten und ohne Schulterpolster, das blütenweiße Hemd und der schlichte schwarze Schlips verliehen ihm den Anschein, als käme er direkt aus einem streng religiösen Internat. Ich empfand seine Aufmachung nicht als lächerlich, denn sie passte zu seiner jugendlichen Erscheinung. Da ich jedoch wusste, dass er schon Ende zwanzig war, wirkte diese Jugendlichkeit selbst ein bisschen unheimlich; wie etwas auf rätselhafte Weise Konserviertes.)

Jetzt beobachte ich ihn über den Tisch hinweg. Das ist er also, denke ich, der »sagenhafte« – es ist mir ein Gräuel, wie Amerikaner dieses Wort gebrauchen! – Paul, der mir nicht nur einmal als »die letzte Berufstunte« und »die teuerste männliche Hure der Welt« beschrieben wurde; der berühmte Gefährte der peruanischen Millionärin, die auf Cap Ferrat ihren siebzigsten Geburtstag feierte, des ungarischen Barons mit der Ostseejacht, der Prinzessin Sowieso, die Paul mit in das Haus eines der spießigsten englischen Herzoge nehmen wollte und eine barsche Abfuhr erhielt. Paul, der aus der Schweiz ausgewiesen wurde, weil er im Foyer eines St. Moritzer Hotels demonstrativ Kokain geschnupft oder zumindest so getan hatte; der in Portugal wegen eindeutiger sexueller Handlungen in der Öffentlichkeit verhaftet, durch die Intervention eines Ministers jedoch unverzüglich wieder freigelassen wurde. Außerdem habe ich gehört, dass er von einem im Exil lebenden, schwerreichen Adligen vom Balkan ausgehalten wird. Mit Sicherheit ist mindestens die Hälfte von alledem wahr – vielleicht sogar drei Viertel. Die Frage ist: Interessiert mich das? Ein Teil von mir ist bereits gegen ihn; sein legendärer Ruf als Draufgänger langweilt und ermüdet mich. Aber noch habe ich mein Urteil nicht gefällt. Ich warte ab, ob er irgendetwas anstellt, um mein Interesse zu wecken, und ich habe so eine Ahnung, dass er das weiß. Zumindest halte ich ihn für klug genug, es zu wissen. Das fasziniert mich an ihm.

Essen und Getränke sind endlich bestellt, und wir können entspannen. Ruthie schenkt mir ein strahlendes Lächeln. Dieses Lächeln ist teils Ausdruck echter Liebenswürdigkeit, teils ist es zweifellos der Versuch, ihren Rausch zu überspielen und mich zu besänftigen, sollte ich Anstoß daran nehmen. Außerdem lächelt sie wahrscheinlich mich und nicht die anderen an, weil sie zwischen ihnen sitzt und zu faul ist, den Kopf zu drehen. Einerlei – ich mag sie. Dessen bin ich mir schon jetzt ziemlich sicher. Sie hat etwas von einem Tier; sie verströmt die Freundlichkeit einer primitiven und daher unschuldigen Kreatur; sie könnte gerade eben aus einem heimeligen Bau unter einem Berg gekrochen sein. Ich empfinde Wärme für sie, als ich ihr Lächeln erwidere, und sogar eine gewisse sexuelle Anziehung. Als die Getränke kommen, proste ich ihr zu. Sie lächelt mich an, aber das Glas lässt sie stehen.

»Na los, Ruthie«, ermuntert sie Paul. »Zum Wohl!«

Sie hebt das Glas und trinkt. »Hi!«, sagt sie schüchtern Ihre Stimme ist heiser, fast geisterhaft, wie das Echo in einem Spukhaus; tatsächlich sagt sie: »Hai-jee!« – es verweilt einen

Moment und verhallt dann schaurig. Als sie getrunken hat, sackt sie in sich zusammen und kippt leicht zur Seite. Eine ihrer großen weißen Melonenbrüste zwängt sich aus dem tief dekolletierten Kleid. Paul schiebt sie schnell wieder hinein. »Setz dich anständig hin, Ruthie!«, sagt er ungehalten. Dann, als Ruthie seine Anweisung befolgt, tätschelt er ihre Hand. »Braves Mädchen!«

Offensichtlich hat Paul das meinetwegen getan. Er spielt sich auf die denkbar langweiligste Weise auf; er zeigt mir, wer bei der reichen Ruthie das Sagen hat, und will mich ganz nebenbei schockieren – *mich*! Wie einfallslos! Und wie wenig schmeichelhaft für mich, denn er scheint nicht viel von mir zu halten, wenn er tatsächlich glaubt, er könne mich damit beeindrucken! Er ist ein ganz gewöhnlicher kleiner Emporkömmling. Erstaunlich, dass all die europäischen Liebhaber und Liebhaberinnen ihm nicht mehr Stil beigebracht haben.

Um ihm zu zeigen, dass ich keineswegs beeindruckt und erst recht nicht schockiert bin, setzte ich mein »Sehr amüsant«-Lächeln auf. Das habe ich mir erst kürzlich angewöhnt; ich befinde mich noch in der Testphase. Richtig ausgeführt soll es vermitteln, dass das Leben für den Lächelnden ein großer Spaß ist – nicht auf dem niedrigen Niveau von Sazeracs, Brüsten und großmäuligen Scherzen, sondern *sub specie aeternitatis*, zum Beispiel als ewiger Tanz, Maya, Mutters Spiel. Außerdem führe ich das Glas zum Mund und tue so, als würde ich an meinem Drink nippen. Das Trinken vorzutäuschen gehört zu der Verkleidung, die mein Puritanismus bei dieser Lunchverabredung trägt. Ich habe den auf alt getrimmten Spucknapf, der neben meinem Stuhl in der Ecke steht, längst bemerkt. (Seit Kriegsbeginn ist alles Englische hier der letzte Schrei; die Bar des Restaurants wurde kürzlich in Ye Mermaid Tavern Taproom umbenannt und entsprechend neu eingerichtet.) Es ist so dunkel, dass ich meinen Drink in Kürze unbemerkt hineinkippen kann.

Derweil wendet sich Ronny in dem Glauben, er müsse für Stimmung sorgen, mit einem spöttischen Lächeln an mich: »Nach allem, was wir über dich gehört haben, Christopher, haben wir damit gerechnet, du würdest wenigstens mit Lendenschurz und Turban auftauchen, wenn du schon keine Nägel isst oder schwebst.«

Ich mache ein verständnisloses Gesicht, obwohl ich genau weiß, worauf Ronny anspielt. Ich hätte mir denken können, dass er das Thema früher oder später zur Sprache bringt.

»Ich meine, mein lieber Christopher, ein Vögelchen hat uns gezwitschert – das heißt, ganz New York spricht darüber –, dass du die Geheimnisse des Yogi studierst.«

»Yoga«, korrigiere ich ihn unwillkürlich und ziemlich verstimmt. Wenn man noch am Anfang seiner Begeisterung für etwas steht, vermutet man hinter solchen Versprechern schnell Böswilligkeit und fühlt sich durch die aggressive Unwissenheit von Nichtenthusiasten in seinem Enthusiasmus gebremst.

»Dann eben Yoga.« Es klingt wie ein gutmütiges Zugeständnis an meine Kleinlichkeit. »Es heißt, du lernst es bei diesem sagenhaften Mann, der in Tibet gelebt hat.«

»Rein zufällig ist er noch nie in Tibet gewesen.« Trotz meiner Verärgerung lächle ich Ronny an und fahre ruhig und geduldig fort. »Und ich lerne kein Yoga bei ihm – auch nicht, Nägel zu essen oder zu schweben. Ich lerne überhaupt nichts bei ihm. Wir sind bloß befreundet.«

»Ach so!« Ronny gibt sich sanftmütig, aber er genießt es, mich zu reizen. »Na, dann sind die abenteuerlichen Geschichten, die man über euch beide hört, offenbar maßlos übertrieben.«

Ich bin kurz davor, alle meine guten Vorsätze zu vergessen und aus der Haut zu fahren, als sich Paul mit leicht gelangweiltem Ton einmischt: »Ihr sprecht bestimmt von Augustus Parr.«

»Du *kennst* ihn?« Ich bin so überrascht und fasziniert, dass ich das Interesse daran verliere, Ronny Kontra zu geben.

Aber Paul springt nicht darauf an. »Ich habe mal ein Buch von ihm gelesen«, sagt er mit derselben müden Lässigkeit. »Im Krankenhaus in Tunis«, fügt er nicht für mich, sondern für die anderen hinzu, »wo ich mit dem entsetzlichen Tripper lag, den ich mir bei Babs geholt hatte – sie hatte ihn von einem arabischen Touristenführer –, in der Sahara gibt es eine besonders schlimme Form. Die Einheimischen sind natürlich daran gewöhnt und tun nichts dagegen – aber Ausländer können daran sterben … Ich glaube sogar, Babs hatte mir das Buch geliehen.«

Ronny lacht entzückt. »Babs? Na klar – das ist genau das Buch, das sie lesen würde.« Als er merkt, dass er diesmal wirklich zu weit gegangen ist, sagt er schnell: »Ich meine, sie mag nur Bücher, von denen sie nicht ein Wort versteht.«

»Was soll daran nicht zu verstehen sein?«, sagt Paul. »Ich hatte den Eindruck, sogar ein zehnjähriges Kind würde es begreifen.«

»Nun, mein Lieber, wir müssen uns wohl deinem Urteil fügen – du kennst dich mit Zehnjährigen – beiderlei Geschlechts – gewiss besser aus als jeder andere an diesem Tisch.«

»Hat dir das Buch gefallen?«, frage ich Paul schnell, denn ich bin jetzt sein Verbündeter gegen Ronnys Gehässigkeit.

»Es steht mir nicht zu, mich mit dir über Bücher zu unterhalten.« Er sagt es ganz schüchtern, mit einem Hauch von Spott, aber nicht spöttisch genug, um beleidigend zu sein. Ich wittere sogar einen doppelten Bluff; er tut so, als würde er sich über meinen Anspruch, ein Experte in Sachen Literatur zu sein, lustig machen, aber nur um Ronnys und Ruthies Beschränktheit zu befriedigen; und ich soll es durchschauen. Es ist, als wollte er mir signalisieren: Wären wir beide allein, könnten wir uns das Theaterspielen schenken.

Ronny, der keineswegs dumm ist, fasst die Bemerkung offenbar genauso auf, denn er sagt: »Mit falscher Bescheidenheit kommt man nicht weit, mein Lieber!«

»Stimmt – aber jetzt will ich deine Meinung hören«, insistiere ich, entschlossen, auf Pauls Seite zu bleiben, auch wenn er es nicht will.

»Na schön – wenn du unbedingt möchtest; ich fand es alles andere als überzeugend. Er stellt ständig irgendwelche Vergleiche an und behauptet dann, das würde etwas beweisen.«

»Eine sehr erhellende Einschätzung, mein Lieber«, sagt Ronny bissig.

»Nein – ich glaube, ich weiß genau, was du meinst.« (Tatsächlich bin ich ehrlich verblüfft über Pauls Scharfsinn.) »Und ich gebe zu, dein Einwand ist nicht unberechtigt. Parr neigt dazu. Er veranschaulicht eine These mit einem Gleichnis, und weil dieses Gleichnis eine wissenschaftlich belegte Erkenntnis darstellt, lässt er sich gelegentlich zu der Annahme hinreißen, dass damit automatisch auch die These bewiesen ist.« Ich bin zufrieden mit meinem präzisen Resümee; es verleiht mir das Gefühl wohlwollender Überlegenheit. Ich habe Paul gezeigt, dass ich ein vortrefflicher Verbündeter bin.

»Deine Ausführungen sind leider zu hoch für unsere beschränkten Köpfchen«, sagt Ronny mit gequältem Lächeln. Es passt ihm nicht, wie die Unterhaltung sich entwickelt, das ist nicht zu übersehen. Ruthie grinst mich glasig an. Sie versucht wenigstens gar nicht erst, etwas zu verstehen, und das verleiht ihr absurderweise den Anschein, als wäre sie intuitiv *dans le vrai.* Augustus Parrs Vorträge mit den zahllosen Anspielungen haben mir die Bibel ins Bewusstsein gerückt, und mir kommt spontan »Maria hat das bessere Teil erwählt« in den Sinn. Ich sehe Ruthie an und muss lachen. Ruthie lacht auch, ziemlich laut sogar, als könnte sie meine Gedanken lesen. Unser Lachen beruhigt Ronny; er wertet es als Zeichen, dass ich wieder in Feierlaune bin, und stimmt mit ein.

Nur Paul lacht nicht; es scheint, als stünde er außen vor. Um unser Gespräch wieder aufzunehmen, frage ich ihn: »Seit wann interessierst du dich für – ich meine, für die Dinge, über die Parr schreibt?«

Vielleicht verhalte ich mich zu gönnerhaft. Paul macht sofort und sichtbar zu. »Von Interesse war keine Rede. Ich halte das alles für ausgemachten Blödsinn. Ich weiß sogar, dass es Blödsinn ist.«

Normalerweise würde eine so heftige Reaktion meine Neugier wecken. Aber ich bin wütend und enttäuscht. Dieser kleine Schwachkopf, denke ich – behauptet, etwas zu wissen! Und ich habe mich über meine Vorurteile hinweggesetzt und bin auf ihn zugegangen – nur um mir eine rüde Abfuhr einzufangen! Ich zucke mechanisch mit den Achseln und wende mich mit meinem freundlichsten Gesicht Ronny zu, der zu mir sagt: »*Bitte*, Christopher, sag es mir, ich muss es wissen – für mich ist sie einfach die Größte –, wie ist die Garbo *wirklich*?«

Also machen wir das Hollywood-Spiel, und ich erzähle Anekdoten. Sie sind viel lustiger und authentischer als die der meisten Leute, und doch bin ich zutiefst gelangweilt von mir selbst. Ronny ruft ständig dazwischen: »O nein – großartig, einfach großartig!« Ab und zu sehe ich hinüber zu Paul. Er sitzt still da, kalt, mit versteinerter Miene.

Als wir aufgegessen haben, gehe ich davon aus, dass jetzt die Führung durchs Studio folgt. Ist Ruthie zu betrunken?, frage ich mich; sollten wir sie lieber in meinem Büro abstellen? Doch als hätten wir nie etwas vereinbart, sagt Paul bestimmt: »Komm, Ruthie, Honey – Zeit für deinen Schönheitsschlaf! Denk dran, um fünf rauscht die Meute zum Cocktail an.«

Ronny ist bestürzt. »Aber, Paul, ich dachte, das sei ausgemacht.«

»Das kannst du irgendwann nachholen«, sagt Paul, ohne mich eines Blickes zu würdigen. »Jetzt musst du dich um den Alkohol kümmern, und ich bringe Ruthie ins Bett.«

»Es tut mir schrecklich leid, Christopher.« Ronny sieht mich hilflos und zerknirscht an. »Ein andermal vielleicht?«

»Vielleicht«, sage ich kühl. Ich bin übertrieben erzürnt darüber, dass sie mich sitzenlassen und mir erspart bleibt, wovor mir die ganze Zeit graut; die lästige Aufgabe, den ganzen Nachmittag lang für sie verantwortlich zu sein. Ich füge garstig hinzu: »Ich glaube, Paul hatte sowieso kein Interesse. Wahrscheinlich hat er schon alles gesehen.«

»Jetzt, wo du es erwähnst«, sagt Paul mit seinem dünnen Lächeln. »Stimmt. Ich habe alles gesehen, was ich sehen wollte, als ich vor sechs Jahren mit der Condesa hier war.«

Du kannst mich mal, erwidere ich im Stillen. Und gelange wie schon so oft zu der Einsicht, dass man seinem ersten Eindruck immer vertrauen soll. Wahrscheinlich werde ich sie ohnehin nie wiedersehen; Paul ganz bestimmt nicht. Sie brechen auf, und ich zahle. Die Rechnung ist unverschämt hoch. Aber das macht nichts, denn das Geld, das ich hier verdiene, gehört irgendwie nicht mir. Ich habe das Gefühl, es ausgeben zu müssen, bevor es sich verflüchtigt.

Aber wofür soll ich es ausgeben? Denn die Dinge, die ich kaufe, scheinen mir auch nicht zu gehören. Mein schönes, großes blaues Cabrio gehört mir ganz sicher nicht; wie könnte der Mensch, der ich zu sein glaube, so ein Auto besitzen? Solche Großspurigkeit ist nicht beschämend, sondern einfach nur lächerlich! Langsam gewöhne ich mich daran, so wie ich mich an alles gewöhne, mit dem Gefühl, dass ich ein Hochstapler bin: Wenn dieses Auto mir gehört, muss ich ein anderer sein. Doch auf dem Fahrzeugschein steht mein Name, und der Schlüssel in meiner Tasche passt ins Zündschloss.

Ich fahre durch ein Wohnviertel, durch eine hübsche, von Jacaranden gesäumte Straße. In dieser Straße wohne ich. Ich fahre an dem Haus mit meiner Wohnung vorbei. Ich habe sie möbliert gemietet, und da sie mir nicht gehört, habe ich weder die Möbel umgestellt noch die Bilder ausgetauscht – bei denen es sich ohnehin um ziemlich gut gemachte Reproduktionen französischer Impressionisten handelt; hauptsächlich Renoir, der in der Filmkolonie zurzeit als der Nummer-eins-Künstler gilt. Man findet in der Wohnung so wenige Spuren von mir, dass man nach meinen Fingerabdrücken suchen müsste, um zu beweisen, dass ich dort wohne, und selbst die wären mit Sicherheit nur undeutlich. Ich habe keine Zeit für einen Zwischenstopp; ich muss dringend zurück ins Studio. Ich gehe nur leicht vom Gas und sehe den japanischen Gärtner, der den Rasen sprengt, die Akazie vor meinem Fenster, die aussieht wie eine Wolke aus Goldstaub, einen Kolibri auf einem Blütenkelch. Das Radio läuft. Werbung und Musik. Zeit für eine Bulova. Kaufen Sie einen Ford. »I Married an Angel«. Nachrichten. Gestern Nacht erneut ein schwerer Luftangriff auf London. Und jetzt ist wieder Nacht in London, Tausende Menschen eilen durch die verdunkelte Stadt zu ihren Zielen, horchen auf die ersten Sirenen und die Kanonen. In dieser unvorstellbar fernen Welt denken Stephen oder Allen, E. M., John oder Mary vielleicht genau in diesem Augenblick an mich, sagen, Christopher hat immer dieses oder jenes getan, so wie man von den Toten spricht. Und in einer anderen, noch viel, viel ferneren Welt – meinem Empfinden nach sind es Lichtjahre – ist Waldemar. Und vielleicht denkt auch er gerade an mich.

Angenommen, ich habe die Macht über eine Armee von fünf Millionen Soldaten. Ich kann sie jederzeit per Knopfdruck auslöschen. Der fünfmillionste Soldat ist Waldemar. Werde ich den Knopf drücken? Nein, natürlich nicht – selbst wenn die vier Millionen neunhundertneunundneunzigtausendneunhundertneunundneunzig anderen weltzerstörerische Teufel sind. Das ist, unabhängig von den Überzeugungen, zu denen ich gelangt bin, und Augustus Parrs Erörterungen, der eigentliche Grund, warum ich Pazifist bin. Und das ist mir so peinlich, dass ich es nicht einmal Augustus erzählen würde.

Selbst Waldemar wäre überrascht, wenn er das hörte!

Und was, wenn Waldemar schon tot ist, gefallen beim Einmarsch in Frankreich, in Hitlers Uniform? Das ändert nichts. Der Grund bleibt bestehen. Wenn ich es einmal abgelehnt habe, wegen Waldemar den Knopf zu drücken, kann ich ihn nie drücken. Denn Waldemar könnte absolut jeder sein.

Das Autorenhaus auf dem Studiogelände ist massiv und weiß wie eine Bank, mit wehender amerikanischer Flagge auf dem Dach. Am Empfang sitzt ein hollywoodprobat süßes Mädchen, daneben ein Botenjunge in blauer Studiouniform. Das Mädchen blickt nicht einmal auf, als ich an ihr vorbeigehe; das gehört zu ihrer Rolle. Aber sie hat mich erkannt und den Summer gedrückt, und die Tür nach innen öffnet sich – eine einfache schmale Holztür, wenn man sie passieren darf; eine Zaubertür für erfolglose Schauspieler, kleine Agenten ohne Einfluss, Touristen. Ein paar von ihnen sitzen immer im Empfangsbereich und starren sie an, in der Hoffnung, eingelassen zu werden oder wenigstens einen Star oder Produzenten herauskommen zu sehen.

Hinter der Tür befindet sich ein Flur wie auf einem Ozeandampfer. Nur ganz am Ende scheint Tageslicht; er wird den ganzen Tag von modernen, in der Decke versenkten Strahlern beleuchtet. Ich begegne ein paar Kollegen, und wir wechseln im Vorbeigehen die üblichen Begrüßungsfloskeln. »Hi, Chris«, »Hi, Bernie«, »Hi, Chris«, »Hi, Mort«, »Wie geht's?«, »Ausgezeichnet«, »Alles bestens?«, »Alles bestens!«. Und dann stehe ich vor einer Tür, auf deren Schild zu meiner täglichen Verwunderung in hübschen Druckbuchstaben mein Name steht.

Ich betrete mein Büro, setze mich an den Schreibtisch und greife zu dem Drehbuch mit dem blauen Deckel. VORLÄUFIG steht darauf – der perfekte Titel für den ganzen Film! – und BITTE ZURÜCK IN DIE SCHREIBABTEILUNG. Meinem Produzenten gefällt es; aber jemand von der Studioleitung ist der Meinung, die Szene im Britischen Museum müsse umgeschrieben werden. »Sie haben tolle Arbeit geleistet, Chris. Wir brauchen nur noch ein bisschen mehr Wärme. Sie wissen, was ich meine?« Und ob ich das weiß.

Ich spanne ein Blatt in die Schreibmaschine ein und registriere mit nüchterner Befriedigung das reflexhafte Verlangen, vor Arbeitsbeginn eine Zigarette zu rauchen – nur noch ganz schwach nach sechs Monaten der Abstinenz. Dann beginne ich zu tippen und füge, fast ohne zu überlegen, die Wärme hinzu wie ein technischer Zeichner eine Schraffur. Ich weiß genau, was die Studioleitung und mein Produzent haben wollen und wie ich es ihnen gebe. Die Arbeit ist zu langweilig, um ihr mit Zynismus zu begegnen, zu einfach, um sie zu verachten. Inzwischen ist sie nur noch ein Job, der möglichst fachgerecht erledigt werden muss. Augustus erinnert mich immer wieder an die Bhagavad Gita, die uns lehrt, dass alles Handeln nur symbolisch ist. Mit dieser Einstellung macht man seine Arbeit, und dann gibt man sie weg.

Zum Glück habe ich mich beim Lunch nicht ausquetschen oder dazu hinreißen lassen, etwas über das Leben, das ich jetzt führe, und seine Regeln preiszugeben! Endlich – sage ich mir – spiele ich mein eigenes Spiel und nicht mehr das der Anderen … Halt, Vorsicht! Hör sofort damit auf! Denk daran, was Augustus über geistigen Hochmut sagt … Ich flüchte mich schnell in die Szene im Britischen Museum.

Es muss etwa zwei Wochen nach dem Lunch in Beverly Hills gewesen sein, als ich wieder von Paul hörte. Er rief mich eines Vormittags im Studio an.

»Ist da Christopher?«

»Ja.«

»Sicher?«

»Was soll das heißen, *sicher*?«

»Na endlich! Hast du deine Leute angewiesen, dir nichts auszurichten?«

»Natürlich nicht.«

»Vor wessen Anruf fürchtest du dich? Du wirst doch nicht etwa erpresst?«

»Nein, werde ich nicht.« Es war eigenartig, wie sehr sein säuerlicher Ton mich verärgerte, durcheinanderbrachte und in die Defensive trieb.

»Verdienst du immer noch zigtausend Dollar?«

»Das ist mein letzter Monat hier. Ich hatte übrigens schon gekündigt, bevor wir uns begegnet sind. Aber ich musste noch das Drehbuch beenden.« Ja, ich verteidigte mich! Gegen den Vorwurf, dass es einem Schüler von Augustus Parr nicht zusteht, sich dem süßen Leben der Filmindustrie hinzugeben. (Augustus selbst zog mich manchmal damit auf: »Sei vorsichtig, mein lieber Christopher! Ich flehe dich an, sei vorsichtig. Natürlich bin ich mir sicher, dass ein Mann von deiner außerordentlichen moralischen Standfestigkeit sich Dinge erlauben kann, die für die meisten von uns viel zu riskant wären. *Ich* könnte es nie wagen, meine alte rote Nase so weit in die Maya hinauszustecken. Ich weiß es genau, schon nach kürzester Zeit würde ich sie nicht mehr herausbekommen. Und sogar du könntest Gefahr laufen, dich zu überschätzen …« usw., usw.) Aber was ging Paul das an? Wie konnte er sich erdreisten, von mir zu erwarten, dass ich mich ihm gegenüber für mein Verhalten rechtfertigte? Vor allem nach seinen Bemerkungen über Augustus' Buch!

»Denk nicht, dass ich dir Vorwürfe mache, Honey. Wenn ich so viel Geld verdient hätte, würde ich keinen Finger krummmachen, bis alles ausgegeben ist.«

Ich ließ mich nicht zu einer Antwort herab. Auf verblüffende Weise schien es, als hätte Paul meine Gedanken gelesen und würde sich darüber lustig machen.

Nach einer Pause sagte er: »Ruthie vermisst dich.«

»Tatsächlich?« Es sollte klingen wie: »Lass den Unsinn und sag mir, was du willst.«

»Sie findet dich süß.«

Auch das war keine Antwort wert. Ich wartete. Nach einer Weile sagte er: »Ich will dich auch wiedersehen.«

Danke vielmals, sagte ich zu mir und laut: »Ich habe im Moment schrecklich viel zu tun. Am besten –«

»Am besten, du meldest dich Anfang nächster Woche noch mal – das sagt ihr Filmleute doch, oder?«

»Ich nicht«, erwidert ich – getroffen, weil ich es häufig doch tat.

»Ach?« Paul klang belustigt. »Hör mal – du kannst ruhig offen sein: Lässt du mich abblitzen?«

Ja – wollte ich sagen. Doch während ich noch zögerte, fuhr

er in demselben Ton fort: »Du kannst unbesorgt sein – ich will mir nichts von deinem kostbaren Geld leihen.«

Jetzt reichte es. Ich würde einfach auflegen –

»Du bist der Einzige, der mir helfen kann, Christopher.« Er sagte es ohne jede Rührseligkeit, fast ausdruckslos. Aber es funktionierte. Er hatte mein Interesse geweckt.

»Wie meinst du das? Wobei kann ich dir helfen?«

»Darüber kann ich am Telefon nicht sprechen. Ich muss dich sehen.«

»Hm – na schön. Am Wochenende?«

»Geht es auch morgen?«

»Nein. Ausgeschlossen. Oder – doch, ich denke schon.«

»Sag nicht zu, wenn du nicht willst.«

»Gegen elf?«

»Niemand setzt dich unter Druck.«

»Wo wollen wir uns treffen? Im Beverly Hills Hotel?«

»Geht leider nicht, Honey. Du musst herkommen. Wir können Ruthie nicht eine Sekunde alleine lassen – sonst trinkt sie womöglich das Putzmittel aus oder heiratet einen Marine –, das Haus ist gerade voll davon … Schon mal von der Rambla de la Cumbrera gehört?«

»Nein.«

»Das hat niemand«, sagte Paul und setzte zu einer komplizierten Wegbeschreibung an, die mich meine Neugier sofort bereuen ließ.

Die Rambla de la Cumbrera befand sich in den Hollywood Hills, die damals noch wenig bebaut waren und ein wildes, romantisches Niemandsland zwischen Los Angeles und dem Valley bildeten; vielleicht gab es dort noch Canyons, in denen, seit die Indianer dort gejagt hatten, niemand mehr gewesen war. Abends erhoben sich die Hügel dunkel und geheimnisvoll über dem vom Meer aufziehenden Nebel und dem Lichtermeer der Stadt, und Teenager fuhren mit den Autos ihrer Eltern zum Knutschen dorthin.

Die Rambla war offenbar als Prachtstraße angelegt worden; es gab Straßenlaternen und einen Gehweg. Jetzt war das Glas der Laternen jedoch gesprungen, der Gehweg war zugewuchert mit Mesquite-Büschen und Teufelszwirn, und die Straße war voller Risse, wahrscheinlich verursacht von den leichten Erdstößen, die es im Vorjahr gegeben hatte. Weiter oben wich der Asphalt einer unbefestigten Straße, die zu dieser Jahreszeit noch trocken war, aber tiefe Spurrillen aufwies; in den regnerischen Wintermonaten würde sie nahezu unbefahrbar sein. Obwohl schon November war, brannte die Mittagssonne noch immer heiß.

Das Haus, das Paul mir genannt hatte, stand einsam auf dem Hügelkamm. Es war im kalifornisch-spanischen Stil gebaut, mit weißer Stuckfassade und gedeckt mit schweren roten Ziegeln. Ich hatte mit Luxus gerechnet, doch dieser Ort strahlte etwas Verlassenes aus. In der Einfahrt wucherte das Unkraut. Die Farbe an der Haustür war zu großen Teilen abgeblättert. Die Türglocke war rostig und offenbar defekt. Ich rief: »Paul! Ronny! Ruthie!« Keine Antwort. Also ging ich, da die Tür weit offen stand, hinein. Der Fußboden war mit Backsteinen gefliest, die Balkendecke erinnerte an eine gotische Kapelle; es war ein großes Wohnzimmer, vollgestellt mit den kurios anmutenden Theatermöbeln, die man damals in vielen alten Hollywood-Häusern fand. Samtbezogene Stühle mit hohen Rückenlehnen – man konnte sich keine normalen Menschen darauf vorstellen, ganz gleich aus welchem Jahrhundert, nur Schauspieler in historischen Kostümen. Über einem Stuhl hing eine komplette Marinesoldatenuniform; die Schuhe mit den Strümpfen darin standen ordentlich darunter. Ich schlenderte durch den Raum und einen Gang hinunter, der mich an der Rückseite des Hauses wieder nach draußen führte. Der Garten war terrassenförmig angelegt, im Stil einer römischen Villa; Stufen mit Mosaiken verbanden die einzelnen Ebenen. Es gab ein paar gelbliche Zypressen. Die Blumen waren offenbar alle vertrocknet; übrig waren nur braune verdrehte Geranienskelette und ein paar saftig-grüne Sukkulenten, die von Tau und Dunst leben können.

Unter den Terrassen befand sich ein Swimmingpool. Er war gähnend leer, und ein gewaltiger Riss zog sich zickzackförmig hindurch. Am Beckenrand lagen auf Matratzen Ruthie und Paul, splitternackt. Daneben, auf den harten Fliesen, lümmelten drei junge Männer, die Bier aus Dosen tranken. Zwei trugen knappe Unterhosen, der dritte eine Badehose. Auf seinem Oberarm prangte eine Tätowierung; eine um das Wort »Mutter« gewundene Rose.

Die Nacktheit stand Ruthie. Ihr üppiger Körper war weich und biegsam, überhaupt nicht schwabbelig. Sie schenkte mir ihr unbekümmertes Lächeln, ohne die geringste Verlegenheit zu zeigen. Paul hingegen hatte die Augen geschlossen und schien mein Kommen nicht bemerkt zu haben. Schließlich sagte er: »Wozu hast du dich so in Schale geworfen?«

»Wo ist Ronny?«, fragte ich.

»In der Stadt, Alkohol besorgen. Willst du dich nicht ausziehen?«

»Im Moment nicht«, sagte ich. Ich trug keine Unterwäsche.

»Wenn du so bleibst, denkt Ruthie, du schämst dich für deinen kleinen Schwanz.«

»Ruthie soll denken, was sie will.« Allmählich ging er mir auf die Nerven.

»Uns ist langweilig«, sagte Paul vorwurfsvoll, als wäre das meine Schuld. »Erzähl uns was. Erzähl uns die neuesten Klatschgeschichten.«

»Ich weiß keine.«

»Du weißt keine?«, äffte er mich nach. Einer der Burschen grinste. Alle drei warfen immer wieder schnelle Blicke auf Ruthies Körper. Und auch ich ertappte mich dabei. Das große, schwarze krause Dreieck zog mich magisch an.

»Du willst uns also nichts erzählen? Weigerst dich strikt, uns zu unterhalten?«

»Womit soll ich euch denn unterhalten?« Ruthie zuliebe behielt ich mein Lächeln bei, aber es war gekünstelt.

»Wir wollen sehen, wie du Ruthie vögelst. Die Jungs haben sie gestern Nacht im Rudel gebumst. Was für ein Spaß – Ruthie hat sie alle fertiggemacht. Na los – zeig uns, was du kannst.«

»Vielleicht will Ruthie gar nicht.«

»Und ob sie will! Ruthie macht alles mit. Sie ist sich für nichts zu schade. Es gibt nur eine Sache auf der Welt, vor der sie sich fürchtet – dass man ihr vorwirft, sie sei eine Spielverderberin. Wenn du das sagst, kennt sie kein Halten mehr. Nur um dir zu beweisen, dass du unrecht hast. Alle denken, dass sie kalte Füße bekommt – keine Frau würde so weit gehen, sagen sie –, aber da kennen sie unsere Ruthie schlecht. Sie ist einmalig. Keine von diesen Maulhuren, sondern eine echte Kanone. So was wie sie hat die Welt noch nicht gesehen – stimmt's, Ruthie?«

Ruthie strahlte verträumt. Die drei Burschen grinsten, teils verblüfft, teils fasziniert von Pauls Phantasien. Ich selbst war, trotz der Absurdität der Situation, unerhört erregt. Wäre es Abend statt Mittag, dachte ich, und hätte ich schon ein paar harte Drinks intus, wie ungeheuer aufregend wäre es, meine Regeln zu brechen, Augustus zu vergessen, an nichts mehr zu denken und für eine Stunde das nackte, keuchende Tier herauszulassen! Vorausgesetzt, alle machten mit. Nein – nicht alle; nicht Paul. Ich wollte nicht, dass er dabei war, noch, dass er uns zusah. Er gehörte nicht zu den Tieren. Mit ihm wäre ihr Spiel hässlich, unheilvoll, pervers. Ich war überrascht, wie stark diese Empfindung war; dabei konnte ich sie nicht einmal erklären. Nur eines wusste ich: Er hatte nicht den richtigen Körper.

Was stimmte nicht damit? Man konnte diesen Körper, der sich braun gebrannt und ölglänzend in der Sonne aalte, keinesfalls unattraktiv nennen. Und dennoch stieß er mich leicht ab. Er war auf verkehrte Weise schlank und irgendwie zu gepflegt, in seinen Bewegungen zu elegant und kultiviert – jedoch nicht so extrem, dass er effeminiert wirkte. Vielleicht hatte er an der kostspieligen Riviera oder auf den Bahamas zu lange in der Sonne gelegen, auf den Terrassen protziger Hotels und Villen, die wie Adlerhorste über dem Meer thronten; hatte zu vielen Menschen gehört und doch wieder nicht; war zu oft nur wegen des Neides geschätzt worden, den er in den Herzen seiner Nichtbesitzer auslöste. Vielleicht hatte er beim Erlernen der Kunst, mit lässiger Arroganz sämtliche Blicke auf sich zu ziehen, seine natürliche tierische Anmut verloren.

Und so stand ich da und kam mir albern, deplatziert und zu angezogen vor. Und das war ausschließlich Pauls Schuld. Ich sagte mit kaum verborgenem Ärger: »Wolltest du nicht mit mir sprechen?«

Das gefiel ihm natürlich; er hatte mich aus der Reserve gelockt. »Du wirkst schrecklich angespannt, Christopher. Ich dachte, diese ganze östliche Philosophie soll einen zur Ruhe bringen. Ich muss sagen, du bist kein besonders gutes Aushängeschild!« Dann wandte er sich vorwurfsvoll an die drei Burschen und fragte: »Bietet ihr unserem Gast nichts zu trinken an?«

»Ich will nichts, danke.«

»Das ist Nelson«, sagte Paul, als hätte er mich nicht gehört, »und das ist Rex, und das ist Red.« Jeden Namen setzte er gleichsam in Anführungszeichen, um sie ins Lächerliche zu ziehen. »Und das ist Mr. Isherwood, ein berühmter Schriftsteller.« Die drei sahen mich an, nicht verächtlich, sondern eher, als wäre ich unheilbar krank. In ihrem Inneren waren sie Wilde, doch Paul und Ruthie hatten sie offenbar eingeschüchtert – zumindest für den Moment.

»Was willst du trinken?«, fragte Paul.

»Hab ich doch gesagt – nichts.«

»Oben liegt Marihuana. Aber ich garantiere für nichts. Ich hab's von einem Schwarzen, aus einem Nachtladen in Downtown. Was Besseres bekommt man nicht in dieser schrecklich unzivilisierten Stadt.«

»Nein danke.«

»Du willst keinen Sex, du willst nichts trinken, und Gras rauchen willst du auch nicht. Was willst du dann?«

»Ich muss los.«

»Ah, na schön.« Paul verdrehte die Augen, als gäbe er den Launen eines Schwerbehinderten oder Senilen nach. Er seufzte tief und erhob sich von der Matratze, wobei er sich ein Handtuch um die Hüften schlang.

»Wiedersehen, Ruthie«, sagte ich. Sie griente, als hätte ich einen Witz gemacht, den nur sie und ich verstanden. Mir ging auf, dass sie wahrscheinlich high vom Marihuana war. Um die Burschen gnädig zu stimmen, winkte ich ihnen freundlich zu. Es half nichts. Nur einer löste leicht die Hand vom Boden, und das vermutlich nur zufällig.

Paul begleitete mich hinauf ins Haus. Es erschien mir sonderbar, dass er nach seinem unverschämten Verhalten mir gegenüber auf einmal den wohlerzogenen Gastgeber herauskehrte. Ich ertappte mich dabei, dass ich Gästekonversation betrieb. »Wie seid ihr an das Haus gekommen?«

»Es gehört einer Tante von Ruthie. Wir müssen bald ausziehen. Es wird aus steuerlichen Gründen verkauft.«

»Und dann gehst du zurück nach Osten?«

Er antwortete nicht. Doch im Wohnzimmer, als wir schon fast an der Haustür waren, sagte er plötzlich: »War das neulich beim Lunch nur Gerede? Oder glaubst du wirklich daran?«

Das war es also, dachte ich; deswegen hatte er mich gebeten herzukommen! Ich hatte so etwas schon geahnt. Und mit seinen Sticheleien hatte er mich zweifellos auf seine Art auf die Probe gestellt. Ich hatte den Test bestanden und ihn damit gezwungen, sich zu offenbaren. Vor lauter Freude verzichtete ich sogar darauf, ihm eins auszuwischen und mich dumm zu stellen. Ich beantwortete die Frage, als wären wir bereits mitten in einem ernsthaften Gespräch.

»Ja«, sagte ich. »Ich glaube daran. Das heißt, an alles, was ich anhand meiner eigenen Erfahrungen nachvollziehen kann. Die zugegebenermaßen ziemlich begrenzt sind. Aber ja, natürlich glaube ich auch an Parrs Lehre.«

Ich ärgerte mich über den unaufrichtigen Ton in meiner Stimme. Meine Worte klangen eine Spur zu »offen«, zu »glatt«. Und ich wusste, dass Paul es auch bemerkt hatte.

»Parr trägt einen Bart, oder?« Paul stellte die Frage so nüchtern und ironielos, wie es ihm möglich war. »Ich habe irgendwo ein Foto von ihm gesehen.«

Ich hatte jedoch nicht vor, mich provozieren zu lassen. »Ja, das stimmt, er sieht ein bisschen aus wie Jesus, und überhaupt hat er etwas an sich, das auf manche Leute vielleicht – na ja, einstudiert oder manieriert wirkt. Aber genau das beeindruckt mich. Ich meine, den süßen, kindlichen Heiligen mit ihren Unschuldsmienen traue ich nicht über den Weg. Augustus ist hochgebildet und sich seiner Wirkung vollauf bewusst. Und das beruhigt mich. Er ist eitel wie die meisten Menschen, und das weiß er auch, aber gleichzeitig glaubt er fest daran – »

»Woran glaubt er denn?«

»Hast du nicht gesagt, du habest eines seiner Bücher gelesen? Und«, ich konnte nicht widerstehen, »dass sogar ein Kind es begreifen würde?«

Paul lächelte, als würde er den Treffer anerkennen. »Ich will es aber von dir hören.«

»Er glaubt an –« plötzlich merkte ich, dass ich das Wort »Gott« nicht aussprechen konnte, nicht vor Paul – also umschrieb ich es: »an etwas, das in uns allen steckt und doch nicht wir ist – nicht unsere individuelle Persönlichkeit. Er glaubt, dass es da ist und dass wir in Verbindung damit treten können.«

»Falls man das will.« Pauls schnelle Antwort überraschte mich. Er hatte offenbar viel über all das nachgedacht.

»Jeder will das.«

»Mit Sicherheit nicht.«

»Doch – manche geben es bloß nicht zu.« (Mir war bewusst, wie gönnerhaft das klang.)

»So ein Quatsch.«

»Du meinst, du gibst es auch nicht zu?«

»Ich habe nicht von mir gesprochen. Was ich will, spielt keine Rolle. Die Frage ist, warum sollte ein normaler vernünftiger Mensch in Verbindung mit diesem sogenannten Etwas treten?«

»Weil – weil wir dazu auf der Welt sind.«

»Behauptet wer?«

»Also, ich meine – welchen Sinn sollte das Leben sonst haben – außer herauszufinden, wer wir wirklich sind?«

»Wie kommst du darauf, dass das Leben einen Sinn hat? Kann es nicht auch ein widerlicher, sinnloser Haufen Scheißdreck sein?«

»Ja, vielleicht. Aber ich bin mir ziemlich sicher, dass es nicht so ist.«

»Weil Augustus Parr so denkt?«

»Unter anderem. Dazu kommen die Erfahrungen, die unzählige Heilige und Mystiker gemacht haben, überall auf der Welt und völlig unabhängig voneinander –«

»Für die es keine richtigen Beweise gibt. Diese Leute behaupten bloß, sie hätten sie gemacht. So was kann man nun mal nicht aus der Tasche ziehen und anderen zeigen.«

»Nein – aber deine Umwelt bemerkt, dass du dich veränderst.«

»Hat Parr sich verändert?«

»Ja. Eindeutig.«

»Woher weißt du das?«

»Wir sind uns früher schon einmal begegnet – vor ein paar Jahren, in England.«

»Du weichst meiner Frage aus. Woher weißt du, dass er sich verändert hat?«

»Ach – Intuition. Ich meine – ich bin schließlich Schriftsteller, und –«

»Verzeihung!« Paul verdrehte spöttisch die Augen. »Wie konnte ich das vergessen! *Du* weißt, dass er sich verändert hat – und das muss uns anderen gefälligst genügen! Und du hast dich natürlich auch verändert?«

»Nein, das würde ich nicht sagen.«

»Und warum nicht?«

»Weil, na ja, ich habe gerade erst angefangen –« Ich verstummte schuldbewusst. Ich hatte schon mehr preisgegeben, als ich wollte.

»Angefangen womit?«

»Mit – mit Meditieren.« Wenn es doch nur ein anderes Wort dafür gäbe, dachte ich. Es klingt immer so untätig und nutzlos.

»*Wie* meditierst du?« Manchmal hatte ich das Gefühl, Paul wäre wirklich interessiert; im nächsten Moment schien er es einfach zu genießen, mich in die Zange zu nehmen.

»Ich – das lässt sich nur schwer in wenigen Worten beschreiben. Im Grunde sitzt du einfach da und wartest, dass du zur Ruhe kommst, und dann versuchst du, dich zu öffnen –«

Hier blieb ich stecken. »Sich öffnen« war eine Formulierung von Augustus. In Pauls Beisein klang es unweigerlich nach Stuhlgang. Ich zwang mich weiterzusprechen: »Damit meine ich, du öffnest dich diesem Etwas –«

»Warum sagst du immer ›dieses Etwas‹? Was spricht dagegen, einfach ›Gott‹ zu sagen? Das meinst du doch, oder nicht?«

»Ja.«

»Dann sag es auch, verdammt noch mal!«

»*Gott*«, sagte ich. Vor Paul war das so aufregend, wie damals in der Grundschule ein neues unanständiges Wort zu verwenden.

»Und du siehst Gott in dir, wenn du meditierst?«

»Aber nein!«

»Warum machst du es dann?«

»Man muss Geduld haben. Es dauert lange, bis sich erste Erfolge zeigen. Manchmal Jahre.«

»Du sitzt also einfach da? Ich würde sofort an alle denken, mit denen ich es je getrieben habe, da bin ich mir sicher. Am Ende würde ich mir einen runterholen.«

»So geht es mir auch manchmal. Ich würde gern.«

»Aber du tust es nicht?«

»Nein.«

»Warum nicht? Hast du Sex aufgegeben?«

»Ich versuche es.«

»Weil Parr es dir befohlen hat? Wahrscheinlich hält er Sex für schlecht.«

»Nein, ganz und gar nicht. Nicht für die meisten Leute. Er sagt, Sex ist gut, bis du dich entscheidest, nach –«

»Diesem Etwas zu suchen?« Paul grinste neckisch.

»Gott.«

»Und dann?

»Dann musst du Sex aufgeben – auch das Rauchen, das Trinken und – dergleichen. Nicht weil diese Dinge falsch sind, sondern – es ist, als würdest du für einen Wettkampf trainieren.«

»Ich habe in meinem Leben noch nie für irgendetwas trainiert. Ich habe also keine Ahnung.«

»Glaubst du vielleicht, ich, verdammt? Aber irgendwie muss ich es schließlich erklären!«

»Ich muss sagen, aus deinem Mund klingt das alles schrecklich öde.« Doch er lächelte dabei, anders als bisher und so innig und bezaubernd, dass ich zwischen uns etwas wahrzunehmen glaubte – eine gewisse Unbefangenheit, die vielleicht sogar zu einer Freundschaft führen würde. Offenbar hatte ich mir unbewusst die ganze Zeit gewünscht, sein Freund zu sein; andernfalls hätte ich nicht so schnell reagiert, wie ich es jetzt tat.

»Nein, Paul – da irrst du dich. Es ist nicht öde. Das ist ja das Merkwürdige dabei. Es ist wahnsinnig aufregend. Ich meine, manchmal jedenfalls. Ich wünschte, ich könnte es dir beschreiben – du sitzt in Stille, und auf einmal merkst du, dass da noch etwas anderes ist. Du kannst es nicht sehen, aber es ist da.«

Einen Augenblick lang hörte er mir mit aufrichtiger Neugier zu. Alle Skepsis schien verflogen. Doch dann veränderte sich sein Blick, und er sagte kalt: »Also, ich persönlich halte mich an das, was ich sehen, fühlen, riechen, tasten und vögeln kann. Nur darauf ist wirklich Verlass. Alles andere sind nur schöne Worte, mit denen man sich irgendetwas einredet. Ich behaupte nicht, diese Mystiker seien Scharlatane. Aber sie können mir nicht beweisen, dass sie sich nicht selbst belügen. Und das gilt auch für deinen Freund Parr.«

Ich hörte einen Hauch von Zweifel in seiner Stimme oder glaubte ihn zu hören. Auf jeden Fall wollte er, dass ich ihm widersprach und meinen Standpunkt verteidigte. Doch auf einmal war ich nicht mehr in der Stimmung. Pauls Worte hatten mich ernüchtert. Offensichtlich, dachte ich, war er doch nicht interessiert. Selbst wenn er Augustus' Buch gelesen und kurz darüber nachgedacht hatte, was bewies das schon? Er hatte sich in dem Krankenhaus gelangweilt, weil ihm seine üblichen Vergnügungen fehlten – Sex, Alkohol, Drogen. Zum Teufel mit allen Playboys und Playgirls! Nichts bedeutete ihnen etwas. Absolut gar nichts.

Trotzdem, ich würde ihm eine letzte Chance geben –

»Am Telefon hast du gesagt, ich sei der Einzige, der dir helfen könne. Helfen wobei?«

»Von ›helfen‹ war nicht die Rede«, sagte Paul prompt.

Ich war mir sicher, dass er das Wort gebraucht hatte, aber ich ließ es durchgehen. »Na schön, worüber wolltest du mit mir sprechen?«

»Nichts.«

»Nichts – nur so?«

»Nichts Wichtiges.«

»Dann sag mir doch, worum es ging.«

»Ich habe es mir anders überlegt. Du würdest es nicht verstehen.«

»Zu schade – nachdem ich extra den weiten Weg gefahren bin.«

»Ich hatte dir gesagt, komm nicht, wenn du nicht willst.«

Dennoch lächelten wir uns weiter an. Unser Streit hatte etwas sonderbar Vertrautes und Spielerisches.

»Also dann, auf Wiedersehen«, sagte ich.

»Wiedersehen.« Wir gaben uns höflich die Hand. Paul machte mir die Tür auf. Bevor ich bei meinem Wagen war, hatte er sie wieder geschlossen.

Einige Nächte später riss mich das Telefon aus dem Tiefschlaf. Es war früher Morgen; draußen war es stockdunkel und totenstill. »Hallo?«, sagte ich gereizt.

»Christopher –« Es war Paul. Er klang nicht eine Spur verzweifelt, nicht einmal angespannt; dennoch wusste ich, dass er in Not war. Seine Stimme war sehr leise und hatte alle Gestelztheit verloren; übrig geblieben war ein leichter Südstaatenakzent. »Ich komme zu dir.«

»Jetzt?«

»In etwa fünfzehn Minuten. Sobald ich hier wegkomme.«

»Ist es wichtig?«

»Wahrscheinlich nicht – nicht für dich.«

»Wo bist du? Zu Hause?«

»Da war ich seit zwei Tagen nicht.«

»Ah … na schön – komm her.«

»Christopher –«

»Ja?«

»Bist du allein?«

»Ja, natürlich.«

»Du hast niemanden in deinem Bett?«

»Nein –«, ich schlug einen leicht sarkastischen Ton an, »zufälligerweise nicht.«

»Ist gut.«

Ich erschrak, als ich ihm die Tür öffnete. Ein Auge war von einem scheußlichen bunten Bluterguss verunstaltet und fast zugeschwollen. Er war unrasiert, und seine Kleidung war zerknittert und schmutzig. Er ging an mir vorbei durch die Wohnung und setzte sich aufs Bett. »Du hast sicher nichts zu trinken im Haus«, sagte er. »Ihr Abstinenzler denkt nie an eure Gäste.«

»Es ist Rum da.«

»Rum! Mein Gott – das sieht dir ähnlich! Na gut – wenn du nichts anderes hast.«

Ich ging in die Küche und kam mit der Flasche zurück. Sie war nur noch knapp ein Viertel voll. »Willst du Cola dazu?«

»Cola?« Er schüttelte sich. »Ich *bitte* dich!« Er zog den Korken und leerte die Flasche in ein, zwei langen Zügen. Dann wischte er sich über den Mund. »Wahrscheinlich muss ich mich gleich übergeben«, sagte er. »Was soll's«, fügte er hinzu, während er offenbar interessiert seine Hände begutachtete, »wenigstens das Zittern hat aufgehört.«

»Was ist mit deinem Auge?«

»Ach das?« Er stand auf, trat vor den Spiegel und sah sich an. »Das war vor vier oder fünf Tagen. Ja, am Tag deines Besuchs. Abends. Ich bin mit einem der Marines in Streit geraten. Nelson. Er hat mich verprügelt.«

»Warum denn das?«

»Ach, er war besoffen. Ich habe ihn einen Hurensohn genannt, ohne besonderen Grund und ganz freundlich. Aber er hat's persönlich genommen. Oder so getan. Er sagte, ich hätte seine Mutter beleidigt. Er wollte, dass wir uns auf kitschige, altertümliche Weise schlagen. Sogar das Hemd hat er ausgezogen. Mich aufgefordert aufzustehen und zu kämpfen wie ein Mann. Ich sagte: ›Herzchen, die Tante *ist* kein Mann und würde sich nie dazu herablassen, sich wie einer aufzuführen, und du bist nur ein kleiner Männerimitator, der sich gerade als entsetzlicher Langweiler entpuppt.‹ Da hat er zugeschlagen.«

»Das überrascht mich nicht«, sagte ich lachend. »Aber ich bewundere deinen Mut, so mit ihm zu reden. Diese Jungs haben einen ziemlich brutalen Eindruck auf mich gemacht.«

Paul grinste. Mein Kompliment hatte ihm gefallen. »Wenn du dir von einem Marine oder einem anderen Soldaten etwas gefallen lässt, bist du erledigt. Das verunsichert sie so sehr, dass sie das ganze Haus auseinandernehmen und alle Bewohner massakrieren.«

»Was haben Ruthie, Ronny und die anderen gemacht, als er auf dich losgegangen ist?«

»Ich glaube, die haben alle schon gepennt. Bis auf Ruthie – sie schläft selten ein; sie geistert in Trance umher wie eine Untote. Ich habe sie nirgends gesehen, wenn ich es mir recht überlege. Aber selbst wenn sie da gewesen wäre, hätte es nichts geändert. Wenn sie in diesem Zustand ist, könntest du jemanden vor ihren Augen umbringen, und sie würde es für einen Witz halten.«

»Du hast gesagt, du seist seit zwei Tagen nicht zu Hause gewesen. Wissen die anderen, wo du bist?«

Pauls Miene veränderte sich. Er ging zum Fenster. Draußen wurde es langsam hell. »Nein«, sagte er. »Und es wäre ihnen auch egal.«

»Warum sagst du das?«

»Es hat eine fürchterliche Szene gegeben. Ich habe keine Lust, dir die trostlosen, verlogenen Einzelheiten zu erzählen.

Es fing mit irgendeiner Belanglosigkeit an, wie immer in solchen Fällen. Und dann rückten wir alle mit ein paar bitteren Wahrheiten heraus, die wir uns lange aufgehoben hatten. Mir wurde klar, dass sie mich im Grunde hassen wie die Pest. Also sagte ich, ich würde ausziehen. Und das habe ich getan.«

»Du meinst, das war's mit eurer Freundschaft?«

»Falls es überhaupt eine Freundschaft war.«

»Das tut mir leid.«

»O bitte – erspar mir diesen Blödsinn! Es tut dir nicht leid. Warum sollte es auch? Sag nur, was du ernst meinst, Herrgott noch mal.«

»Na gut – warum platzt du hier mitten in der Nacht herein, nur um mir zu erzählen, dass du dich mit den beiden überworfen hast? Und wenn wir schon dabei sind, warum hast du am Telefon gesagt, du wärst in fünfzehn Minuten hier, um dann erst eine geschlagene Stunde später aufzutauchen? Ist dir eigentlich klar, dass ich die ganze Zeit wach gelegen und auf dich gewartet habe? Und du hast dich nicht einmal entschuldigt.«

»Mir ist das Benzin ausgegangen. Ich musste zwanzig Blocks weit laufen, bis ich eine geöffnete Tankstelle fand.«

»Und warum hast du das nicht gesagt?«

»Ich hielt es nicht für nötig, mich bei dir zu entschuldigen.« Ich sah, dass er mit der Fassung rang. »Ich dachte, du wärst mein Freund.«

»Ach, du lieber Himmel! Und du wirfst mir vor, ich würde mich nicht klar ausdrücken!«

Er lächelte, doch ich konnte sein Lächeln nicht deuten. Er war in der Tat in einer sehr seltsamen Stimmung. Als ich einsah, dass er nicht darauf eingehen würde, sondern wartete, dass ich weiterredete, fragte ich: »Und was erwartest du jetzt von mir?«

»Sag mir, ich soll mich zum Teufel scheren.«

»Und was machst du dann?«

»Mich zum Teufel scheren.«

»Und dann?«

»Ronny hat spezielle Schlaftabletten, er bekommt sie von einem Bekannten, einem Apotheker in New York. Die sind extrem stark. Er prahlt ständig damit, behauptet, sieben würden reichen, um dich umzubringen. Bevor ich gegangen bin, habe ich das Fläschchen eingesteckt. Ich dachte, ich würde es nur tun, um Ronny zu ärgern, der davon überzeugt ist, er könne ohne sie nicht schlafen, und nun mindestens drei Tage auf neue warten muss. Aber jetzt weiß ich, warum ich sie wirklich genommen habe.«

»Falls du von Selbstmord sprichst, iss vorher ein Stück Brot. Wenn du sie auf leeren Magen schluckst, habe ich gehört, musst du dich höchstwahrscheinlich übergeben und bleibst am Leben.«

»Du glaubst nicht, dass ich mich umbringen würde, oder?«

»Das habe ich nicht gesagt.«

»Natürlich glaubst du es nicht. Du *willst* es nicht glauben. Denn dann müsstet du es mir ausreden – dürfest mich vielleicht tagelang nicht aus den Augen lassen –, und das wäre dir lästig. Ich kann sagen, was ich will, du glaubst mir sowieso nicht, also sage ich einfach die Wahrheit. Hinterher kannst du es dann Ruthie und Ronny erzählen – oder du lässt es, das ist mir egal. Ich erzähle es dir nur zum Spaß – denn es ist das erste und auch das letzte Mal, dass ich so offen mit jemandem rede … Du hältst mich wahrscheinlich für eines von den hysterischen Mädchen, die ständig mit Selbstmord drohen. Das zeigt nur, wie wenig du mich kennst. Ich habe noch nie beschlossen, mich umzubringen, es noch nicht mal ernsthaft in Erwägung gezogen. Ich halte Selbstmord nämlich für eine furchtbar langweilige Angelegenheit, und die einzige akzeptable Entschuldigung, andere damit zu belästigen, besteht darin, so lange zu warten, bis du dir sicher bist, dass du es wirklich, wirklich willst. Dann stellst du es sehr wahrscheinlich richtig an. Bis gestern Abend hat mich immer etwas vor dieser Sicherheit bewahrt – irgendeine Kleinigkeit wie die Neugier auf einen Film, den ich mir ansehen wollte, aufs Abendessen oder einfach darauf, was wohl als Nächstes passiert. Gestern habe ich plötzlich festgestellt, dass das vorbei ist.«

»Wie meinst du das?«

»Ich wusste einfach, es ist vorbei. Es geschah in einer Bar auf dem Sunset Boulevard, unten in Downtown, mitten am Abend. Ich warf einen Blick in den Spiegel und sah mich an – nicht so wie sonst –, ich sah ganz genau hin. Die Bar war voll mit Leuten, aber ich fühlte mich, als wäre ich alleine auf einer einsamen Insel. Ich wusste, dass es vorbei ist, weil ich erkannte, dass ich nutzlos geworden bin – absolut nutzlos.«

»Das denkt jeder ab und zu. Ich auch.«

»Nein, du nicht. Nicht ernsthaft. Kaum jemand glaubt das ernsthaft. Denn fast jeder ist zu irgendetwas gut. So wie ich früher. Aber das ist vorbei – also hat mein Leben keinen Sinn mehr. So einfach ist das.«

»Und darum willst du die Tabletten schlucken?«

»Fällt dir was Besseres ein?«

»Nein. Aber eines verstehe ich nicht. Warum bist du zu

mir gekommen? Ich meine – wenn du wirklich zu nichts gut bist und dich entschlossen hast, dir das Leben zu nehmen, warum hast du dann nicht die Bar verlassen und es gleich getan?«

»Ich dachte, das wäre offensichtlich. Ich habe Angst.«

»Davor, dich umzubringen?«

»Ach was! Nicht davor. Ich fürchte mich vor dem, was danach ist.«

»Aber hast du nicht gesagt, du glaubst nicht –«

»Ich glaube nicht daran, was die Christen von sich geben. Ich glaube nicht, dass nach dem Tod noch etwas kommt. Aber nicht daran zu glauben genügt nicht. Nicht wenn du dem Tod ins Auge blickst. Du musst dir absolut sicher sein, so oder so. Ich habe Angst davor, es zu tun, solange ich mir nicht sicher bin. Du hast nie Drogen genommen, oder, Christopher? Sonst wüsstest du vielleicht, wovon ich spreche. Manchen Leute gelingt es offenbar, sich dauerhaft etwas vorzumachen. Ich kann das nicht. Ich bin im Drogenrausch zwei-, dreimal in mein tiefstes Inneres vorgedrungen – und eines weiß ich genau: Sollte es durch einen verrückten, unwahrscheinlichen Zufall ein Leben danach geben, und ich nehme in meiner jetzigen Verfassung diese Pillen, lande ich in einem Albtraum, der tausendmal grauenhafter ist als alles, was mir in diesem Leben zustoßen kann. Denn dort wäre ich in mir selbst gefangen. Da bin ich mir sicher.«

»Dann geh das Risiko nicht ein. Bleib am Leben.«

»Du verstehst überhaupt nicht, wovon ich spreche, oder? Für dich ist das bloß Gerede. Das Einzige, was für dich zählt, ist, dass ich dich aus deinem kostbaren Schlaf geholt habe. Du kannst dich gleich wieder hinlegen, ich bin fast fertig. Es interessiert mich nicht, ob ich dich langweile oder ob du all das schmalzig findest, du wirst mir bis zum Schluss zuhören. Vielleicht wirst du mich eines Tages verstehen … Früher war ich nützlich – zum Sex. Sehr nützlich sogar. Alle möglichen Leute waren scharf auf mich, und das hat mich erregt – auch wenn ich sie völlig reizlos fand, und so war es meistens. Es hat mir unheimlich Spaß gemacht, anderen Lust zu bereiten, und ich war stolz darauf, dass es mir fast immer gelang. Doch dann wurde Sex immer mehr zur Besessenheit. Ich hatte das Gefühl, ich müsste weiter-, immer weitermachen, selbst wenn ich erschöpft war. Und schließlich begriff ich, dass ich Sex hasste. Ich wollte ihn mir aus dem Leib vögeln. Ich trieb es so wild, dass mir mehrmals ein Äderchen platzte und Blut floss. Und dann, es ist noch nicht lange her, hatte ich es endlich geschafft. Seit drei Monaten bin ich impotent. Ich meine, absolut impotent. Er wird nicht einmal mehr steif … Es ist erstaunlich, wie lange man so etwas verbergen kann. Ich habe alle möglichen Tricks angewandt – ich habe obszön geredet, mit erfundenen Sexgeschichten geprahlt, und drei-, viermal, als es keinen anderen Ausweg gab und ich mit jemandem ins Bett springen musste, habe ich vorgetäuscht, ich wäre zu betrunken. Aber Ruthie ist dahintergekommen. Darum ging es unter anderem in unserem Streit. Sie hat es Ronny erzählt – und der konnte es natürlich nicht lassen, sich über mich lustig zu machen. Aber das war nicht das Ausschlaggebende. Er weiß es, und ich kann es nun mal nicht ertragen, wenn andere Bescheid über mich wissen. Wenn jemand etwas über mich weiß, hasse ich ihn.«

»Erzählst du es mir deswegen? Damit du mich hassen kannst?«

»Aber nein – du bist mir völlig gleichgültig. Warum sollte ich dich hassen? Ich glaube kaum, dass dich schon mal jemand gehasst hat; und du könntest wahrscheinlich auch niemanden hassen, selbst wenn du es wolltest. Du kennst dich nur mit Büchern und Sprache aus. Du bist ein typischer gesitteter Engländer. Und vor denen graut es mir.«

»Du bist auch nicht gerade hinreißend, weißt du? Seit wir uns kennen, tust du alles, um mich zu beeindrucken. Und jeder Versuch ist noch hirnverbrannter als der vorige. Wir sollen alle fassungslos hintenüberkippen, weil du ein so sündhaft verruchter Dorian Gray bist. In Wirklichkeit bist du bloß ein ordinärer, nicht mehr ganz so junger Bengel aus dem abstoßendsten Bundesstaat des Landes, der sich für weltgewandt hält, weil er aus ein paar europäischen Hotels hinausgeworfen wurde. Weltgewandt! Dass ich nicht lache! Für dich wäre es wahrscheinlich das Paradies, mit der Herzogin von Windsor Tee zu trinken! Und was mich betrifft, du hast nicht den leisesten Schimmer, wie ich bin, was ich empfinde oder worüber ich nachdenke – weil du nämlich nur mit dir selbst und deinen jämmerlichen Eskapaden beschäftigt bist. Solltest du dir je das Leben nehmen – was ich ernsthaft bezweifle, weil dir dazu mit Sicherheit der Mumm fehlt –, dann aus reiner Überheblichkeit. Ich persönlich gehe jede Wette ein, dass du nur bluffst –«

Schon während meines Ausbruchs war ich entsetzt und noch mehr erstaunt über mich selbst. Das war nicht ich, der da sprach – meine Stimme, die Wörter klangen leicht unnatürlich, und dennoch konnte ich erst aufhören, als alles raus war. War Pauls Erregung wirklich so ansteckend? Oder trieb er mich absichtlich dazu, so mit ihm zu reden? War das der wahre Grund seines Besuchs – mich dazu zu zwingen, ihn zurückzuweisen?

Unterdessen hatte Paul sich, ohne mich anzusehen, umgedreht und verließ die Wohnung. Ich versuchte nicht, ihn aufzuhalten. Die Tür fiel leise hinter ihm ins Schloss. Ich blieb stehen und lauschte den morgendlichen Geräuschen unten auf der Straße.

Nein, das konnte ich nicht machen. Ja, vielleicht hatte er nur geblufft, aber das hatte ich auch. Ich durfte ihn nicht einfach so gehenlassen, nicht mit den Schlaftabletten in der Tasche. Ich lief ihm nach, hantierte hektisch an der Tür, riss sie auf. Paul war schon halb die Treppe runter. Er musste mich gehört haben, aber er drehte sich nicht um, und ich holte ihn erst kurz vor der Haustür ein. Ich packte ihn roh und gefühllos am Arm – auch das war nicht ich –, riss ihn herum und schleifte ihn förmlich die Treppe hinauf in die Wohnung. Er leistete keinerlei Widerstand. Er wandte das Gesicht von mir ab, doch im Spiegel erhaschte ich einen Blick und sah, dass er lächelte. Dieses Lächeln war von einer so perversen, masochistischen Gehässigkeit, dass ich einen kurzen Augenblick lang zutiefst abgestoßen war und dachte: Du verdammter Idiot – warum hast du ihn aufgehalten?

Ich ließ seinen Arm los und trat zurück. Ich schnaufte. Er war nicht ein bisschen außer Atem. Ich war aufgewühlt. Er war ruhig. Doch eines war mir klar: Ich konnte die angespannte Situation nicht eine Sekunde länger ertragen; es musste etwas geschehen.

»Hör zu«, sagte ich, »geh erst mal duschen. Du kannst meinen Rasierer nehmen. Ich mache uns Frühstück.«

Paul verschwand wortlos und mit abgewandtem Blick im

Bad. Murmelte er »Wie du willst« in sich hinein, oder war das nur meine Einbildung? Jedenfalls erkannte ich resigniert, dass ich ihm eine neue Möglichkeit gezeigt hatte, seine Aggressivität an mir auszulassen; ab jetzt würde er stur alles tun, was ich sagte.

Als Paul eine halbe Stunde später aus dem Bad kam, wirkte er wie ein neuer Mensch. Sogar seine Kleidung war wieder ordentlich. Er ähnelte einem Kranken, den man für die Besuchszeit hergerichtet hatte. Das blaue Auge, das aus seinem hübschen, frisch rasierten Gesicht herausstach, verlieh ihm jetzt etwas Heldenhaftes.

Ich hatte mich inzwischen angezogen, Kaffee aufgesetzt, Orangen gepresst und die Eier aus dem Kühlschrank geholt. Ich wollte sie gerade in die Pfanne schlagen, als Paul in die Küche kam. »Soll ich das übernehmen?«, fragte er. Und da es mich nervös machte, wie er dort stand und mir zusah, sagte ich: »Ja, gerne.«

»Willst du ein Omelett?«

»Das wäre wunderbar.«

Es war fast unheimlich, wie die Situation sich verändert hatte. Wir gingen jetzt sanft und höflich miteinander um. Ich war tief beschämt; was Paul empfand, blieb mir verborgen. Er ging zügig und voller Selbstvertrauen ans Werk, nahm eine Zwiebel und Kräuter aus dem Küchenschrank und eine Scheibe gekochten Schinken aus dem Kühlschrank, als wüsste er blind, wohin er greifen musste. Als er das Omelett auf einem Teller in die Essecke trug, dachte ich: Er verwandelt sich mühelos in einen Diener! Und dann: Vielleicht fühlt er sich in dieser Rolle am wohlsten.

»Das ist ja köstlich, Paul!«, rief ich nach dem ersten Bissen.

Und das war es. Paul ignorierte mein Kompliment, abgesehen von einem leisen, schüchternen Zucken mit den Lidern. Zweifellos wusste er, dass er herrliche Omeletts briet, und vielleicht stand es ihm in seiner Dienerrolle nicht zu, sich zu bedanken. Ein paar Minuten lang aßen wir schweigend, und ich spürte die Last seiner neuen, unerbittlichen Passivität. Als das Frühstück endlich beendet war, sagte ich angespannt: »Und, was machen wir jetzt?«

»Was *ich* jetzt mache, steht wohl kaum zur Debatte«, sagte Paul mit seinem provokantesten Lächeln. »Was machst du?«

Doch an diesem Punkt überraschte ich ihn. Ich rief entschlossen: »Das, was du meiner Meinung nach die ganze Zeit von mir wolltest. Ich nehme dich mit zu Augustus Parr.«

Paul schwieg mit unbewegter Miene. Vielleicht war er nicht so überrascht, wie ich vermutet hatte.

»Darum geht es doch, nicht wahr?«, fuhr ich in gespielt herrischem Ton fort. »Du wolltest mich schon darum bitten, als du mich im Studio angerufen hast.«

»Du wusstest es also. Warum hast du es dann *neulich* nicht vorgeschlagen, Honey?«

Er hatte mich ertappt. Konnte er Gedanken lesen, oder war das nur ein Glückstreffer? Unklugerweise antwortete ich: »Als wir uns bei Ruthie darüber unterhielten, wirktest du auf mich nicht besonders interessiert. Augustus hat jede Woche Dutzende Termine. Ich behellige ihn nie mit Leuten, denen es nicht wirklich ernst ist.«

»Und du meinst, jetzt ist es mir ernst?«

»Ja. Das meine ich. Ich meine, nach allem, was passiert ist –«

»Ich habe dir gesagt, dass ich nicht daran glaube.«

»Na ja, vielleicht ist glauben das falsche Wort, aber –«

»Bist du dir sicher, dass du mich nicht nur mitnimmst, weil du mich jetzt am Hals hast und nicht weißt, was du sonst mit mir anstellen sollst?« Er sah mich an und lächelte. Und ich wusste keine Antwort darauf; ich bekam nur ein schwaches Lächeln zustande und wurde rot. Das schien ihm zu genügen. Er war nicht schockiert über die Wahrheit; er hatte sich nur einen Spaß daraus gemacht, sie aus mir herauszuholen. »Versprich mir nur, dass du eines nicht vergisst.«

»Und das wäre?«

»Als ich vorhin gehen wollte, warst du es, der mich zurückgehalten hat, Honey. Wehe, du hältst mir das später einmal vor.«

»Bestimmt nicht.«

»Fast alle machen das nach so einer Geschichte.«

»Lass dir eines von mir gesagt sein, Paul – ich bin nicht alle. Je eher du das begreifst, desto eher wirst du auch mich verstehen.«

Paul lachte laut auf. Er schien erfreut und ehrlich amüsiert zu sein. Und wieder hatte ich, wie in Ruthies Haus, das Gefühl, dass es Ungezwungenheit und Freundschaft zwischen uns geben könnte. »Schön für dich, Schätzelchen!«

Ich sah auf die Armbanduhr. »Ich könnte ihn jetzt anrufen.«

»Du meinst, er ist schon wach?«

»Augustus«, sagte ich ziemlich streng, »steht jeden Morgen vor Sonnenaufgang auf und meditiert zwei Stunden. Mittags zwei weitere Stunden. Und noch mal zwei am Abend. Es ist mir unbegreiflich, woher er die Zeit nimmt, all die Briefe zu schreiben und die vielen Leute zu empfangen.«

»Ich habe dich heute Morgen vom Meditieren abgehalten, oder?«

»Ach – leider übe ich nicht so regelmäßig. Und auch nicht so lange.«

»Wie lange denn?«

»Ungefähr eine halbe Stunde. Manchmal auch nur zwanzig Minuten.« Pauls Fragen klangen ganz harmlos, aber sie brachten mich in Verlegenheit. Um weiteren Fragen auszuweichen, stand ich auf und ging ins Schlafzimmer. Ich hatte spontan das Bedürfnis, die Tür hinter mir zu schließen, doch damit hätte ich Paul den moralischen Vorteil verschafft, sich ausgegrenzt zu fühlen. Also ließ ich sie angelehnt.

»Hallo?«, sagte Augustus verhalten am anderen Ende der Leitung. Es war die Stimme eines Menschen, der es gewohnt ist, Anrufe aus dem Reich der Übergeschnappten zu erhalten: hysterische Schuldeingeständnisse und Glaubenszweifel, langatmige Schilderungen übersinnlicher Erfahrungen, wirre Witze ohne Pointe, sogar Gewaltandrohungen. Das waren seine Berufsrisiken.

»Hallo, Augustus, hier ist Christopher.«

»Ach, Christopher – wie schön, deine Stimme zu hören! Ich wünsche dir einen guten Morgen!«

»Augustus – ich würde dir sehr gerne jemanden vorstellen, wenn deine Zeit es irgendwie zulässt.« Teils wegen Paul nebenan, teils weil meine Stimme sich reflexartig Augustus' Stimme anpasste, sprach ich im Halbflüsterton des Beichtenden. »Ich weiß, du bist sehr beschäftigt.«

»Ist es nicht eigenartig zu behaupten, man sei beschäftigt? So oft drückt sich darin nur die Furcht aus, dass einem Zeit gestohlen wird – wie ein Hund, der wegen eines Knochens knurrt, den er im Grunde gar nicht haben will. Man knurrt schon, bevor man die Absichten des Menschen kennt, der sich einem nähert, nur *weil* er sich nähert – und in den Bereich des eigenen Besitzdenkens vordringt.«

»Du weißt, ich würde dich nie so kurzfristig um eine Audienz bitten, wenn es ist nicht wirklich dringend wäre –«

»Danke, Christopher. Du zeigst dich immer ausgesprochen rücksichtsvoll gegenüber dem heillosen Durcheinander, das in einem herrscht – denn etwas anderes ist es nicht. Wäre man anständig organisiert, gäbe es natürlich weder Druck noch Eile … Du sagst, es sei sehr dringend?«

»Ja … um ehrlich zu sein … besteht sogar die Gefahr …«, meine Stimme wurde noch leiser, »eines Selbstmords.«

»Ah, ich verstehe … ja, das ist dringend … Mein Onkel, ein kurioser Sonderfall, denn er war Geistlicher der anglikanischen Kirche und verfügte dennoch über große spirituelle Einsicht, pflegte zu sagen, man solle sich dem Totenbett mit christlicher Gottergebenheit nähern (sobald alles medizinisch und menschlich Mögliche getan ist, muss man einsehen, dass Sein Wille nicht unbedingt der unsere ist); im Falle eines Selbstmordes habe man jedoch das Recht, entschlossen einzugreifen, denn ein Selbstmord könne niemals Gottes Wille sein … Was sagt der Arzt? Ist die betreffende Person außer Lebensgefahr?«

»Ach, Augustus –« Ich musste lachen, weil Augustus immer vom Schlimmsten ausging – was sich darin äußerte, dass er sich oft bewusst verhörte, um die Situation zu dramatisieren. »Ich habe nicht gesagt, er hätte es getan! Er hat es noch nicht einmal versucht, obwohl er Tabletten bei sich hat. Aber er macht den Eindruck, als hätte er völlig den Boden unter den Füßen verloren –« Ich kicherte über das unbeabsichtigt passende Bild. »Ich meine, ich weiß wirklich nicht, ob er die nächsten vierundzwanzig Stunden durchsteht. Außer dir fällt mir niemand ein, der ihm helfen könnte.«

»Danke, Christopher. Natürlich geht es in solchen Fällen nicht darum, ob man der Richtige ist, nicht wahr? Es genügt, wenn jemand so weit wie möglich zum Schauplatz der Katastrophe vordringt – bis zu der furchtbaren Ego-Mauer, hinter der ein Mensch gefangen ist wie ein Bergmann in einem eingestürzten Stollen. Dort muss man Kontakt mit dem Verschütteten aufnehmen, ihm gut zureden, dass der Rettungstrupp schon unterwegs ist und dass er sich selbst helfen kann, indem er die Ruhe bewahrt. Mehr lässt sich in dieser Notsituation nicht tun.«

»Für den Betroffenen wäre das eine Menge.«

»Dann kommt ihr jetzt gleich?«

»Ja, bitte, wenn wir dürfen. In zwanzig Minuten?« Jetzt, dachte ich, hören wir uns an wie zwei Chirurgen, die sich über die stationäre Aufnahme eines Patienten verständigen.

»Ich erwarte euch. Danke, Christopher.«

»Ich danke dir, Augustus.« Ich legte auf und ging zurück ins Wohnzimmer. »Wir sollen sofort zu ihm kommen.«

»Also –«, sagte Paul, »ich hoffe, du weißt, was du tust!«

»Weiß ich nicht, aber ich gehe das Risiko ein«, sagte ich mit einem Grinsen. Auf einmal war ich bester Dinge. Ich war voller Energie und Tatendrang und fühlte mich gleichzeitig auf beschwingte Weise verantwortungslos. Es war wie in meinen alten Mr.-Fix-it-Zeiten in London. Es war ewig her, dass ich etwas aktiv in die Wege geleitet hatte. Und jetzt war ich neugierig, was dabei herauskommen würde.

Augustus wohnte damals bei zwei alten Damen, Schwestern, die ihn eingeladen hatten, bei ihnen einzuziehen, nachdem sie seine Bücher gelesen hatten. Sie lebten in einem großen, dunklen alten Haus außerhalb von Hollywood, an einer schmalen Landstraße, die sich bis hinauf in die Hügel schlängelte. Gegenüber gab es einen Orangenhain, in dem Augustus spazieren gehen durfte. Dort hatte ich auch meine erste Klapperschlange gesehen, im Abendlicht, zusammengerollt auf dem warmen Boden. Sie wirkte satt und schläfrig und klapperte nicht einmal. Während wir sie mit gebührendem Abstand beobachteten – und ich mich pflichtbewusst bemühte, meine Abscheu zu überwinden –, erklärte Augustus, die armen Kreaturen hätten den falschen Weg eingeschlagen, fort von der schöpferischen Evolution; sie hätten ihrer Angst nachgegeben und Giftdrüsen ausgebildet, und nun führten sie ein elendes Dasein, ohne die Fähigkeit, ihre Körpertemperatur zu regulieren – ihr Blut beginne zu kochen, wenn sie länger als zwanzig Minuten in der Sonne lägen. Im Winter, erzählte Augustus weiter, komme das Wild bis in den Hain, und jeden Abend könne man in den umliegenden Hügeln die Kojoten heulen hören. Die Hollywood Hills, sagte er, seien geologisch betrachtet noch sehr jung und würden nicht lange überdauern, denn sie bestünden aus weichem, verwittertem Granit, der jedes Jahr während der Regenzeit tonnenweise ins Tal hinabgespült werde. Wie alle Zeugnisse des Wandels erfüllte ihn das offenbar mit tiefster Befriedigung. Er beschleunigte den Prozess sogar, indem er auf unseren gemeinsamen Spaziergängen mit dem Wanderstock auf das erodierte Gestein einhieb. Dabei kicherte er und wirkte fast teuflisch.

Die alten Damen und Augustus achteten peinlichst darauf, einander nicht zu stören. Außer bei den Mahlzeiten, die sie gelegentlich zusammen einnahmen, hielten sie sich nie gleichzeitig in der Küche auf. Augustus hatte sein eigenes Telefon, und die Damen hoben nie den Hörer ab. Er meditierte in einem Häuschen am Ende des Gartens, inmitten eines subtropischen Dschungels aus riesigen Farnen, Palmen und Bananenstauden. Dort war er für niemanden zu sprechen; die Damen hätten ihn gewiss nicht einmal gerufen, wenn das Haus in Flammen gestanden hätte. Sie wären überzeugt gewesen, ein solches Malheur sei seiner erleuchteten Aufmerksamkeit nicht würdig.

Wir fuhren jeder mit dem eigenen Wagen, da ich anschließend ins Studio musste. Als wir vor Augustus' Haus ausstiegen, fragte Paul: »Wie alt ist er?«

»So um die fünfzig.«

»Dann ist er wahrscheinlich impotent. Deshalb ist er gegen Sex, so wie ich.«

»Das ist eine der typischen blödsinnigen Bemerkungen, mit denen man Dinge bagatellisiert, an die man aus Angst nicht glauben will.«

»Ja, das ist eine«, sagte Paul gut gelaunt. »Die andere lautet, womit verdient er sein Geld?«

»Ich habe ihn nie danach gefragt. Ich glaube, er verfügt über ein kleines unabhängiges Einkommen. Das meiste verschenkt er. Er braucht sehr wenig zum Leben.«

»Wärst du eine alte Hure wie ich, wüsstest du, dass sehr wenig eine Menge ist, wenn es an jedem Monatsersten kommt.«

Augustus erwartete uns wie versprochen an der Seitentür, die alle Besucher benutzen mussten. Sie befand sich am Ende einer breiten Mammutholzveranda mit gemauerten Pfosten und einem gewölbten Dach, das japanisch anmutete und allen Räumen unten das Licht nahm. Er spähte durch das bunte Bleiglasfenster; dann ging die Tür auf, und er winkte uns mit den Worten »Den Flur hinunter bis zur letzten Tür« feierlich ins Haus. Nach der Helligkeit draußen waren wir so gut wie blind und mussten uns vorantasten. Paul flüsterte mir vergnügt ins Ohr: »Wie früher in den Mondscheinkneipen!« Augustus schloss derweil die Seitentür ab, eine Vorsichtsmaßnahme, die offenbar der Furchtsamkeit der alten Damen geschuldet war – obwohl ich mir da nie ganz sicher war, denn er neigte dazu, andere Menschen als übertrieben vorsichtig und besorgt um die eigene Haut und den eigenen Besitz darzustellen.

Als wir in Augustus' Zimmer waren und er leise die Tür geschlossen hatte, damit keine störenden Geräusche zu uns drangen, stellte ich die beiden einander vor. Ich merkte sofort, dass Augustus Paul mochte; etwas Herzliches zeigte sich in seinen Augen, als sie sich die Hand gaben und der Parr'sche Charme zum Vorschein kam. »Kann ich euch Tee anbieten? Ich wollte geraden welchen machen. Das bereitet keine Umstände. Sagt einfach ja! Ich trinke sowieso welchen, mit euch oder allein. Natürlich beruhige ich mich immer wieder damit, Tee sei das einzige erlaubte Anregungsmittel. Doch die Wahrheit lautet, für einen alten britischen Teetrinker wie mich ist und bleibt er eine Sucht.«

Was ist er doch für ein liebenswerter Mensch, dachte ich. Das Liebenswerteste an Augustus war seine unerschrockene Begeisterung. Andere wahrten Zurückhaltung, wollten sich ihrer Sache erst sicher sein. Augustus ging sofort auf die Menschen zu. Er brannte förmlich vor Interesse für alles und jeden. Seine Intelligenz war das Resultat seiner grenzenlosen Neugier – und darüber verfügen nur die wenigsten! Während Augustus draußen war, um den Tee zu holen, schwiegen Paul und ich wie Theaterzuschauer, die den Zauber wahren wollen, weil sie wissen, dass es sich nicht um das Ende eines Aktes, sondern nur um einen schnellen Szenenwechsel handelt. Aber was hielt Paul von der Vorstellung? Ich sah ihn nicht an; die Furcht war zu groß, dass ich ein höhnisches Lächeln in seinem Gesicht entdeckte und wütend auf ihn sein musste. Wenn er Augustus nicht zu schätzen weiß, dachte ich, ist das sein Problem.

Augustus' Zimmer ging hinaus zum Garten. In kühleren Breiten hätte es vielleicht bedrückend gewirkt; hier empfand man es als angenehm schattig und kühl. Es war ziemlich groß und behaglich und wirkte nur deswegen kahl, weil Augustus sämtliche Bilder abgehängt hatte, mit der Begründung, sie würden ihn nur ablenken. (»Ich habe zu viel Zeit *in* ihnen verbracht, mich in Details verloren, ›Alle Achtung, sehr raffiniert!‹ gerufen oder ›Es gefällt mir nicht, wie er *das* gemacht hat‹. Ein Künstler sähe sie natürlich völlig anders, als Ganzes. Ist Schönheit nicht etwas Sonderbares? Sie will uns offenbar etwas erzählen, aber nicht das, was sie zu erzählen scheint.«)

Augustus tauchte mit dem Teegeschirr auf, jäh und lautlos wie eine Erscheinung. Die Turnschuhe, die er fast immer trug, verliehen ihm einen übernatürlich leisen Gang. Wie üblich erinnerte seine Kleidung gleichermaßen an einen

Künstler wie an einen Handlanger; ein blauer Kittel mit ausgefransten Ärmeln, ein Arbeitshemd von der Marine, vom vielen Waschen ausgeblichene Bluejeans mit geflickten Knien. Trotz meiner Parteilichkeit bemühte ich mich unwillkürlich, ihn mit Pauls Augen zu sehen. Ja, da war der Jesusbart – so ordentlich und spitz, dass Augustus ihn offenbar stutzte –, aber warum auch nicht, in Gottes Namen! Er schien das schmale, schöne Gesicht nach oben gen Himmel zu neigen. Augustus verhielt sich ausgesprochen weltlich, als er uns umständlich Tee einschenkte. Doch als Paul eine seiner Süchte offenbarte und ein Päckchen Zigaretten aus der Tasche zog, begab er sich mit unnötig viel Aufhebens auf die Suche nach einem Aschenbecher. Es lag ein leiser Vorwurf darin, als wollte er sagen: »In welcher Knechtschaft ihr Raucher doch lebt; nicht in der Lage, irgendwo fünf Minuten ohne eure Gerätschaft auszukommen!« – und ich sah, dass Paul den Wink verstand.

Danach trat Stille ein. Pauls Schweigen war möglicherweise auf Verlegenheit oder Antipathie zurückzuführen, aber ich zerbrach mir nicht den Kopf darüber. Ich selbst hatte mich inzwischen daran gewöhnt, zu Beginn meiner Besuche bei Augustus zu schweigen. Das sei Teil seiner Methode der Selbstbesinnung, hatte er mir erklärt; man müsse, »die Schwebstoffe zu Boden sinken lassen und warten, bis das Wasser klar ist«, ehe man sprach.

»Ich habe den Aufsatz über die Gita gelesen, den du mir geliehen hast«, sagte ich nach einer angemessenen Pause. Ich kannte die beiden gut genug, um Paul nicht sofort ins Gespräch einzubeziehen.

»Danke, Christopher«, sagte Augustus ernst. Während

unseres Schweigens hatte er reglos, aber hellwach auf der Stuhlkante gesessen, die langgliedrigen, empfindsamen Hände im Schoß gefaltet. Oft schon hatte er mich in dieser Haltung an einen Funker mit Kopfhörern erinnert, der eine Nachricht empfängt, die die Leute um ihn herum nicht hören können. Seine leuchtenden hellblauen Augen schienen dabei blind zu werden – zumindest gegenüber der Außenwelt.

»Eine Sache stelle ich jedoch infrage«, fuhr ich fort, um Augustus in Schwung zu bringen, »und zwar die Behauptung, dass nur sehr wenige Menschen ernsthaft an –« (zum Teufel mit Paul, dachte ich) – »diesem Etwas interessiert seien.«

»Ach, mein lieber Christopher, wie oft ich dich um deine optimistische Sicht auf die menschliche Natur beneide! Im Grunde ist das eine Form von Bescheidenheit. Du hast einen Zugang dazu gefunden, und deshalb gehst du davon aus, das sei für andere gleichermaßen einfach und selbstverständlich.« (Wieder spürte ich Pauls Gegenwart. Ja, es stimmte, Augustus schmeichelte mir gelegentlich – und das gefiel mir. Na und? Ich wünschte mir nur, er würde es nicht ausgerechnet jetzt tun.) »Leider müssen du und ich der Tatsache ins Auge blicken – und das ist besonders schmerzlich für diejenigen unter uns, die sich um einen Menschen sorgen, der nicht auf der Suche nach diesem Etwas ist –, dass nur sehr, sehr wenige im Laufe ihres Lebens an diesen Punkt gelangen. Denn erst wenn die bestialische Grausamkeit der Welt wehtut – *richtig* wehtut – wie ein in der Tür eingeklemmter Finger …«, Augustus verzog vor Schmerz das Gesicht; er hatte die unbewusste Eigenart, seine Worte pantomimisch zu illustrieren, »beschließt der Mensch, etwas dagegen zu unternehmen. Und dann ist es meistens schon zu spät … Wir befinden uns in der Zwischenwelt – das dürfen wir nicht vergessen. In der Welt zwischen dem, was mein Onkel Hölle nannte – eine vielleicht gar nicht so unpassende Bezeichnung für einen Zustand, der, wenn auch nur vorübergehend, sehr viel unangenehmer ist, als wir modernen Menschen zugeben wollen –, und dem, was er Himmel nannte und sich wie ein Paradies im Stile Gustave Dorés vorstellte; ein Paradies, das sich neben der beängstigenden Instantaneität des Bewusstseins, von der die Veden sprechen, zweifellos wie eine der albernen Ansichtskarten ausnähme, die man auf dem Brighton Pier kaufen kann. Jeder Augenblick ist Ewigkeit. Und wir können das Netz der Zeit in jedem beliebigen Augenblick durchstoßen. Das heißt, wir könnten es, wären wir nicht an Händen und Füßen fixiert …«, Augustus wand sich, als würde er sich gegen seine Fesseln wehren, »… sodass wir uns nicht rühren können.«

»Was meinen Sie mit fixiert?«, unterbrach ihn Paul – zu meiner großen Überraschung. Ich war davon ausgegangen, dass er sich gar nicht erst die Mühe machte, Augustus' Ausführungen zu folgen. Doch Augustus ließ sich nicht beirren und beantwortete die Frage, ohne Paul auch nur anzusehen oder den Tonfall zu wechseln.

»Es gibt drei Formen der Knechtschaft –«, er zählte sie an den langen Fingern ab, »Sucht, Verstellung, Ablehnung – wonach ich gelüste, was ich der Welt gegenüber zu sein vorgebe und wovor ich mich fürchte. Erinnert ihr euch an den heiligen Franziskus und den Aussätzigen? Furcht ist nichts anderes als erstarrte Gier. Und Verstellung ist die schlimmste Knechtschaft von allen. Sie ist der wahre Teufel.« Augustus zuckte zusammen, als verspürte er einen stechenden rheumatischen Schmerz. »Man ist *nie* gefeit. Man muss allzeit auf der Hut sein. Unerschütterliche Selbstbeherrschung, ein unerschütterliches Bewusstsein – alles andere ist zu wenig. Ramakrishnas Parabel vom Mönch und dem Lendentuch. Und hört um Himmels willen auf, die Welt um ihre Zustimmung zu bitten! *Ich* muss die Entscheidung fällen; ich frage in dieser Sache niemanden um Erlaubnis, der sie nicht selbst ausprobiert hat. Das höhnische Grinsen des Zynikers – die menschliche Natur lässt sich nicht ändern. Es gibt überhaupt keine menschliche Natur! Wir können unendliche Höhen erklimmen, denn wir können unendlich tief fallen. Sehen Sie, Paul«, jetzt, da er sich direkt an Paul wandte, bekam seine Stimme einen vertraulichen, beschwörenden Ton, »wir *müssen* dem furchtbaren Verlangen widerstehen, uns in unseren Schuldgefühlen und Skrupeln zu aalen. Solange wir uns dieser Eitelkeit hingeben, ist alles andere hoffnungslos. Franz von Sales ist Ihnen doch sicher ein Begriff. ›Auch unsere Reue muss friedlich sein‹.«

Ich lächelte still in mich hinein. Augustus war ganz in seinem Element. Obwohl ich all das mit Abweichungen schon mehrere Male gehört hatte, wäre ich gerne den ganzen Vormittag bei ihm geblieben. Ich genoss es einfach, mit Augustus zusammen zu sein, ohne selbst etwas sagen zu müssen. (Unsere gemeinsamen Gespräche faszinierten mich, aber das war eine andere, viel gewöhnlichere Erfahrung.) Wenn ich den Mund hielt und still dieser melodischen Stimme lauschte und doch nicht lauschte, sprach etwas auf einer nonverbalen Ebene zu mir. Meine Ängste und Zweifel verkrochen sich in ihren Löchern. Ich fühlte mich stark und gelassen und war mir *fast* völlig sicher, dass es »dieses Etwas« tatsächlich gab.

Doch jetzt stand ich auf. »Augustus, Lieber, du kennst meine Schmach – ich muss mich wieder unter die Weltkinder begeben. Ich muss dorthin, wo die Lärmenden und die Begierigen, die Hochmütigen, die Zielstrebigen und die Eitlen sich sorgenvoll aufreiben und ihr übliches Getöse veranstalten.«

Augustus lachte leise in sich hinein. Zu unseren Gemeinsamkeiten gehörte, dass wir fast immer erkannten, wenn der andere aus der viktorianischen Literatur zitierte.

»Paul, rufst du mich kurz im Studio an, wenn du aufbrichst? Ich bin bis fünf Uhr dort.«

Paul nickte abwesend, ohne den Blick von Augustus zu wenden. Er war ganz offensichtlich fasziniert. So weit, so gut, dachte ich.

Doch als ich ins Auto stieg, musste ich mir eingestehen, dass diese Sitzung wahrscheinlich zu nichts führen würde. Vielleicht gelang es Augustus mit seiner Redekunst, Paul ein, zwei Stunden lang zu verzaubern und zu verwirren, aber wie sollte er ihm wirklich helfen? Dazu brauchte er sein Vertrauen, und woher sollte Paul dieses Vertrauen nehmen? Für mich war es leicht, Augustus zu vertrauen; ich hatte miterlebt, wie er sich in den vergangenen vier Jahren verändert hatte. Wie sollte Paul, der Augustus an diesem Vormittag zum ersten Mal begegnete, verstehen, was das bedeutete?

Der Augustus, den ich in London gekannt hatte, war bartlos und nicht annähernd so jesushaft gewesen. Er war stets glatt rasiert und tadellos gekleidet, aber genauso reizend und gesprächig. Er besuchte die literarischen Salons in Bloomsbury, die High Tables der Colleges in Oxford und Cambridge, den Lesesaal des Britischen Museums. Er hielt Vorträge und war im Radio zu hören. Seine Interessen waren vielfältig: Evolutionslehre, Biologie, Astrophysik, Urgeschichte, Philologie, Philosophie – und Parapsychologie. Seine Freunde zogen ihn auf, weil er zu Séancen ging und sich eingehend mit Medien befasste, von denen später einige als Schwindler entlarvt wurden. Wegen seiner Lebendigkeit und seiner unverfrorenen Neugier neigten wir dazu, ihn für verantwortungslos zu halten. Wir alle liebten es, seinen abenteuerlichen Thesen zu lauschen, wobei wir meist vergaßen, dass er sie als rein theoretisch und spekulativ betrachtete.

1936 ging er nach Indien, weil er an einem bengalischen College auf eine Professur berufen worden war. Das enttäuschte uns ein wenig; doch als ungefähr ein Jahr später das Gerücht nach England wehte, er habe die Stellung gekündigt, um Yogameister zu werden, waren wir beruhigt. Das klang eher nach dem Augustus, an den wir glauben wollten. Hugh Weston und ich lachten, wenn wir uns ausmalten, wie er bei einer Schwebeübung einen schlimmen Sturz hinlegte, in einer schrecklich komplizierten Haltung stecken blieb und von mehreren Lehrern entknotet werden musste und schließlich, nachdem man ihn vierundzwanzig Stunden lang in der Erde eingegraben hatte, leicht außer Atem sein Diplom entgegennahm.

Ich hörte erst im Dezember 1938 wieder direkt von Augustus, als ich noch in London, aber schon halb auf dem Sprung in die Staaten war. Er schrieb mir aus Los Angeles, wo er, wie er mir mitteilte, inzwischen dauerhaft lebte. Er habe gehört, dass auch ich bald nach Amerika kommen würde. Ob ich Lust hätte, ihn zu besuchen. Der Brief schloss mit einem Satz, den ich schon damals merkwürdig fand: »Ich möchte nicht aufdringlich oder anmaßend erscheinen, doch in letzter Zeit war ich – nicht nur einmal, sondern zu drei verschiedenen Gelegenheiten – sehr besorgt um dich.«

Als ich Ende Januar 1939 in den Staaten ankam, hatte ich jedoch nicht vor, nach Kalifornien zu gehen. Alles, von dem ich glaubte, es mir zu wünschen, war in New York. Dort sollte mein neues Leben beginnen.

Was dann geschah, war so komisch wie ein schlechter Scherz. Die große, lebenslange Liebe, die dort auf mich wartete, entpuppte sich wieder einmal als kurze Affäre, und nach zwei Monaten war Schluss. Mein neues Leben war ganz auf diese vermeintliche Liebe gebaut gewesen, und ohne sie brach es unweigerlich in sich zusammen. Eines Morgens wachte ich auf und stellte ruhig und sachlich fest, dass ich keinen Grund sah, länger in dieser Stadt zu bleiben, und keine Ahnung hatte, was ich jetzt tun oder wohin ich gehen sollte.

Die nächsten paar Wochen verbrachte ich mehr oder weniger allein; ich zog im eisigen Vorfrühlingswind durch den Central Park, blickte aus dem Fenster meines Hotelzimmers auf den Wassertank auf dem Dach gegenüber. Wenn das Telefon klingelte, drehte ich mich um und starrte es an, bis es verstummte. Das befriedigte meine innere Wut, und ungefähr fünf Minuten lang ging es mir besser.

Immer wieder musste ich an das letzte Gespräch mit Dorothy denken, das wir 1938 kurz vor dem Münchner Abkommen geführt hatten. Sie hatte mich gefragt, ob ich einen anderen Sinn im Leben sähe, als an den Kommunismus zu glauben. Als ich verneinte, hatte sie mich missverstanden – ich hatte gemeint, dass ich überhaupt keinen Sinn im Leben sah.

Ich war verblüfft, wie ungerührt ich dieses Bekenntnis geäußert hatte. Warum war ich damals nicht genauso betroffen und entsetzt über meine Antwort gewesen wie jetzt? Vermutlich lag es daran, dass ich früher die grausamste Wahrheit über mich preisgeben konnte, ohne etwas dabei zu empfinden oder mir Gedanken darüber zu machen. Solange ich das Spiel der Anderen mitspielte, konnte ich mir das Denken sparen.

Nun aber war ich gezwungen nachzudenken. Natürlich ließ sich dieses Spiel auch hier spielen, aber nicht von mir. Die amerikanischen Anderen waren für Amerikaner da; ich hatte nichts mit ihnen zu tun. Sie waren nicht mal meine Feinde.

In meiner Verzweiflung erinnerte ich mich an den letzten Satz in Augustus' Brief. Auf einmal erschien er mir ungeheuer bedeutungsvoll; er versprach sogar eine Art übernatürlichen Beistand. Falls Augustus sich tatsächlich Sorgen um mich machte, war er gewiss der Einzige in ganz Amerika. Also schrieb ich ihm und schilderte ihm ausführlich meine Lage.

Er schrieb mir zurück und schickte mir danach zwei, drei Briefe in der Woche – seitenlange Abhandlungen über den Pazifismus, Nebenaktivitäten, den rechten Lebensunterhalt, die Gruppe als Gesellschaft mit beschränkter Haftung. Ich versuchte gar nicht erst, all das zu verstehen; was mich beeindruckte und reizte, war Augustus' bestimmter Ton. Er schien bereit zu sein, mir ganz konkrete Anweisungen zu geben, wenn ich ihn darum bat. Und genau das brauchte ich. Ich sehnte mich nach Strenge.

War es meine Entscheidung, nach Kalifornien zu gehen, oder traf Augustus sie für mich? Seine Briefe ließen von Anfang an durchblicken, dass er fest mit meinem Kommen rechnete, und schließlich bot er sogar an, mir das Fahrgeld für den Bus zu schicken. Das rührte mich umso mehr, weil mir inzwischen eine kostenlose Zugfahrkarte erster Klasse in den Schoß gefallen war. Einige Tage vorher hatte mein New Yorker Agent mir eine Stelle als Drehbuchautor in einem der Hollywood-Filmstudios vermittelt. Das erschien mir wie ein Wink des Schicksals. Und so fuhr ich.

Augustus hatte in seiner Zeit in Indien nicht eine Yogaübung gemacht; so viel erfuhr ich gleich zu Anfang. Bei unserem ersten Wiedersehen riss ich einen blöden Witz über Kristallkugeln und Nagelbretter. Augustus machte ein unverbindlich höfliches Gesicht und lächelte traurig. Am nächsten Tag merkte er scheinbar beiläufig an, dass alle großen Mystiklehrer derartige Übungen als Hindernis auf dem Weg zur Erkenntnis verurteilten; bestenfalls würden sie zu körperlicher Eitelkeit und Sexbesessenheit führen, schlimmstenfalls setzten sie bestimmte übersinnliche Kräfte frei, mit geistigem Hochmut, Hybris und Wahnsinn als unvermeidliche Begleiterscheinungen … Die übersinnlichen Kräfte klangen trotzdem ziemlich spannend. Zu gerne hätte ich mehr darüber erfahren, doch nach meiner Taktlosigkeit erschien es mir am besten, den Mund zu halten.

Aber was hatte Augustus nach Aufgabe seiner Professur dann getan? Das erfuhr ich nur häppchenweise. Zweifellos wartete er ab, bis mein Interesse ernsthaft genug war, um der ganzen Geschichte würdig zu sein. Außerdem musste ich noch eine Menge lernen, bevor ich auch nur halbwegs in der Lage war, seinen Ausführungen zu folgen. Er lieh mir Bücher. Vivekananda, Bruder Lorenz, William James, die Bhagavad Gita, Thomas Kelly, Evelyn Underhill. Manche sprachen mich sofort an. Durch die anderen kämpfte ich mich in ästhetischer Selbstkasteiung, ließ in der Bereitschaft, zu den wertvollen Einsichten vorzudringen, die sich laut Augustus darin verbargen, scheußliches Vokabular, schlampigen Stil oder einfach stumpfe Langeweile über mich ergehen.

Dann erzählte er eines Tages plötzlich vom Kloster. Es lag am Fuße des Himalayas, inmitten von Kiefern- und Zedernwäldern. Die Täler darunter waren oft wochenlang von dichten Wolken bedeckt; dann klarte das Wetter auf, und man sah die riesigen verschneiten Gipfel entlang der tibetischen Grenze.

»Die Touristen, die nach Darjeeling kommen, um sie zu bestaunen, rufen: ›Wunderschön!‹, und das sind sie natürlich auch – obwohl man sich nichts vorstellen kann, was dem herkömmlichen Bild der lieblichen Landschaftsidylle weniger entspräche. Man steht etwas *unendlich* Fernem und Furchteinflößendem gegenüber. Man hört sie förmlich sagen: ›Ja, auch wir sind eine Welt – aber nicht für kleine, jämmerliche Kreaturen wie dich. In deiner Unzulänglichkeit würdest du hier oben nicht eine Sekunde überleben. Im Moment brauchst du dir nur zu merken, dass wir da sind. Wir werden dich von Zeit zu Zeit daran erinnern.‹«

Das Kloster war der Betrachtung Brahmans gewidmet, der

göttlichen Macht ohne Gestalt und Eigenschaften. Daher gab es keinen Schrein, nicht einmal Darstellungen oder Bilder von Göttern oder Heiligen. Die Mönche vollzogen keine Glaubensrituale; es wurde weder gemeinsam gebetet noch gesungen. Tatsächlich gab es keinen vorgeschriebenen Tagesablauf. Man meditierte, wann immer man wollte, allein, in seiner Zelle. Anfangs, sagte Augustus, habe er die Stille im Kloster kaum aushalten können. »Bis man begriff, dass man selbst die falsche Geschwindigkeit hatte. Denn bis dahin hatte man sein Leben *prestissimo* geführt und wollte es dort ebenso machen – wie ein hoffnungsloser Laiendirigent, der die Intention des Komponisten überhört.«

Er war im Sommer ins Kloster gezogen; dennoch muss das Leben dort sehr schwer für ihn gewesen sein, bedenkt man, dass er mehr oder weniger noch der Augustus aus Londoner Zeiten war. Die Monate waren dahingegangen, und schließlich kam der Winter, mit hohem Schnee. Die kleinen Mönchszellen waren nicht beheizt. Augustus musste sich in Decken hüllen und eine Wollmütze mit Ohrenklappen tragen, auch drinnen. Zu dieser Zeit ließ er sich zum ersten Mal einen Bart wachsen. (»Anfangs wollte man einfach das Gesicht warm halten, dann gewöhnte man sich daran, dann gestand man sich ein, dass er das fliehende Kinn verbarg.«) Die Mönche waren freundlich und bezaubernd, doch nur einer sprach Englisch, stockend und mit großer Mühe. In der Bibliothek standen nur Bücher auf Bengali und Sanskrit. Die Winterkost beschränkte sich auf Reis und Gemüse, meistens getrockneter Kürbis. Oft hinderte das Wetter sie tagelang daran, nach draußen zu gehen … Ich musste lachen, als Augustus mir all das erzählte, aber mir schauderte dabei. Die Aussicht auf solche Langweile war so erdrückend wie die Berge – und der einzige Ausweg lag in der Meditation!

Während des Jahrs im Kloster war Augustus zu der Überzeugung gelangt, dass es dieses »Etwas« tatsächlich gab. Das war an sich nicht sonderlich beeindruckend; zweifellos kann man sich in einer solchen Umgebung alles Mögliche einreden. Aber er hatte sich diese Überzeugung bewahrt und sie von Indien mit nach Kalifornien genommen, und *das* imponierte mir.

Von Paul hörte ich den ganzen Tag lang nicht ein Sterbenswörtchen. Das überraschte mich nicht besonders. Augustus hat ihn zweifellos überfordert, und jetzt gab er mir die Schuld und schmollte.

Aber warum kein Wort von Augustus? War er etwa verärgert, weil ich ihn dazu genötigt hatte, seine Zeit mit jemandem zu verschwenden, der verstockt und unzugänglich war? Nein, das passte nicht zu ihm. Und außerdem war ich mir sicher, dass Paul sein Interesse geweckt hatte.

Als ich wieder zu Hause war und früh zu Abend gegessen hatte, konnte ich meine Neugier nicht länger bezähmen. Augustus' Abendmeditation – er nannte sie »die dritte Wache« – musste jetzt vorbei sein; also rief ich ihn an. Er nahm nicht ab. Eine halbe Stunde später probierte ich es erneut. Wieder nichts. Ich überlegte, ob ich zu ihm fahren sollte. Nein, besser war, es vorher noch einmal zu versuchen.

»Ach, Christopher! Ist es denn die Möglichkeit! Das ist ein weiterer Beweis – falls überhaupt noch einer nötig ist – für diese eigenartige Sache, ASW … Ich hatte die Hand bereits am Hörer, um dich anzurufen –«

»Ich habe es schon mehrmals bei dir versucht. Bist du aus gewesen?«

»Nein, ich war hier. Aber ich war nicht allein. Und ich hatte das Gefühl, dass die Verbindung zu deinem Freund so schwach war, dass sie nicht eine Sekunde lang unterbrochen werden durfte. Ich hoffe, du verzeihst mir.«

»Heißt das – Paul war – den ganzen Tag bei dir?«

»Allerdings, mein lieber Christopher ... Merkwürdig, dass er diesen Namen trägt! Obwohl *Saul* derzeit vielleicht angemessener wäre ... Er ist erst vor ein paar Minuten gegangen, und natürlich war mein erster Impuls, dir von dem Ereignis zu berichten. Es zählt ganz sicher zu den eigenartigsten, die ich bislang erlebt habe. Und seit man in diese Sache vertieft ist, ist einem so mancher kuriose Fall begegnet ... darf ich fragen, was du über deinen Freund weißt, ohne dass du sein Vertrauen missbrauchst? »

»Eine ganze Menge. Es wird viel über ihn geredet.«

»Davon hörte ich. Ich sprach jedoch nicht von den Einzelheiten, die gemeinhin als ›schlüpfrig‹ bezeichnet werden – ein sehr sonderbarer Gebrauch dieses Wortes; man fragt sich, was wird da eigentlich schlüpfrig gemacht? Nein, ich meinte den Gesamteindruck, den er vermittelt. Du mit deinem großen Sprachtalent könntest ihn natürlich viel treffender in Worte fassen ... Man sieht eine Gestalt, *hinter der etwas steht*, findest du nicht? Der Mensch selbst ist still, gesittet, keineswegs unansehnlich. Doch dahinter – sofern man dieses entsetzlich trockene Buch, das *Bardo Thödröl*, nicht als asiatische Phantasterei, sondern als psychologisch genaue Beschreibung bestimmter seelischer Zustände liest, die unsere westliche Psychologie noch nicht einmal zur Kenntnis genommen hat – verbirgt sich etwas, das er, davon muss man ausgehen, selbst geschaffen hat, so unbewusst auch immer –«

»Augustus, worauf willst du hinaus?«

»Ich glaube, wir müssen es als erwiesen ansehen, dass bestimmte Handlungen nicht nur zu den üblichen, unmittelbaren Konsequenzen führen – ich entscheide mich, auf der falschen Straßenseite zu fahren, also verpasst die Polizei mir einen Strafzettel –, nein, sie setzen einen ganzen Prozess in Gang. Und ich bin mir aufgrund bestimmter Indizien sicher, dass es in diesem speziellen Fall so gewesen ist. Auf einer sehr tiefen Ebene entsteht ein Strudel, und während er wirbelt, nimmt etwas anderes darin Gestalt an – etwas sehr Schreckliches –, das sich dem menschlichen Willen entzieht. Es führt ein Eigenleben. Eine Zeit lang spielt es einem *vielleicht* nur harmlose Streiche; früher oder später aber wird es unweigerlich offen feindselig und bösartig. Erinnerst du dich an die große Szene in *König Lear* – ›Hütet euch vor meinem Verfolger‹? Das habe ich hinter unserem Freund gesehen. Er weiß, dass er da ist – daran gibt es keinen Zweifel –, oder er weiß es in bestimmten Momenten; und er erkennt, dass er nicht weiter zurückweichen kann. Er muss weitergehen, so oder so. Hast du ihm schon einmal ins Gesicht gesehen, Christopher? Ein sehr eigenartiger Ausdruck liegt in seinen Augen – man sieht ihn manchmal auf Fotografien von in die Ecke getriebenen Wildtieren. Aber es ist noch etwas anderes darin zu sehen – was kein Tier hat oder haben kann –, Verzweiflung. Keine hilflose, negative Verzweiflung. Aktive Verzweiflung. Die Art, die Menschen zu gefährlichen Verbrechern und ganz selten zu Heiligen werden lässt.«

»Glaubst du wirklich, das könnte Paul passieren?«

»Ach, auf diesem Gebiet wagt man keine Prognosen, das wäre ausgesprochen töricht. Dennoch hat sich heute Vormittag etwas sehr Bewegendes ereignet. Es könnte das erste Anzeichen für einen echten Wandel gewesen sein und nicht nur eine vorübergehende Gefühlsreaktion. Man scheut sich vor allzu großen Hoffnungen, wenn so viel auf dem Spiel steht. Man muss sich immer wieder in Erinnerung rufen, dass der Weg zu diesem Etwas, auch wenn es nur einen Schritt weit entfernt ist, mehrere Leben lang dauern kann. O höchstes und unzugängliches Licht – wie fern bist du von mir, der ich dir so nahe bin! Es ist wie der zutiefst ergreifende Moment, wenn das Küken sich durch die Eierschale pickt. Die Anzahl der Schnabelhiebe, die ihm zur Verfügung stehen, um die Schale zu zerbrechen, ist nämlich von vornherein begrenzt. Wird diese Anzahl überschritten, und das Küken ist noch nicht geschlüpft, schwinden seine Kräfte, und es erstickt. Und das ist für mich mehr als eine Analogie; vielleicht könnte man sogar so weit gehen und von einer Homologie sprechen. Wir alle versuchen, fieberhaft zu fliehen, auszubrechen, und wir kämpfen gegen die begrenzte Zeit –«

»Augustus – bitte!«, rief ich verzweifelt, denn ich fühlte mich wie ein erstickendes Küken. »Jetzt sag schon – *was ist heute Vormittag passiert?*«

Ich sah förmlich, wie meine Ungeduld ein leises, zufriedenes Lächeln über seine Lippen huschen ließ. Denn natürlich waren diese weitschweifigen Exkurse nicht das Produkt eines wirren Geistes; sie erhöhten die Spannung, und das wusste er genau! Doch jetzt, da er mir genau das richtige Maß an Frustration bereitet hatte, veränderte sich sein Tonfall, und er drückte sich betont einfach und präzise aus, wie ein Zeuge unter Eid. »Als es Zeit für die zweite Wache war, fragte ich ihn, ob er vielleicht ein bisschen mitmachen wolle. Er war einverstanden, also nahm ich ihn mit ins Gartenhaus. Ich hatte in dem Moment keine Ahnung, ob er aus Neugier eingewilligt hatte oder aus purer Höflichkeit. Er wirkte völlig ruhig; vielleicht sogar nachdenklich. Wir gingen schweigend durch den Garten. Als wir das Haus betraten, zeigte ich ihm, wo er sitzen sollte, und gab ihm ein Kissen. Ich hatte die Tür offen gelassen, damit er alles sehen und sich an die Umgebung gewöhnen konnte; du weißt ja, mit geschlossener Tür ist es wegen der Fensterläden sehr schummrig. Als er so weit war, schloss ich die Tür und nahm meinen Platz ein. Ich schätze, es vergingen etwa zehn Minuten. Ich weiß nicht, welche Erfahrungen du gemacht hast, Christopher; ich finde, das ist das Minimum an Zeit, das man benötigt, um die verflixte geistige Unruhe zumindest scheinbar in den Griff zu bekommen. Nun, man hatte sich gerade einigermaßen geerdet, als unser Freund zu weinen anfing. Anfangs glaubte man, er würde husten; dann ähnelten die Geräusche dem Keuchen eines Läufers, der am Rande seiner Kräfte ist und dessen gesamter Körper gegen die Strapazen aufbegehrt. Die Krämpfe waren in der Tat so heftig, dass man sich sicher war, sie würden bald enden. Aber sie ließen nicht nach. Dann wälzte er sich auf der Matte, zog ruckartig die Knie an die Brust und ließ sie wieder sinken, bis man begriff, dass sich dort buchstäblich eine Art Niederkunft vollzog. Irgendetwas wurde gewaltsam ausgestoßen und möglicherweise geboren. Und das Leiden war enorm.«

»Wie hast du reagiert?

»Ach, man hat einfach abgewartet. Versucht, sich für den Moment bereitzuhalten, in dem man gebraucht wird. Solange die Krise anhielt, konnte man nichts tun. Denn natürlich kann Schmerz in solchen Fällen durchaus notwendig sein. Das ist Teil der Geburt. Du kennst ja die Experimente, die Bloch in Zürich gemacht hat … Man hat also gewartet. Und ganz allmählich kam das gepeinigte Jungtier zur Ruhe; das menschliche Wesen behauptete sich und stand vom Boden auf. Und dann sagte er etwas ausgesprochen Sonderbares. Er sagte: ›Warum haben Sie mir das angetan?‹«

»Was meinte er damit?«

»Man wusste, was er damit meinte, glaube ich. Er irrte sich nur in der Annahme, man selbst hätte in irgendeiner Form eingegriffen. Eine andere Person kann höchstens ein Feld erzeugen. In diesem Feld kann es zu allen möglichen Erkenntnissen kommen. Das enorm Beeindruckende war jedoch, wie bedingungslos er sich dieser Erfahrung auslieferte. Für die meisten von uns ist Selbsterkenntnis unerreichbar, weil wir nicht in der Lage sind, das Hindernis wegzuschieben, das ihr im Wege steht; bei ihm aber hatte man den Eindruck, dass er die Egohülle vollständig abgestreift hatte. Weißt du, was, Christopher, sein Gesicht – auf einmal war es das Gesicht eines Jungen vor der Geschlechtsreife. Man hatte wahre Unschuld vor sich.«

»Und was geschah dann?«

»Wir gingen in den Hügeln spazieren, und er erzählte völlig freimütig von dem Leben, das er führt. Gier und Angst, Gier und Angst! In manchen Momenten fühlte man sich fast an die Hölle erinnert. Und man musste zuhören, ohne sich seine tiefe Erschütterung anmerken zu lassen. Als er fertig war, sagte man, was angebracht erschien. Und hoffte, dass es das Richtige war.«

»Wo ist er jetzt?«

»Er ging mit den Worten, er wolle allein sein und nachdenken. Natürlich dachte man nicht im Traum daran, ihn zurückzuhalten ... Ich glaube, einer Sache können wir uns sicher sein, Christopher; er wird dich in nächster Zukunft sehr brauchen.«

»Mich?«

»Er hat dich zuerst um Hilfe gebeten.«

»Aber in Wirklichkeit wollte er zu dir.«

»Man kann ihm auf bestimmte Weise nützlich sein, ja. Aber er hat sich intuitiv an dich gewandt, weil er wusste, dass du ihm aufgrund deiner eigenen Erfahrungen mit Verständnis und mit Nachsicht begegnen würdest. Seine Intuition war richtig. Du hast ihn nicht zurückgewiesen. Und ich glaube, eines Tages, und vielleicht schon bald, wirst du dir sagen können: Durch Gottes Gnade habe ich eine Menschenseele gerettet ... Weißt du, Christopher, ich treffe solche Aussagen nicht leichtfertig. Doch ich wage zu behaupten, dass dein Freund ohne dich an einem sehr finsteren Ort gelandet wäre. Es ist bezeichnend, dass er mir, aber nicht dir etwas verschwiegen hat – dass er vorhatte, sich das Leben zu nehmen.«

»Das stimmt, aber –«

»Ich bin mir absolut sicher, dass er es getan hätte. Jetzt, glaube ich, ist die Gefahr gebannt, zumindest vorläufig. Aber es liegen bange Tage vor dir. Und glaube mir, ich werde dich mit großer Bewunderung und Zuneigung beobachten. Gute Nacht, mein Lieber.«

»Gute Nacht, Augustus.«

»Und Gott schütze euch.«

Ich hatte während des Gesprächs verschiedenste Stimmungen durchlaufen. Zuerst war ich einfach nur erstaunt gewesen, dass Augustus und Paul einander so ernst nahmen. Dann war ich vor Neugier fast gestorben, während Augustus mich auf die Folter spannte. Als Nächstes hatte ich Paul verdächtigt, dass er sich mit seinem Tränenausbruch nur interessant machen wollte. Doch dann hatte ich mir klargemacht, dass Augustus ein schlauer Fuchs war, der sich kaum so leicht hinters Licht führen ließ. Das wiederum hatte mich zu der Einsicht genötigt, dass Paul, wenn er keine Show abgezogen hatte, offenkundig zu Augustus' neuem Musterschüler aufgerückt war und spirituell gesehen über mir stand, und das hatte Eifersucht und Missgunst in mir geweckt. Zum Schluss hatte Augustus dann alles wieder gut gemacht und mich zu Pauls Retter ernannt, und so kam ich mir Paul gegenüber jetzt ungeheuer großmütig vor und fühlte mich fast selbst wie ein Heiliger.

Eigentlich wollte ich ein Buch zur Hand zu nehmen und auf Paul warten, der sicher bald auftauchen würde. Doch ich war vom frühen Aufstehen müde. Also legte ich Bettzeug auf das Schlafsofa im Wohnzimmer und dazu einen Zettel mit »Fühl dich ganz wie zu Hause«. Ich ließ die Lampe neben dem Sofa brennen und lehnte die Wohnungstür an. Dann ging ich ins Bett und schlief.

Es war taghell, als das Telefon klingelte. »Ich habe dich doch nicht geweckt?«, sagte Ronny.

»Ich muss sowieso endlich aufstehen.«

»Ich schätze, du hast die Neuigkeiten über deinen Freund schon gehört?«

»Meinen Freund?« Ich war geistig noch nicht ganz da.

»Machen wir uns nichts vor, Christopher – ab jetzt bist du sein Freund oder niemand.«

»Ach, du sprichst von Paul. Ich glaube, der ist nebenan und schläft. Warte, ich sehe schnell nach.«

»Die Mühe kannst du dir sparen. Ich kann dir genau sagen, wo Paul sich gerade aufhält. In der Stadt, im Gefängnis.«

»Mein Gott! Weswegen?«

»Trunkenheit am Steuer.«

»Woher weißt du das alles?«

»Das Kautionsbüro hat angerufen. Sie wollten *zweihundertfünfzig Dollar*!«

»Und ihr habt abgelehnt?«

Vermutlich klang ich leicht irritiert, weil mir dämmerte, dass es nun an mir hängen blieb, die lästige Angelegenheit zu regeln. Doch Ronny deutete meinen Ton als Vorwurf und ging sofort in die Defensive.

»Selbstverständlich haben wir das! Und ich muss sagen, ich finde es einfach unverschämt von Paul, denen unsere Nummer zu geben. Du kannst dir gar nicht vorstellen, Christopher, was er Ruthie – und mir – alles an den Kopf geworfen hat! Und jetzt, nachdem er keinen Zweifel daran gelassen hat, dass er uns beide nie wiedersehen will, verlangt er seelenruhig, dass wir ihm aus der Patsche helfen –«

»Keine Sorge«, sagte ich – kalt diesmal, denn man hatte mich in die Rolle des edlen Wohltäters gedrängt, und das wollte ich zumindest ein bisschen auskosten. »Ich kümmere mich darum.«

»Ach, mein Lieber, ich wusste, dass auf dich Verlass ist!« Ronny stieß einen tiefen Seufzer der Erleichterung aus.

Im Gefängnis herrschte großer Andrang. Die Besucher – hauptsächlich Schwarze und Mexikaner – standen Ellbogen an Ellbogen am Maschendrahtgitter; dahinter befanden sich die Häftlinge. Man musste schreien, um über den Krach hinweg gehört zu werden. Es ging gewissermaßen zu wie in einem Krankenhaus; fast alle redeten über dasselbe – wann der »Patient« so weit »genesen« sei, um entlassen zu werden.

Trotz des Lärms, des Drecks und des Gestanks wirkte Paul gelassen und schien sich ziemlich wohl zu fühlen. »Du hättest nicht kommen brauchen«, sagte er, jedoch nicht aggressiv und mit einem kleinen Lächeln.

»Was hast du denn gedacht? Dass ich dich hier drin verschimmeln lasse? Ich finde allerdings, du hättest lieber mich als Ronny und Ruthie bitten sollen.«

»Ich habe die beiden um gar nichts gebeten! Wofür hältst du mich? Das war der Kautionsagent, dieses Arschloch. Als ich sagte, ich würde keinen Kautionsantrag stellen, hat er sie angerufen.«

»Woher hatte er ihre Namen?«

»Ich sah ihn mit den Polizisten sprechen, die mich hergebracht haben. Die haben bestimmt meine Taschen durchsucht und es ihm gesagt. Wetten, ich könnte die Mistkerle dafür anzeigen? Die würden ihre Großmütter vögeln, wenn ein paar Mäuse dabei heraussprängen … Ehrlich, Chris, ich würde lieber sterben, als mich an Ronny und Ruthie zu wenden, das glaubst du mir doch, oder?«

»Ja, ich denke schon.«

»Du denkst?«

»Ich bin mir sicher.«

»Schon besser.«

»Und jetzt hör zu – Ronny sagt, die Kaution beträgt zweihundertfünfzig Dollar.«

»So eine Frechheit, dich anzurufen. Dieser Mistkerl, das verzeihe ich ihm nie!«

»Ich bin froh darüber. Und ich werde mich sofort darum kümmern.«

»Du wirst nichts dergleichen tun. Ich habe es dir doch gesagt – ich *will* keinen Kautionsantrag stellen.«

»Herrgott noch mal, Paul. Ich sehe ja ein, dass du Ronny und Ruthie nicht bitten willst, aber ich kann dir das Geld problemlos leihen. Und das werde ich auch, ob es dir passt oder nicht.«

»Du verstehst das nicht, Christopher. Ich kann mir das Geld nicht von dir leihen. Weil ich selber kein Geld habe, nirgends.«

»Aber, Paul, du – ja, du hast recht – das verstehe ich wirklich nicht … Gestern hattest du doch noch welches.«

»Etwas über hundert Dollar. Das ist alles weg.«

»Was ist mit deinem Wagen?«

»Der ist hinüber.«

»Und die Versicherung?«

»Ich habe keine. Da kommt bestimmt auch noch einiges auf mich zu.«

»Ah … Also, das ist im Moment nicht so wichtig. Erst mal hole ich dich hier raus.«

»Warum sollte ich das zulassen?«

»Glaubst du ernsthaft, du kannst mir weismachen, dass

du aus Ehre in diesem Loch ausharren willst? Also wirklich, Schätzelchen, wie kannst du nur so überheblich sein.«

Paul musste grinsen, und einen Augenblick lang war ich hochzufrieden mit mir. Hatte ich diese Situation nicht wie ein würdiger Schüler Augustus' gemeistert?

Vier Stunden später war ich mir da nicht mehr so sicher.

Die Formalitäten im Kautionsbüro und bei der Polizei nahmen mehr Zeit in Anspruch als erwartet, und als Paul endlich frei war, mussten wir zu dem Streifenwagenparkplatz fahren, auf dem das abgeschleppte Autowrack stand, und um Erlaubnis bitten, sein Gepäck aus dem Kofferraum zu holen. Das sorgte für weitere Verzögerungen, denn die Heckklappe hatte sich beim Unfall verzogen und musste mit einem Stemmeisen aufgebrochen werden.

Und inmitten des ganzen Wirbels teilte Paul mir beiläufig mit, dass dies nicht sein erstes Alkoholdelikt in Kalifornien gewesen war. Bei seinem letzten Besuch hatte man ihn festgenommen und mit einem Bußgeld belegt. Dieses Mal drohten ihm drei Monate Gefängnis, eine Geldstrafe war nicht mehr möglich!

Und so überlegte ich, während wir auf dem Wilshire Boulevard Richtung Westen fuhren, voller Zweifel, was ich jetzt mit ihm anstellen sollte. Ich konnte das Problem nicht noch einmal auf Augustus abwälzen. Wir standen wieder am Anfang, jedoch mit einem großen Unterschied: Gestern hatte Paul wenigstens noch den Zauber einer männlichen Maria Magdalena verströmt – sofern man an so etwas Geschmack fand; heute war er nur noch ein bedrückend gewöhnlicher Doppelversager.

Ich glaubte mehr oder weniger zu erahnen, was sich am Abend zuvor abgespielt hatte. Nachdem er Augustus gegenüber viel zu vertrauensselig gewesen war, hatte ihn heftige Abscheu ergriffen. (Hatte er nicht selbst zu mir gesagt, dass er alle Menschen hasste, die zu viel über ihn wussten?) Also war er in die nächstbeste Bar gefahren, hatte sich sinnlos betrunken, beim Poker im Hinterzimmer sein ganzes Geld verspielt und anschließend sein Auto zu Schrott gefahren.

Und wenn es tatsächlich stimmte – und das nahm ich an, denn Paul schien zu so einer Lüge nicht imstande –, dass er pleite war, musste ich ab jetzt alles bezahlen. Bis mir irgendeine nicht allzu unanständige Ausrede einfiel, um ihn loszuwerden.

Inzwischen war ich müde, hungrig und niedergeschlagen. Also lud ich ihn, als wir nach Beverly Hills kamen, zum Lunch in ein teures Restaurant ein – in der Hoffnung, das würde meine Stimmung heben. Zufälligerweise war es dasselbe wie an dem Tag unserer ersten Begegnung, mit Ruthie und Ronny.

Als wir Platz genommen hatten, sagte Paul: »Du willst bestimmt wissen, was gestern Abend passiert ist.« Es klang wie ein Vorwurf.

»Nur, wenn du darüber reden willst.«

»Heißt das, es interessiert dich nicht?« Er sah mich streng an; dann fragte er mit seinem beunruhigenden Spürsinn: »Oder bist du dir so sicher, dass du von selber darauf kommst?« Er lächelte sein dünnes, verdrießliches Lächeln. »Weißt du, was? Du könntest überrascht sein.«

»Na schön, schieß los – überrasche mich.«

»Also, erst mal bin ich fast den ganzen Tag bei Augustus gewesen –«

»Ja, ich weiß. Ich –« Ich verstummte. Das war ein dummer Patzer. Und Paul stürzte sich darauf.

»Du hast mit ihm gesprochen? Was hat er dir erzählt?«

»Nicht viel. Nur dass du bei ihm gewesen bist.«

»Ah … Na ja, jedenfalls war ich dort, bis es Zeit für sein Abendessen war. Er bat mich, zu bleiben und mit ihm zu essen, aber ich wollte lieber alleine sein. Also fuhr ich in die Stadt und ging in eine Bar … Was grinst du?«

»Nur so, vor Überraschung.«

»Ich sag dir mal etwas, Honey. Du denkst bei Bars an Lasterhöhlen und Sauereien – weil du nämlich ein widerlicher puritanischer Engländer bist. Aber wenn du irgendwas verstehen willst, musst du wissen, dass es auf der Welt haufenweise Leute gibt, darunter auch die Tante hier, die sich in Bars ganz normal verhalten und über alle möglichen Dinge nachdenken – und wenn sie sich dabei betrinken, geschieht das rein zufällig und beweist gar nichts.«

»Aha. Ich bitte Tantchen um Verzeihung … Apropos –«, der Kellner war gerade an unseren Tisch gekommen, »– was möchtest du trinken?«

»Einen doppelten Gibson.«

»Gut. Für mich das Gleiche.«

»Also!«

»Also was? Erzähl weiter.«

»Also, ich glaube, ich bin ziemlich lange in der Bar geblieben. Ein paar Stunden. Gegen Mitternacht kamen jedenfalls ein paar ziemlich gefährlich aussehende junge Mexikaner herein. Sie gehörten zu einer Pachuco-Gang, aber sie nannten sich Bruderschaft; und sie erzählten mir alles über ihre Mädchen, ihre Treffen, ihre Bandenkämpfe und so weiter. Und dann wollten sie mir ihr Versteck zeigen. Also quetschten wir uns in meinen Wagen, und einer sagte, er würde fahren. Ich ließ ihn. Wahrscheinlich war ich betrunken, denn er war eindeutig vollkommen high. Sie drängten mich, auch etwas zu rauchen, aber ich war nicht in Stimmung – zum Glück, wie sich später herausstellte … Lass mich überlegen, ah, ach ja, als wir in ihrem Versteck waren, holten sie Tequila, und wir ließen die Flasche herumgehen. Und dann tauchte plötzlich noch ein Junge auf … Nein – vorher bestanden sie darauf, mich zu ihrem Blutsbruder zu machen, und wir ritzten uns mit einem Messer in den Arm. Hier –« Paul schob den Ärmel hoch und zeigte mir den langen Schnitt an seinem Unterarm. Er war geschwollen und an den Rändern stark gerötet.

»Sieht böse aus.«

»Wahrscheinlich entzündet«, sagte er achtlos. »Also, der andere Junge kam, und sie unterhielten sich lange auf Spanisch. Dann erklärten sie mir, einer ihrer Brüder sei wegen Prostitution geschnappt worden. Eine Streife von der Sitte habe ihn mit einem älteren Freier im Park erwischt und würde die beiden nach Lincoln Heights bringen, und dann würde ihr Bruder in einem Heim für Schwererziehbare landen. Im Moment würden die Cops mit ihrem Bruder und dem Freier durch den Park kurven; sie wollten Zeit schinden, weil sie hofften, einer der beiden würde sie schmieren. Aber der Freier habe kein Geld dabei und sei zu feige, seine Frau anzurufen … Dann richteten sich alle Blicke auf mich, und einer sagte: ›Die Brüder helfen sich immer gegenseitig.‹ Ich fragte, was es kosten würde, die Cops zu bestechen, worauf sie mich fragten, wie viel ich denn bei mir hätte. Ich zeigte es ihnen, und sie meinten, das würde bestimmt reichen ... Sie zogen mit dem Geld los, und kurz darauf kamen sie mit dem hopsgenommenen Jungen zurück. Er umarmte mich, bedankte sich und sagte, er habe eine sehr schöne Schwester, ich könne sie jederzeit umsonst haben. Oder ihn, wenn mir das lieber sei. Er war tatsächlich ziemlich hübsch mit seinem langen, schmalen El-Greco-Gesicht – das waren sie alle ... Und dann beschlossen wir, gemeinsam feiern zu gehen. Wir stiegen wieder ins Auto, und derselbe Junge saß am Steuer – vielleicht war's auch ein anderer, aber er war genauso high –, und kurz darauf, als er mit hundertvierzig Sachen abbiegen wollte, verlor er die Kontrolle. Der Wagen schlitterte über die Straße in ein parkendes Auto, prallte zurück und krachte mit dem Heck gegen einen Telegraphenmast, es erwischte uns also vorne und hinten. Ich muss ein paar Minuten benommen gewesen sein. Wahrscheinlich habe ich mir beim Aufprall den Kopf gestoßen, obwohl ich keine Beule tasten kann. Jedenfalls war plötzlich die Polizei da.«

»Wo waren die Jungs?«

»Ach, die waren auf und davon!«

»Feine Blutsbrüder!«

»Du verstehst solche Jungs nicht, Chris. Sie hätten in dieser Situation dasselbe von mir erwartet. Das ist eine Art stille Abmachung – so wie man sich mit dem Fallschirm aus einem abstürzenden Flugzeug rettet.«

»Irgendwie will mir das nicht in den Kopf, Paul ... Du hast ihnen dein letztes Geld gegeben, und – begreifst du denn nicht, dass ihre Geschichte von A bis Z erfunden war?«

»Wahrscheinlich war sie das. Aber darum geht es nicht. Ich erwarte nicht von dir, dass du das verstehst –«

»Wenn du das noch einmal sagst, schreie ich! … Ober, bitte noch zwei Gibson.«

»Ich fühlte mich nun mal wie ihr Bruder. Sie kamen in die Bar, und mein erster Gedanke war, das sind deine Leute. Schließlich bin ich auch ein Stricher. Ruthie und Ronny haben das nie vergessen – das kam bei unserem Streit heraus. Und ich habe das Spiel mitgespielt und auf dicke Freundschaft gemacht, dabei standen wir die ganze Zeit auf verschiedenen Seiten des Zauns. Es war wunderbar, den Jungs das Geld zu geben. Ich habe mich gefühlt, als wäre ich wieder auf meiner Seite.«

»Ich weiß, das geht mich überhaupt nichts an, aber – ich dachte immer, du seist steinreich. Hattest du nicht so etwas wie – wie eine Apanage?«

»Sicher. Sogar zwei. Aber auf Ludwig Joachim war nie richtig Verlass, und jetzt hat sich der alte Mistkerl nach Argentinien verdrückt. Und die Condesa hat den Großteil ihres Geldes im besetzten Frankreich angelegt; sie ist wirklich knapp bei Kasse, darum nehme ich es ihr nicht übel, dass sie mir nichts mehr schickt. Ich muss warten, bis der Krieg vorbei ist.«

»Du hast also einfach alles ausgegeben, was noch übrig war?«

»So ist es.«

»Was wolltest du anschließend tun?

»Ruthie auf der Tasche liegen, nehme ich an. Bis jemand anderes auftaucht.«

»Und stattdessen hast du dich mit ihr überworfen! Weißt

du, was? Wenn diese Jungs wüssten, was für eine lausige Hure du bist, würden sie dich aus ihrer Bruderschaft werfen!«

Auf der Rückfahrt hielten wir bei einem Markt, um etwas fürs Abendessen zu besorgen. Paul machte den Einkauf zu einer faszinierend bedeutsamen Angelegenheit; er wählte Obst und Gemüse mit einer Sorgfalt aus, als wären es Strümpfe oder Krawatten. Als wir am späten Nachmittag in die Wohnung kamen, war ich von den Drinks zum Mittag wieder einigermaßen nüchtern, aber immer noch deutlich besser gelaunt als vorher. Paul machte uns Kaffee.

»Wird es nicht Zeit für deine Meditation?«, fragte er plötzlich.

»Ja – ich denke schon.«

»Worauf wartest du dann noch?«

»Was ist mir dir?«

»Ich mache mit, wenn du nichts dagegen hast.«

»Nein, natürlich nicht.« Aber ich hatte etwas dagegen. Zu meditieren war mit das Intimste, was ich je gemacht hatte. Sogar bei den Sitzungen mit Augustus fühlte ich mich gehemmt. Und Paul würde mich noch mehr verunsichern.

»Hat Augustus dir erzählt, dass ich gestern mit ihm gesessen habe?« Er sah mich prüfend an.

»Ja, er – hat es kurz erwähnt … Wie ist es gelaufen?«

»Ich weiß nicht. Es ist eigenartig –«

»Hast du irgendetwas gespürt?«

»Ich weiß nicht, was ich gespürt oder nicht gespürt habe. Ich bin mir unschlüssig. Ich möchte es aber noch mal probieren.«

Also setzten wir uns in den Schneidersitz. Es gefiel mir, wie ein Hindu auf dem Boden zu sitzen. Der Vorteil dieser Haltung lag darin, dass sie völlig ungewohnt war. Man sah alles – die Möbel, die Zimmerdecke, die Aussicht aus dem Fenster – aus einer anderen Perspektive; man wurde, jedes Mal wenn man die Augen öffnete, daran erinnert, was man sich vorgenommen hatte. Noch immer konnte ich nicht widerstehen, sie alle paar Minuten aufzumachen.

An diesem Abend gab es die üblichen Ablenkungen: der Straßenverkehr, ein Radio, das irgendwo im Haus lief, Schritte, Stimmen, der Kühlschrankmotor, der sich ausschaltete und wieder ansprang. Aber Paul schien sie alle zu eliminieren; ich nahm nur seine Gegenwart wahr. Es war, als wären wir beide nackt – so intim war die Situation –, doch was wussten wir eigentlich voneinander? Wie eigenartig, dass wir jetzt hier zusammensaßen, zwei mehr oder weniger Fremde, die sich gleichsam an dem Lebensfaden festhielten, der sie in diesen Raum und in diesen Augenblick geführt hatte. Geschieht irgendetwas zufällig? Augustus sagte nein. Paul und ich waren einander begegnet, weil wir uns brauchten. Ja, auf einmal sah ich es; ich brauchte ihn genauso sehr, wie er mich brauchte. Unsere jeweiligen Stärken und Schwächen ergänzten sich. Es wäre für uns beide viel einfacher, gemeinsam weiterzugehen als allein. Aber ich musste den ersten Schritt machen.

Meine Aufregung wuchs, als mir bewusst wurde, was dieser Gedanke bedeutete. Wie wunderbar – einmal im Leben –, etwas völlig ohne Zwang zu tun, das Muster aus Gier und Angst mit einer ganz und gar freiwilligen Handlung zu durchbrechen! Und ich wusste sogar schon, was diese Handlung sein könnte. Warum also nicht? Warum das Wagnis nicht eingehen?

Die Idee, die mir gekommen war, der Vorschlag, den ich ihm unterbreiten wollte, versetzte mich in solchen Taumel, dass ich Paul am liebsten sofort eingeweiht hätte. Ich versuchte zu meditieren, aber es ging nicht; all meine Gedanken kreisten um ihn. Na gut, dann würde ich ihn eben in die Meditation hineinholen. *Wir sind jetzt zusammen*, erklärte ich »diesem Etwas«. *Hilf auch ihm. Hilf uns beiden. Hilf uns zu erkennen, dass du bei uns bist* … Ich hatte für Paul gebetet! Diese Erkenntnis und dass ich ihm das nie würde erzählen können, war zutiefst erschütternd und unglaublich erregend, und ich spürte, wie eine große Welle der Liebe aus mir heraus zu ihm strömte. Ab jetzt würden wir echte Brüder sein … Was mich daran erinnerte, dass ich vergessen hatte, Jod zur Versorgung der Schnittverletzung zu kaufen, die die Mexikaner ihm zugefügt hatten …

Als ich das nächste Mal die Augen öffnete und auf die Armbanduhr sah, war es endlich Zeit aufzuhören. Ich sprang auf. Auch Paul öffnete die Augen; er sah mich an. Er wirkte leicht benommen, und ich hatte den Eindruck, dass er tief in sich versunken gewesen war.

»Paul – ich möchte dir etwas sagen … Und bitte unterbrich mich nicht, auch wenn du das Ganze für verrückt hältst. Ich meine es nämlich wirklich ernst … Also – wie du weißt, arbeite ich seit einiger Zeit für die Filmindustrie und verdiene eine Menge Geld. Abzüglich der Summe, die ich für Steuern und so weiter beiseitegelegt habe, belaufen sich meine Ersparnisse auf etwa zwanzigtausend Dollar. Und du –«, mir stockte die Stimme, und ich musste kurz innehalten, »– sollst die Hälfte haben. Das heißt – ich will sie dir schenken, ganz ohne Bedingungen. Du sollst es nehmen und damit machen, was du willst. Es wäre mir sogar lieber, nicht zu wissen, zu welcher Bank du es bringst oder wofür du es ausgibst. Wenn du ja sagst, gehört es dir, und wir verlieren nie mehr ein Wort darüber ... Halt – da ist noch etwas. Ich bitte dich, zu bleiben und bei mir zu wohnen, solange du willst. Wir können zusammen meditieren und uns gegenseitig dabei helfen, alle Regeln einzuhalten, und vielleicht können wir sogar zusammen lernen – ein paar der Bücher lesen, von denen Augustus immer spricht ... Bitte glaube nicht, das sei ein großzügiges Angebot; ich brauche wirklich jemanden, der darauf aufpasst, dass ich auf dem richtigen Weg bleibe, und ich könnte mir vorstellen, dir geht es genauso ... Hör zu – du musst nicht gleich antworten, wenn du nicht willst. Denk darüber nach. Das war's.«

»Ich wüsste nicht, worüber ich nachdenken sollte. Ich glaube, *du* solltest noch mal darüber nachdenken.«

Pauls Antwort enttäuschte mich. Vor allem weil mir die Schnelligkeit, mit der sie erfolgte, ins Bewusstsein rief, dass ich die Sache abwickeln wollte, bevor ich es möglicherweise bereute. »Mein Entschluss steht fest«, sagte ich stur. »Glaubst du, ich hätte das nur so dahingesagt?«

»Na schön, dann –«

»Dann bist du einverstanden?«

»Würdest du dich an meiner Stelle anders entscheiden?«

Meine Begeisterung sank gegen null. »Ich nehme an, du hattest in deinem Leben schon viele solcher Angebote.«

»Es war noch keines dabei, das, wie du es nennst, ganz ohne Bedingungen auskam.«

»Dann glaubst du, dieses hätte auch welche?«

»Ich hoffe nicht. In deinem eigenen Interesse.«

»Ich weiß, du kennst ein paar ziemlich verdorbene Gestalten, und wahrscheinlich kann ich dir keinen Vorwurf machen, dass du mich für genauso verdorben hältst und glaubst, das alles sei nur Theater. Es ist nur diesmal so, dass du dich irrst, und ich werde es dir beweisen. Vielleicht kuriert dich das von dieser ›Ich weiß, ich bin schlecht, also musst du auch schlecht sein‹-Haltung. Oder auch nicht. Das ist mir egal.« Kalte Wut überkam mich, und ich ließ mich zu einer unüberlegten, melodramatischen Geste hinreißen. Ich zückte mein Scheckbuch, kritzelte seinen Namen und zehntausend Dollar hin und unterschrieb. (Ich gebe zu, dass ich mich dabei sterbenselend fühlte.) »Hier«, rief ich mit schriller Stimme und hielt ihm dem Scheck hin. »Nimm und mach, dass du rauskommst!«

Paul warf den Kopf zurück und brach in Gelächter aus. »Meine Güte. Kein Wunder, dass das Studio dich eingestellt hat! Was machen die bloß, wenn du aus dem Showbusiness aussteigst? Sie werden pleitegehen! Ha, ha – ich glaub's einfach nicht! Damit du es weißt, Honey – die Tante geht nirgendwohin. Sie bleibt hier und kocht dir dein Abendessen. Und dein Geld wirst du ab jetzt sparen, denn du hältst dich von schicken Restaurants fern und isst zu Hause.« Paul legte mir den Arm um die Schulter und drückte mich. Unsere Wangen berührten sich. Auch ich musste lachen. Aber ich hatte immer noch den Scheck in der Hand.

»Hier, nimm ihn«, sagte ich.

»Bewahr ihn für mich auf, Chris. Morgen bringe ich ihn zur Bank. Das heißt, wenn dir das noch recht ist.«

»Nimm ihn jetzt. Steck ihn ein.«

»Ganz wie du meinst.«

Mein großartiger Plan war nicht richtig aufgegangen. Ich hatte nicht den Gefühlsorgasmus gehabt, den ich mir von meinem Angebot versprochen hatte. Aber immerhin war die Stimmung auf einmal sehr heimelig. Etwas nahezu kindlich Vertrautes war zwischen uns entstanden, und vielleicht war Paul deswegen genauso verlegen wie ich. Er ging wortlos in die Küche und machte sich an die Vorbereitungen fürs Abendessen. Ich folgte ihm. Irgendwie hatte ich das Bedürfnis nach ein wenig Gefühlsduselei.

»Vielleicht sollten wir Augustus anrufen«, sagte ich.

»Warum?«

»Um es ihm mitzuteilen.«

»Ihm was mitzuteilen?

»Na, das –« Ich biss mir auf die Zunge. Ich hatte »das mit uns« sagen wollen, doch das klang auf einmal lächerlich; so als hätten wir uns verlobt. »Dass wir uns entschieden haben.«

»Warum sollten wir ihm das mitteilen?«

»Er hat dich wirklich sehr gern.«

»Hat er das gesagt?« Sein Ton war leicht verächtlich.

»Ja, hat er. Aber hast du das nicht selber gemerkt?«

»Schätzelchen, die alte Tante hat schon viele schöne Worte gehört, von allen möglichen Leuten. Und Mister Parr versteht sich glänzend darauf. Aber Tantchen gibt nicht viel auf schöne Worte. Sie wartet lieber ab, wie die Leute sich verhalten. Von Angeboten seitens Mr. Parrs habe ich nichts bemerkt.«

Ich errötete vor Freude, obwohl ich mir völlig im Klaren

darüber war, dass Paul mir absichtlich und nicht ohne Zynismus schmeichelte. Ich merkte, dass ich über seine Einstellung zu Augustus nicht unglücklich war. »Ich dachte, du magst ihn«, bohrte ich ein bisschen nach.

»Vielleicht mag ich ihn. Vielleicht auch nicht. Ich habe mich noch nicht festgelegt.«

Als ich an diesem Abend im Bett lag, sagte eine leise Stimme: *Gar nicht so dumm, ihm den Betrag auf einen Schlag zu geben. Das könnte auf lange Sicht deutlich billiger für dich sein. Jetzt musst du ihm weder Taschengeld geben noch seine Rechnungen bezahlen. Und er kann dich nicht um mehr bitten, wenn es alle ist.*

Ich drehte mich ärgerlich auf die Seite. Verleugnete die Stimme. Wies alle Verantwortung von mir. Ihre Worte waren auf geschmackloseste Weise deplatziert und kamen zum völlig falschen Zeitpunkt. Denn morgen begann ein neues Leben – nicht so, wie ich es in New York hatte führen wollen, sondern ein wirklich neues; ein absichtsvolles Leben, wie Augustus es nannte. Jeder Augenblick darin würde bewusst geschaffen und folglich ein wunderbares Abenteuer sein … Das war jedenfalls die Grundidee. Wir durften nicht erwarten, dass uns das immer gelingen würde. Aber wir konnten uns gegenseitig Mut zusprechen. Und solange wir uns Mühe gaben, wie sollten wir da scheitern?

Unsere erste gemeinsame Woche war zugleich meine letzte im Studio, und so dauerte es etwa zehn Tage, bis wir den Tagesablauf, auf den wir uns geeinigt hatten, in die Tat umsetzen konnten. Anfangs erschrak ich über Pauls Radikalität. Er nahm alles, was Augustus ihm gesagt hatte, uneingeschränkt wörtlich. »Wollen wir jetzt Mystiker werden oder nicht? Wir müssen uns schon entscheiden. Ich weiß immer noch nicht, was ich von alldem halten soll, aber niemand soll mir nachsagen, ich hätte es nicht versucht. Etwas anderes fällt mir sowieso nicht ein. Das ist so ungefähr das Einzige, was ich noch nicht probiert habe.«

Wir kauften einen zweiten Wecker. Beide klingelten um sechs, einer neben meinem Bett, der andere im Wohnzimmer. Jeder meditierte in seinem Zimmer; die Sitzungen dauerten jetzt eine Stunde. Paul hatte trotz meines Protests sofort mit zwei Stunden beginnen wollen, doch Augustus riet ihm davon ab, mit der Begründung, das sei zu anstrengend und könne außerdem zu »Trockenheit« führen. Oft überlegte ich, was sich beim Meditieren in Pauls Kopf abspielte; bestimmt waren es tiefgründigere, spannendere Dinge als der wilde Unsinn in meinem: Fetzen von bekannten Liedern, Zeitungsschlagzeilen, Wortspiele, Reime, unerwünschte Namen und Telefonnummern – begleitet von plötzlich aufflammender, grundloser Besorgnis und kindischem Groll. Selbst als er mir versicherte: »Ich sitze einfach da und spüre gar nichts; das ist schlimmer als das Drücken auf dem Klo«, war ich beeindruckt. Pauls stille Entschlossenheit hatte etwas ungeheuer Imponierendes. Weder beklagte er sich, noch bauschte er seinen Eifer auf. Ich konnte kaum fassen, dass ich ihn anfangs für einen Stümper gehalten hatte.

Nach dem Meditieren gingen wir ins Bad, zogen uns an und machten Frühstück. Der Ablauf war genau festgelegt; choreographiert wie ein Ballett. Paul duschte, während ich mich rasierte; ich machte Kaffee und deckte den Tisch, während Paul am Herd stand. Bis das Frühstück fertig war, wechselten wir nicht ein Wort. Der Vorschlag stammte von Augustus, der uns von dem benediktinischen Brauch erzählt hatte, zu bestimmten Tageszeiten zu schweigen. Das hatte nichts mit Entsagung zu tun, sondern wurde schnell zu einem amüsanten Spiel. Es machte Spaß, den anderen im Bad und in der Küche nicht zu beachten; selbst wenn unsere Blicke sich im Badezimmerspiegel trafen, gelang es uns, ernst zu bleiben. Außerdem waren wir, wenn wir uns endlich guten Morgen sagen durften, vollkommen wach; alle schlechte Laune war verflogen, und wir stürzten uns begeistert ins Gespräch.

Nach dem Frühstück wurde abgespült. Dann kam der sogenannte Unterricht, der daraus bestand, dass wir uns aus einigen der von Augustus empfohlenen Bücher vorlasen. Paul lernte die Übelkeitsgefühle kennen, mit denen ich schon vertraut war. Besonders ein Buch ist mir in Erinnerung geblieben, die Autobiographie eines ehemaligen Staatsfeindes, dessen Gesinnungswandel – er war inzwischen Laienprediger – sich spontan vollzogen hatte, als er nach dem Versuch, einen Mithäftling zu erdrosseln, in Einzelhaft saß. Man zweifelte nicht an der Echtheit seiner Erlebnisse, aber, mein Gott, wer hatte ihm nur beigebracht, im klebrig-süßen Ton des frommen, geretteten Lamms zu schreiben? »Wie *kann* sie nur!«, rief Paul oft aus.

Um zwölf begannen wir mit der Mittagsmeditation. Um Viertel nach eins nahmen wir ein leichtes Mittagessen ein. An den Nachmittagen fuhren wir manchmal zum Spazierengehen hinauf in die Hills – der Strand war zu aufreizend und daher zu gefährlich –, besuchten Augustus oder erledigten Arbeiten für seinen Freund Ian Banbury, den Baptistenprediger (gleich mehr von ihm). Die Arbeit war stets körperlicher Natur, und wir sahen sie in erster Linie als Sport, auch wenn Augustus es wie folgt formulierte: »Sogar wir Kontemplierenden müssen ein gewisses Quantum Karma-Yoga praktizieren.« Wir stapelten Stühle und brachten sie in irgendeinen Gemeindesaal oder bündelten für das Quäkerzentrum Altkleider, die an die Okie-Camps im San Joaquin Valley verteilt werden sollten. Unterwegs las der Beifahrer dem Fahrer vor. Das sollte unseren Geist und unseren Blick von attraktiven Fußgängern ablenken; tatsächlich bewirkte es das Gegenteil; unsere Blicke bekamen etwas verstohlen Zwanghaftes, und mehrmals verursachten wir fast einen Unfall. Außerdem wurde uns vom Lesen im Auto schlecht.

Die Abendmeditation dauerte von sechs bis sieben; danach gab es Abendessen, die am meisten ersehnte Mahlzeit des Tages, der Paul seine ganze Kochkunst widmete. Er hatte darauf bestanden, dass wir uns vegetarisch ernährten – ich hatte vergeblich um Fisch gebeten –, doch ich musste zugeben, dass es mir an nichts fehlte. Paul zauberte aus Gemüse, Eiern und Käse die herrlichsten Gerichte. Wir aßen spät, in geruhsamer Stimmung, da kein Verlangen mehr bestand auszugehen. Kinogänge hatte Paul als unnötige Ablenkung verboten.

Das war sicher eine der glücklichsten Phasen meines Lebens. Je länger ich mit Paul zusammenlebte, desto bewusster wurde mir, dass er über die Vorzüge einer Geisha verfügte; er verstand sich perfekt darauf, anderen Vergnügen zu bereiten, den Alltag zu verschönern und kleine Ereignisse zum Genuss zu machen. Er gestaltete die ganze Wohnung um, stellte überall Blumen hin, färbte die Vorhänge, malte alberne, charmante Kritzel- und Klecksbilder und hängte sie anstelle der Gemäldereproduktionen an die Wände, strich die Küche in leuchtenden Ballets-Russes-Farben. In unserem Zweimannkloster herrschte eine kultivierte Kinderzimmeratmosphäre – eine Atmosphäre, die sich im Rückblick vielleicht am anschaulichsten mit den Worten einfangen lässt, mit denen Paul uns unser vormittägliches Glas Mich einschenkte: »*Et maintenant, c'est l'heure du cocktail.*«

Wie in Freundschaften üblich entwickelte sich zwischen uns ein eigener Jargon; unserer bestand hauptsächlich aus Verballhornungen von Augustus' Lieblingssprüchen. Wenn wir für eine Verabredung mit Augustus – der größten Wert auf Pünktlichkeit legte – zu spät dran waren, rief Paul: »Mensch, wir müssen mit beängstigender Instantaneität los!« Wenn ich in der Küche nach dem Dosenöffner suchte, sagte ich: »Ich bin diesem Etwas, das so fern von mir ist, so nah.«

Paul erzählte oft wehmütig von den alten Zeiten in Europa, und ich hörte ihm begeistert zu. »Die Tante war in der Bar vom Ritz bekannt wie ein bunter Hund«, sagte er und wurde nicht müde, von den legendären Partys zu schwärmen, die er besucht hatte, zum Beispiel dem Kostümball in London, zu dem er in der kurzen, skandalträchtigen Zeit, in der Ludwig Joachim dort ein Haus gemietet hatte, als Nonne auf Rollschuhen gegangen war. Er war auf seinen Rollschuhen durch die Stadt gefahren, von der Polizei verfolgt worden und nur mit knapper Not entkommen. Er erzählte mir auch von den Schönheitsbehandlungen, denen er sich aus Experimentierlust unterzogen hatte – bei einer handelte es sich um eine

Schälkur, nach der man, wenn die Wunden verheilt waren, am ganzen Körper weich und glatt war wie ein Baby; bei einer Röntgenkur, die einen vom Bartwuchs befreien sollte, Hautkrebs verursachte oder beides machte, war für ihn Schluss gewesen. Wir stellten fest, dass wir eine Menge gemeinsamer Freunde hatten, zum Beispiel Maria Constantinescu, die ihn an Haschisch herangeführt hatte. Wo Geoffrey jetzt weilte, konnte Paul nicht sagen; er erinnerte sich jedoch dunkel daran, gehört zu haben, Ambrose sei vor einigen Jahren auf eine Insel im Indischen Ozean gezogen. (Falls es so war, Gott sei Dank! Denn es sah so aus, als würden die Nazis bald in Griechenland einfallen.)

Augustus war natürlich begeistert von unserer Wohngemeinschaft – sie war sozusagen sein erstes Testlabor –, wobei ich bezweifle, dass ihm klar war, wie sehr wir unser Zusammenleben genossen. Denn Augustus – Gott segne sein altes, theatralisches Herz – hatte Paul die Rolle des spirituell erweckten, schlüpfenden Kükens zugewiesen und nahm daher ganz selbstverständlich an, dass die Seelenqualen, die Paul seiner Ansicht nach durchlitt, uns beiden das Leben schwermachten. »Lieber Himmel«, rief er, wenn Paul das Zimmer verließ und wir beide allein waren, »was muss er erdulden!« Offenbar hatte er Ian Banbury und Dave Wheelwright von Pauls schmutziger Vergangenheit erzählt; ich sah es an ihren Blicken. Auch Paul fiel es sofort auf. »Mein Gott, Chris – die benehmen sich wie alte Jungfern gegenüber einer geläuterten Hure!«

»Sei nicht so von oben herab«, sagte ich. »Wir Nichthuren müssen schließlich auch unseren Spaß haben.«

Ian Banbury war ein hagerer, sonnengebräunter Mann

mit schütterem blondem Haar und einem eingefallenen, faltigen Jungengesicht. Seine Art war sanft und unaufdringlich; furchtlos, wenn es darum ging, sich öffentlich oder gegenüber der Polizei für Minderheiten einzusetzen; mit einem Hang zu trockenen Witzen über das alte Amerika, die er so leise von sich gab, dass man sie meistens überhörte. Er sprach so ungehemmt über Jesus, dass ich mich innerlich krümmte, auch wenn ich seinen Glauben dank Augustus inzwischen zumindest respektieren konnte. Außerdem fiel es leicht, Ian als Menschen zu mögen, ja sogar zu lieben; er war, mit Augustus' Worten, eine »echte Unschuld«. »Wir beide, Christopher, sind Krüppel. Es besteht keine Hoffnung, dass wir unsere Gliedmaßen je wieder gebrauchen können; mit etwas Glück werden wir lernen, einigermaßen geschickt mit Hand- und Beinprothesen umzugehen; mehr ist in diesem Leben nicht für uns drin. Doch unsere Bewegungen werden bestenfalls ruckhaft und mechanisch sein. Ian ist anders. Er kann seine Gliedmaßen noch auf natürliche Weise einsetzen. Die Welt hat es nicht geschafft, ihn zum Krüppel zu machen.«

Dave Wheelwright war noch bewunderungswürdiger, aber bei weitem nicht so liebenswert; er hatte etwas von einer spirituellen Primadonna. Man konnte ihn nicht als dick bezeichnen, aber er war rund wie das liebe Schwein aus dem Kinderbuch. 1917 hatte er im Schützengraben eine Jesus-Erscheinung gehabt. Daraufhin war er zu seinem Vorgesetzten gegangen und hatte ihm mitgeteilt, dass er nicht mehr töten werde. Der Vorgesetzte tat mir leid. Er saß schrecklich in der Klemme: Er war verpflichtet, Dave vors Militärgericht zu stellen, wo man ihn mit ziemlicher Sicherheit als Deserteur zum Tode verurteilt hätte. Ich sah vor mir, wie er, den Tränen nahe, auf Dave einredete, er möge, um sein Leben zu retten, nachgeben, und wie Dave das niedrige Ansinnen mit strengen Worten zurückwies. Am Ende hatte Dave jedoch eingelenkt und sich zu einem Kompromiss bereit erklärt; er würde fortan mit seiner Kompanie aus dem Schützengraben klettern und sich an den Angriffen beteiligen, jedoch mit einem ungeladenen Gewehr über der Schulter. Aber es ging noch weiter; Dave war in die feindlichen Schützengräben gesprungen und hatte den deutschen Soldaten die Hand geschüttelt. Die Deutschen müssen vor Schreck fast gestorben sein; zweifellos fürchteten sie, Dave wolle sie mit einem Judowurf zu Fall bringen – und so war es auch!

Bei allem, was Dave seitdem getan hatte, hatte er rigoros auf Gewalt verzichtet. Er hatte gewaltlos mit Alkoholschmugglern, Räubern, jugendlichen Bandenführern verhandelt, sie durch Einschüchterung dazu gebracht, ihre Schusswaffen und Messer wegzuwerfen und sich der Polizei zu stellen – die gleichfalls massiv unter Daves religiöser Erpressung zu leiden hatte. Er hatte ein fröhliches Mädchen mit Zottelhaaren namens Naomi geheiratet, das viel jünger war als er, und das Paar hatte ein Ambiente bewusst gewählter, edel gesinnter Armut um sich geschaffen, sodass man sich in ihrem Haus schämte, auch nur ein Glas Wasser anzunehmen. Ihre vier Kinder hatten sie streng nach ihren Prinzipien erzogen und deswegen ständig im Clinch mit dem Schulamt gelegen.

Ein mit Dave befreundeter Anwalt vertrat Paul kostenlos in der Strafsache wegen Trunkenheit am Steuer. Das Verfahren wirkte inzwischen wie ein Anachronismus. Doch das Gericht würde kaum durchschauen, dass der Mensch, über den hier verhandelt wurde, ein völlig anderer war als der, den man festgenommen hatte – ein spirituell Erweckter und obendrein ein Gewalt ablehnender, nicht rauchender, sexuell enthaltsamer, vegetarisch lebender Abstinenzler. Augustus sprach uns mit einem Vortrag über das Karma Mut zu. Er deutete es als ein Zeichen der Gnade, dass die schlimmen Folgen seines Handelns Paul so schnell eingeholt hätten und somit getilgt werden würden.

»Was soll ich bloß anziehen?«, jammerte Paul. Wir schwankten lange zwischen einem Pullover mit Bluejeans und einem dunklen Anzug mit dezenter Krawatte. In Pullover und Jeans würde Paul sich auf eine Stufe mit allen Unterprivilegierten stellen, die sich keine gute Kleidung leisten konnten und deswegen von Anfang an als wahrscheinlich schuldig abgestempelt wurden. Wäre das nicht eine ehrenvolle Tat? Im Anzug hingegen würde er vor Gericht einen positiven Eindruck als aufrechter Bürger machen. Wäre das nicht niederträchtig und feige? Nein, wandte ich ein – und erinnerte ihn daran, was Augustus uns gelehrt hatte; dass man niemanden in Versuchung führen darf, einen ungerecht zu behandeln. Ein Auftritt in Pullover und Jeans würde von mangelnder Barmherzigkeit gegenüber dem Richter zeugen. Also entschieden wir uns für den Anzug.

Als Paul sich in schlanker, eleganter, absolut beherrschter und unwahrscheinlich jugendlicher Erscheinung erhob und mit leiser, klarer Stimme »schuldig« sagte, war das, wie ich ihm später verriet, der großartigste Auftritt seit Jeanne d'Arc. Der Richter schien es genauso zu sehen. Paul kam mit einer Geldstrafe und Bewährung davon.

Nach der Verhandlung waren wir mit Ian Banbury und

seiner Frau Ellen zum Mittagessen verabredet; sie überboten einander förmlich darin, Paul zu zeigen, dass sie ihn nicht für einen Kriminellen hielten. Ich befürchtete, dass Paul deswegen in Rage geriet, und als wir wieder zu Hause waren, versuchte ich, ihn zu besänftigen, indem ich über die beiden herzog. »Was für entsetzliche Langweiler!«, rief ich.

»Weißt du, was, Honey? Beim Essen musste ich ständig an die reichen alten Weiber in Cannes denken, mit denen ich früher Bridge gespielt habe, und an all die Tunten in Estoril. Die waren genauso schlimm, auf ihre Weise. Vielleicht sogar schlimmer. Machen wir uns nichts vor, fast alle Leute sind auf die eine oder andere Art Langweiler. Die Banburys gehören wenigstens zu einer Sorte, die ich noch nicht kenne. Und das macht sie ziemlich interessant.«

Pauls Radikalität zeigte sich erneut, als wir sein nächstes Problem angingen: Was würde er wegen des Militärdienstes unternehmen? Er hatte sich bereits bei der Wehrerfassungsbehörde registriert. Augustus und ich gingen selbstverständlich davon aus, dass er den Wehrdienst jetzt verweigern und zu gegebener Zeit in eines der Forstcamps in der Umgebung gehen würde, in denen Pazifisten ihren zivilen Ersatzdienst ableisteten. Aber Paul wollte nicht. »Bei dir ist das etwas anderes, Chris. Du bist schon Pazifist gewesen, bevor das alles anfing. Wenn wir in den Krieg eintreten und sie die Altersgrenze anheben, gehst du in ein Camp; das ist völlig in Ordnung. Ich aber kann nur beweisen, dass ich ehrlich bin, wenn ich auf meinen Einberufungsbescheid warte und dann verweigere.«

»Aber dann musst du ins Gefängnis.«

»Das weiß ich. Und da gehöre ich auch hin.«

Es dauerte fast eine Woche, bis Augustus, Ian und ich Paul davon überzeugt hatten, dass seine starre Haltung unnötig war. (Dave Wheelwright hielt sich aus der Sache raus; er war sicher der Meinung, Paul solle lieber ins Gefängnis gehen.) Je mehr Argumente wir anführten, desto geschickter konterte Paul, bis die Auseinandersetzung zu einer Art neckischem Spiel wurde und mir der Verdacht kam, dass es Paul einfach Spaß machte, uns auf den Arm zu nehmen. Doch schließlich gab er nach.

Aber damit war das Problem noch nicht aus der Welt. In der Kommission, die über Pauls Antrag auf Kriegsdienstverweigerung entschied, saßen wie fast überall an der Westküste ein paar ausgesprochen bösartige alte Männer, die alle Angehörigen der jüngeren Generation in Uniformen stecken wollten, nur weil sie jung waren. Sie bezeichneten Paul als Drückeberger und lachten über seine Einwände gegen den Wehrdienst. Wahrscheinlich wäre sein Antrag abgewiesen worden, hätte sich Ian nicht in einem Brief an die Einberufungsbehörde für seine Ehrlichkeit verbürgt. Ian war überall in der Gegend als Pazifist bekannt, und sein Wort wurde sogar von denen geachtet, die seine Gesinnung ablehnten. Als Paul von der letzten Anhörung zurückkam, sah ich ihm an, dass man ihn schlimm gedemütigt hatte; er sprach jedoch nicht groß darüber und wirkte nicht einmal verärgert. »Sie haben sich in etwa so verhalten, wie ich es erwartet hatte«, war sein einziger Kommentar. In solchen Situationen war er wirklich hart im Nehmen.

Eines Tages verkündete Paul, er habe seine Potenz zurückerlangt. Es sei ihm zum ersten Mal während einer Meditationssitzung aufgefallen, und nun sei er das Opfer der zügellosesten Träume und Phantasien. Auch ich wurde natürlich von solchen Phantasien geplagt, doch Pauls Versuchungen klangen immer viel aufregender als meine. Schließlich kam er eines Nachts in mein Schlafzimmer, weckte mich und sagte: »Ich werde noch verrückt. Entweder ich rede mit dir, oder ich renne auf die Straße und falle über das erste Lebewesen her, das mir über den Weg läuft, Mann, Frau oder Tier.« Also beschlossen wir, ein zweites Bett zu kaufen und es neben meins zu stellen. Von da an galt es als ausgemacht, dass einer den anderen zu jeder Nachtzeit wecken und so lange mit ihm reden durfte, bis es ihm »besser ging«.

Und so bekam ich ausführlich Einblick in Pauls Liebesleben. Manchmal brachte er mich zum Lachen – zum Beispiel, als er mir von der Amerikanerin in der Schweiz erzählte, die ihm gebeichtet hatte, sie habe Angst, ihre neunjährige Tochter mit ihm alleine zu lassen. (Ich konnte mir lebhaft vorstellen, wie Paul sie in die Mangel genommen und zu diesem Geständnis genötigt hatte!) Woraufhin er ihr einen scharfzüngigen Vortrag über die Verlogenheit von möchtegerntoleranten Müttern gehalten hatte, die sexuelle Freizügigkeit für alle befürworten außer für ihre eigenen Kinder. In diesem Stil hatte er weitergemacht, bis die Frau in Tränen ausbrach und ihn, wie er es formulierte, »buchstäblich anflehte, mich an der ekelhaften Göre zu vergreifen. Und weißt du was, Chris, schon am nächsten Tag kam das Kind hinauf aufs Dach, als ich dort ein Sonnenbad nahm, und verführte *mich*!«

Meistens schilderte er jedoch sexuelle Handlungen, die mich so erregten, dass ich es kaum ertrug, ihm zuzuhören.

In der Regel waren es auf die Schnelle vollzogene Akte oder solche, die ein hohes Risiko bargen, dass man dabei gestört wurde, was Pauls Vorstellung von äußerstem Nervenkitzel entsprach – Sex in Zügen, in Taxis, in Flugzeugen, nackt im Schnee beim Skilaufen, in Abendgarderobe auf einem Botschaftsball, in Gruppen, in der Menge, bei Orgien … Anschließend schwelgte ich in eigenen Erinnerungen und tat mein Bestes, ihn genauso zu erregen, wobei ich mich nicht immer an die Wahrheit hielt. Der fast prähistorische Nachmittag im möblierten Zimmer von Waldemars Braut wurde so ausgeschmückt, dass er wie eine Szene des Marquis de Sade klang. (Trotzdem hatte ich ein schlechtes Gefühl dabei, weil ich eines der unschuldigsten Erlebnisse in meinem Leben verfälschte; ich kam mir vor wie ein geiler alter Bock.)

Und so lagen wir vielleicht einen Meter voneinander entfernt in unseren Betten und spielten das ungesunde, aber fast unwiderstehliche Spiel, das ich mangels Willensstärke nur selten von mir aus beendete. Meistens war es Paul, der früher oder später rief: »Herrgott noch mal, wem wollen wir eigentlich etwas vormachen? Ich weiß nicht, wie es dir geht, aber ich stehe jetzt auf und dusche kalt.«

Die Sexgespräche stellten jedoch eine Verbundenheit zwischen uns her, die Augustus zunehmend ausschloss. Ich gebe zu, dass ich durchaus dazu beitrug. Nicht dass meine Zuneigung für Augustus nachgelassen hatte; ich wollte Paul aus niederen Beweggründen einfach für mich allein haben. Und so ließ ich mich, als Paul sagte: »Ein Glück, Honey, dass ich mit dir reden kann – von den anderen würde mich keiner verstehen«, zu den Worten hinreißen, dass Augustus im Grunde ein alter Mann sei und Ian und Dave nicht einmal versuchten, keusch zu leben – wie sollten sie also eine Vorstellung davon haben, was wir durchmachten? Sie seien einfach nicht denselben Versuchungen ausgesetzt. Was Paul dazu animierte, mir ergeben Honig um den Mund zu schmieren. Und was sei mit Geld, Ruhm und Erfolg?, fügte er hinzu: Was verstünden die anderen schon davon? »Du bist der Einzige, der wirklich *alles* aufgegeben hat, Chris.« Ich errötete und stimmte ihm im Stillen zu.

Eines Vormittags, ich war allein zu Hause, erhielt ich zu meiner Überraschung einen Anruf von Railway Express; sie wollten ein Gemälde für Paul zustellen. Ich erklärte, es müsse sich um ein Versehen handeln. Als Paul, der beim Zahnarzt gewesen war, zurückkam, erzählte ich ihm von dem Anruf.

»Ja klar – das ist mein Picasso«, sagte er lässig. »Die haben sich ganz schön Zeit gelassen, das muss ich sagen. Er war in New York eingelagert. Ich habe den Auftrag erteilt, gleich nachdem ich bei dir eingezogen bin. Er bringt ein bisschen Glanz in die Hütte.«

Am Nachmittag wurde das Bild geliefert. Es war enorm groß – zumindest für die Wohnung –, fast zwei Meter hoch und vielleicht eins zwanzig breit; mit einem riesenhaften Mädchen, das auf einem hohen Tisch saß. Das Mädchen hatte ein lila Gesicht, zwei Nasen, Hände wie Vogelschwingen und eine Krone aus fahlen, giftig anmutenden Blumen.

»Großer Gott!«, rief ich. »Der ist ja wirklich echt!«

»Natürlich ist er echt, Schätzelchen! Dachtest du vielleicht, die alte Tante schleppt eine Kopie mit sich herum? Das ist mein letztes und einziges Andenken an Europa. Ich habe dir nie davon erzählt, es sollte eine Überraschung werden. Die

Condesa hat ihn mir kurz vor meiner Abreise geschenkt. Er hing früher in ihrem Schlafzimmer, und ich fand es immer schön, morgens mit ihm aufzuwachen … Weißt du was, vielleicht sollten wir ihn auch ins Schlafzimmer hängen. Es hat keinen Sinn, ihn dem Pöbel zu zeigen – sie würden ihn nicht verstehen.«

Ich wusste genau, was er meinte. Der Picasso würde Ian und Dave verstören, sogar schockieren. Sie würden ihn auf zersetzende Weise oberflächlich finden, ein eklatanter Widerspruch zu unserem erklärtermaßen einfachen Leben. (Ich war mir sicher, dass Dave uns ohnehin der Oberflächlichkeit bezichtigte.) Augustus würden wir das Bild selbstverständlich früher oder später zeigen müssen, und ich sah schon sein leicht ironisches Lächeln, wenn er es begutachtete. Paul und mir war nicht entgangen, dass er unseren Lebensstil des Öfteren abwertend mit seinem eigenen verglich. Obwohl ihm Pauls Küche unverkennbar großen Genuss bereitete, hatte er uns unterschwellig mit der Bemerkung getadelt, sie sei natürlich »viel zu schwer für meinen armen alten Magen«. Der Rüge war eine seiner fast schon sadistisch ekelhaften Schilderungen der Funktionsweise von Magenpförtner und »Kloake« gefolgt.

Ein Abendessen bei Augustus war ein einschneidendes Erlebnis; man fühlte sich wie ein ausgehungerter Herumtreiber, der in ein Haus eingebrochen war, um Lebensmittel zu stehlen. Denn die Küche, die im Niemandsland zwischen Augustus' Reich und dem Reich der alten Damen lag, durfte nur zu bestimmten Uhrzeiten und unter strengen Maßnahmen zur Geräuschvermeidung betreten werden. Um zwanzig Uhr dreißig, wenn die Damen allem Anschein nach zu Bett gegangen waren (»Wahrscheinlich haben sie sich zu einer Burlesqueshow in die Stadt verdrückt«, sagte Paul), blickte Augustus auf die Armbanduhr und verkündete mit theatralischem Flüstern: »Die Luft müsste jetzt rein sein!«, und dann schlichen wir auf Zehenspitzen über den Flur.

In der Küche gab es, wenn man Augustus Glauben schenken konnte, mehr Tabus und verbotene Orte als bei den abergläubischsten Südseeinselbewohnern. Er zeigte uns das Bord, das dem Gesundheitsbrot und der importierten englischen Orangenmarmelade der Damen vorbehalten war, und das Buttertöpfchen im Kühlschrank, das man unter keinen Umständen anfassen durfte, selbst wenn man vor Hunger umkam. Es gab einen Stuhl, auf dem man nicht sitzen durfte, Besteck und verschiedene Teller, deren Benutzung untersagt war. Sich einen Schluck vom Mineralwasser zu genehmigen war völlig unvorstellbar; wahrscheinlich hätte man eine Elephantiasis oder eine Frambösie im dritten Stadium angehext bekommen. Die Damen waren gewiss ein wenig eigen und penibel, doch Augustus stellte sie wie zwei Hausdämonen dar. Als ich sie scherzhaft »Die gutgelaunten Damen« nannte, lächelte er auf eine Weise, die mir zu verstehen geben sollte, dass ihm diese Anspielung schon vor langer Zeit eingefallen war und dass er sie mir durch sanfte Suggestion in den Mund gelegt hatte.

Während er kaum lauter als im Flüsterton dahinplauderte, drängte er uns, etwas, wie er es nannte, »Handfestes« zu essen – Eier oder Dosensuppen. Er selbst verspeiste derweil unappetitliche Essensreste. Sein Fach im Kühlschrank war voll davon – alter Kuchen, vertrocknete Sandwiches, hart gewordener Käse, gammliges Obst, das meiste Überbleibsel von Picknicks mit den Banburys und den Wheelwrights. »Ich bin von Natur aus ein Aasfresser«, sagte er dann. Wenn er, was häufig vorkam, von Ellen Banbury, die immer bemüht war, ihn aufzupäppeln, einen selbstgebackenen Obstkuchen oder ein Stück selbstgemachte Butter bekam, gab er die Sachen mit offenkundig hämischem Vergnügen seinen Gästen.

Paul nahm solche Prüfungen und Wesenstests grundsätzlich an. Ohne ein höfliches Zögern anzudeuten, griff er ungerührt zu und schlang das beste Essen hinunter, das Augustus zu bieten hatte. »Ich lehne es entschieden ab«, erklärte er mir, »Miss Parrs verlogen-demütiges Spiel mitzuspielen.« Schon bald begann er, sich über Augustus' bewusst schlampige Kleidung zu mokieren. Ich widersprach ihm. Augustus kleide sich nicht aus spiritueller Anmaßung so nachlässig, argumentierte ich, sondern aus dem Impuls heraus, sich über seine Umwelt lustig zu machen. In London, dem Zuhause der Bond-Street-Schneider, sei er übertrieben elegant gewesen. Hier in Los Angeles, dem Zuhause der Freizeitkleidung, sei er natürlich ins andere Extrem verfallen. Aber Paul ließ sich nicht überzeugen. Einmal, als Augustus uns in einem primitiv geflickten Hemd und einer abgeschnittenen Jeans mit unversäubertem Saum empfing, sagte Paul mit seinem schleppendsten Tonfall: »Seien wir ehrlich, Augustus, die Robinson-Crusoe-Nummer steht dir nicht.« Augustus lachte, doch ich glaube, er war ein wenig verletzt; und er zahlte es Paul heim, indem er sich, sobald wir im Haus waren, demonstrativ eine gute Jacke anzog.

Mehrmals fuhren wir zu den Treffen, die Paul »Kirchenpicknicks« nannte und die meistens am Rand eines der Canyons in der Umgebung abgehalten wurden. Meistens wurden sie von den Banburys und den Wheelwrights veranstaltet, um Augustus reden zu hören; das Essen war nebensächlich und ziemlich bescheiden, weil es ihn störte. »Noch ein bisschen hiervon, bitte«, sagte Ian oft, als bettelte er um einen Nachschlag, wenn Augustus einen Punkt in seinem Vortrag weiter ausführen sollte. Ab und zu kehrte Stille ein, wenn wir – oder ein paar von uns – über seine Worte nachsannen. Ich habe noch ein von mir geschossenes Foto, auf dem drei aus der Gruppe Folgendes machen: Dave hat das Gesicht in den Händen vergraben und wirkt seekrank; Ian blickt finster drein, als hätte er Bauchkrämpfe, und ein Quäkerarzt aus Pasadena namens Pat Chance starrt in die Ferne wie ein Schiffbrüchiger, der verzweifelt Ausschau nach einem Segel hält.

Leider habe ich keine Bilder von Alanna und Dee-Ann Swendson. Sie waren Schwestern und die einzigen wirklich jungen Leute in der Gruppe. Ihre Mutter gehörte zu Ians Gemeinde und war eine von Augustus' Schülerinnen, aber das war nicht der einzige Grund, warum sie bei den Treffen dabei waren. Augustus persönlich hatte ihre Mutter gebeten, sie mitzubringen, mit der aufregenden Andeutung, er erkenne »etwas Besonderes« in ihnen: »Wohlgemerkt, es ist nur eine Möglichkeit – und man scheut sich in solchen Fällen, es auszusprechen –, ich meine diesen Typus, den seltensten und geheimnisvollsten überhaupt, der selbstverständlich vergleichbar ist mit den großen Wunderkindern der Kunst – Mozart komponierte schon als Fünfjähriger –, allerdings muss man zugeben, dass es so etwas nur ganz, ganz selten gibt – spirituelles Genie, man kann es nicht anders bezeichnen –, Männer wie der heilige Bonaventura und

Shivananda – die schon im Jugendalter zu diesem Etwas vorgedrungen sind, und das fast spielerisch.«

Ich glaube, nicht einmal Mrs. Swendson mit ihrem subjektiv gefärbten Mutterblick nahm solche Reden für bare Münze. Augustus verfiel wie so oft in Schwärmerei, doch in diesem Fall konnte man es ihm nicht verdenken. Die Mädchen waren von bezaubernder Lieblichkeit; beide skandinavisch blond mit einem wunderbaren honiggoldenen Teint. Alanna war die Schönere und Weiblichere; sie war schon fast vierzehn. Dee-Ann war zwölf und im Wesentlichen noch ein Kind oder ein Jungtier. Ihr Gesicht erinnerte mich, wenn sie im Schneidersitz auf dem Boden saß und Augustus lauschte, an ein junges Ren in den Weiten der Tundra, reglos, aber wachsam und gespannt unter dem Polarlicht. *Dee-Ann!* Wie konnte man einem jungen, entzückenden Rentier nur einen so abscheulichen Namen geben!

Bei einem dieser Picknicks, als Augustus noch beredsamer als sonst verkündet hatte, das Leben erhalte nur durch die Suche nach »diesem Etwas« einen Sinn, rief Alanna plötzlich mit rührender, fast empörter Verwunderung aus: »Aber wenn das stimmt – warum kümmern wir uns dann überhaupt um andere Dinge?« Niemand antwortete darauf. Nur Augustus hauchte ein »Ach –!«, als wollte er anzeigen, dass der spirituelle Jackpot endlich geknackt war.

Später auf der Rückfahrt murmelte Paul: »Mann, die Kleine macht mich scharf!«

»Alanna? Das kann nicht dein Ernst sein, Paul! Die ist nun wirklich zu jung für dich!«

»Aber nicht doch – ich meine Dee-Ann. Wie sie die Beine spreizt, wenn sie merkt, dass ich sie beobachte. Das kleine

Luder weiß genau, dass es mich geil macht … Du glaubst mir nicht, oder?«

»Na ja – ich glaube, du bildest dir so etwas gerne ein.«

»Wollen wir wetten?«

»Ich weiß natürlich – das heißt –, ich habe gelesen – dass manche Kinder frühreif sind. Aber Dee-Ann – nein, unmöglich! Ich meine, sie ist so hingerissen von Augustus und will unbedingt mehr über dieses Etwas erfahren.«

»Also wirklich, Chris – und so was schimpft sich Schriftsteller! Begreifst du denn nicht, dass genau das sie so sexy macht? Was glaubst du eigentlich, worum es bei diesem ›Etwas‹ geht?«

»Aber du betonst doch ständig, dass Augustus und die anderen zu alt dafür sind. Jetzt entscheide dich mal, mein Freund!«

»Siehst du denn nicht, dass sie gerade deswegen nie ans Ziel gelangen werden? Dee-Ann schafft es vielleicht eines Tages.«

»Na, wenn das so ist, schön für sie … Und jetzt hör mir gut zu – wenn ich dich dabei erwische, dass du mit diesem Mädchen herummachst, ist das ein Verstoß gegen unsere Abmachung, und das war es dann, hast du verstanden? Ich dulde nicht, dass du weiter für Unruhe sorgst. Es fällt mir schwer genug, meinen Teil einzuhalten.«

Paul grinste. »Dann musst du eben auf mich aufpassen, Schätzelchen.« Und dann sang er träumerisch: »Someone to *watch* over me –«

»Du gemeines Stück! Weißt du eigentlich, was du da tust? Du drängst mich langsam, aber sicher in die Rolle des eifersüchtigen Ehemanns.«

Paul grinste mich weiter an und sagte nichts. Natürlich wusste er genau, was er tat. Vermutlich hatte er es mit all seinen Geliebten so gemacht – männlich wie weiblich, da gab es für ihn keinen Unterschied; es war ihm in jeder Beziehung gelungen, die Frauenrolle einzunehmen, da war ich mir sicher. Und mit mir machte er es genauso, weil auch wir miteinander verbunden waren, nicht durch Sex, sondern durch das Geld, das ich ihm geschenkt hatte. Mein Gott, welche heimtückischen Verstrickungen das doch mit sich bringt. Ich hatte zu Paul gesagt – und es von ganzem Herzen so gemeint –, das Geld sei an keinerlei Bedingungen geknüpft. Aber das war es. Von Anfang an … Schon beobachtete ich aus den Augenwinkeln, wofür er *meine* zehntausend Dollar ausgab. War entsetzt über seine Verschwendungssucht gewesen, als er den Picasso zu uns schicken ließ. Und erst neulich hatte er sich Schuhe anfertigen lassen … Ich beobachtete ihn und hatte deswegen ein schlechtes Gewissen.

Lester Letz war der Produzent einer der Filme, an denen ich mitgearbeitet hatte. Seine Frau und er waren die einzigen Filmleute, die seit meinem Weggang aus dem Studio den Kontakt zu mir gehalten hatten, und das vor allem, weil Mrs. Letz Augustus' Bücher las und zu jedem seiner Vorträge ging. Sie hatte mich ständig angerufen und zum Essen eingeladen, und ich hatte Ausreden erfunden, bis sie die Daumenschrauben anzog und verkündete, ich sei bestimmt Vegetarier wie Mr. Parr; sie habe sich entschlossen, auch Vegetarierin zu werden. Sie versprach, ein hundertprozentig vegetarisches Menü für uns zuzubereiten. Also musste ich zusagen.

Als ich bei den Letz' eintraf, entpuppte sich die Einladung als der übliche Hollywood-Trick; es handelte sich um ein Diner mit zwanzig Gästen. Und einer davon war Ronny. Er war genauso überrascht wie ich, aber er freute sich, mich zu sehen; ich ahnte, dass dies eine willkommene Gelegenheit für ihn war, Streit anzuzetteln.

Während ich mit Milch und Gemüse zwischen Weinsüfflern und Fleischfressern saß, spürte ich seine höhnischen Blicke. Nach dem Essen stellte er mich.

»Sieh einer an, Christopher! Du gehst ja manchmal doch noch ohne Anhang aus!«

»Du offensichtlich auch ... Wo steckt Ruthie?«

»Wieder an der Ostküste. Das Haus ist verkauft ... Tja, mein Lieber, es wird dich sicher interessieren zu erfahren, dass ich in Kürze eingezogen werde.«

»So ein Pech.«

»Das kannst du laut sagen. Ich bin gewiss nicht in Heldenstimmung. Ich würde alles tun, um aus der Sache herauszukommen. Aber das wird leider nichts. Außer natürlich du und deine Freunde gebt mir ein Alibi.«

»Was meinst du mit Alibi?«

»Ein Alibi eben – kennst du ein anderes Wort dafür? Wie das, das du Paul verschafft hast.«

»Niemand hat Paul etwas verschafft.«

»Tatsächlich? Nun, lass es mich so formulieren – soweit mir bekannt ist, wird man nur aufgrund seines Glaubens oder seiner ethisch-moralischen Überzeugungen als Kriegsdienstverweigerer anerkannt. Ich muss sagen, von beidem habe ich bei ihm nicht das Mindeste bemerkt.«

»Soll das heißen, du hältst Paul für einen Schwindler?«

»Das habe ich nicht gesagt! Aber ich kenne ihn nun mal.«

»Und du bist nicht der Ansicht, dass Menschen sich ändern können?«

»Ich glaube, sie können es, wenn sie erkennen, wo ihre Probleme liegen – zum Beispiel, nachdem sie bei einem guten Analytiker gewesen sind. Aber zuerst müssen sie Klarheit schaffen – und das ist, wenn ich so frei sein darf, ganz das Gegenteil von dem, was eure Yogis und Swamis tun.«

»Für dich ist das sicher Geheimtuerei.«

»Mein Lieber, ich dulde es nicht, dass man mir Worte in den Mund legt! Ich habe lediglich gewagt anzudeuten, dass im Fall deines Freundes Paul, wie soll ich es ausdrücken, eine gewisse Vogel-Strauß-Taktik betrieben wird.«

»Lass dir eines gesagt sein, Ronny – Paul wollte sich der Einberufung widersetzen und ins Gefängnis gehen. Er war nicht auf ein Alibi aus, wie du es nennst.«

»Er wollte ins Gefängnis, sagst du? Warum geht er dann nicht?«

»Ich – ein paar von uns haben es ihm ausgeredet.«

»Und er hat großmütig nachgegeben?«

»Er muss in ein Forstcamp. Das ist kein Zuckerlecken.«

»Mag sein, mein Lieber, aber ich fürchte, meine Kameraden und ich werden ihn eines Tages ziemlich beneiden, und das nicht gerade im freundlichen Sinne. Sogar das Gefängnis könnte uns verlockend erscheinen. Und ich wage zu behaupten, dass er dort besser zurechtgekommen wäre als die meisten von uns. Soweit ich weiß, kommt man dort leicht an Drogen, wenn man die Spielregeln kennt.«

»Du kannst Paul nicht ein bisschen ausstehen, oder?«

»Mein lieber Christopher, da irrst du dich gewaltig! Bitte

glaube nicht, dass Ruthie oder ich ihm seinen hässlichen kleinen Ausbruch nachtragen. Im Gegenteil – ich finde, er ist ein faszinierendes Geschöpf und ungeheuer lustig, solange er sich in seiner Welt aufhält … Wenn du mir die Bemerkung erlaubst, du trägst eine gewisse Mitverantwortung, weil du ihn aus seiner Welt herausgerissen und in dieses asiatische Dingsbums hineingepresst hast, das ihm wirklich nur schadet. Paul hat nie eine richtige Erziehung genossen; alles, was er weiß, hat er bei den überkandidelten Leuten aufgeschnappt, mit denen er in Europa herumgezogen ist. Und diese intellektuellen Spielchen – sind, offen gesagt, eindeutig zu hoch für ihn.«

»Warum nennst du es intellektuelle Spielchen, Ronny?« Zu Anfang des Gesprächs hatte ich mir fest vorgenommen, mich zu beherrschen. »Es geht keineswegs darum, komplizierte Lehren und Glaubenssätze zu befolgen. Eigentlich geht es um die simpelste Sache überhaupt.«

»Ich weiß, mein Lieber, ich hätte das Thema nicht anschneiden sollen, schon gar nicht bei dir! Da kann ich mich ja nur blamieren. Ich wollte nämlich auf das Gegenteil hinaus. Ich habe gemeint, dass diese Sache Intellektuelle anspricht, weil sie eine Flucht vor dem Verstand darstellt – und danach sehnen die sich doch alle. Sie wollen zurück –«

»In den Mutterleib? Weißt du, Ronny, es kommt mir vor, als wüsste ich immer schon im Voraus, was du sagen willst.«

»Das muss sehr unterhaltsam für dich sein. Du und Paul, ihr werdet später sicher herzlich lachen. Eines Tages werdet ihr jedoch zugeben müssen, dass ich recht hatte. Paul wird nicht durchhalten.«

»Du meinst, du hoffst, dass er nicht durchhält. Du *möch-*

test, dass er scheitert. Und soll ich dir sagen, warum? Weil es dich verunsichert, dass er dieses Leben führt. Du hast ihn als versoffenen, drogensüchtigen Sexbesessenen abgestempelt. Und jetzt bist du tief beunruhigt.«

»Warum sollte ich beunruhigt sein?«

»Weil du Angst hast, dein ganzes Weltbild könnte zusammenbrechen, wenn so etwas möglich ist. Du fürchtest, deine kostbare Psychoanalyse könnte in Verruf geraten. Du fürchtest sogar, dass du es vielleicht ähnlich machen musst wie Paul. Und davor graut dir, weil Religion ja so langweilig und so schrecklich unschwul ist.«

»Hört, hört! Du scheinst mich ja besser zu kennen als ich mich selbst! Kann es sein, dass du mich mit einer von deinen Romanfiguren verwechselst? Ihr Phantasiemenschen lauft immer Gefahr, in Spinnerei zu verfallen.«

»Warum sollte ausgerechnet Paul scheitern und nicht wir anderen? Warum nicht ich? Du glaubst sicher, ich behaupte mich mit Hilfe meiner Phantasie – sprich, weil ich mir etwas vormache. Ist es nicht so?«

»Ich verbitte mir solche Unterstellungen, Christopher! Ich habe nur die Prognose gewagt, dass Paul das Leben, das du für ihn entworfen hast, nicht durchhalten wird.«

»Bist du bereit, darauf zu wetten?«

»Um jeden beliebigen Preis.«

Ich sah Ronny wütend an, doch als mir klar wurde, dass er von seiner Meinung absolut überzeugt war, wich mein Zorn einer Art abergläubischer Bestürzung. Er war sich seiner Sache sehr, sehr sicher.

»Tja«, sagte ich matt, »in zehn Jahren wissen wir, wer von uns beiden recht hatte.«

»Du bist zu großzügig, mein lieber Christopher. Ich würde sagen, spätestens in einem.«

Als ich vom Essen bei den Letz nach Hause kam, verschwieg ich Paul, dass ich Ronny dort begegnet war.

Dave Wheelwright hatte einen Bruder, Ford, und Ford hatte kürzlich von einem verstorbenen Verwandten ein Grundstück mit ein paar Hütten darauf geerbt, am Saltonsee, dem großen Salzsee in der Wüste südöstlich von Palm Springs. Es hieß Eureka Beach. Der Name stammte von einer Gruppe Kaufleute aus dem Mittleren Westen, die sich dort Anfang der zwanziger Jahre niederlassen und eine Kommune gründen wollten. Aus der Kommune war nichts geworden, weil die Kaufleute und ihre Familien nicht gut genug miteinander auskamen, um gemeinsam zu wirtschaften und die täglichen anfallenden Arbeiten in einer Region zu erledigen, in der es im Sommer bis zu fünfzig Grad Celsius heiß ist und die unter Wassermangel, Sandstürmen und Sturzfluten von den Hügeln leidet. Ihre Naturbegeisterung war zweifellos von Anfang an in erster Linie theoretisch gewesen, andernfalls hätten sie sich nie einen solchen Ort ausgesucht.

Ford Wheelwright wusste nicht so recht, was er mit Eureka Beach anfangen sollte. Er spielte mit dem Gedanken, es zu verkaufen, falls die Grundstückspreise in der Gegend je stiegen. (In den Fünfzigern schossen sie in schwindelnde Höhen; heute sind die Hütten klimatisierten Bungalows gewichen, es gibt eine Bar, ein Clubhaus und einen Angelsteg, und auf dem See kann man Wasserski fahren. Aber Ford profitierte nicht davon; er wartete nicht lange genug.) Zu der Zeit kampierte er dort mit seiner Frau und ein paar

Freunden. Dave und Naomi besuchten sie und kamen hellauf begeistert zurück – mit Sicherheit weil das Leben dort noch unbequemer war als bei ihnen zu Hause.)

Dave war es auch, der Augustus dazu überredete, wir sollten alle für eine Woche nach Eureka fahren und in »Klausur« gehen, mit einem Stundenplan aus Meditationssitzungen und Gruppengesprächen. Ian Banbury war sofort begeistert – ich vermute, er wollte seiner treuen, herrischen Gemeinde entfliehen –, und das Gleiche galt für Ellen, der es gefiel, Leute unter schwierigen Bedingungen zu verpflegen. (Der nächste Laden war über fünfzehn Kilometer weit weg, Butangasflaschen wurden selten und in geringer Zahl geliefert, auf den Brunnen war kein Verlass, und das einzig verfügbare Brennholz waren Mesquitezweige und Treibholz aus dem See.) Paul und ich hatten keine Lust; wir wollten unser kuscheliges Nest nicht verlassen. »Für Augustus ist das ja schön und gut«, sagte Paul. »Er wird es genießen, Steine in Brot zu verwandeln und sich in der Wildnis in Versuchung führen zu lassen. Na ja, zum Glück müssen wir nicht vierzig Tage und vierzig Nächte bleiben!« Im Stillen befürchtete ich, dass nicht nur Augustus in Versuchung geraten würde; Paul wusste noch nicht, was ich gerade erfahren hatte – Mrs. Swendson würde auch kommen, mit Alanna und Dee-Ann.

Schließlich waren alle nötigen Vorbereitungen getroffen. Eines Morgens in der dritten Maiwoche verließen wir Los Angeles in einer Wagenkolonne. (Am selben Tag marschierten die Nazis auf Kreta ein.) Die Autos waren voll beladen mit Bettzeug, Proviant, Kochgeschirr und Werkzeug; wir hatten alles eingepackt, was man eventuell brauchen könnte. Es mutete seltsam an, dass wir die rund dreihundert Kilometer lange Fahrt mit einem halben Ladensortiment unternahmen, nur um zu beten!

In den Mittagsstunden glitzerte der große, flache See so grell im Sonnenlicht, dass man es am Ufer nur mit Sonnenbrille aushielt. Man konnte sich mühelos auf dem salzigen Wasser treiben lassen, doch außer am Abend brachte es keine Abkühlung; sowie man herauskam, brannte einem wieder die Sonne auf der Haut. Die Hütten standen etwas abseits vom Strand, zwischen dürren, knorrigen Perückensträuchern. Sandstürme hatten die Farbe von den Wänden gescheuert und das Holz grau und knochentrocken zurückgelassen. Ein steiniger Pfad wand sich von den Hütten hinauf zur Fernstraße. Dahinter sah man die Bahngleise und Leitungsmasten, fahl, flimmernd und eins mit der Wüste. Sie zogen sich über die Hügel, die mit Mesquite und Kreosotbüschen bewachsen waren – Tausende an der Zahl, und doch zu wenige, um die Nacktheit des grauen körnigen Bodens zu bedecken. Hinter der Hügellandschaft erhoben sich die Berge – in der zornigen Mittagsglut verschwommene farblose Phantome, herrliche mineralische Regenbogen bei Sonnenuntergang und bei Nacht nur riesige schwarze Haufen aus vulkanischem Schutt.

Eine der Hütten, die mit Abstand größte, war als Kantine errichtet worden, doch tagsüber war es darin so heiß, dass man kaum Luft bekam. Ford und Dave spannten eine Plane über die große Freifläche zwischen den Perückensträuchern, und darunter hielten wir unsere Mittagsmeditation, das Mittagessen und die meisten Gruppengespräche ab. Wir standen um fünf auf und gingen um neun ins Bett, und während der heißesten Nachmittagsstunden hielten wir Siesta.

Wir waren insgesamt fünfzehn: Augustus, Paul und ich, die Banburys, Dave Wheelright und Frau, Pat Chance, der Arzt, Ford Wheelright und Frau mit zwei Freundinnen (eine Lehrerin aus Laguna Beach und eine Wunderheilerin aus San Diego), Mrs. Swendson, Alanna und Dee-Ann.

Hier sind einige Auszüge aus dem Tagebuch, das ich in Eureka führte. Das Tagebuchschreiben gehörte zu den disziplinarischen Maßnahmen, die ich mir für unsere »Klausur« auferlegt hatte.

Donnerstag. Das erste volle Programm. Gestern waren wir noch dabei, uns einzurichten.

Erste Wache: Verwirrt von der neuen Umgebung. *Wer sind all diese Leute?* Deine Forscherkollegen; somit deine natürlichen Verbündeten und Freunde. *Was mache ich hier?* So leben, wie du es dein Leben lang hättest tun sollen ... Augustus' Technik angewandt, mir die anderen in der Gruppe vorzustellen wie auf einem Röntgenbild, als lebende Skelette ohne persönliche Eigenschaften; so lässt sich die Ablehnung überwinden. Bei Dave fiel es mir am schwersten, bei Fran Wheelwright am leichtesten.

Ablehnung verursacht durch Pats gezierte Sprechweise, als er uns beim Frühstück aus Fénelons Briefen vorlas – nichts als verletzte Eitelkeit. Warum durfte ich nicht vorlesen?

Zweite Wache: Angespannt und gereizt wegen des staubigen, sengenden Windes und der schlagenden Plane. Das Ganze ist eine Farce: Wie soll man in diesem Drecksloch meditieren?

Diskussion über Gewaltlosigkeit. Zu viel geredet, sehr

unhöflich zu Grace Birnbaum gewesen, nur weil sie Wörter verwendet, die mich aufregen, zum Beispiel »bedeutungsvoll«. Augustus über Mitgefühl: Erbsünde der Tiere, lebende Fossilien, das Überleben des Kleinen und Anpassungsfähigen, das *Daodejing*, sei wie Wasser.

Dritte Wache: Viel besser. Intensiven Austausch mit Paul verspürt, der neben mir saß.

Freitag. Erste Wache: Immer noch geplagt von meinem Sextraum über B. Mich beim Aufsagen von Yeats' »Selbst die Freude, die der Erinnerung so viel bedeutet –« überrascht. Gefühlsduseliges Selbstmitleid. Ein paar Tränen vergossen.

Diskussion über Vegetarismus. Andere Lebensformen achten. Fleisch sowieso nicht nötig. Soja und Erdnüsse als Eiweißquelle. Getreide selber mahlen. Ballaststoffe sehr wichtig.

Zweite Wache: Unruhe und Nervosität geben sich als Besorgnis über die Landung der Nazis auf Kreta aus. Nach dem Mittag heimlich zum Laden gefahren. Es gab nur die Zeitung von gestern. Schlimme Nachrichten. Schwarze Stimmung. Zeitung auf der Rückfahrt am Straßenrand vergraben. Wir haben abgestimmt, dass Zeitungen und Radio während der Klausur verboten sind.

Dritte Wache: Die beste bis jetzt. Ein Glück, dass ich hier bin. Alles andere für mich nur Ausflucht.

Samstag. Erste Wache: Müde, lustlos. Dachine Dickinsons Vortrag über Heilkräfte: »Den kämpfenden Jesus in uns befreien«. Hauptsache nicht grinsen. Bemühe mich, ihre Worte in meine Sprache zu übersetzen. Augustus bewundernswert gut darin.

Zweite Wache: Zufrieden, weil ich nett zu Dachine war, die

gekränkt war über Pats skeptische Haltung. Später jedoch getarnte Feigheit; mich unter dem Vorwand, es sei zu heiß, geweigert, auf ein Pferd zu steigen. Außerdem vor Fran, Ford und Naomi mit meinem Deutsch geprahlt. Behauptet, ich hätte es früher perfekt gesprochen; durchblicken lassen, ich hätte es für das spirituelle Leben aufgegeben.

Dritte Wache: Plötzlich gesehen, wie man dieses Leben führen muss. Wenn man Chinesisch lernt, muss man es die ganze Zeit sprechen, auch wenn man nur wenige Wörter kennt. Die furchtbare Versuchung wieder zurück ins »Englische« zu fallen.

Egoismus beim Abwaschen. Zuerst spüle ich mehr, als ich muss. Dann beschwere ich mich, weil es niemandem aufgefallen ist. Aber mit welchem Recht habe ich mehr getan? Mit welchem Recht verhalte ich mich besser als die anderen? Das ist nichts weiter als Aggression gegen irgendwen. Habe mich später bei Mrs. Swendson entschuldigt.

Sonntag. Vor Sonnenaufgang aufgestanden und am Strand spazieren gegangen. Ein plötzliches Bedürfnis niederzuknien und zu beten. Unwahrscheinliche, verstohlene, pathetische Erregung. Dann kamen Ian und Ellen und sahen mich. Erkannt, dass ich das unbewusst gewollt, sogar geplant hatte! Sie unternehmen diesen Spaziergang jeden Morgen. Tiefste Beschämung und Selbstekel verdarben die erste Wache.

Rattenhafte Besorgnis um mein eigenes Wohlergehen; den kaputten Stuhl gemieden. Also musste Grace darauf sitzen. Selbstsucht gegenüber Pat; habe ihm meinen Wagen erst angeboten, als ich wusste, dass er sich schon Ians geliehen hatte.

Diskussion; das aktive und das kontemplative Leben. Alle

waren sich einig, dass sich beide ergänzen. Jedoch Reibereien zwischen Augustus und Dave. A. meint, die meisten Sozialarbeiter verlören sich in ihrem Wunsch nach Ergebnissen; Zitate aus der Bhagavad Gita, über symbolisches Handeln. D. findet, reine Kontemplation sei selbstsüchtig, vor allem in Kriegszeiten. Stellte mich hinter D. *Warum?*

Zweite Wache: Sex, Sex, Sex. »Wenn du Gott finden willst, suche ihn dort, wo du ihn verloren hast.« Meister Eckhart.

Augustus: »Gott ist *nicht* der Hochbetagte – diese unselige Bezeichnung aus dem Alten Testament. *Wir* sind die erbärmlichen, verwahrlosten Alten. Er allein ist jung – mit dieser beängstigenden Instantaneität …«

Und so weiter und so fort … Das Auffälligste an dem Tagebuch ist, dass Alanna und Dee-Ann nur einmal darin erwähnt werden. Sie waren die ganze Zeit dabei, und auch wenn sie zu jung waren, um an allen Veranstaltungen teilzunehmen, gingen sie doch viel beim Kochen und bei der Hausarbeit zur Hand und waren ausgesprochen hilfsbereit und lieb.

Ich hatte allerdings gute Gründe, sie zu übergehen. Ich wollte mir nicht eingestehen, dass ich wusste, was sich zwischen Dee-Ann und Paul abspielte.

Ich nehme an, der Großteil der Gruppe bemerkte nichts, denn er verbrachte nur wenig Zeit mit Dee-Ann allein. Sie sahen sich hauptsächlich an den Nachmittagen, wenn es den meisten von uns zu heiß war, um nach draußen zu gehen. Ford hatte Paul von einer Ranch in den Bergausläufern erzählt, wo man Pferde mieten konnte. Wenn Paul reiten ging, nahm er jedoch beide Mädchen mit, und ein Rancharbeiter begleitete sie. Hinterher, wenn die Hitze langsam nachließ, badeten sie im See, aber auch dort waren fast immer mehrere von uns dabei.

Am späten Sonntagnachmittag, an unserem fünften Tag in Eureka, gingen Mrs. Swendson, die Mädchen, Paul und ich gemeinsam schwimmen. Alanna und ihre Mutter brachen früher zu ihrer Hütte auf, um sich umzuziehen. Ich sagte ihnen, ich würde noch mal ins Wasser gehen. Kaum waren sie weg, erklärte ich, ich hätte es mir anders überlegt, und ließ Paul und Dee-Ann allein am Strand zurück. Als ich in unserer Hütte die Badehose auszog und mich abtrocknete, hörte ich draußen Schritte. Die Hütte lag ein wenig abseits von den anderen; wenn man sich direkt an die Südwand stellte, war man von außen nicht zu sehen. Die Schritte kamen zu dieser Seite. Es waren keine Stimmen zu hören – nur ruhiges Atmen, Kichern und dann ein Klatschen auf nackter Haut. Ich zog die Jalousie etwas auf und spähte hinaus. Es waren Paul und Dee-Ann, in ihren Badesachen, sie lachten und balgten sich spielerisch. Aber für Paul war das kein Spiel. Sein Blick war wachsam wie der einer Katze, die einen Vogel beobachtet, und ein harter Zug lag um den gespitzten Mund.

Kurz darauf blickte Paul zum Fenster hinauf – er war wirklich auf der Hut! – und sah mich. Sofort beendete er die Balgerei, gab Dee-Ann einen Klaps auf den Hintern, als wäre sie eine Erwachsene, kam in die Hütte und schlug die Tür hinter sich zu.

»Mann«, rief er und ließ sich aufs Bett fallen, »diese verdammte Göre! Weißt du, was sie gerade gemacht hat? Sie hat mich betatscht!«

»Ach, Unsinn!«

»Das macht sie dauernd … Ich sag's dir, Chris, wenn sie nicht jemand auf der Stelle von hier wegschafft, gibt es Ärger. Ich halte das nicht mehr lange aus … Gestern war ich mit ihr in ihrer Hütte, alleine. Ich solle ruhig reinkommen, sagte sie. Sie war gerade beim Bettenmachen. Dann fing sie an herumzualbern, wir rangen miteinander, ich warf sie aufs Bett, und plötzlich lag ich auf ihr. Ich habe keine Ahnung, wie ich es geschafft habe, mich zurückzuhalten. Jedenfalls rollte ich sofort von ihr runter und stand auf. Und was macht das kleine Luder? Sieht mich mit Unschuldsaugen an und sagt: ›Was hast du denn – ringst du nicht gerne? *Ich* schon!‹ Natürlich hat sie mich die ganze Zeit beobachtet, um zu sehen, wie weit sie gehen kann. ›Mutter würde es allerdings nicht gefallen, wenn sie uns dabei sähe‹, fuhr sie fort, um mich dazu zu bringen zuzugeben, dass ich wusste, was sie damit meinte. Aber ich sah ihr fest in die Augen und sagte: ›Wenn das so ist, sollten wir es lassen, meinst du nicht?‹ Und weißt du, was das tückische kleine Biest geantwortet hat? ›Wir könnten uns doch ein Plätzchen suchen, wo uns niemand sieht, irgendwo weit hinten am Strand. Dann könnten wir es richtig machen.‹ ›Was meinst du mit richtig?‹, fragte ich. Worauf sie antwortete: ›Wir könnten uns am ganzen Körper mit Öl einreiben.‹ Dann kicherte sie und sagte: ›Weißt du, was Alanna über dich gesagt hat? Sie hat gesagt, du bist schön.‹ Also fragte ich sie: ›Und du – findest du mich auch schön?‹ Sie lachte nur: ›Jungs sind nicht schön, Dummerchen!‹ Und dann sagte sie: ›Aber jetzt mag Alanna dich nicht mehr.‹ ›Ach‹, rief ich, ›tatsächlich? Und weißt du auch, warum?‹ Und sie antwortete: ›Sie sagt, ich darf nicht alleine mit dir sein. Du könntest mir wehtun – nicht mit Absicht natürlich.‹ Also fragte ich sie: ›Du meinst, ich könnte dir wehtun, wenn wir so miteinander ringen, wie du es gerne möchtest?‹ Sie lachte wieder und sagte: ›Natürlich nicht. Alanna ist blöd. Warum sollte mir das wehtun? Das ist doch bloß ein Spiel. Und ich weiß, du würdest behutsam mit mir umgehen, weil du ein Junge bist, und du bist groß und stark –‹ Und dann, Chris, du kommst im Leben nicht darauf, was sie dann sagte, und zwar genau so –, sie sagte: ›Außerdem hätte ich nichts dagegen, wenn du mir wehtust, nur ein kleines bisschen. Es würde mir nicht mal etwas ausmachen, wenn du mir die Nase blutig haust.‹ Also wirklich! Was soll ich nur machen? Tut mir leid, aber wenn das so weitergeht, kann ich für nichts garantieren.«

Ich lachte. Ich gab weiter vor, ihm nicht zu glauben. Dabei wusste ich, dass die Geschichte trotz aller möglichen Übertreibungen stimmte und seine Lage ausgesprochen brenzlig war. Ich wollte mir nur nicht eingestehen, dass ich *aktiv dazu beitragen hatte.*

Wenn ich heute in dem Tagebuch von meinen Gewissenskämpfen und Skrupeln lese und dann daran zurückdenke, wie ich mich damals verhielt, staune ich. Ich war durchaus mit ernsten Absichten nach Eureka gekommen; ich wollte die Einkehr nutzen, um mich in Selbstdisziplin zu üben. Und obwohl ich mich aufrichtig bemühte, benahm ich mich streckenweise wie ein alter Voyeur! An jenem Nachmittag hatte ich Paul und Dee-Ann vorsätzlich allein am Strand zurückgelassen. Ich hörte mir nicht nur Pauls Geschichten an, ohne ihn zur Räson zu rufen, ich deckte ihn sogar! Einmal log ich Augustus an, Paul und ich würden eine Tour mit dem

Auto unternehmen, obwohl ich den Wagen Paul lieh, damit er mit Dee-Ann zum Reiten fahren konnte. Natürlich sagte ich Paul nichts davon.

War ich völlig verrückt geworden? Was glaubte ich denn, was aus mir werden würde, wenn Paul scheiterte? Ich brauchte ihn zunehmend zu meiner eigenen Unterstützung. Und ich hatte, entgegen der Unkenrufe von Ronny und all den anderen Zynikern, mein Vertrauen in ihn gesetzt. Wenn Paul unterging, ging ich mit ihm unter.

Nein, mit Verrücktheit hatte das nichts zu tun. Auch nichts mit Voyeurismus. Ich tat es auch nicht aus der Lust heraus, Unruhe zu stiften. Das war ein Putschversuch. Ein Teil von mir – klein, aber verzweifelt und ziemlich gewissenlos – wollte einen Skandal auslösen, der allem – dem gesamten Leben, das ich geführt hatte – ein Ende bereitete. Dieser Teil meines Wesens hatte keine Ahnung, wohin seine Gegenrevolution auf lange Sicht führen würde, und es interessierte ihn auch nicht. Er hoffte einfach, in den Trümmern etwas Gewinnbringendes zu finden.

Auf der anderen Seeseite gab es eine atemberaubend hässliche Gegend mit sogenannten Schlammtöpfen – brodelnde, etwa zwei Meter hohe Miniaturkrater. Hin und wieder spien sie kochenden grauen Vulkanschlamm aus, mit Dampf und übelriechenden Schwefelfürzen. Ich hatte sie mir unbedingt ansehen wollen. Dachine Dickinson und Grace Birnbaum auch.

Wir fuhren am Morgen unseres letzten vollen Tages in Eureka Beach hin, in Dachines Wagen. Paul hatte abgelehnt, uns zu begleiten; er war einige Tage zuvor zu Pferd dort gewesen, mit den Mädchen. »Und ganz ehrlich, Honey«, sagte er, »dort stinkt es!«

Dachine fuhr wie eine echte Wunderheilerin und bewies, dass sie nicht an die Existenz des Bösen glaubte. Ich bereute, dass ich nicht darauf bestanden hatte, meinen Wagen zu nehmen. Glücklicherweise herrschte nur wenig Verkehr. Dennoch war es lustig mit den beiden. Dachine war eine angenehme Gesprächspartnerin, solange sie nicht zu ernst wurde und in ihr Heilerinnenkauderwelsch verfiel; Grace hatte ein ungestümes Lachen, und unter der förmlichen Maske der Lehrerin befand sich etwas Verrücktes, Hexenhaftes. Nach der Besichtigung der Schlammtöpfe aßen wir, fernab vom Gestank, unsere Sandwiches. Beide Frauen wirkten ganz anders außerhalb der Gruppe, heiter und gelöst und insgeheim froh, dass die Klausur sich dem Ende zuneigte. Wir kamen schweigend überein, so spät nach Eureka zurückzukehren, wie der Anstand es zuließ. Der Tag war frei von Meditationen und Gesprächskreisen, und es ging drunter und drüber, weil bis zur Abreise am nächsten Morgen alles gepackt sein musste.

Als Ford Wheelwrights Wagen mit Ford am Steuer und Augustus auf dem Beifahrersitz auftauchte, wusste ich sofort, dass irgendetwas los war. Ford war nicht der Typ, der einen Ausflug unternahm, wenn zu Hause Arbeit zu erledigen war, und Augustus, der ursprünglich mit uns kommen wollte, hatte sich im letzten Moment entschuldigt, weil er leider zu viele Briefe schreiben müsse. Außerdem legte Ford ein forsches Krisengehabe an den Tag, als er aus dem Wagen sprang und sagte: »Fährst du Augustus zurück, Chris? Er will mit dir sprechen. Ich komme gleich nach, mit den

Frauen.« Ich warf Augustus einen fragenden Blick zu, aber er schien in die Betrachtung einer der Schlammtöpfe versunken zu sein. Schließlich murmelte er: »Ja –«, leise und nachdenklich, als pflichtete er einer Bemerkung bei, die der Krater ausgespien hatte. Der Motor von Fords Wagen lief noch; ich stieg ein, und wir fuhren los. Im Rückspiegel sah ich, wie Ford Dachine und Grace am Arm fasste und sie von der Straße weglotste, als wollte er ein vertrauliches Gespräch mit ihnen führen; weit und breit keine Menschenseele.

»Augustus – was ist passiert?«

»Wenn zwei Menschen sich sehr gut kennen so wie wir, Christopher, und der eine hat dem anderen etwas ausgesprochen Unangenehmes mitzuteilen, halte ich es immer für das Beste, ohne Umschweife zur Sache zu kommen … Trotzdem muss ich dich auf einen schweren Schock vorbereiten … Alanna ist vor etwa einer Stunde bei ihren Eltern gewesen und hat erzählt, sie habe Paul und Dee-Ann durch das Fenster eurer Hütte bei sexuellen Handlungen beobachtet.«

»Mein Gott!« Mehrere Gedanken schossen mir durch den Kopf. Dass ich überzeugend Überraschung markieren musste. Dass Paul verrückt sein musste, sich einen so gefährlichen Ort auszusuchen. Dass er es, da er eindeutig *nicht* verrückt war, offenbar darauf angelegt hatte, erwischt zu werden. Aber aus welchem Grund?

»Wer weiß alles davon?«, fragte ich, um irgendetwas zu sagen.

»Alle, leider. Bis auf Dachine und Grace; Ford und ich haben entschieden, es sei das Beste, sie einzuweihen und an ihre Verschwiegenheit zu appellieren. Mr. Swendson, der Vater der Mädchen – du weiß, dass er heute Morgen hergekommen ist, um seine Familie abzuholen, oder? –, war leider alles andere als verschwiegen. Natürlich muss man ihm seine Erregung ein Stück weit nachsehen. Trotzdem wünschte ich, er wäre nicht da gewesen, als es passierte. Bei aller Misere können wir uns jedoch wahrlich glücklich schätzen, dass sofort ein Arzt zur Stelle war.«

»Soll das heißen, Dee-Ann wurde tatsächlich –«

»Nein. Das ist uns erspart geblieben. Pat Chance hat sie sofort gründlich untersucht. Er konnte uns versichern, dass es nicht zur Penetration gekommen ist.« (Ein kurzes, schwaches Glimmen in Augustus' Augen verriet mir, dass er die große Aufregung ziemlich genoss; mir ging es genauso.) »Das Eigenartige ist, das Kind scheint von dem Vorfall ziemlich unberührt. Natürlich hat niemand direkt mit ihr darüber gesprochen; Pauls Name wurde nicht einmal erwähnt. Pat Chance hat uns in diesem Punkt zu äußerster Vorsicht ermahnt; es bestehe immer die Gefahr, ein Trauma auszulösen ... Alanna hingegen scheinen ihre Beobachtungen schrecklich aufgewühlt zu haben. Sie war geradezu hysterisch. Pat drängte darauf, Mrs. Swendson solle mit beiden Mädchen sofort zurück nach Los Angeles fahren. Sie sind schon abgereist. Mr. Swendson bestand unglücklicherweise darauf zu bleiben. Er ist fest entschlossen, Paul zur Rede zu stellen.«

»Zur Rede stellen? Du meinst, er hat noch gar nicht mit ihm gesprochen?«

»Niemand hat das.«

»Aber, Augustus – wenn das so ist –, wie kannst du dir dann so sicher sein? Es könnte sich um ein Missverständnis handeln. Vielleicht ist er völlig unschuldig.«

»Danke, Christopher. Man ist immer froh, wenn man daran erinnert wird, dass niemand verurteilt werden darf, bevor seine Schuld bewiesen ist … Und natürlich ist es durchaus möglich, dass unser Freund zurückkehrt. Vielleicht hat er gar nicht in blinder Panik die Flucht ergriffen, wie es leider zu befürchten steht. Apropos – sind die Schlaftabletten noch in seinem Besitz?«

»Gütiger Himmel, Augustus – wovon redest du überhaupt?«

»Verzeih mir, Christopher. Leider hat man aufgrund der belastenden Umstände keinen sonderlich schlüssigen Bericht geliefert … Nachdem Alanna ihren Eltern alles erzählt hatte, sind die Swendsons selbstredend sofort zu eurer Hütte geeilt. Es war niemand dort. Natürlich ließ sich angesichts von Alannas aufgelöstem Zustand nicht genau feststellen, wie viel Zeit zwischen den beiden Ereignissen vergangen war … Und dann sahen sie Dee-Ann, sie ging alleine am See spazieren und war, wie ich schon sagte, allem Anschein nach ganz so wie immer. Mr. Swendson machte sich dann auf die Suche nach Paul und erfuhr von Naomi, sie habe ihn ein paar Minuten zuvor oben auf der Straße gesehen, er sei weggefahren, sehr schnell –«

»Weggefahren –« Plötzlich dämmerte es mir. »Du meinst, mit –«, ich ersetzte »meinem« gerade noch rechtzeitig durch »unserem Wagen?«

»Ja. Man wird diesen Posten wohl als Verlust abschreiben müssen. Tatsächlich deutet immer mehr auf das allzu bekannte Muster der Verzweiflung hin.«

»Ja … du hast recht.« Ich fand Pauls Verhalten einfach unerhört, und ich rechnete nach, ob ich mir ein neues Auto leisten konnte. Würde die Versicherung einspringen? Nur wenn ich den Wagen als gestohlen meldete, und das kam nicht infrage.

»Wir haben uns erlaubt, dich zurückzuholen«, sagte Augustus, »weil du uns vielleicht dabei helfen musst, Mr. Swendson zur Vernunft zu bringen. Als wir aufbrachen, war er noch sehr erregt. Er droht sogar damit, die Polizei zu verständigen.«

Inzwischen waren wir fast im Camp; Fords Wagen war alt, schaffte aber noch hundertdreißig. Als wir von der Straße abbogen und in der gewohnten Staubwolke die Piste hinunterholperten, stellte ich verblüfft, aber erleichtert fest, dass mein Wagen bei den anderen stand.

»Paul ist wieder da!«, rief ich.

»Gott sei Dank«, murmelte Augustus ernst.

Ian Banbury eilte aus seiner Hütte auf uns zu; er hatte offenbar Ausschau nach uns gehalten. »Schön, euch zu sehen«, sagte er herzlich, aber gelassen; es klang, als wären wir monatelang weg gewesen. Er blinzelte lächelnd in die Sonne und drückte uns kräftig und herzlich die Hand. Er schien nicht im mindesten beunruhigt.

»Wo ist Paul?«, fragte ich.

»In deiner Hütte. Sei unbesorgt – es geht ihm gut.« (Dass Ian so selbstverständlich davon auszugehen schien, ich wäre um Paul besorgt und Paul hätte diese Besorgnis sogar verdient, rührte mich, damals und umso mehr, als ich später wieder an diesen Moment dachte.) »Er ist kurz nach eurem Aufbruch zurückgekehrt, Augustus. Swendson sah ihn kommen. Lief auf ihn zu, schrie ihn an. Wollte sich auf ihn stürzen. Wir haben ihn natürlich zurückgehalten. Vor allem

Dave. Ich bin froh, dass er dabei war. In solchen Situationen fühlt man sich so unzulänglich.«

»Und wie hat Paul reagiert?«

»Vorbildlich. Er war ganz ruhig. Hat sich verhalten wie ein Mann. Ich glaube, mir hätte dazu die Courage, die Demut gefehlt. Keine Ausflüchte. Gar nichts.«

»Heißt das – er hat alles zugegeben?«

»Aber ja. Er versuchte gar nicht erst, es abzustreiten. Meine Güte, ich habe ihn dafür bewundert!«

So wie ich in diesem Moment Ian bewunderte! Pauls Tat musste ihm unvorstellbar erschienen sein; schmutzig, roh, zutiefst abnorm. Das Ganze verlangte ihm sicher eine Menge Nächstenliebe ab. Für Augustus, den religiösen Bohemien, war es leicht, tolerant zu sein. Ian hatte eine Frau, eigene Kinder, eine Kirche, eine Gemeinde; er lebte im grausamen Rampenlicht der Tugend. Alle Achtung!

»Will Mr. Swendson immer noch die Polizei holen?«

»Nein, nein. Dave war wunderbar – er hat es ihm ausgeredet. Sie sind jetzt gemeinsam dort drin.« Ian deutete auf die Hütte der Swendsons. »Swendson ist immer noch sehr aufgebracht. Das ist ganz natürlich. Er sucht nach einem Sündenbock. Gibt wahrscheinlich der Religion die Schuld – indirekt. Er gehörte nie zu meiner Gemeinde. Seine Frau und er haben oft deswegen gestritten.« Ian grinste und wirkte auf einmal sehr jungenhaft. Ich hätte ihn umarmen können.

»Dann«, sagte Augustus mit einem leichten Räuspern, »kommen wir nun zum nächsten Punkt auf der Tagesordnung – ich nehme an, wir sind alle der Meinung, dass Paul unverzüglich abreisen sollte. Wir wollen Mr. Swendson keine weiteren Belastungen zumuten.«

»Wir fahren, sobald wir gepackt haben«, sagte ich.

Ian lächelte mich herzlich an. »Das ist nett von dir, Christopher.« Aus seinem Mund klang »nett« nicht nach freundlicher Geste, sondern wie eine Kardinaltugend.

Auf dem Weg zur Hütte begegnete ich Naomi und Fran, die Decken zusammenlegten, und Ellen, die Teller und Tassen in einem Karton verstaute. Es war offensichtlich, dass sie genau wussten, was passiert war. Sie unterstützten so das Geschehen auf eine den Frauen eigene Art, während die Männer sich den schweren spirituellen Packarbeiten widmeten. Sie grüßten eine Spur zu heiter.

Auch Paul war schon am Packen. Er blickte kaum auf, als ich die Hütte betrat. »Schätzelchen«, sagte er griesgrämig, »du musst mich leider nach Indio fahren. Das ist der nächste Ort, wo ich in den Zug oder Bus steigen kann.«

»Aber, Paul, ich fahre dich nach Los Angeles! Oder willst du das nicht?«

»Ich dachte, du würdest mich nicht mitnehmen.«

»Unsinn! Weißt du denn nicht, auf wessen Seite ich stehe?«

»Von *Seiten* ist mir nichts bekannt. Ich dachte, es gibt nur eine. Bin ich auch eine?«

»Wir wohnen zusammen, schon vergessen?«

»Ich habe dich mit Augustus und Ian tuscheln gesehen.«

»Na und? Augustus ist nicht gegen dich. Er versteht es. Ehrlich.«

»Was versteht er? Ah – du meinst, er hat selbst kleine Mädchen gebumst, als er noch jung war?«

»Paul! Das geht jetzt wirklich zu weit. Ich sage dir noch etwas: Ian sagt, er *bewundert* dich – weil du nichts abgestritten hast.«

»Warum sollte er mich deswegen bewundern?«

»Na ja, ich meine – viele andere hätten mit Abscheu reagiert. Ich habe gehört, Mr. Swendson wollte sich auf dich stürzen – hätte Dave ihn nicht zurückgehalten.«

»Miss Wheelwright war ganz in ihrem Element bei ihrer schmalzigen gewaltlosen Darbietung. Swendson, die fette Sau, hatte Glück, dass er mich nicht geschlagen hat. Als er mit den Armen fuchtelte und schrie: ›Leute wie Sie gehören in die Gaskammer!‹, wusste ich sofort, was ich tun würde. Mich auf seine Eier stürzen und fest zubeißen. Sie hätten mich schon töten müssen, um mich dazu zu bringen loszulassen.«

Es schien nicht der richtige Zeitpunkt zu sein, um das Gespräch fortzusetzen. Also half ich Paul schweigend beim Packen. Wir gingen zum Wagen, ohne jemandem zu begegnen. Zweifellos hatten sich alle diskret in ihre Hütten zurückgezogen. Doch als wir die Piste hinauffuhren, tauchte auf der chimärenhaften Straße ein schwarzer Klecks auf, durchlief mehrere Metamorphosen und verwandelte sich in Dachines Wagen. Wir mussten uns an der Kreuzung aneinander vorbeiquetschen. Dachine und Grace winkten Paul und mir zu und lachten ausgelassen. Ford machte ein betretenes Gesicht. Vielleicht hatte er ihnen den Vorfall so taktvoll geschildert, dass sie gar nicht begriffen hatten, worum es eigentlich ging.

Während der Fahrt sah ich immer wieder zu Paul hinüber. Ich brannte darauf, ihn mit Fragen zu löchern, wusste aber nicht, wie ich anfangen sollte, und Paul, der sich dessen bewusst war, hatte nicht vor, mir zu helfen. Schließlich platzte ich heraus: »Jetzt erzähl schon – was ist passiert?«

»Vor ein paar Tagen waren Dee-Ann und ich im Laden. Der Inhaber sammelt Steine, Quarze und so weiter, und er verkauft sie auch. Dee-Ann war ganz verrückt nach einem, den man Katzengold nennt, und heute beschloss ich ganz spontan, kurz hinzufahren und ihr einen zu kaufen, als Abschiedsgeschenk. Das ist er –« Paul griff unter den Sitz und gab mir einen schweren, in Zeitungspapier gewickelten Gegenstand. »Du bist mir doch hoffentlich nicht böse, dass ich deinen Wagen genommen habe?«

Ich legte den Stein unausgewickelt neben mich auf den Sitz. »Das habe ich nicht gemeint, Paul – und das weißt du auch! Ich wollte wissen – was ist wirklich vorgefallen zwischen dir und Dee-Ann – und Alanna?«

Paul sah mich mit seinem dünnen herausfordernden Lächeln an. »Haben sie dir das nicht gesagt?«

»Sie haben gesagt, es sei in unserer Hütte passiert. Alanna habe euch durchs Fenster beobachtet.«

»Und warum fragst du dann mich?«

»Weil – ich weiß immer noch nicht, wie es dazu gekommen ist.«

»Warum interessiert dich das so? Macht dich das geil?«

»Natürlich musst du nicht darüber sprechen, wenn –«

»Ich habe nicht gesagt, dass ich nicht darüber sprechen will. Aber warum willst du es wissen? Du hast dein Urteil doch sowieso schon gefällt –«

»Urteil? Verdammt noch mal – jetzt tu nicht so geheimnisvoll! Erzähl mir, was vorgefallen ist, oder lass es sein!«

»Es ist nichts vorgefallen.«

»Nichts? Du meinst – gar nichts?«

»Ich weiß, du glaubst mir nicht.«

»Natürlich glaube ich dir, Paul! Du würdest mich nie anlügen.«

»Woher weißt du das?«

»Ich weiß es einfach.«

»Das behauptest du – und dennoch hast du sofort entschieden, dass ich schuldig bin. Sogar, ohne mich zu fragen. Du verlässt dich einfach auf das Wort von Leuten wie Augustus und Ian.«

»Jetzt hör mal, Paul – du musst zugeben –, du hättest es tun *können*. Du hast es neulich selbst gesagt. Weil die Kleine dich so scharf gemacht hat.«

»Ja, hätte ich. So wie du. Oder Augustus. Oder Ian. Jeder hätte es tun können. Aber ich habe es nicht getan.«

»Und was ist mit Alanna? Ist sie verrückt geworden?«

»Wirklich, Honey, du musst dir abgewöhnen, so melodramatisch zu sein! Man muss nicht verrückt sein, um so etwas zu tun. Natürlich kann ich nicht genau sagen, was passiert ist, ich kann es mir aber sehr gut vorstellen ... Sie ist die ganze Zeit eifersüchtig auf Dee-Ann und mich gewesen. Ich vermute, sie ist eines Tages zu ihrer Mutter gerannt und hat ihr irgendetwas über uns erzählt – und ihre Mutter hat gesagt, sie solle nicht albern sein. Und da ist sie in Zugzwang geraten. Sie musste beweisen, dass sie im Recht war, und sie wollte sich an uns rächen – also hat sie sich diese Geschichte ausgedacht. Und jetzt, wo sie sie erzählt hat, muss sie dabei bleiben. Sie weiß also, dass sie ein Lügnerin ist, und wahrscheinlich hat sie furchtbar Schiss, dass sie deswegen in die Hölle kommt. Hoffe ich jedenfalls.«

»Halt, Moment mal, Paul – warum hast du ihnen dann gesagt, du hättest es getan?«

»Das habe ich nicht. Ich habe es bloß nicht abgestritten. Und warum sollte ich auch? Sie haben mich von vornherein für schuldig gehalten. Sie haben nur gehört, was sie die ganze Zeit hören wollten. Sie konnten mich nie ausstehen.«

»Das stimmt einfach nicht!«

»Von mir aus – das ist mir egal. Solche Leute sind meine natürlichen Feinde, seit ich zehn Jahre alt war. Ich hätte mich nie mit ihnen abgeben dürfen. Das hätte ich auch nicht, hätte ich nicht auf dich gehört. Jetzt bin ich bei ihnen untendurch, und das ist mir nur recht.«

»Herrgott noch mal, jetzt lass wenigstens uns ehrlich sein. In Wirklichkeit gibst du *mir* die Schuld, ist es nicht so? Also schön, dann bleibt mir nur eines. Da ich dir angeblich nicht glaube, gehe ich zu Augustus und den anderen und erzähle ihnen die Wahrheit – auch den Swendsons.«

»Wenn du das machst, Chris –«, Paul war jetzt richtig wütend, »bist du schlimmer als die! Dann bist du der gemeinste, scheinheiligste, hinterlistigste Judas von allen!«

Dieses eine Mal hatte ich ihn ausgetrickst. Ich lachte vor Freude. »Glaubst du wirklich, ich würde das ohne deine Erlaubnis tun? Das beweist, dass du mir so wenig vertraust, wie ich dir vertraut habe! Also sind wir quitt! Können wir uns jetzt vielleicht wieder beruhigen? He – in zehn Minuten sind wir in Indio. Wir suchen uns dort eine Bar und genehmigen uns ein paar Drinks. Was hältst du davon?«

Paul ließ sich nicht sofort erweichen, aber ich verstand die Signale. Ab jetzt würde alles gut werden. Wir fanden eine Bar und tranken, bis am Abend die Rancharbeiter aus der Umgebung hereinströmten. Dann fuhren wir zurück nach Los Angeles. Vielleicht bewahrte mich das Karma, das ich mir in Eureka Beach verdient hatte, davor, den Wagen zu Schrott zu fahren oder zumindest wegen Trunkenheit am Steuer hinter Gittern zu landen. Als wir schließlich die Treppe hinauf und in die Wohnung schwankten, fanden wir einen Brief von der Einberufungsbehörde vor. Paul sollte sich in vierzehn Tagen im CPS-Forstcamp einfinden.

Die nächsten Tage verbrachten wir damit, Pauls »Aussteuer« zu besorgen – die steifen Jeans, Sweatshirts, dicken Socken und derben Stiefel, die er als Arbeitskleidung für das Camp benötigte. Die Gewissheit einer langen Trennung sorgte dafür, dass wir freundlich und rücksichtsvoll miteinander umgingen. Pauls Wut hatte sich fürs Erste in Luft aufgelöst; er erwähnte die Swendsons nicht ein Mal. In gemeinsamem Einvernehmen hatten wir die meisten Vorschriften ad acta gelegt, aber wir meditierten noch, morgens und abends. Nach der Abendmeditation tranken wir jetzt allerdings richtige Cocktails und aßen, entweder zu Hause oder im Restaurant, Fleisch- und Fischgerichte. »Ich bringe es im Moment einfach nicht über mich, vegetarisch zu leben«, sagte Paul. »Außerdem, wer weiß schon, was bei den garstigen Pazifisten auf den Tisch kommt? Menschenfleisch wahrscheinlich.« Am Tag vor seiner Abreise beschloss er spontan, sich einen Bürstenschnitt verpassen zu lassen. »Ich meine, solange die arme alte Tante im Kloster weilt, kann sie auch entsprechend aussehen.«

Am nächsten Morgen fuhr ich ihn traurig zu einem Ort in den Orangenhainen, im äußersten Osten der Stadt. Dort sollte ihn May Griffith, die Frau des Campleiters, abholen. Während der Fahrt sprach Paul wieder mehr über sein altes

Leben. »Wenn Babs und die Condesa mich jetzt sehen könnten!«, rief er betrübt.

Ich tat alles, um ihn aufzuheitern. »Sag mal, was hat dich eigentlich dazu bewogen, nach Europa zu gehen – und dich mit all diesen Leuten abzugeben? Hat es dir dort wirklich gefallen?«

»Honey, so was darfst du einen Amerikaner nicht fragen. Amerikaner müssen nach Europa – um sich zu vergewissern, dass alles Stuss ist, was man sich darüber erzählt.«

»Und ist das so?«

»Na klar – aber es bringt nichts, es nur zu sagen. Man muss es selbst erleben.«

»Gut – und mit dieser Einstellung gehst du jetzt ins Camp. Deine Condesa und all die anderen würden sich nie an einen solchen Ort trauen. Man würde sie auch gar nicht lassen. Wetten, es ist schwieriger, sich dort als ungebetener Gast hineinzustehlen als bei der exklusivsten Party, die du je besucht hast? Und die Jungs dort – die können sich im Leben nicht vorstellen, wie es auf solchen Partys zugeht. Du aber – und das macht dich absolut einzigartig – kannst eines Tages sagen, dass du beides kennst!«

Pauls Miene hellte sich ein bisschen auf. Für einen Augenblick war es mir gelungen, der unmittelbaren Zukunft Glanz zu verleihen. Doch dann erreichten wir den Treffpunkt, eine Lagerhalle neben dem Eisenbahndepot für die Orangen, Zitronen und Grapefruits von den umliegenden Plantagen. Ein schwerer, beißender Zitrusduft hing in der Luft. Es war sehr heiß. »Da«, sagte ich, »das muss sie sein, dort drüben an der Mauer. War nicht von einem hellblauen Lieferwagen die Rede?«

»Tantchen ist geliefert«, murmelte Paul.

May Griffith war eine fröhliche junge Frau. Sie empfing Paul mit der beunruhigend distanzlosen Freundschaftshaltung der Quäker. Dann entschuldigte sie sich kurz; sie müsse im Eisenbahnbüro ein Paket abholen.

»Sie haben es ihr erzählt«, sagte Paul, und seine Miene verfinsterte sich. »Sie weiß von Eureka. Hast du nicht den unterdrückten Ekel in ihrem Lächeln gesehen?«

»Unsinn! Das bildest du dir ein.«

»Ich pfeife darauf. Wenn sie es nicht anders wollen, spiele ich das Spiel gerne mit.«

Nach dieser Bemerkung machte ich mich auf eine Vorstellung gefasst. Und die kam auch – als Mary wieder da war und die beiden aufbrechen wollten. »*Au revoir, mon amour*«, rief Paul, nahm mich in die Arme und küsste mich leidenschaftlich auf den Mund, »*tu sais que je t'adore!*« Ich erwiderte seinen Kuss, um nicht den Eindruck zu erwecken, ich stünde aufseiten des Feindes.

May Griffith lachte herzhaft. War sie einfach furchtbar dumm oder erstaunlich weltoffen? Paul schien jedenfalls der Ansicht zu sein, der Ehre sei genüge getan. Er grinste sie beim Einsteigen an, und als der Wagen davonfuhr, sah ich, dass er schon dabei war, sie mit seinem Charme einzuwickeln.

In der Zeit zwischen unserer Rückkehr aus Eureka und Pauls Abreise ins Camp hatte ich jeden Kontakt mit Augustus vermieden. Ich hätte das Zusammensein mit ihm und Paul nicht ertragen, solange er nicht wusste, dass Paul in der Sache Swendson unschuldig war. Paul hätte die ganze Zeit auf das winzigste Zeichen von Verurteilung gelauert. Außerdem stand es uns nicht zu, Augustus derart auf die Probe zu stellen, selbst wenn er sie bestanden hätte. Ich hatte Paul angefleht, mich von meinem Versprechen zu entbinden, aber er wollte nicht. »Irgendwann kannst du es ihm erzählen«, vertröstete er mich. »Ich sage dir Bescheid, wenn es so weit ist. Es ist unglaublich beschämend, seinen Namen reinwaschen zu müssen. Er soll eine Weile beschmutzt bleiben.«

Gleich nach Pauls Abreise rief ich Augustus an, und wir setzten unsere Treffen fort. Doch unser Verhältnis war nicht mehr wie früher; es stand ein neues Hindernis zwischen uns. Kurz vor der Klausur in Eureka hatte David Wheelwright mich gefragt, ob ich Lust hätte, in einem Wohnheim vom Friends Service Committee in Pennsylvania zu arbeiten, und ich hatte ja gesagt. Das Wohnheim nahm Flüchtlinge aus Nazi-Europa auf; sie wurden dort untergebracht, bis sie Arbeit fanden und in der Lage waren, ihren Lebensunterhalt in den Vereinigten Staaten selbst zu bestreiten. Viele Flüchtlinge sprachen dafür noch nicht gut genug Englisch. Daher brauchten die Freunde Deutsch sprechende Helfer mit Lehrerfahrung.

Ein paar Wochen vor Eureka hatte ich Dave dazu angeregt, mir eine solche Arbeit zu besorgen. (Darauf bezog sich die ziemlich scheinheilige Frage »Warum?« in meinem Eureka-Tagebuch.) Ich hatte ihn in Eureka bei seiner Verteidigung des aktiven Lebens unterstützt, weil mir selbst der Sinn nach Taten stand. Ich hatte gewusst, dass Paul bald gehen würde, und wollte nicht weiter nach den Parr'schen Vorschriften leben, wenn ich wieder allein war. Nach unserer glücklichen Zweisamkeit wäre das zu deprimierend gewesen.

Ein Wechsel zu den »Aktiven« bot mir außerdem die Möglichkeit, einen neuen Vertrag mit mir selbst zu schließen. Solange ich fleißig war und meine Pflichten im Wohnheim gewissenhaft erfüllte, würde ich mir an den freien Abenden alle möglichen Vergnügungen zugestehen. Nach Philadelphia wäre es nur eine kurze Zugfahrt. Dort hatte ich schon ein paar Adressen.

Augustus kritisierte meine Entscheidung nicht und verlor auch nie ein Wort darüber. Vermutlich wusste er, was dahinterstand, und zeigte sich deswegen nachsichtig. Er kam zum Bahnhof, um sich von mir zu verabschieden, und umarmte mich mit einem herzlichen »Gott schütze dich, liebster Christopher!«. Dann murmelte er in seinen Bart: »Ich *glaube*, du wirst zurechtkommen. Ja –«

Und dann brachte mich der Zug fort von ihm, in ein anderes Leben, ein Leben, das selbst die Anderen verstehen und gutheißen konnten. Viele Menschen würden mich um meine neue Aufgabe beneiden, sie als »selbstlos«, »sinnvoll« und »sozial« bezeichnen. Augustus ging derweil zurück zu seinen alten Damen, den trockenen Keksen und dem Gartenhäuschen. Doch ich hatte ausreichend von ihm gelernt, um zu wissen, dass er und ein paar Hundert andere ebenso unmoderne Zeitgenossen – über das ganze Land verstreut und mehr oder weniger, ohne voneinander zu wissen – uns während dieses Krieges auf äußerst geheimnisvolle, indirekte Weise spirituell am Leben erhielten; uns mit einem Hormon versorgten, ohne das unsere Gesellschaft verkümmern und eingehen würde, egal, ob die Nazis siegten oder verloren. Vielleicht waren sie tatsächlich die einzigen Menschen in Amerika, deren Arbeit man zu Recht als unentbehrlich bezeichnen konnte … Diese Gedanken erfüllten mich mit tiefer Ehrfurcht, und ich gelobte mir, all das in der kommenden Zeit der Aktivität nie zu vergessen. Aber sie verursachten mir keine Schuldgefühle. Sie verdarben mir auch nicht die Freude an dem Steak, das ich mir im Speisewagen gönnte, mit einem kühlen Bier.

Etwa drei Monate nach meinem Arbeitsantritt im Wohnheim erhielt ich von Augustus folgenden Brief:

MEIN LIEBER CHRISTOPHER,
ich fühle mich bewogen, dir zu schreiben, in der Hoffnung, ich möge der Erste sein, der dir etwas mitteilt, das du sicher lieber von einem gemeinsamen Freund als von einem Fremden erfahren möchtest – oder gar aus der Presse. Vielleicht weißt du es sogar schon aus den Zeitungen bei euch im Osten? Es geht um unseren Freund Paul.

(O Schreck, dachte ich, was hat er jetzt wieder angestellt?)

Wir hatten in den Bergen gerade einen sehr schweren Waldbrand – einen der verheerendsten der letzten Jahre, habe ich mir sagen lassen –, und die Jungen aus Pauls Camp wurden mit vielen anderen zum Löschen geschickt. Bei Wind rast das Feuer schneller als ein galoppierendes Pferd, und natürlich kann es jederzeit die Richtung ändern. So war es auch in diesem Fall, und zwei Kollegen aus Pauls Trupp saßen in einem der besonders steilen und schmalen Canyons fest, die buchstäblich zur tödlichen Feuerfalle werden können. Die armen Burschen versuch-

ten verzweifelt, den Hang hinaufzusteigen, während die Flammen immer näher kamen. Die Lage war ziemlich aussichtslos. Paul stand oben, außer Gefahr, und er hatte einen sicheren Fluchtweg. Er sah, dass die Jungen nicht rechtzeitig entkommen würden und vor Panik nicht mehr in der Lage waren, die Anweisungen, die man ihnen von oben zurief, zu hören, geschweige denn zu befolgen. Also lief er ihnen entgegen und demonstrierte ihnen auf vorbildliche Weise, was ihnen die Forstaufseher über das Verhalten in einer solchen Gefahrensituation eingetrichtert hatten. Wenn man vom Feuer eingeschlossen ist, muss man sich eine Jacke oder ein dickes Kleidungsstück um den Kopf wickeln, tief Luft holen, sich umdrehen und durch das Feuer hindurchlaufen. Das ist die einzige Rettung. Wenn die Feuerwand nicht zu tief ist und man es schafft, keinen Rauch oder, schlimmer noch, Feuer einzuatmen, besteht die Möglichkeit, dass man nur oberflächliche Verbrennungen davonträgt. Paul machte es ihnen vor, und alle drei überlebten.

Die Vorstellung, dass man durch ein Feuer *hindurch*muss, anstatt vor ihm davonzulaufen, veranlasste Augustus an dieser Stelle zu einem ganzen Schwung allgemeiner philosophischer Betrachtungen, mit besonderem Augenmerk auf den Anweisungen, die der Lama im *Tibetischen Totenbuch* für die soeben körperlos gewordene Seele bereithält. Auf einem Extrabogen fand ich folgendes Postskriptum:

Es mag daran liegen, dass man anderen Wertmaßstäben folgt als die Mehrheit, dass ich versäumt habe, dir eine weitere Neuigkeit mitzuteilen, die viele vielleicht für noch erwähnenswerter halten. Offenbar – und das kann kein Zufall sein – hat das unselige junge Ding, Alanna Swendson, kurz nach Pauls Heldentat gestanden, dass ihre Geschichte über die Ereignisse in Eureka von A bis Z erfunden war. (Die Prognosen für ihr Seelenleben als Erwachsene sind ausgesprochen düster, fürchte ich.) Das heißt natürlich, unser Freund ist vollständig rehabilitiert, und ich brauche dir sicher nicht zu sagen, wie viel das unserem lieben Ian und den anderen bedeutet. Du, liebster Christopher, hast uns schon gezeigt, dass es etwas Höheres gibt als die Frage, ob man einem Freund Glauben schenkt. Wenn ich so sagen darf, es hat mich tief bewegt und auch ermutigt mitzuerleben, dass dieses geheimnisvolle Etwas – die größte der drei Tugenden, wie wir aus unfehlbarer Quelle wissen – in dir über den Glauben und die Hoffnung hinausgewachsen ist.

Ich setzte mich sofort hin, um Paul zu schreiben. Doch nach mehreren Versuchen, ernst zu sein, zerriss ich alles. Weil ich einfach nicht den richtigen Ton fand, schickte ich ihm eine einfache Postkarte: »Sehr stolz auf die liebe alte Tante.«

Darauf erhielt ich auch eine Postkarte: »Du solltest inzwischen wissen, Honey, dass die Tante für Publicity *alles* tut. Was das kleine Miststück angeht, ich wollte ihre Eltern wegen Verleumdung verklagen, aber der Anwalt, dieser Schwachkopf, sagt, ich hätte keine Chancen, weil ich es zugegeben habe! Die können mich alle mal. Langweile mich hier zu Tode. Warum schreibst du mir nicht richtig? Kuss.«

Ich musste grinsen, als ich mir vorstellte, wie die Pazifisten, voll des Lobes über seinen Heldenmut, mit gequälten Gesichtern seine rachsüchtigen Tiraden schluckten. Das ist meine Tante, dachte ich und schrieb ihm einen langen Brief, in dem ich mich über das Wohnheim, die Quäker und ihre Bräuche lustig machte – ein unehrlicher Brief, denn ich mochte und bewunderte die Quäker sehr und identifizierte mich sogar mit ihnen, in einem Maße, das Paul als Verrat an seinen Prinzipien verurteilt hätte. Das war das Schlimmste am Umgang mit Paul. Am Ende war man immer der Judas … Und er beantwortete den Brief sowieso nicht.

Kurz darauf erhielt ich einen Brief von Ronny. Darin schilderte er mir die Schrecken der Kaserne auf Long Island, inmitten von Zwergkiefern, eisigem Wind und Nebel. »Das einzig Positive, was ich von hier mitnehme, ist die Gewissheit, dass ich nie wieder Schlaftabletten brauche. Ich kann überall schlafen – zwischen Singenden und Schnarchenden, bei brennendem Licht und lärmendem Radio. Was soll's, Gott sei Dank habe ich diese Hölle bald hinter mir.«

Armer Ronny! Er schrieb diese Zeilen nur ein paar Wochen vor Pearl Harbor.

Im folgenden Frühjahr wurde die Altersobergrenze für die Einberufung zum Wehrdienst auf über vierzig angehoben. Ich registrierte mich ordnungsgemäß als Kriegsdienstverweigerer, musste in Pennsylvania vor die Kommission treten und wurde anerkannt. Das war keine große Härteprüfung in dieser Quäkergegend, wo man an Pazifisten gewöhnt war. Ich bat jedoch darum, meinen Ersatzdienst in Kalifornien ableisten zu dürfen, weil ich bei Paul im Camp sein wollte. Ich schrieb ihm deswegen und bekam keine Antwort.

Mittlerweile fanden immer mehr von unseren Flüchtlingen Arbeit, denn ihr Englisch hatte sich verbessert, und wegen des Krieges wuchs der Bedarf an Arbeitskräften. Schließlich war das Wohnheim leer und wurde geschlossen. Im Frühherbst 1942 kehrte ich nach Kalifornien zurück.

Zu dieser Zeit veränderte der Krieg das Erscheinungsbild von Los Angeles. Der Hollywood Boulevard war voll mit Soldaten, die sich in den neu eröffneten Flipper-Hallen und den lärmenden Bars vergnügten. Es war wie auf dem Jahrmarkt, aber furchtbar traurig. In den folgenden Monaten platzten die Hotels aus allen Nähten; sogar in den Foyers schliefen junge Männer. Andere dösten in Kinos und auf Busbahnhöfen. Wenn man eine Party schmeißen wollte, brauchte man nur ein paar Soldaten herbeizurufen, die an einer Straßenecke herumlungerten, und sie quetschten sich, gehorsam wie Zombies, in deinen Wagen. Sie tranken, was man ihnen gab, bis alle Flaschen leer waren. Ich glaube, die meisten nahmen ihre Umgebung kaum wahr; sie waren vom Heimweh wie betäubt. Die Stadt muss auf sie gewirkt haben wie eine Vorhölle, begrenzt vom Pazifik und der dumpfen Angst vor dem, was sie dort draußen, zwischen seinen Inseln, erwartete.

Sobald ich konnte, fuhr ich hinauf ins Camp. Als ich Paul anrief, um einen Termin festzulegen, klang er ungehalten, so als hätte ich ihn bei etwas Wichtigem gestört. Er lehnte sogar den von mir vorgeschlagenen Tag ab, mit der knappen Begründung, das sei ungünstig. Dann sagte er: »Wäre es nicht besser, ich komme zu dir in die Stadt?«

»Ich will mir aber das Camp ansehen.«

»Wozu? Hier gibt es nichts zu sehen.«

»Aber ich habe dir doch geschrieben, Paul! Es dauert sowieso nicht mehr lange, bis ich komme. Ich erwarte täglich meinen Einberufungsbescheid. Ich will wissen, wie es dort ist.«

»Na schön.« Ich hörte sein leises, resigniertes Seufzen.

Die Straße hinauf in die Berge war sehr holprig. Es war sengend heiß; die Büsche und Bäume waren zundertrocken und bereit, in Flammen aufzugehen. Das Camp war ein unwirtlicher Ort; lange, trostlose Baracken auf Betonstützen.

Ich fand Paul in der Küche, wo er die Arbeit von einem halben Dutzend Helfern überwachte. Er war dünn und sonnengebräunt und machte einen gesunden Eindruck, doch als er mich sah, zog er ein verdrießliches Gesicht. »Hallo, Honey«, sagte er ohne Begeisterung. »Du bist zu früh. Mittagspause ist erst in einer halben Stunde.« Als wollte er mir zeigen, dass er keine Zeit zum Reden hatte, wies er einen der Jungs an, mich herumzuführen. Es gab tatsächlich nicht viel zu sehen. Die Betten waren übersät mit abgelegten Kleidungsstücken, und dass es hier so viel unordentlicher zuging als in einer Militärkaserne, machte den Ort noch trostloser. Mein Mut sank bei der Vorstellung, ohne jede Privatsphäre auf so beengtem Raum zu leben; man hatte nie Ruhe vor seinen Bettnachbarn. Der Junge zeigte mir die Löschfahrzeuge, die sie bei Bränden in Straßennähe einsetzten, und erklärte mir, wie man Feuerschneisen grub und Gegenfeuer anlegte, wenn keine Zufahrtsmöglichkeit vorhanden war. Dann erzählte er von der bald beginnenden Regenzeit, in der sie Niederschlag und Abfluss messen würden. Und dann gab es noch die Wiederaufforstungsprojekte … Er war etwa neunzehn, ein Siebenten-Tags-Adventist, ernst und fachmännisch im Ton, und er nannte mich »Sir«. Es gab im Camp noch keine Ersatzdienstleistenden meiner Altersgruppe, und im Grunde hätte ich sein Vater sein können.

Beim Mittagessen in der Kantine war Paul wesentlich freundlicher, allerdings nicht unbedingt zu mir. Ich sah, wie er die Jungs in seinen Bann zog und beherrschte – alle bis auf ein paar der etwas älteren, spießigeren; diese begegneten ihm mit Zurückhaltung. Die meisten waren jedoch einfache, gutmütige Burschen direkt vom Hof und aus der Kirche, die so etwas wie Paul noch nie gesehen hatten. Und dann war da noch ein stämmiger Schwarzer mit Brille namens Wilson, den Paul mit sadistischer Zuneigung behandelte und oft mit »Ni****« ansprach, worauf Wilson breit grinsend kicherte und Paul »White Boy« nannte.

Paul hatte sich einen Hund zugelegt – das einzige Haustier im Camp –, eine Promenadenmischung namens Gigi. Ihre Eltern waren ein wilder Chow-Chow aus den Bergen und der Airedale Terrier eines Försters, der inzwischen in das Camp in Las Madres versetzt worden war. Paul veranstaltete einen Riesenwirbel um Gigi. »Ich habe ihr ein Halsband aus Platin machen lassen«, erklärte er mir mit dem vertrauten angriffslustigen Unterton.

»Du hast sie nicht alle, wenn du hierherkommst«, sagte er, als wir, kurz bevor ich wieder fuhr, endlich allein waren. »Las Madres wird viel besser geführt, das Essen ist auch besser, und es gibt viel weniger Brände. Der Leiter vom hiesigen Forstamt ist außerdem ein richtiger Dreckskerl. Mann, ich könnte ihm den Hals umdrehen! Den anderen geht's genauso. Ständig sagt er: ›Wenn hier einer den Schwanz einzieht, schmeiß ich ihn aus dem Camp. Wer keine Brände bekämpft, soll die Nazis bekämpfen.‹ Eigentlich hat er nichts zu sagen, außer bei den Brandeinsätzen, aber Clem Griffith lässt es ihm durchgehen – der feige Arschkriecher.

Was soll's«, fügte er genüsslich hinzu, »das ist dein Problem, Honey. Für mich ist Schluss mit Feuerlöschen. Man hat festgestellt, dass mit meinem Herzen etwas nicht stimmt. Darum leite ich jetzt die Küche. Ich könnte sofort meinen Entlassungsschein bekommen.«

»Willst du das denn nicht? Gefällt es dir hier?«

»Klar gefällt es mir hier.« Sein Ton implizierte: Aber dir wird es nicht gefallen. Du hältst es hier nicht aus.

Als ich ins Auto stieg, kam Clem Griffith, der Campleiter, auf uns zu. Er habe von meinem Besuch gehört und wolle mir sagen, wie sehr er und May sich darüber freuten, dass ich bald dazugehören würde usw., usw. Paul hörte griesgrämig zu. Als Clem gegangen war, verpasste Paul mir zum Abschied noch einen Dämpfer. »Hier wimmelt es übrigens von Klapperschlangen. Wir töten sie dutzendweise. Der ganze Blödsinn mit Gewaltverzicht – das ist nur Propaganda für die Außenwelt. Wir machen alles kalt, was wir zu fassen kriegen. Die Quäker sind besonders niederträchtig. Du solltest sehen, wie sie die armen kleinen Schlangen totschlagen.«

Auf der Rückfahrt fragte ich mich, ob ich es im Camp aushalten würde. Ja, entschied ich. Mit den Jungs würde ich irgendwie zurechtkommen. Und die Brände – darüber brauchte ich mir vorerst keine Gedanken zu machen; bald begann die Regenzeit. Doch wie stand es mit Paul? Das war eine ganz andere Frage.

Als wir uns ein paar Wochen später in der Stadt wiedersahen, war die Stimmung zwischen uns deutlich besser. Paul hatte Gigi dabei, und wir gingen in Beverly Hills einkaufen. Er war guter Dinge, aber leicht zwanghaft und überdreht. Und er gab hemmungslos Geld aus – für eine wasserdichte Armbanduhr, einen Luxusschlafsack, ein Fernglas, eine Jacke mit Pelzkragen, einen Kompass mit Lederetui. »Weißt du, was?«, sagte er. »Über die Hälfte von deinem Geld ist schon weg.«

»*Erst?*« Ich gab mir alle Mühe, meine Missbilligung zu verbergen. »Wer hätte das gedacht!«

»Die Sachen sind nicht nur für mich. Eigentlich nur die Jacke. Der Rest ist für Freunde. Viele blättern abends in alten Warenkatalogen. Wenn du in so einem Camp gefangen bist, kann es passieren, dass du dich in einen Katalogartikel verliebst und dich regelrecht danach verzehrst. Du musst ihn haben … Wenn ein Junge also ganz versessen auf etwas ist, verspreche ich ihm, mich in der Stadt nach dem Preis zu erkundigen, und dann kaufe ich es einfach und nehme es mit. Anfangs sagt er, er werde es in monatlichen Raten abbezahlen, und er meint es auch so. Aber die meisten haben nicht einen Cent. Und dann nähert sich sein Geburtstag, oder Weihnachten oder Ostern steht vor der Tür, und ich nötige ihn, es als Geschenk anzunehmen –« Paul hielt inne und sah mich an. Dann sagte er mit einem zurückhaltenden, fast schüchternen Lächeln. »Ich weiß, was du denkst, Chris. Und du hast recht. Ich besteche sie.«

Ich begriff, dass diese Beichte auch eine Entschuldigung und eine Erklärung dafür war, wie er mich bei meinem Besuch behandelt hatte. Er war schlichtweg eifersüchtig gewesen. Das Camp sollte ihm allein gehören. Er hatte Angst, dass ich dorthin kam und ihm den Rang ablief.

In Wahrheit war das ein Kompliment, und ich war tief gerührt. Sofort beschloss ich, meine Verlegung nach Las Madres zu beantragen. Wenn Paul davon erfuhr und sich aufrichtig enttäuscht zeigte, könnte ich immer noch so tun, als handelte es sich um ein Versehen seitens der Behörde, und würde das Ganze wahrscheinlich wieder rückgängig machen.

Später gingen wir auf ein paar Cocktails in eines der großen Hotels. Das Hotel war, wie so viele andere, ein USO-Zentrum, und Militärangehörige hatten zu bestimmten Tageszeiten freien Zugang zum Pool. Im Wasser und am Beckenrand tummelten sich jede Menge Soldaten. Darunter war ein sehr betrunkener Matrose aus Alabama, der sich in dem diffusen Glauben wähnte, er sei dort mit einem Filmsternchen namens Ellen verabredet – oder war es Helen? Er war sich nicht sicher. Also fragte er jedes Mädchen: »Hallo, Schöne, wie heißt du?« Eine schmalgesichtige Brünette, die sich vor dem Umkleidehäuschen auf einer Bambusliege sonnte, sah ihn mit verwunderter Abscheu an. Paul befand, sie müsse eine Figur aus einem Scott-Fitzgerald-Roman sein, die auf einer wilden Party in den Zwanzigern im Liegestuhl eingepennt war. Nun war sie nach fünfzehn Jahren aus dem Tiefschlaf erwacht und hielt das alles für einen entsetzlichen Traum.

»Das Essen geht auf mich«, verkündete ich plötzlich. Die Cocktails hatten mich in Spendierlaune versetzt. »Wir essen hier im Hotel. Mit Champagner.«

»Eine großartige Idee, Schätzelchen! Du hast doch nichts

dagegen, wenn ich Wilson einlade? Er ist heute auch in der Stadt. Ich habe eine Nummer, unter der ich ihn erreichen kann. Er wird begeistert sein!«

»Von mir aus … Aber – lassen sie ihn überhaupt rein?«

»Wenn nicht, sorgen wir für den größten Skandal seit meinem Rausschmiss aus dem Savoy. Trotzdem – vielleicht treffen wir uns lieber am Eingang mit ihm.«

Tatsächlich gab es nicht die geringsten Schwierigkeiten. Möglich, dass die Hotelangestellten Vorurteile gegenüber Schwarzen hatten, doch sie machten sich zu viele Sorgen um die Unversehrtheit des Mobiliars, um daran zu denken; all ihre Aufmerksamkeit galt den betrunkenen Soldaten. Wilson kam in dezent-schicker Kleidung und war unbeschwert und reizend.

Doch in seinem Beisein wurde Paul wieder aggressiv. Er bestand darauf, sich mit Wilson über die Urlaubstage zu unterhalten, die sie im Schwarzenviertel von Los Angeles verbracht hatten, und schloss mich so aus dem Gespräch aus. Er erwähnte Sänger, Bandleader und Bars, die beide kannten, ganz so wie er früher vermutlich Namen aus der europäischen Schickeria hatte fallen lassen. Außerdem sprach er von einer Sally aus Trinidad, mit der er angeblich eine stürmische Affäre gehabt hatte. Ich hatte noch nie von ihr gehört, aber vielleicht stimmte die Geschichte.

Als wir schließlich beim Essen saßen, behauptete er, die Leute am Nachbartisch würden uns feindselige Blicke zuwerfen. »Die denken: Was hat der dicke Ni****bengel mit den beiden entzückenden Weißen zu schaffen?«

Aber Wilson grinste nur. »Tu mir den Gefallen und lass die Bleichfressen in Ruhe, Mann. Ich weiß nicht, was sie denken, und unter uns gesagt, es ist mir auch egal. Heute Abend will ich meinen Spaß haben.«

Noch vor Jahresende stand endgültig fest, dass man mich nicht ins Camp schicken würde. Die Altersgrenze war wieder herabgesetzt worden. Ich war erleichtert, aber auch enttäuscht. Kurz darauf begann ich mit einem neuen Roman. Ein Freund von Augustus bot mir an, ihn, so oft ich wollte, in seinem Haus zu besuchen, das Richtung Süden an der Küste lag, und ich merkte, dass ich fern der Kriegsatmosphäre in Los Angeles viel besser arbeiten konnte. Auch Augustus schaute öfter vorbei. So kam es, dass ich Paul mehrere Monate lang nicht sah.

Im Frühsommer erhielt ich dann einen Brief von Pat Chance. Darin bat er mich, an einem bestimmten Tag zu ihm nach Hause zu kommen und mich, wie er es ausdrückte, mit ihm und ein paar anderen auszutauschen. Der Brief war ziemlich schwammig formuliert, aber es war klar, dass es bei diesem »Austausch« um Paul ging. Offenbar stiftete er Unruhe im Camp, und man wollte ihn gerne loswerden. Doch Paul – das las ich vorwiegend zwischen den Zeilen – weigerte sich, aus freien Stücken zu gehen; wenn sie ihn aus dem Camp haben wollten, so sein Standpunkt, sollten sie sich auch dazu bekennen und ihn rausschmeißen. Und da er – hauptsächlich durch ihr eifriges Werben für den Pazifismus – überall als Held gefeiert wurde, wollten sie auf keinen Fall einen Skandal riskieren.

Das konnte ich gut verstehen. Dennoch fuhr ich in feindseliger Pro-Paul-Stimmung zu dem Treffen. Außer Pat Chance waren Clem Griffith und vier seiner biedersten

Kriegsdienstverweigerer dabei: breitschultrige, sonnengebräunte Jungen mit todernsten, hübschen Gesichtern. Es herrschte eine penetrante Atmosphäre humorloser Verständigungsbereitschaft.

Paul sei »bei allen« beliebt, beteuerte Clem Griffith gleich zu Beginn; er übe jedoch einen »besorgniserregenden« Einfluss aus. Die Kameraden seien seinetwegen unruhig und frustriert – zweifellos, weil er ihnen von rauschendem Sex in fernen Hauptstädten erzählt hatte, auch wenn Clem es nicht aussprach. Er habe Schnaps mit ins Camp gebracht – wobei Clem zugab, dass er da nicht der Einzige sei. Außerdem bestehe der Verdacht, dass er und ein paar Freunde im Besitz von Marihuana seien. »Dafür gibt es allerdings keine Beweise«, unterbrach ihn einer der Kriegsdienstverweigerer in seinem grenzenlosen Gerechtigkeitsdrang, »das heißt, niemand hat sie beim – äh – *Konsumieren* erwischt.«

Dann berichtete Clem, offensichtlich verlegen, weil er die Anschuldigung nicht so albern fand, wie er uns glauben machen wollte, Paul habe »die Kameraden angestachelt, sich gegen meine – wie er es ausdrückt – sexuelle Monopolstellung aufzulehnen«. Er lachte nervös und wandte sich an mich. »Weil ich der Einzige bin, dessen Frau im Camp wohnt.«

Die beiden Verweigerer lächelten brav, für meine Begriffe jedoch leicht gezwungen. Ich suchte mir den meiner Einschätzung nach wahrscheinlichsten Kandidaten aus und fragte ihn: »Sind *Sie* verheiratet?« Er sagte: »Ja.« Dann fügte er entschuldigend hinzu: »Meine Frau muss sich um ihre Mutter und die Kinder kümmern. Sonst würde sie hier bei mir wohnen – ich meine, unten im Tal –, wie die anderen Frauen.«

»Wir sehen uns an den Wochenenden«, warf ein anderer ein. Die Aufrichtigkeit, die sein Glauben ihm abverlangte, zwang ihn dazu, sich zu berichtigen, »das heißt, im Schnitt ungefähr jedes zweite.« Mein Nadelstich hatte gesessen. Alle, auch Clem, spürten ihn.

Pat Chance (den ich jetzt, da ich mich von meinen Eureka-Grundsätzen verabschiedet hatte, aus tiefstem Herzen verabscheuen konnte) sagte mit einem boshaften Lächeln: »Ich finde es erstaunlich, dass ausgerechnet Paul sich dieser Sache annimmt. Er erweckt nicht den Eindruck, als hätte er für Frauen besonders viel übrig.«

»Wie kommst du darauf?«, fragte ich ihn mit naiver Unschuldsmiene, während ich überlegte, wie ich ihm Kontra geben sollte.

»Nun ja – wegen seines allgemeinen Verhaltens. Gegenüber Wilson Jacks zum Beispiel.«

»Verhalten? Ach, du meinst, weil er Wilson ›Ni****‹ nennt?«

»Es ist viel –«, sagte einer der Jungen und biss sich errötend auf die Zunge

»Viel schlimmer?«, half ich ihm auf die Sprünge.

»Wenn er *das* sagt, wissen wir wohl alle, dass er es nicht so meint – also, nicht im üblichen Sinne ... Aber – die anderen Wörter –«

»Schlimmere als *Ni****?*«, fragte ich mit einem Hauch von Tadel in der Stimme.

Der Junge wurde puterrot: »Zum Beispiel – Schnucki ... oder ... Liebster.«

Ich musste lachen. Einen Augenblick lang war mein Lachen aufrichtig. Dann verwandelte es sich in etwas anderes: einen

Ausdruck blanken, unverhohlenen Hasses. Ich lachte jetzt, wie Paul es vielleicht getan hätte. Es war fast so, als hätte Pauls Aggressivität Besitz von mir ergriffen. Die Kriegsdienstverweigerer starrten mich erschrocken an.

»Tut mir leid«, keuchte ich schließlich. »Sosehr ich mich auch bemühe – ich kann mir die beiden einfach nicht zusammen im Bett vorstellen!«

Das löste, wie von mir beabsichtigt, geradezu Panik aus. »Aber *davon* war doch überhaupt keine Rede«, rief Clem, als hätte ich damit gedroht, sie alle zu verklagen.

Pat Chance bewahrte als Einziger die Ruhe. Er lächelte nachsichtig, als wollte er sagen, das sei ja alles sehr unterhaltsam, aber völlig unerheblich. Dann verkündete er im professionellen Ton des Arztes, Paul habe tatsächlich ein Herzgeräusch, nichts Besorgniserregendes, aber medizinisch gesehen ausreichend, um ihn vom Dienst freizustellen. Er versprach, bei den Behörden persönlich Druck zu machen, damit sie Paul ein weiteres Mal untersuchten; danach würde man ihn garantiert als dienstuntauglich einstufen und entlassen.

Das hatten sie zweifellos vorher unter sich ausgekungelt. Vielleicht hatten sie das Treffen sogar nur einberufen, weil sie hofften, ich würde mich anbieten, Paul dazu zu überreden, das Camp auf der Stelle zu verlassen, damit sie sich mit den Formalitäten Zeit lassen konnten. Dieser Plan war nicht aufgegangen; dennoch war ich in ihre Falle getappt und befand mich in einer misslichen Lage. Ich war, wenn auch unfreiwillig, bei der Entscheidung dabei gewesen. Und wenn Paul Wind davon bekam, würde er mir das nie verzeihen.

»Wir alle mögen ihn wirklich *sehr*«, versicherte mir Clem nervös, als wir uns trennten.

Wie ich erwartet hatte, blieb Paul stur und überließ die Bescheinigung seiner Dienstuntauglichkeit den langsamen Mühlen der Bürokratie. Er hatte nicht vor, es Pat und Clem leichter zu machen. Doch schließlich kam die Entlassung durch. Ich fuhr zum Camp, um ihn abzuholen.

Paul hatte bergeweise Gepäck, und mit der riesigen, struppigen hechelnden Gigi auf dem Rücksitz wirkte der Wagen noch voller. Die Jungs drängten sich um Paul, sichtlich erschüttert über seine Abreise. Er ließ ihre Ergebenheit gelangweilt über sich ergehen, wie ein Monarch, der seine Untertanen gernhat, aber ermüdend findet. Clem und May bewiesen genug Anstand, sich im Hintergrund zu halten.

Schon bei der Verabschiedung hatte ich gemerkt, dass Paul mich ausschloss. Und als wir losfuhren, drehte er sich sofort zu Gigi um.

»Wer ist mein Schatz?«, sagte er. »Wer ist mein Goldstück? Wer ist die Einzige, die ich lieb habe?« Gigi leckte mir taktlos das Ohr. Sie war wirklich ein bezaubernder Hund.

»Ich werde Gigi erziehen«, erklärte Paul. »Sie soll lernen, ihre Freunde von ihren Feinden zu unterscheiden. Im Camp haben alle ein Riesentheater um sie gemacht, und davon hat sie sich täuschen lassen; sie dachte, alles sei Friede, Freude, Sonnenschein. Sie muss begreifen, dass in unserer Welt jeder jeden frisst. Deine Quäker würden ihr das verschweigen.«

»Es sind nicht *meine* Quäker!«

»Ich bin fertig mit Leuten, die hauptberuflich gut sind«, sagte Paul, ohne auf meinen Einspruch einzugehen. »Die lassen einen immer im Stich.«

Um das Thema zu wechseln, brachte ich etwas zur Sprache, das mir seit längerem Kopfzerbrechen bereitete. Eigentlich wollte ich nicht, dass Paul wieder bei mir einzog – nicht unter den gegenwärtigen Umständen und bei seinem derzeitigen Verhalten. Aber ich fühlte mich verpflichtet, es ihm anzubieten.

»Du wohnst doch wieder bei mir, oder?«

»Ich ziehe lieber ins Hotel.«

»Warum das denn, um Himmels willen?«

»Weil du mich nicht haben willst. Du bist nur höflich.«

»Bin ich nicht!«

»Na schön, wie du willst«, sagte Paul gleichgültig. »Ich muss dich aber vorwarnen, ich werde gesucht. In meinem Koffer sind fast fünfzig Marihuanazigaretten.«

»Ein Grund mehr, nicht ins Hotel zu ziehen«, sagte ich nervös. »Heißt das, du hast dort wirklich welches geraucht?«

»Nur ab und zu, wenn mir danach war. Oder wenn mir alles zu blöd wurde.«

»Aber das hast du mir nie erzählt!«

»Es gibt eine Menge, was ich dir nie erzählt habe, Honey. Ich wollte dich gegenüber deinen *Freunden* nicht in Verlegenheit bringen.«

»Biest!«, rief ich. »Entschuldige, Gigi – nicht du!« Paul lachte, und danach war er den Rest der Fahrt über sehr nett.

Doch als wir die Wohnung betraten, steckte er sich demonstrativ eine Marihuanazigarette an, und ich wusste, dass er mich weiter piesacken würde. Er bot mir eine an. Ich lehnte ab, und er sagte: »Ich verstehe wirklich nicht, wie du dich mit deiner Furcht vor neuen Erfahrungen Schriftsteller nennen kannst.« Dann betrachtete er eine Weile mein Gesicht, wortlos, mit kühlem, analytischem Blick.

»Meditierst du noch?«, fragte er.

»Natürlich.«

»Regelmäßig?«

»Na ja – mehr oder weniger.«

»Immer noch Vegetarier?«

»Wo denkst du hin!«

»Was ist mit Sex?«

»Wenn mir der Sinn danach steht.«

»Was sagt Augustus dazu?«

»Er ist nicht mein Kindermädchen.«

»Das heißt, er ist dagegen?«

»Wir sind in diesem Punkt unterschiedlicher Meinung. Aber er versteht es.«

»Das muss er auch. Er kann es sich nämlich nicht leisten, dich zu verlieren. Wer würde ihn sonst anhimmeln und wen er? An was arbeitest du zurzeit?«

»Ich schreibe an einem Roman. Und vielleicht bekomme ich bald wieder eine Stelle im Studio.«

»Aha. Das heißt, du bist einfach zurück auf Anfang gegangen?«

»Nein.«

»Was soll das heißen, *nein*?«

»Es gibt einen großen Unterschied.«

»Und der wäre?«

»Also – an meinem Glauben hat sich nichts verändert. Ich finde nur, ich muss nicht mehr so puritanisch damit umgehen. Es erscheint mir nicht mehr so wichtig, Regeln einzuhalten. Natürlich braucht man bestimmte Regeln, das ist keine Frage. Aber sie sind nicht das Entscheidende. Was wirklich zählt, ist –« Ich hielt inne, weil ich wie in unserer Unterhaltung vor fast drei Jahren plötzlich feststellte, dass da ein Wort war, das ich Paul gegenüber nicht aussprechen konnte. Bloß diesmal hieß das Wort »Liebe«.

Aber er bemerkte mein Zögern nicht einmal. »*Bitte*, Honey!«, fiel er mir ins Wort. »Verschone mich mit diesem verkopften Gerede! Ich kann dir nur eins sagen, entscheide dich, bevor es zu spät ist. Sei entweder ein richtiger Mönch oder ein geiler alter Bock.«

»Wofür entscheidest du dich?«

Paul lächelte selbstgefällig. »Bei mir ist das was anderes. Ich weiß jetzt, was ich wirklich will. Ich habe es im Camp herausgefunden.«

»Und das wäre?«

»Ich habe genug von Selbsthypnose und berufsmäßiger Tugendhaftigkeit. Ich habe es satt, mir einzubilden, dass ich irgendetwas fühle. Ich will verstehen.«

»Was verstehen?«

»Mich selbst. Ich habe beschlossen, Analytiker zu werden.«

»Psychoanalytiker? Das kann doch nicht dein Ernst sein!«

»Und wieso nicht, wenn ich fragen darf?«

»Ich sehe dich einfach nicht als Analytiker. Ich meine, die meisten sind selbstherrliche Dummköpfe.«

»Und du meinst, die liebe Tante würde es auch nicht viel besser machen, trotz ihrer großen Erfahrung?«

»Doch – doch, wahrscheinlich schon … Aber – dauert das nicht furchtbar lange? Hast du mir nicht mal erzählt, du hättest gar keinen Schulabschluss?«

»Was glaubst du wohl, was ich im Camp gemacht habe? Ich habe Fernkurse belegt und den Abschluss nachgeholt. Mit sehr guten Noten übrigens.«

»Das ist ja großartig! Warum hast du nichts gesagt?«

»Ich habe es niemandem erzählt, außer Wilson. Weil mir das keiner von euch zugetraut hätte.«

»Ich schon.«

»Nein, hättest du nicht, Chris. Du dachtest, ich könnte nur etwas erreichen, wenn ich es auf deine Weise mache.«

Diese Wahrheit versetzte mir einen kleinen Stich, doch ich bemühte mich, es nicht zu zeigen. »Dann fängst du jetzt mit dem Vorbereitungskurs fürs Medizinstudium an?«

»Im Herbst.«

»An der UCLA?«

»Machst du Witze? Von dieser Stadt habe ich für den Rest meines Lebens die Nase voll. Ich studiere in New York. Einer der Jungs aus dem Camp hat mir eine Aushilfsstelle in der Buchhandlung seines Onkels besorgt. Ein anderer weiß eine Wohnung, in der ich mietfrei wohnen kann, wenn ich ein paar Stunden in der Woche Hausmeisterarbeiten erledige. Es ist alles geregelt. Ich fahre morgen oder übermorgen. Sobald Gigi und ich die Zugreservierung haben.«

»Paul«, sagte ich und meinte es auch, »du bist der erstaunlichste Mensch, den ich kenne!«

Meine Verwunderung schien ihn zu besänftigen; danach war er nicht mehr auf Streit aus. Ein paar Stunden später überraschte er mich mit dem Vorschlag, Augustus zu besuchen. Auch Augustus war überrascht, als ich ihn deswegen anrief, und er freute sich. Es war typisch für ihn, sich nie darüber zu beklagen, dass man ihn vernachlässigte oder schlecht behandelte, doch ich wusste, dass er enttäuscht war, weil Paul ihn in den vergangenen zwei Jahren weder besucht noch ihm geschrieben hatte.

Bei unserer Ankunft schien Paul alles daranzusetzen, Augustus' Gunst zurückzuerobern. Er war bezaubernd, brennend interessiert und schmeichelte ihm dezent; er sprach sogar respektvoll von Gott. Und Augustus ließ sich erobern. Er redete mit Paul, als wäre er bereits praktizierender Therapeut. »Ich will unbedingt deine Meinung darüber hören – hast du nicht auch den Eindruck, dass Jung einen schweren Fehler begeht, wenn er seine Archetypen statisch sieht?«

»Miss Parr ist immer noch die größte Heilige im Showbusiness«, sagte Paul auf der Rückfahrt. Doch er sagte es mit aufrichtiger Zuneigung.

Es dauerte einige Tage – Paul und Gigi waren schon nach New York abgereist –, bis ich die Gelegenheit bekam, Augustus' Meinung über Paul zu hören. »Diese Willenskraft«, rief er. »Alle Achtung! Er könnte Berge damit versetzen. Sie hat förmlich etwas *Epileptisches.* Die Zuckungen geballter Lebensenergie.«

Augustus' Begeisterung für Paul war neu entfacht, und er schien keinerlei Zweifel daran zu haben, dass Paul sein Studium erfolgreich abschließen würde. Ich war mir da nicht so sicher. Möglicherweise hing sein Erfolg davon ab, auf wie viel Widerstand er in New York stoßen würde. Denn mir war klar geworden, was ihn innerlich antrieb: Alles, was er tat – auch wenn es sich um etwas ganz und gar Sinnvolles wie ein Medizinstudium handelte –, war gegen einen anderen gerichtet. Er brauchte immer einen Feind, der nicht genug an ihn glaubte und dem er es zeigen konnte. Und Pauls jüngster Feind waren nicht die Quäker oder Augustus oder die alten Bekannten aus Europa, und auch nicht Ronny oder Ruthie; dieser Feind war ich.

Wenn Paul nur auf diese Weise funktionierte, konnte ich damit leben. Wahrscheinlich wies er jedem, den er kannte, früher oder später die Feindesrolle zu.

Im März 1944 landete Ronny mit seiner Einheit auf einer der Marshallinseln. Die Insel war ein, zwei Wochen zuvor erobert worden und galt als frei von feindlichen Truppen. Doch als Ronny an seinem zweiten Tag mit dem Fahrrad friedlich eine Straße hinunterfuhr, schoss ihm ein japanischer Heckenschütze ins Fußgelenk. »Wie kann man so rachsüchtig sein«, sagte Ronny, als er mir ein paar Monate später beim Lunch in Beverly Hills von dem Vorfall erzählte. »Schon damals dachte ich, *also wirklich* – was soll denn das!« Doch der Schütze hatte Ronny ungewollt einen Gefallen getan. Er wurde umgehend zurück in die Staaten geschickt und bekam eine Stellung, die er als echten Traumjob bezeichnete – er drehte auf Long Island Dokumentarfilme für die Armee und wohnte auf Staatskosten in einem komfortablen Hotel in New York. Nun war er beruflich in Hollywood, um mit einem berühmten Filmregisseur über ein Dokumentarfilmprojekt zu sprechen. Und er genoss jede Minute seines neuen Lebens! Er sah tatsächlich ziemlich gut aus in seiner Hauptmannsuniform mit dem Verwundetenabzeichen.

»Dann bist du jetzt ein Held, Ronny!«

»So ist es! Ist das nicht unglaublich, mein Lieber? Da kommen einem Zweifel, ob es überhaupt Helden gibt. Nicht dass es mir nicht gefiele – das wäre ausgesprochen undankbar, wenn man bedenkt, wie viel Sex ich dadurch bekomme. Und mit einem leichten Hinken kommt man sich verwegen und irrsinnig attraktiv vor.«

Ronny hatte jede Menge über Paul zu berichten. »Natürlich ist er schon immer schwierig gewesen. Damit musste man sich abfinden. Aber ich muss sagen, allmählich überspannt er den Bogen. Inzwischen ist er ausnahmslos gegen alles; er hasst die Alliierten, die Nazis, die Neutralen, die Pazifisten, die Juden, die Schwarzen, die Christen, die Atheisten, die Homosexuellen, die Heterosexuellen – habe ich jemanden ausgelassen? Ich meine, das wird einfach zu eintönig … In unseren Kreisen kann man sagen, was man will, denn niemand von uns würde im Traum daran denken, den Krieg noch ernst zu nehmen – aber Paul geht in Bars mit jungen, unschuldigen G.I.s und Matrosen, die direkt vom Land kommen – und wenn er denen erzählt, Hitler sei der einzige nicht durch und durch korrupte Mensch auf der Welt, oder unsere Luftangriffe auf Tokio als die schlimmste Gräueltat in der Geschichte bezeichnet, verstehen sie das natürlich nicht … Er ist schon mehrmals zusammengeschlagen worden.«

»Und was ist mit dem Studium? Heißt das, er hat es abgebrochen?«

»Aber nein, mein Lieber – das ist das Einzige, woran er noch hängt. Er macht sich sogar hervorragend, zumindest behauptet er das. Und er kann am Telefon ziemlich hochnäsig und aufgeblasen sein, wenn eine Prüfung ansteht und man abends mit ihm ausgehen will. Als wäre er der Einzige, der arbeitet … Nein, inzwischen bin ich mir sicher, dass er es durchzieht und Analytiker wird. Gott stehe seinen Patienten bei! Ich muss sagen, ich habe ihn völlig falsch eingeschätzt.«

Im September 1945 erhielt ich eine Karte, die an meine alte Londoner Anschrift adressiert war; blau-grau mit dem Aufdruck *Postkarte für Kriegsgefangene.* Durch Zufall oder mit Absicht war sie an meinem Geburtstag, dem 26. August, geschrieben worden.

»Lieber Mr. Isherwood, Sie werden überrascht sein, von jemandem zu hören, den Sie für tot halten. Ich musste Soldat in Deutschland werden und geriet am Rhein in Gefangenschaft. Wer weiß, wie mein Leben aussieht, wenn ich entlassen werde. Gruß. Waldemar.«

(Erst später verstand ich, warum Waldemar mich auf der Karte siezte; das war mit das Reizendste und Albernste, was er je getan hatte. Da er zum Feind gehörte, befürchtete er, mir zu schaden, wenn er preisgab, dass wir befreundet waren!)

Ich schrieb ihm natürlich zurück, und wir blieben in losem Briefkontakt. Schon bald kamen seine Brief von einer Adresse im russischen Sektor Berlins. Er war aus der Kriegsgefangenschaft entlassen worden und zu Ulrike zurückgekehrt, dem Mädchen, das er gleich nach Kriegsbeginn geheiratet hatte. Vor seiner Abreise an die Front hatten sie einen Sohn bekommen und ihn Christoph genannt.

In jedem Brief drängte mich Waldemar, sie zu besuchen. Ich scheute mich vor dem Gedanken. Ich fürchtete mich vor den Trümmern. Und ich fürchtete mich davor, Waldemar wiederzusehen und mich von seinem Elend emotional erpresst zu fühlen. Also vertröstete ich ihn mit feigen Ausreden und verschwieg ihm, dass ich zweimal, 1947 und 1948, in England gewesen war. Dennoch wusste ich, dass ich irgendwann nach Deutschland fahren und mich alldem stellen würde.

Im Sommer 1946 bekam ich zum ersten und letzten Mal Post von Paul aus New York:

LIEBSTER CHRIS,
ich schreibe dir, um dir mitzuteilen, dass ich die Stadt verlasse und nach Europa gehe, vielleicht für lange Zeit. Ich habe auf einer Party einen Mann kennengelernt, der mir für den Picasso neuntausendfünfhundert Dollar zahlt, ich habe also ein bisschen Spielgeld für mein Comeback! Die schlaue Tante hat den Verkauf ganz alleine eingefädelt, bei Cocktails. Die ekligen Kunsthändler kriegen nicht einen Cent! Es war auch dringend nötig, ihn loszuwerden, solange noch etwas von ihm übrig ist. Seit er in der Wohnung über dem Sofa hängt, haben so viele Gäste ihre fettigen Köpfe daran gerieben, dass schon etwas Farbe abgeblättert ist. Aber der Mann, der ihn gekauft hat, hat anscheinend nichts bemerkt. Du siehst also, ich gebe das Medizinstudium auf, vorerst jedenfalls. Mir ist klar geworden, dass nie ein guter Therapeut aus mir wird, solange ich bestimmte Dinge nicht begriffen habe. Ich meine, nicht nur durch die Analyse, sondern indem ich sie noch einmal durchlebe. Ich kann es nicht besser erklären, weil mir die Gabe fehlt, mich auszudrücken, und es würde sich unecht und überheblich anhören, wenn ich es versuchte. Du sollst jedoch wissen, dass es für all das einen Grund gibt. Viele werden sagen, ich hätte das Studium aufgegeben, weil es mir zu anstrengend war. Sollen sie! Du bist der Einzige, mit dem ich darüber reden muss, denn du bist mein süßer Schatz und hast immer zu mir gehalten.

Wann kommst du nach Europa? Ich hoffe bald. Gott schütze dich.

Als ich den Brief las, war ich fasziniert und sehr beeindruckt. Doch im Laufe des nächsten halben Jahres hörte ich, Paul sei in Cannes, in der Schweiz und in Portugal gesehen worden, mit den üblichen Leuten bei den üblichen Vergnügungen, und mein Glaube an seine rätselhaften Erklärungen schwand. Sie erschienen mir mehr und mehr wie Erfindungen eines schlechten Gewissens. Ich war enttäuscht. Mein Gespür für Dramatik verlangte nach einem radikalen Schnitt und einem Branchenwechsel. Diese Rückkehr an die alten Schauplätze war seiner nicht würdig; das hatte keinen Stil. Dadurch entwertete er in gewissem Sinne alles, was er seit unserer ersten Begegnung gemacht hatte. Denn nun hatte ich das Gefühl, dass sein wahres Leben in Europa war, und in dieses Leben war er bei der erstbesten Gelegenheit wieder eingetaucht. Er hatte uns nur dazu benutzt, den Krieg auszusitzen.

Es stand mir jedoch nicht zu, ihn deswegen zu verurteilen, und das tat ich auch nicht. Irgendwann würden wir uns mit Sicherheit wieder über den Weg laufen, und dann würde ich mich freuen, ihn zu sehen, und über seine lustigen Geschichten lachen.

Am 10. Februar 1952 flog unsere Maschine beängstigend tief über den Dächern Berlins und landete am frühen Abend bei Schneegestöber auf dem Tempelhofer Feld. Auf der Fahrt zum Ku'damm war es schon zu dunkel, um viel von der zerbombten Stadt zu erkennen, und als ich dort ankam, sah ich nur Leuchtreklamen und Neonlicht. Die kaputte

Fassade meines Hotels war einer Front aus Glas und Stahl gewichen. Es wirkte viel zu hell beleuchtet und übertrieben herausgeputzt. Drinnen tummelten sich stiernackige Geschäftsmänner mit dicken Zigarren und überschminkte, schwer mit Schmuck behängte Frauen; Pagen schossen hin und her wie aufgeregte Fische, und mir schien, als murmelten sie alle autosuggestiv: »Es ist nichts passiert – es ist nichts passiert – hier ist überhaupt nichts passiert!« Man spürte, dass es ihnen fast gelungen war, eine Welt ohne Vergangenheit zu schaffen.

Aber diese Welt existierte nur nachts bei künstlichem Licht. Bei Tag verlor sie jede Glaubwürdigkeit. Man konnte nicht vorbeisehen an dem wahren Berlin, der Trümmerwüste, in der *alles* passiert war. Tausende Menschen lebten darin, in Häusern und Häuserresten, Bretterbuden und Erdlöchern. Sie wuselten mit Berliner Entschlossenheit und Galgenhumor umher, hielten das Leben am Laufen, beseitigten Stück für Stück die Trümmer, legten Parks an und pflanzten Bäume. Ich ging durch den verschneiten Tiergarten – hier ein zerstörtes Standbild, dort ein frisch gesetzter Schössling; zum Brandenburger Tor, dessen rote Fahne vor dem blauen Winterhimmel flatterte; und am Horizont, wie ein Walskelett, die Reste einer ausgebrannten U-Bahn-Station. All das war im Morgenlicht offen und ungeschönt wie die Stimme der Geschichte, die dir sagt: Mach dir nichts vor; so kann es jeder Stadt ergehen, jedem, dir.

Als ich ins Hotel zurückkam, wartete Waldemar mit seiner Familie im Foyer. In einer Menschenmenge hätte ich ihn vielleicht nicht erkannt. Er sah sehr wohl aus, groß, breit, kräftig, und seine Stimmer war tiefer geworden. In seinem

Gesicht war nichts mehr zu sehen von dem missmutigen, halbzahmen Tier; er wirkte wie ein gelassener, mit sich zufriedener Mann mittleren Alters. Er erinnerte mich ein bisschen an Hans Schmidt. Ulrike, seine Frau, war sehr klein, proper und beflissen. Ihr Christoph war ein blasser, schlaksiger Junge von elf Jahren, schweigsam und vermutlich intelligent; er würde nie wie ein gotischer Engel aussehen.

Ich lud sie in ein Restaurant ein. Wir aßen Wiener Schnitzel, und Ulrike schwärmte vom viel besseren Essen und von den viel schöneren Geschäften im Westsektor. Ihre Begeisterung sollte offenbar vor allem mir als Amerikaner schmeicheln. Waldemar versicherte mir mehrfach, dass sie die Amerikaner liebten, die Russen hassten, keine Kommunisten seien. In entschuldigendem Ton erklärte er, sie hätten ihre Wohnung schon vor dem Krieg gehabt. Was könnten sie dafür, dass die Besatzungsmächte die Stadt geteilt hätten und sie nun auf einmal im russischen Sektor lebten? Natürlich würden sie viel lieber hier, auf »unserer« Seite, wohnen. Aber sie könnten es sich nicht leisten, einfach alles zurückzulassen und im Westen neu anzufangen, zumindest nicht jetzt. Es war verständlich, dass Waldemar glaubte, mir all das erzählen zu müssen. Und trotzdem schämte ich mich für uns beide.

Christoph wurde dazu angehalten, mich Onkel Christoph zu nennen. Waldemar rühmte stolz unser inniges Verhältnis und sprach immer wieder von »den alten Zeiten«. Das war mir unangenehm und stimmte mich traurig, denn nicht die Zeiten waren alt geworden, sondern wir. Was hielt Ulrike davon? Sie schien nicht ein bisschen eifersüchtig auf die Vergangenheit zu sein.

»Sie ist ein braves Mädchen. Sie stellt nicht viele Fragen«, sagte Waldemar, als wir zusammen auf der Herrentoilette waren.

Am nächsten Tag nahmen sie mich mit in ihre Wohnung, zum Mittagessen. Wir fuhren mit der S-Bahn über den Alexanderplatz, in die verkehrte Welt der roten Spruchbänder und riesenhaften Lenin- und Stalin-Porträts, die die Russen den »demokratischen Sektor« nannten. Waldemar und Ulrike nahmen mich beschützend in ihre Mitte. Sie unterhielten sich über meinen Kopf hinweg auf Deutsch, und ich nickte und lachte, um ihnen zu zeigen, dass ich verstand, aber ich blieb stumm, wegen meines ausländischen Akzents. Bei Tageslicht, in der überfüllten Bahn, wirkte diese Vorsicht ein wenig lächerlich – doch es gab viel Polizei und jede Menge Fahrgäste mit unverhohlen neugierigen Blicken. Außerdem hatte ich keinen Passierschein für Ostberlin.

Die Wohnung war viel gemütlicher und komfortabler, als ich erwartet hatte, und mein Unbehagen legte sich. Sie erzählten von den schlimmen ersten Nachkriegsjahren, als sie oft buchstäblich nichts zu essen gehabt hatten. Waldemar war aufs Land gefahren und hatte auf den Feldern Rüben geklaut. Ulrike hatte sich von heißem Wasser ernährt. Sie lachten darüber. Selbstmitleid schien ihnen völlig fremd zu sein.

Waldemar hatte inzwischen eine vergleichsweise gute Stellung als Kfz-Mechaniker; er hatte in der Armee gelernt, Autos zu reparieren. Er sparte so viel wie irgend möglich. »Das Sparen habe ich ihm beigebracht«, sagte Ulrike. »Als wir uns kennenlernten, war er so ein Verschwender, das können Sie sich gar nicht vorstellen! Ich habe ihm das Rauchen, das Trinken und sogar das Spielen abgewöhnt. Das Spielen war das Schlimmste. Eines Abends versackte er beim Kartenspielen – und danach gab es drei Tage lang kein Abendessen. Das hat ihn kuriert!«

Ich sah Waldemar an, weil ich glaubte, er würde ihr diese Indiskretion verübeln. Aber er grinste gelassen. Offenbar hatten sie sich einvernehmlich auf bestimmte Hausregeln geeinigt. Als es Zeit war, das Essen aus der Küche zu holen, und ich aufstand, um meine Hilfe anzubieten, sagte Waldemar: »Nein, das soll sie machen. Sie ist die Frau.« Und Ulrike pflichtete ihm bei: »Ja, das ist Frauenarbeit. Der Mann muss das Geld nach Hause bringen. Die Frau muss sein Essen fertig haben und die Wohnung sauber halten. Nein – sauber halten ist nicht genug; alles muss blitzen!«

Beim Essen sagte Waldemar zu Christoph: »Du weißt ja, dein Onkel Christopher ist Amerikaner. Wenn die Nachbarn mitkriegen, dass er bei uns gewesen ist, könnte es Gerede geben. Es würden heißen, dass wir etwas aushecken. Wir könnten arg in Schwierigkeiten geraten. Du darfst es keiner Menschenseele erzählen, hast du verstanden?« Dann wandte er sich an mich und erklärte mir, abermals entschuldigend, Christoph gehe auf eine kommunistische Schule; was bleibe ihm hier in der Ostzone auch anderes übrig?

Christoph schüttelte nur ernst den Kopf. Verletzte es ihn, dass Waldemar glaubte, ihn ermahnen zu müssen? Vielleicht. Vielleicht würde er ihm das später vorhalten. Aber er würde uns auf keinen Fall verraten; das sah sogar ich. Die hoheitsvolle Macht von Marx, der Partei, der russischen Armee und seiner Lehrer galten diesem Jungen nichts. Warum? Weil er seine Eltern liebte? Weil er, vor allem anderen, zuallererst Berliner war? Weil er jede Form der Indoktrination jetzt schon satthatte und zu einem Mann heranwachsen würde, der auf all das pfiff? Wahrscheinlich ein bisschen von allem.

Dann lenkte Waldemar das Gespräch auf Amerika. Wie hoch waren die Wolkenkratzer? Wie tief war der Grand Canyon? Wie groß war dieses, wie schnell fuhr jenes, wie viele Dollar hatte das gekostet? Auf jede meiner Antworten reagierte er mit überzogener Begeisterung und maßlosem Erstaunen, und dabei sah er die ganze Zeit Ulrike und Christoph an, um auch sie zum Staunen zu animieren. Ulrike war es jedoch wichtiger, dass ich ihr Gulasch lobte und zwei Portionen verdrückte. Christoph war interessiert, keine Frage, aber weder erstaunt noch begeistert. Ja – er war ein echter Berliner. Er und seine Generation würden die Stadt wiederaufbauen und nach ihren Wünschen gestalten, sollten die Ausländer sie je in Ruhe lassen.

Leider wusste ich nur zu genau, warum Waldemar die ganze Zeit von Amerika redete! Ich sollte ihnen die Auswanderung finanzieren. Er sprach es nicht offen aus. Doch kurz bevor wir uns verabschiedeten, wurden die Andeutungen konkreter: »Weißt du, Christoph, du bist nicht mehr der Jüngste. Es tut dir nicht gut, ganz alleine in Kalifornien zu leben. Du brauchst eine Familie. Jemanden, der für dich kocht und dir abends Gesellschaft leistet, damit du dein Geld nicht in der Stadt verprassen musst. Jemanden, der sich um dich kümmert, wenn du krank bist –«

»Ich weiß nicht«, murmelte ich. »Darüber muss ich erst nachdenken. Meine Pläne sind noch sehr ungewiss. Mal sehen. Wir schreiben uns.« Es ging mir nicht um das Geld. Aber ich wollte auf keinen Fall eine Familie haben. Ich weigerte mich strikt, irgendjemandes Onkel zu sein. Und dennoch fühlte ich mich schuldig.

An diesem Abend – meinem letzten – trieb mich das schlechte Gewissen dazu, mich zu betrinken, und ich machte mich auf die Suche nach einer Bar, die ich noch aus Vor-Hitler-Zeiten kannte. Erstaunlicherweise existierte sie noch; das einzig übrig gebliebene Haus in einer dunklen Straße aus Schneematsch und Ruinen. Die Tänzer, die Kellner in den kurzen Lederhosen, der singende, anzüglich dreinblickende Pianist und die Akkordeonspieler unter den japanischen Lampions und den künstlichen Kirschblütenzweigen wirkten wie Zelebranten eines uralten Rituals, einer alten Religion, die alle Verfolgungen überstanden hatte und nun, während die Orthodoxie vor dem Zusammenbruch stand, neuen Zulauf gewann.

Und dann hörte ich hinter mir plötzlich ein »Hai-jee!«; ich drehte mich um und entdeckte Ruthie und Ronny. Beide sahen nicht einen Tag älter aus. Sie strahlten mich an. »Mein Gott«, rief Ronny, »ist es denn die Möglichkeit? Was willst du trinken?«

Schnell erkundigte ich mich nach Paul. Ronny verzog das Gesicht. »Ach ja, man sieht ihn – wenn ihm danach ist. Das Phantom der Oper.«

»Wie meinst du das?«

»So sieht er jetzt aus. Und er verlässt das Haus nur nachts ... Er wohnt in Paris, ganz alleine. Seine tollen Freunde haben ihn offenbar fallenlassen. Kein Wunder. Meistens ist er benebelt und gar nicht richtig da. Es ist entsetzlich langweilig mit ihm.«

»Immer betrunken?«

»Ach je, nein! Wenn es nur *das* wäre! Restlos voll mit Drogen.«

»Mein Gott –«

»Das war immer das Schlimmste an ihm. Er konnte nie halbe Sachen machen – aber das weißt du sicher, mein Lieber … ich meine, wir anderen – natürlich hat man ab und zu etwas genommen. Aber er scheint jede Selbstbeherrschung verloren zu haben.«

»Ich fahre über Paris zurück. Habt ihr seine Adresse?«

»Ich gebe sie dir, wenn du sie unbedingt haben willst. Aber sag nicht, ich hätte dich nicht gewarnt. Wahrscheinlich schweigt er eine Stunde lang wie ein Grab, und dann sagt er plötzlich, du sollst dich zum Teufel scheren … Was soll's, Ruthie und ich denken gar nicht daran, dich schon wieder abreisen zu lassen. Weißt du, dass wir deine Romane wie den Baedeker mit uns herumschleppen? Aber die meisten heiligen Orte musst du uns zeigen, weil sie einfach nicht mehr da sind!«

Ich fand die Adresse, die Ronny mir genannt hatte. Das – nicht besorgniserregend verkommene – Haus lag in der Rue du Bac. Ich stieg die Treppen hinauf und klopfte an die Tür.

»Wer ist da?« Pauls Stimme hatte sich kaum verändert.

»Chris.«

»Chris wer?«

»*Der* Chris«, sagte ich und stieß die Tür auf.

Ich betrat einen sehr hohen Raum. Nur drei Wände waren mit Holz vertäfelt; offenbar handelte es sich um einen ehemaligen großen Salon, den man in der Mitte geteilt und umgebaut hatte. Die schweren Samtvorhänge vor den Fenstern waren zugezogen, obwohl erst früher Nachmittag war. Paul saß mit Kissen im Rücken auf einem großen Empire-Bett, zwischen lauter Büchern und Zeitschriften. Er war leichenblass, und sein Gesicht wirkte halb durchsichtig und hart wie Wachs. Er strahlte etwas Konserviertes, aber auch etwas Reines aus; seine Haut schien vollkommen makellos. Er war unwahrscheinlich, fast gespenstisch schön. Über dem Schlafanzug trug er einen dicken Skipullover. Gigi lag zu seinen Füßen.

»Ich dachte schon, du hättest beschlossen, mich nie wiederzusehen«, sagte er.

»Warum sollte ich?«

»Haben sie dir nicht gesagt, dass ich drogensüchtig bin?« Er sprach sehr deutlich und blickte geradeaus.

»Doch, natürlich.« Ich bemühte mich, gelangweilt zu klingen. »Was nimmst du? Morphium? Kokain? Heroin?«

»Wirklich, Christoper – wenn du ein bisschen Ahnung von Drogen hättest, wüsstest du, dass ich dann entweder tot oder ein bedauernswertes Wrack wäre. Ich nehme die sicherste, gesündeste Droge überhaupt – viel, viel besser, als Tabak zu rauchen oder sich die Leber mit Alkohol kaputt zu machen –, gutes, altmodisches Opium.«

»Ist das deine Pfeife?« Ich zeigte auf das Durcheinander auf dem Nachttisch.

»Eine Pfeife nützt dir wenig, wenn du es dir nicht leisten kannst, sie zu rauchen«, sagte er vorwurfsvoll. »Ich höre, du arbeitest neuerdings wieder beim Film; kannst du mir vielleicht ein bisschen Geld geben? Oder verstößt das gegen deine Prinzipien?«

»Ich bin mir nicht sicher«, sagte ich und überspielte meinen Ärger über seinen Ton mit einem Grinsen; »darüber muss ich erst nachdenken.«

»Hoffentlich nicht zu lange. Wenn ich nicht bald an frisches Opium komme, muss ich aus dem Dross – das sind die Rückstände in der Pfeife – Tee kochen, und davon bekomme ich schreckliche Bauchkrämpfe.« Er schwieg einen Moment, dann sagte er abrupt: »Wie spät ist es?«

»Viertel nach zwei.«

»Ich verliere hier jedes Zeitgefühl. Jetzt im Winter ist es sowieso meistens dunkel. Den größten Teil des Tages verbringe ich im Bett – lese, döse vor mich hin. Manchmal esse ich nicht einmal, außer vielleicht einen Teller Cornflakes.«

»Triffst du dich nicht mit Leuten?«

»Selten. Ich mache mir nicht viel daraus. Ich will nur Gigi um mich haben, nicht wahr, mein Schatz?« Er streichelte sie, und sie wedelte freudig mit dem Schwanz. »Gigi verwandelt sich. Neulich habe ich sie beim Meditieren erwischt. Aus ihr wird einmal die erste Hundeheilige.«

»Ist sie auch den ganzen Tag hier?«

»Fast. Ab und zu führt der Concierge sie spazieren. Und nachts geht sie mit mir … Wirklich, Christopher, wenn du mir jetzt mit Tierquälerei kommst, gehst du besser.«

»Davon habe ich nichts gesagt –«

»Hör mal, Honey – sei mir nicht böse.« Er wandte mir das Gesicht zu, und seine Stimme klang plötzlich fast demütig. »Mir ist gerade ziemlich elend … Können wir uns heute Abend irgendwo treffen? Zum Essen, wo immer du willst. Ich esse wahrscheinlich sowieso nichts – höchstens ein bisschen Kaviar. Was hältst du vom Ritz?«

Der Paul, der an diesem Abend auftauchte, verströmte eine unheilvolle, düstere Eleganz; Dorian Gray, frisch aus der Gruft. Er trug einen maßgeschneiderten schwarzen Anzug, dazu einen schwarzen Hut und einen ordentlich aufgerollten Schirm. Gigi lief bei Fuß.

Er aß, wie angekündigt, nur Kaviar, doch dazu trank er mehrere Cocktails. Ich erinnerte ihn daran, dass er sich vorhin gegen Alkohol ausgesprochen hatte. »Ich weiß, Darling«, erwiderte er leicht ungehalten, »aber ich habe festgestellt, dass ich mich nur unterhalten kann, wenn ich trinke. Opium nimmt mir die Lust am Reden. Alkohol senkt mein geistiges Niveau auf das der anderen.«

»Das muss ja schrecklich öde für dich sein!«

»Ist nicht böse gemeint, Honey. Aber lass uns zur Sache kommen – hast du dich entschieden, was deine moralischen Prinzipien angeht?«

»Was für Prinzipien?«, neckte ich ihn, als kleine Strafe für sein kaltschnäuziges Benehmen.

»Ob sie dir erlauben, mir Geld zu geben, wenn ich es für Opium ausgebe … Ich muss es jetzt wissen, weil sich der Mann, bei dem ich es kaufe, noch genau eine Stunde lang in der Nähe aufhält. Verzeih also der alten Tante, dass sie so drängelt.«

»Also schön, verdammt. Wie viel willst du?«

»So viel, wie du entbehren kannst. Und denk dran, du wirst mich wahrscheinlich lange Zeit nicht wiedersehen.«

Ich gab ihm dreißigtausend Franc – den Betrag, für den ich mich am Nachmittag beim Einlösen meiner Reiseschecks entschieden hatte, nach langem Ringen mit Pro- und Kontra-Paul-Argumenten. Paul nahm das Geld mit betont ausdrucksloser Miene, als sollte ich nicht sehen, ob er auf mehr oder weniger gehofft hatte.

»Willst du ihn kennenlernen?«, fragte er. »Er ist ziemlich faszinierend.«

»Müssen wir sofort los? Ich habe gerade bestellt.«

»Ich hätt's mir denken können. Natürlich, du willst damit nichts zu tun haben. Wie immer zu ängstlich.«

»Jetzt hau schon ab!«

»Bin gleich wieder da, Schätzelchen.«

Und das war er. Er kam mit einem kleinen Päckchen zurück, bevor ich mit der Vorspeise fertig war.

»Eines wüsste ich gern, Paul«, sagte ich, als er mir wieder gegenübersaß. »Was genau hat dich dazu bewogen, das Studium aufzugeben und hierherzukommen?«

Er gähnte müde. »Ach, Honey, das ist alles viel zu lange her, um es *genau* zu sagen!«

»In deinem Brief schriebst du, du wolltest bestimmte Dinge noch einmal durchleben?«

»Wirklich? Hm, ja – ich wollte zurück, um zu sehen, wie ich heute zu alldem stehe. Ich meine, ich wollte wissen, ob die Erfahrungen in Kalifornien – die Bekanntschaft mit Augustus, das Meditieren und so weiter – mich wirklich verändert haben. Mir fiel nichts Besseres ein, um das herauszufinden.«

»Und hast du dich verändert?«

»O ja – und wie.« Er schien das Thema schon wieder leid zu sein.

»Dann sind deine Fragen jetzt beantwortet?«

»Fragen? Ach so – nein. Denn als mir klar war, dass ich mich verändert hatte, versank ich noch viel tiefer –«

»Was meinst du mit tiefer?«

»Was soll das bringen, Honey? Du würdest es nicht verstehen.«

»Warum denn nicht? Du meinst, weil ich kein Opium rauche? Aber ich könnte es doch probieren! Lass mich eine Pfeife rauchen, solange ich noch hier bin. Ich weiß, du glaubst, ich habe Angst davor. Ja, vielleicht habe ich das, ein bisschen. Aber jetzt ist der Moment, es auszuprobieren –«

Paul warf den Kopf zurück und lachte schallend. »Ach, Chrissi-Schätzchen! Wenn du wüsstest, wie komisch du bist! Du willst es also probieren? Ein Mal? Eine Pfeife? Oder gleich ein Dutzend! Du bist wie ein Tourist, der glaubt, er könne ganz Rom an einem Tag erkunden. Weißt du, was, du *bist* ein Tourist, durch und durch. Ich wette, du verschickst Ansichtskarten mit ›Nur zu Besuch‹ darauf. Das ist die Geschichte deines Lebens … Ich sage dir, was passiert, wenn du eine Pfeife rauchst: Nichts! Es passiert gar nichts! Es ist völlig sinnlos, mit Drogen herumzuspielen, außer du willst in ihr Inneres vordringen, *wirklich* wissen, worum es dabei geht. Und dazu musst du süchtig werden. Gezielt. Ohne dich zu wehren. Ohne Angst zu haben. Ohne dir eine Frist zu setzen.«

»Aber früher oder später musst du dich behandeln lassen, oder?«

»Ja, sicher«, sagte er sorglos, »wenn ich alles erfahren habe, was ich wissen will.«

»Und du kannst nicht beschreiben, was das ist?«

»Honey, sei mir nicht böse, aber ich bin auf einmal wirklich schrecklich müde. Macht es dir etwas aus, wenn ich jetzt nach Hause gehe?«

»Nein, natürlich nicht, aber – sehen wir uns morgen Abend wieder?«

»Nein. Bedaure.«

»Wie wäre es mit übermorgen?«

»Sieh mal, Schätzelchen«, sagte er mit erschöpfter Geduld, als hätte ich ihn zu einem Rendezvous gedrängt, »ich will in den nächsten drei Wochen oder so möglichst alleine sein. Wahrscheinlich gehe ich nicht mal vor die Tür.«

»Du meinst, bis der Stoff alle ist?«

»Du verstehst das nicht«, sagte Paul im kalten Ton der Zurechtweisung. »Ich will nicht mehr gestört werden als unbedingt nötig.«

»Also, wenn das so ist, werden wir uns leider nicht mehr sehen – nicht auf dieser Reise. Ich bin nämlich nur noch drei Tage hier. Dann fliege ich zurück in die Staaten.«

Paul ging nicht darauf ein. Wir verließen schweigend das Hotel, und ich setzte ihn und Gigi in ein Taxi. Wir fuhren in unterschiedliche Richtungen.

»Also dann – leb wohl«, sagte ich. Ich beugte mich vor und küsste Paul auf die wachsbleiche Wange.

»Leb wohl, Herzchen«, sagte er. Aber er erwiderte meinen Kuss nicht; er sah mich nicht einmal an. Ich hatte das Gefühl, als wäre er schon in weite, verschwommene Ferne entrückt.

»Leb wohl, Gigi«, sagte ich. »Pass gut auf ihn auf, ja?« Gigi wedelte mit dem Schwanz. Ich schloss die Tür, und das Taxi fuhr los.

Ich sah Paul nie wieder. Im Frühling des folgenden Jahres, 1953, starb er.

Ronny antwortete auf das Telegramm, das ich ihm schickte, als ich es erfuhr:

Ja – ich habe Paul in Paris gesehen, unmittelbar bevor es passiert ist. Zuerst muss ich dir etwas mitteilen, das meiner Ansicht nach unwahrscheinlich für ihn spricht. Im vergangenen Jahr unterzog er sich einer Kur, und sie war rundum erfolgreich. Der Arzt in der Klinik, in der er sich behandeln ließ – die Condesa kam für die Kosten auf, was ich geradezu engelsgleich fand, wenn man bedenkt, wie Paul sie vorher behandelt hatte –, dieser Arzt erzählte uns, Paul habe während der Entgiftung die Qualen der Verdammten gelitten; sein Wille sei jedoch so unerschütterlich gewesen, dass er fest entschlossen war, die Behandlung in kürzester Zeit abzuschließen. Natürlich werden wir nie erfahren, ob er nicht irgendwann rückfällig geworden wäre, doch bis zu seinem Tod gab es keinerlei Anzeichen, dass er wieder zu den Drogen greifen wollte.
Zum letzten Mal sah ich ihn am Dienstag in der Woche davor. Er wirkte so wie immer – das heißt, er war sehr streitlustig. Also ich die Wohnung betrat, waren mehrere junge Intellektuelle da. Sie debattierten darüber, warum es kein Leben nach dem Tod geben könne. Zum Glück hielt ich mich aus der Sache raus! Denn Paul, der ihnen schweigend zugehört hatte, sagte plötzlich mit tiefster Verachtung: »Ihr kleinen Schwachköpfe!« Mein Lieber, du hättest ihn hören sollen! Es war geradezu niederschmetternd. Und er strahlte dabei eine Autorität aus, als wüsste er tatsächlich Bescheid. Natürlich herrschte

daraufhin betretenes Schweigen. Kurz darauf entschuldigten sich die Jungs und gingen. Und dann hatten Paul und ich viel zu lachen. In den Monaten nach der Kur ähnelte er wieder dem Menschen, der er früher gewesen war, in den alten Zeiten in Europa. Schade, dass du ihn damals noch nicht gekannt hast. Ich bin noch nie einem Menschen begegnet, mit dem man so viel Spaß haben konnte, der so verrückt war. Ich will dir nicht wehtun, Christopher, vor allem nicht jetzt – aber ich muss sagen, und Ruthie stimmt mir zu, dass das der wahre Paul war, der Paul, den wir beide geliebt haben. Seien wir ehrlich, Ernsthaftigkeit stand ihm einfach nicht. Seine besondere Gabe war, sich zu amüsieren, und hätte er sein Leben dem Vergnügen gewidmet, würde er vielleicht noch leben.

Man fand ihn tot auf dem Klo. Es geschah auf einer seiner Partys. Alle Gäste waren sich einig, dass er einen sehr glücklichen Eindruck gemacht hatte und nicht lustiger hätte sein können; und er war nicht einmal betrunken. Er verließ einfach das Zimmer, ohne dass jemand es bemerkte. Ein paar Minuten später musste jemand dringend zur Toilette und hämmerte an die Tür, und da fanden sie ihn. In seinem Gesicht soll nichts auf Schmerz hingedeutet haben, und es heißt, er sei sofort tot gewesen. Anscheinend hatte er seit längerem ein schwaches Herz, was er entweder nicht wusste oder ignorierte; außerdem hatte er kurz davor eine schwere Grippe gehabt.
Uns wird erst jetzt richtig klar, wie sehr wir ihn vermissen. Man kann auf keine Party gehen, ohne es zu

spüren. Niemand war wie er; und dennoch wussten nur sehr wenige ihn wirklich zu schätzen. Du, Ruthie und ich waren die einzigen guten Freunde, die er je hatte.